Hayakawa Mystery World

機龍警察 白骨街道

月村了衛

早川書房

機龍警察　白骨街道

カバー写真／ D-Keine/Getty Images
カバーデザイン／ k2

目次

小野寺徳広…………………………内閣情報調査室参事官補佐。警察庁警備局警備企画課。警視

［城州グループ］
城邑昭夫…………………………城州ホールディングス役員。城木の従兄
城邑毬絵…………………………城州ホールディングス役員。城木の従妹
城守朔子…………………………城州ホールディングス役員。城木の伯母
城方要造…………………………城州ホールディングス役員。城木の叔父
城方肇……………………………城州ホールディングス役員。城木の従弟

［在ミャンマー日本大使館］
佃嘉夫……………………………二等書記官。外務事務官。警察庁警部。
愛染拓也…………………………外務省専門調査員

［ミャンマー警察］
ソージンテット…………………シットウェー警察部隊第五分隊隊長
ウィンタウン……………………シットウェー警察部隊第五分隊副隊長
チョーコーコー…………………シットウェー警察部隊第五分隊隊員
コンラハン………………………シットウェー警察部隊第五分隊隊員

イェミントゥン…………………ラカイン州立第十七農業家畜飼育職訓練センター所長

君島洋右…………………………国際指名手配犯
カマル……………………………ロヒンギャの少年
サイード…………………………武器密売商人

ゼーナイン………………………ミャンマー国軍駐チン州第六連隊隊長。大佐
エドガー・リン…………………人身売買組織のボス

關剣平……………………………黒社会『和義幇』の大幹部

登場人物

［警視庁］

沖津旬一郎……………………特捜部長。警視長
城木貴彦………………………特捜部理事官。警視
宮近浩二………………………特捜部理事官。警視
姿俊之…………………………特捜部付警部。突入班龍機兵搭乗要員
ユーリ・オズノフ……………特捜部付警部。突入班龍機兵搭乗要員
ライザ・ラードナー…………特捜部付警部。突入班龍機兵搭乗要員
由起谷志郎……………………特捜部捜査班主任。警部補
夏川大悟………………………特捜部捜査班主任。警部補
鈴石緑…………………………特捜部技術班主任。警部補
桂絢子…………………………特捜部庶務担当主任。警部補
和喜屋亜衣……………………特捜部庶務担当職員

鳥居英祐………………………刑事部捜査第二課長。警視正
中条暢…………………………刑事部捜査第二課管理官。警視
末吉六郎………………………刑事部捜査第二課特別捜査第六係長。警部
高比良與志……………………刑事部捜査第二課特別捜査第六係主任。警部補
仁礼草介………………………財務捜査官。警部
清水宣夫………………………公安部長。警視監。
武市譲…………………………公安部外事第一課長。警視
寒河江新次……………………公安部外事第一課管理官。警視

［警察庁］

檜垣憲護………………………長官

［内閣官房］

夷隅董一………………………官房副長官
鏑木麟太郎……………………国家安全保障局長
五味十蔵………………………内閣情報官

太陽が何回
月が何回
戦争が何回
和平が何回
バビロン空中庭園が何回
ノーベル賞が何回
俺は何回生まれるのか？

アウンチェイン『先週の土曜日と似た日』

第一章　畜生道

0

息を切らせ、泥まみれになって斜面を駆け上がる。灌木の根に足を取られて何度も転んだ。振り返ると、追手のハンドライトが幾条も森の向こうから伸びていた。確実にこちらへと迫りつつある。

「早くしろ、ここで捕まったらおしまいだ」

斜面の上部に到達した案内役の男が、闇の中から呼びかけてくる。

分かってる――だが、もう息が――

「急げ、馬鹿野郎っ」

案内役がそう叫んだ次の瞬間、木立の脇に立っていた彼の全身が四散した。グレネードランチャーによる砲撃だった。破砕された無数の木片と肉片とが頭上へと降り注ぐ。

右手の森の向こうで銃火が閃《ひらめ》く。爆音で痺れた鼓膜に音が戻ってきた。

悲鳴を上げて走り出す。斜面を直登するのはまずい。恰好の標的になるだけだ。左側の岩場に向かってジグザグに走る。

飛来した銃弾が足許で泥を跳ね上げ、周囲の木々を片端から破砕する。

岩に跳びついて乗り越えている間にも、弾着に砕かれた石の破片が全身を打った。恐怖に痛みは感じなかった。

岩の向こうは窪地であった。ためらわずに泥の斜面を滑り降り、密林を滅茶苦茶に走る。数分か、数時間か。国境がどこであったのか、もう分からない。方向感覚はとうの昔に失われていた。

不意に森を抜ける。遠くに人家の明かりがいくつも見えた。村だ。

自分でも意味不明の叫びを上げながら村に向かって走る。

窓から若い女が顔を出した。赤ん坊を抱えている。少数民族だ。どの部族なのかは定かでなかった。

助けてくれ――そう叫ぼうとしたとき、木と竹で作られた茅葺《かやぶ》きの粗末な家が、何かに押し潰されたように消滅した。

驚愕に足を止めて目を見開く。

たった今まで若い女と赤ん坊のいた家は、跡形もなく消えている。暗闇に目を凝らすと、家があったはずの空間に何か大きな黒い影が佇立《ちょりつ》していた。

機甲兵装だ――

どこかで、いや村中で悲鳴が聞こえた。橙色の炎が村を舐める。家々が黒い巨人達によって片端から踏み潰され、叩き壊され、燃やされる。

逃げ惑う人々に浴びせられる炎と銃弾。村の向こうから出現した機甲兵装の群れは、銃の他に火炎放射器を装備していた。

朱い線が縦横無尽に闇夜を走る。皆を好き勝手に追い回す。

火だるまとなった人間がくるくると楽しげに舞い踊る。大きい者も、小さい者も。ネズミ花火のようにくるくると。

男、女、老人、そして子供。目の前で人体が次々と蹂躙され、破損され、明るく美しく浄化される。

恐怖はすでに消えていた。

これは喜劇だ。ここで見物していればいいだけだ。上演時間はすぐに終わる。

目の前で走り回っているのは人間ではない。人間ならこんなに簡単に駆除されるはずがない。だから何も怖くない。

民族浄化と言われる通り、みんな綺麗に清められ、夢から覚めて朝には現実に戻る。潰れた家も、燃えた家も、みんなみんな元通りだ――

突然背後から襟首をつかまれ、泥の上に引き倒された。同時に無数の銃口を突きつけられる。

いつの間に現われたのか、武装した黒い服の男達が自分を取り囲んでいた。

君島《きみしま》はようやく我に返った。

そうだ、これが俺の現実だ――


警察庁長官専用の公用車が首相官邸三階の正面玄関脇に着いた。

降車した途端、八月下旬の蒸し暑さが押し寄せて、沖津《おきつ》は思わず天を仰いだ。直視もできぬ太陽が、官邸と地上のすべてを容赦なく灼いている。横を向くと、檜垣《ひがき》警察庁長官もまた、両目の上に掌《てのひら》をかざして眩《まぶ》しそうに空を見上げていた。

正面玄関脇の受付で訪問者名と使用車輛ナンバーの登録確認を受け、長官と二人で中に入った。清涼とは言い難い冷気が全身を包む。

入口前やエントランスホールのそこかしこに立哨している官邸警務官やSPが小さく敬礼してくる。さすがに自分達のトップの顔は承知しているのだ。

正面にある中庭の竹林をガラス越しに見てエントランスホールを進み、エレベーターで五階へ上がる。吹き抜けの横の通路を通って官房副長官の執務室へ直行した。

執務室の前には、秘書官達のための専用スペースがある。すぐさま立ち上がった三人の秘書官に、応接用の椅子を勧められた。そこで待てということだ。

長官と向かい合う形で腰を下ろし、互いに黙りこくったまま待つ。

その日の朝、沖津旬一郎《じゅんいちろう》は警視総監から連絡を受けた。檜垣憲護《けんご》長官と官邸に同行し、官房副長官に面会せよというものだった。面会の内容は見当もつかない。長官はある程度知っているものと思われたが、霞が関からの車中、一言も触れようとはしなかった。どうやら長官も、あまりに急な呼び出しを少なからず不快に思っているようだった。

およそ十分後、二人は副長官執務室内へと招じ入れられた。

室内では、夷隅董一《いすみとういち》官房副長官、鏑木麟太郎《かぶらぎりんたろう》国家安全保障局長、五味十蔵《ごみじゅうぞう》内閣情報官が待っていた。他には誰もいない。よほど極秘を要する案件らしかった。各々の前に置かれた緑茶のペットボトルは、いずれも半分ほどに減っている。沖津達が到着する前から会議を続けていたのだろう。

「待たせたね。どうぞ座って下さい」

正面の夷隅副長官が対面に位置する席を視線で示す。沖津と檜垣は、それぞれ最も近い席に腰を下ろした。

「檜垣長官は概略について聞いているね」

「あくまで概略程度、ですが」

夷隅の問いかけに対し、檜垣が答える。やはり愉快とは言えない気分のようだ。

しかし夷隅は気にする様子もなく、事務的な口調で続けた。

「では鏑木局長から沖津特捜部長に説明をお願いします」

「はい」

立ち上がった鏑木が、分厚いファイルを自ら沖津と檜垣のもとへと運んできた。

差し出されたファイルを受け取った沖津は、表紙に「最重要」と「極秘」の二つの印が押されていることを確認した。

表紙をめくると、数葉の写真が添付されていた。いずれも同じ男のものである。どうやら手配写真のようだった。

もとの椅子に戻った鏑木は、写真を眺めている沖津に向かって言った。

「その男の名は君島洋右《ようすけ》、三十四歳。ジェストロン企画推進部の係長補佐で、不正競争防止法違反の容疑で二か月前に逮捕状が出ている。会社の機密を密かに持ち出して他国に売りつけようとしたんだ。逮捕寸前に国外逃亡したため、国際指名手配をかけていた」

『ジェストロン』は国内最大の重工業メーカーで、家電製品から船舶、航空機の開発まで手がけている。数々の経営危機を乗り越えて資本の独立を保っており、国際的な知名度も高い。

鏑木の話を聞きながら資料に目を通していた沖津は、あることに気づき首を傾げた。

不正競争防止法違反なら通常は警視庁捜査二課の担当である。しかし捜査を行なったのは公安部外事一課だ。

「その君島がミャンマーのラカイン州で逮捕された。バングラデシュでバイヤーと接触しようとした君島は、当局に発見されて国境地帯を逃げ回った挙句、ミャンマー側で国境警備隊に拘束されたのだ。現在は同地にある労働収容所に勾留されているという」

内閣情報官は警察官僚の指定席であるが、国家安全保障局長はその限りではない。だが鏑木もまた警察出身者であった。

「知っての通り、日本は米韓以外とは犯罪人引渡協定を結んではいない。しかし外交ルートによる交渉の結果、ミャンマー側からなんとか君島の身柄を引き渡すという言質を取りつけることができた」

「鏑木局長」

ファイルから顔を上げ、沖津はゆっくりと言った。

「君島が持ち出したのは、軍事機密ですね」

「さすがは特捜の沖津だな」

鏑木が感心したように言う。だがその両眼に賛嘆の色はない。

「外一《がいいち》は戦略物資の不正輸出も担当しておりますので」

「その通りだ」

「ジェストロンは一体何を開発していたのですか」

一呼吸置いてから、鏑木は沖津の問いに答えた。

「日本初の国産機甲兵装だよ」

〈さすが〉の沖津も、咄嗟《とっさ》には声が出なかった。

知らなかった――

君島という名も初耳であるし、国産機甲兵装の開発が進んでいるということも、まったく把握していなかった。

機甲兵装とはテロや民族紛争による局地戦の増加に対応するため、人体を模して設計された軍用有人兵器体系の総称で、言わば最強の個人用兵器でもある。しかし日本国内では未だ生産されておらず、自衛隊も警察も輸入に頼らざるを得ないのが現状だった。

「君島はそのために開発された着脱式複合装甲モジュールのサンプルを持ち出したんだ。新型機最大の売りにすべく、ジェストロンが試作したもので、国産機甲兵装への採用もすでに内定していた。これが外部に流出すれば、たちまち解析、模倣されてしまう。つまり、新型装甲を侵徹するにはどのような火器、弾頭が有効か容易に割り出されるというわけだ」

なるほど――

ファイルに記された性能諸元や実験データに目を走らせて、沖津は大いに得心していた。

サンプルの解析はこの装甲を採用した機甲兵装の商品価値を大きく下落させる。攻略法が周知されている兵器をあえて導入したいと考える国は少ないだろう。戦略的にも経済的にも、日本は看過できない重大なダメージを被ることになる。

ミャンマーとの交渉は、外務省を使いつつ国家安全保障局で対応していたということだ。

いまいましげな口振りで鏑木は続けた。

「国産機甲兵装の開発は国家安全保障上の急務であるとともに、今後の国際市場で競争力を保ち得る輸出品の目玉と位置づけている。君島は持ち出したサンプルをどこかへ隠匿したらしい。少なくともまだ外部に流出していないことだけは確認されている。我々はなんとしても君島の身柄を確保し、サンプルを回収する必要がある」

不機嫌そうにファイルを眺めていた檜垣長官が発言する。

「だったら、すぐに担当捜査員を派遣して君島を確保すればいいじゃないですか。ミャンマー側と話はついてるんでしょう」

鏑木は檜垣に向かい、苦々しげな口調で告げた。

「それが、そうもいかんのだ」

「どういうことです」

「ラカイン州、チン州などの国境地帯では少数民族の武装勢力と国軍とが対立を続けており、今も衝突が頻発している。ことに収容所のある地域はミャンマー政府も正常な統治ができていない状態なのだ」

檜垣は苛立たしげに繰り返す。

「だからそれがどうだと言うんです。犯罪人の引き渡しにはなんの関係もないじゃないですか」

「対応に追われる現地警察には、君島を都市部まで移送する余裕はないとのことだった」

「まさか、そんな馬鹿げた言いわけが通ったとでもおっしゃるんですか」

驚いたように言う檜垣に、鏑木は大きな顔をしかめて頷いた。

「ミャンマーには数多くの少数民族が居住しており、その総数を正確に判定することさえ困難だ。各民族の武装組織はそれぞれ独自に活動している。ことにラカイン州のアラカン・ロヒンギャ救世軍は他のいかなる組織とも連携していない上に、同地の武装組織は一つではない。一方でミャンマー警察はすべて国軍の管理下にあるが、現地では警察部隊のほか、国境警備隊、暴動鎮圧機動隊、公安部隊、特別捜査局、犯罪捜査部が入り乱れ、権限の境界は極めて曖昧というしかない。また政府と国軍の関係は良好とはほど遠い。それどころか国軍自体が……」

国家安全保障局長はそこでなぜか言葉を濁し、

「ともかく、いつどこで、誰に襲われるか分からないというのが実情なのだ」

「誤って警察に襲われることさえあり得ると」

「その表現は適切ではない。あくまでテロに巻き込まれる可能性があると理解してほしい」

鏑木の官僚らしい〈答弁〉であった。

「しかし外務省は粘り強く交渉を続け、ついに引き渡しを認めさせたのは最初に言った通りだが、ミャンマーはそこにある条件をつけてきた」

夷隅も五味も沈黙を貫いている。すでに意志決定は為されたものと沖津は見た。

「『引き渡しは現地の収容所にて行なう』。端的に言うと、日本の捜査員が現地ラカイン州の国境地帯まで赴かねばならないのだ。現地は外国人の立ち入りが全面的に禁止されているが、特別に認めると」

「それは、つまり……日本の警察官を紛争地帯の真っただ中に送り込むということですか」

「そうなるね」

檜垣長官が憤然と応じる。

「無茶だ。そんなことは断じてできない。警察官が戦場で死亡するようなことにでもなったら国民は黙っていない。ミャンマーは引き渡しに応じる気はないと言っているのも同然じゃないですか」

「一般の捜査員である必要はない。日本警察はすでに最適の人材と契約している」

鏑木は視線を再び沖津に向けて、

「警視庁はプロの傭兵を雇っている。すなわち特捜部の突入班だ。ただちに彼らをミャンマーに派遣してもらいたい」

「お断りします」

沖津は即座に返答した。

「その理由は、ここにおいでの方々なら皆理解しておられるはずです。あの三人を国外に出すことは絶対にできない」

「沖津君」

五味内閣情報官だった。

「君の言う通りだ。我々は確かにあの三人を国外、しかも紛争地帯などに出せない理由を知っている。だがそれでもなお、やってもらわねばならんのだ」

「伺いましょう」

「中国だ」

遠い大陸を睨むような目で五味は言った。

「一帯一路構想の推進に余念のない中国は、ミャンマー政府と密接な関係を構築している。その中国が圧力をかけて君島の確保に動き出したという情報がある」

「君島の取引相手は中国だったと」

「そこまでは分からん。しかし、どこからか情報が漏れたことだけは確かだ。こうなってはいつ収まるか見当もつかない、いや、収まることなどあり得ない紛争の終息など待っているわけにはいかなくなってくる。そもそも、『現地での引き渡し』という条件も、中国がこちらを足止めするための時間稼ぎである可能性が濃厚だ。仮に相手が中国でなくても、新型複合装甲のサンプルが流出することになれば、国益を大きく損なう結果となることは間違いない」

「これが緊急を要する事態であることは理解できました。それでもあの三人を使うのはあまりにリスクが大きすぎます。何か他の手が――」

「我々もあらゆる方策を検討したんだ。他に手はない。あの三人との契約内容も再確認したが、このような任務に従事する義務が発生する可能性についても触れられている。同意の上サインしたからには、彼らは契約に従わねばならない」

その通りだ、しかし――

「それでなくても警察が傭兵と契約していることに対する批判は大きい。我々はこれまで最大限その批判を抑える努力をしてきた。それは君も認めてくれるね？」

「はい。その点については感謝しております」

「ならば、今回の任務はその批判を封じる恰好の機会じゃないか。大丈夫だ。彼らならきっとやってくれる。なにしろ歴戦のプロだからな。戦場にも慣れているだろう。他の警察官にそんな者はいない。自衛隊員にもだ」

「お言葉ですが、警察官として外国に赴く以上、現地での武力行使は認められません。ならば戦闘経験の有無など関係ないのでは」

「緊急避難的な対処能力はどんな公務員より優れているはずだ。しかも相当程度まで自己責任とする契約になっている。問題が発生した場合、切り捨て可能ということだ。だからこそ政府は彼らとの契約を認めたのだ」

沖津は黙った。頭の中でこの場を切り抜ける計算を巡らせるためだ。

しかしその時間さえ奪うように、それまで沈黙を保っていた夷隅副長官が口を開いた。

「結論はもう出ているんだよ、沖津君。君に来てもらったのは、この結論を伝えるためだ。檜垣さん、警察庁長官としてあなたはどう思われますか」

結論が出ていると言いながら、官房副長官はいきなり檜垣に振った。

檜垣は無言で周囲を見回す。高官達の顔色を読んでいるのだ。

「警察として、当然拝命すべき重大任務であると考えます」

予想した通りの回答だった。

夷隅は満足そうに立ち上がった。

「私はすぐに官房長官にご報告してくる。後の調整は皆さんに任せますので、じゃ、よろしく」

それで決した。

せかせかと退室する夷隅の背中に向かって低頭しながら、沖津は突如のしかかった重圧を強く意識していた。

窓のない部屋の外で、照りつける太陽を雷雲がじわじわと覆い隠していくかのような感触。遠雷の轟きを耳ではなく皮膚で感じる。

青天の霹靂《へきれき》というやつか――

1

「ちょっとあんた、そこで止まって」

新井薬師前の路上で、三人の制服警官にいきなり取り囲まれた。正面に立った警官は左胸に巡査長の階級章を付けている。左右の二人は巡査だ。

「え、なにコレ」

我ながら愉快そうな声を発していた。

それが癇《かん》に障ったのか、巡査長は姿《すがた》の白髪頭を胡散《うさん》臭そうに見上げ、

「こんな所で何してんの」

「こんな所って、ここ、普通の商店街でしょ。俺、今日非番でさ、この辺に美味いコーヒーを出す店があるって雑誌で読んだもんだから――」

「この暑いのにコーヒーだと」

そう言ったのは右後方に立った背の低い警官だ。流行遅れにもほどがある銀縁眼鏡を掛けている。

「日本にはね、アイスコーヒーってありがたいモンがあるんだよ。いやあ、日本の夏の蒸し暑さはたまらないねえ。イランもアフガンもいいかげん暑かったけど、あそこら辺はカラッとしてるからむしろ――」

「なんて雑誌」

正面の巡査長が再び訊いてくる。

「え？」

「だからなんて雑誌で読んだの」

「そこまでは覚えてないな。新宿のカレー屋にあった雑誌だから。ええと、確か週刊ナントカだったなあ。それがどうかした？」

「身分証見せてくれる？」

「なんで？　理由を教えてくれないかなあ」

「いいから早く出して。免許か保険証。もしかしてあんた、何も持ってないの、身分証」

「これって、ウワサに聞く職質ってヤツ？」

「そうだよ。だから早く出して」

三人は包囲の距離を詰めてきた。買い物らしい通りすがりの主婦が、恐ろしげに足を速めて避けていく。

「職質って、確か任意でしょ？　だったら同意しません」

「なんだと？」

「聞こえなかったの？　同意なんてしないから、ボク」

いよいよ面白くなって姿は調子に乗ってきた。

「さ、分かったら早くそこどいて下さいよ。通行妨害しないでくれる？」

「そんなこと言ってたら署まで来てもらうことになるけど、それでもいいの？」

「え、どうして」

「どうしてもこうしてもないんだよ。まあいいや。じゃ署まで来て」

「面白いこと言うね。論理的にメチャクチャだぜ」

背の低い銀縁眼鏡が激昂する。

「ナメてんのか、貴様。どうせろくなもんじゃないくせに、この場でパクったっていいんだぞ」

「ろくなもんじゃないのは確かだが、それって逮捕するってこと？　なんの容疑？　令状は？」

銀縁が巡査長の方をちらりと見る。巡査長は微かに頷いた。

「さあ、おとなしく来い」

近寄ってきた銀縁の手が、姿の腕にわずかに触れた。自分から触りに来たようなものだったが、銀縁は「わあっ」と大仰な声を上げてその場にのけ反り倒れた。

「よし、公務執行妨害で現逮《げんたい》」

左側にいたあばた面の巡査が姿の腕を抱え込む。

「今のが日本警察の伝統芸『転び公妨』か。いやあ、呆れるのを通り越して感心するね。小学生の学芸会かと思ったぜ」

「なんだとっ」

カエルのように跳ね起きた銀縁が、姿の右腕をつかんで醜く凄む。

「社会のクズが、逃げられると思うなよ。署でたっぷり絞ってやるからな」

「逃げるって、誰が？」

「この野郎っ」

猛然と姿の腕を引っ張ろうとした銀縁とあばた面が、驚いたように振り仰ぐ。二人して両腕を引っ張っているのに、姿の体が大木のように少しも動かないからだ。

「どうした、さあ、早く連れてってくれよ。この辺なら野方署のシマだろ」

するとで巡査長が警戒するように、

「かなりのワルだぞ、こいつ。前科があるかもしれん」

「所轄を知ってたからか？　それくらい分かるよ。だって俺、警官だもん」

またも銀縁が喚《わめ》いた。

「いるんだよ、ここに。さあ、早く野方署に連れてけよ。俺がたっぷり絞ってやるぜ、おまえらの上司をよ。いつもこんなことやらせてんのかってな」

「ふざけるなっ。こんな怪しい警官がいるかっ」

「貴様、タダで済むと思うなよなっ」

「キャンキャンとまあよく吠える子犬だね。全然かわいくないけど」

そのとき、サマーコートのポケットで携帯端末が振動した。

「お、電話だ。ちょっと待っててくれ」

二人の警官を軽々と振り払い、姿は携帯を取り出して応答する。

「姿です……はあ、緊急招集は構いませんが、今ちょっと……なにね、野方署の皆さんがどうしても俺を連行したいと、こうおっしゃっておられましてね……はい、分かりました」

姿は巡査長に携帯を差し出し、

「責任者と話したいってさ、特捜部長殿が」

「特捜部長だって？　いいかげんなことを言うな」

「早く出ろよ。今日の警視長殿はなんだか機嫌が悪いみたいだ」

沖津の階級を強調しながら携帯を押しつける。

「はい、電話代わりましたけど、あんた一体……」

訝《いぶか》しげに応じていた巡査長が、たちまち直立不動の姿勢になって、

「……はっ、いえ、そんなつもりは決して……ほんのちょっとした行き違いで……もちろんであります、本職らは……はっ、申しわけありません、では失礼致します」

蒼白になった巡査長から携帯端末を受け取り、姿はにやにやと三人を眺め回す。

「で、何か言うことある？」

「いえ、別に……」

巡査長は俯《うつむ》いて言葉を濁したが、銀縁はもの凄い形相で姿を睨みつけている。

「あれ？　なんなのキミ、その目つきは。点数稼ぎ兼弱い者いじめができなくなって悔しいの？」

貴様——と怒鳴りかけた部下の頭を巡査長がはたく。

「おまえは黙ってろっ」

そして姿に向かい、

「もういいから早く行ってくれ」

「行ってくれじゃないだろう、警察の威光をかさに着て因縁つけてすみませんでした、だろ？」

そしてポケットからＩＤを取り出し、三人に示す。

「見える？　特捜部付、姿俊之《としゆき》警部。さ、早いとこ言えよ。部長がお待ちなんだから」

周囲にはいつの間にか人だかりができていて、こちらを遠巻きに眺めている。

三人は恥辱にぶるぶると震えながら小声で呟いた。

「すみませんでした……」

「え、なに、聞こえないぞ？　それにだいぶ省略されてたような気がしたけど？」

「もう勘弁して下さい、人が見てるんで……」

泣きそうな顔で巡査長が頼んでくる。

「しょうがないな。じゃあキミタチのことは部長から野方署の署長によぉく伝えてもらうんで、楽しみにしててくれたまえよ」

悠々と歩き出した姿は、見物していた老婆に顔を寄せて囁《ささや》いた。

「近頃の警官はタチが悪いねえ」

どう答えていいか困惑している老婆を残し、タクシーを拾うため駅の方へと向かう。

歩きながら心の中で夏川《なつかわ》や由起谷《ゆきたに》らを思い浮かべ、少々後ろめたい気持ちになった。

これでまた特捜部が警察仲間から嫌われそうだ――だけど悪いのはあっちだしなあ――


新木場の特捜部庁舎で、会議室に集合した全捜査員と突入班員を見渡し、沖津は官邸から命じられた任務について説明した。

「君島が収容されているのは、ここ、ラカイン州シャベバザル北東にある『州立第十七農業家畜飼育職訓練センター』。見ての通り、ロヒンギャ居住地域の中心部だ」

夏川大悟《だいご》警部補は目をしばたたいた。正面の大型ディスプレイに表示された地図が、沖津の燻《くゆ》らせるシガリロの煙でよく見えない。

「職業訓練所の看板を掲げてはいるが、その実態は強制収容所で、もちろん一般の刑務所としても機能している。同様の労働刑務施設はミャンマー国内におよそ四十八か所あり、六万人を超える受刑者が収容されているという報告もある。不当に拘束された少数民族の多くがこうした施設に監禁されているのだ。女性や子供も一緒くたに収容されているから、その過密ぶりは凄まじく、それだけで大きな人権問題であると言える。もちろん、中には理由なく〈失踪〉したとされる人物も相当数含まれているはずだ。アウンサンスーチーが国際調査団の受け入れを拒否しているのも当然だろう」

捜査班の主任として緊急招集に駆けつけてきた夏川は、常軌を逸したミャンマーの実情に呆然とするばかりであった。

長年にわたり自宅軟禁されていたアウンサンスーチーが解放され国家顧問に就任しても、実態は民主主義にはほど遠く、国軍が依然として大きな影響力を保持している。それどころか少数民族の虐殺、いわゆる民族浄化が今も平然と行なわれているという。

ミャンマー国民の約九割を占める仏教徒を支持基盤とするアウンサンスーチーは、イスラム教徒であるロヒンギャを憎む彼らの声を無視することができない。

「問題を複雑にしているのは、ロヒンギャを民族と規定できるかどうか、歴史的にも議論が分かれるということだ。しかしロヒンギャが民族であろうとなかろうと、今もジェノサイドが実行されている。それも国軍の手によって組織的にな。鏑木局長が明言を避けたのも頷ける。日本はミャンマーに巨額の支援を行なっているからだ。その金が軍事物資に化け、少数民族の虐殺に使われる。みんな承知の上で知らないふりをするしかない」

淡々とした口調ではあるが、沖津は容赦なく政府に対して批判的なことを述べている。警察官僚でありながら、斟酌《しんしゃく》というものがまるでない。

己の無知が、夏川には今さらながらに恥ずかしく思われた。

だが自分達にとって、今の話で最も重大なのは——

「部長」

夏川が挙手する前に、技術班の鈴石緑《すずいしみどり》主任が立ち上がっていた。

「そんな地域に突入班員を全員派遣するなんて、本気で言っておられるのですか」

日頃は冷静な鈴石主任が、憤激のあまりその華奢な身をわななかせている。

無理もない、と夏川は思った。彼女の怒りのその意味を、今は承知しているからだ。これがほんの四週間前ならば、自分には理解できないままであったろう。

「本気だよ、鈴石主任」

沖津は咥《くわ》えていたモンテクリストのミニシガリロを、そっと灰皿の上に置いた。

「突入班員の脊髄には龍機兵《ドラグーン》の龍骨《キール》と連動する龍髭《ウィスカー》が挿入されています。万が一にも日本国外で突入班員の身に何かあったら——」

一気にまくし立ててから、彼女ははっとしたように視線を斜め左方に向ける。

そこには当の突入班員達が座っていた。

姿俊之警部。ユーリ・オズノフ警部。ライザ・ラードナー警部。

いずれも一切の変化を見せず、普段のままに座している。姿警部など、例によって持参の缶コーヒーを口に運んでは、缶のデザインをためつすがめつ眺めたりさえしている。

鈴石主任が言葉を切ったのは、彼女の言いかけた〈万が一〉が、「突入班員の帰還不能」という事態を意味しているからだ。それはすなわち、「死亡」と同義であると考えていい。

突入班の三人は顔色一つ変えていない。少なくとも夏川から見える範囲では。

去る七月二十七日、日中が合同で進める一大プロジェクト『クイアコン』を巡る捜査の過程で、夏川達はそれまで知らされていなかった龍機兵の秘密を沖津から明かされた。厳密に言うと、龍機兵各機に内蔵された龍骨と一対一の対応関係にある龍髭についてである。

警視庁特捜部のみが保有する三体の『龍機兵』。従来型機甲兵装の数年先を行くという先端技術の結晶を、日本の警視庁がどうやって入手し得たのか、その経緯については今も知らない。

知っているのは、龍機兵を起動させる唯一のキー『龍髭』が、各搭乗要員の脊髄に挿入されているという事実である。警察法、刑事訴訟法、警察官職務執行法の改正により、警視庁は外部の人材と契約、雇用することが可能となった。かくして現職の警察官に対しては絶対にできない処置が三人の〈契約者〉に施されたのだ。

人として、警察官として、できれば知りたくなかったと夏川は何度思ったことか。

しかし特捜部の一員として、どうしても知らずに済ますわけにはいかなかった。その決意と覚悟は今も変わってはいない。

「不測の事態により国外で突入班員が死亡した場合、遺体から龍髭を確実に回収できるという保証はない。ましてや紛争地帯の場合、回収はほぼ不可能であると考えるべきだ。つまり我々は、何よりも大事な龍髭を失うことになる。龍骨のキーである龍髭がなければ龍機兵を起動させることさえできない。それは特捜部の根幹にも関わる事態である」

〈何よりも大事〉と沖津は言い切った。龍髭を委託された三人の命よりもということだ。

姿達は正規の手続きを経て採用された警察官ではない。人道的な観点からは到底許されない恐るべき契約を警視庁と交わした外部のプロフェッショナルなのだ。

「そこまで分かっていながら、どうして部長は」

「分かっているのは私だけではない。官邸もそれを知っている」

鈴石主任が息を呑む。夏川をはじめ、会議室内にいる全捜査員も。

「政府は龍機兵のシステムと重要性を理解しているからこそ、特捜部の創設を決断した。他ならぬその政府が、この任務に突入班の三人を名指しで指名してきた。そこには一体どういう意味があるのか」

沖津はじっと部下達を見据える。その左右に控えた二人の理事官も、声を失っているばかりか、彫像の如くに硬直しているようだった。

鈴石主任が悄然と腰を下ろす。

「私の考えはこうだ」

沖津は灰皿からシガリロをつまみ上げ、

「官邸――全員ではない、その一部、もしくは大多数――は捜査の手の届かない外国で三人を殺害し、龍髭を奪取するつもりなのだ」

「待って下さい」

二人の理事官のうち、城木《しろき》貴彦《たかひこ》警視が声を上げた。

「まったく矛盾しています。意味が分かりません」

「矛盾などどこにもない。複雑極まりない現実の前ではね」

シガリロの残った長さを指先で計りながら沖津が応じる。

「私にも分かりません」

宮近浩二《みやちかこうじ》理事官も城木への同意を表明する。

「龍機兵が操作不能となったら、困るのは政府じゃないですか」

「だからだよ」

沖津はどこまでも恬淡とした面持ちで、

「龍髭を奪い、別の装着者に移植すればいいだけだ。龍機兵本体は無傷で国内にあるのだから。警察官が軍用兵器持参で海外出張というわけにはいかんだろう。要するに、私がいる限り特捜部はいつまで経っても思うように動かせない。ならばいっそ、もっと使い勝手のいい組織を新たに起《た》ち上げようとでも考えたのだろう。君島の捜査を担当した外一が素直に引いたという点もこの推測を裏付ける」

「やはり分かりません」

城木がなおも言い募る。

「『思うように動かせない』とおっしゃいましたが、一体誰がそんな――」

「〈敵〉だよ」

その一言に、会議室が静まり返った。

「君島の逮捕から今日までの意思決定がスムーズに運びすぎている。私がまったく把握していなかったくらいだ。ここまで機密を保ったまま事を運ぶのは容易ではない。誰かが事前にシナリオを用意したのだ。しかも私の逃げ道はあらかじめすべて潰してある。官邸マターであるこの命令を拒否すれば、それを特捜部解体の口実に使ってくることは間違いない。恐ろしく緻密なシナリオだ」

かすれたような声で城木が発する。

「それは、つまり……官邸の中に〈敵〉がいるということですか」

「さっきも言った通り、さすがに全員ではないだろう。だが確実にいる。それが夷隅副長官なのか、五味内閣情報官なのか、それとも鏑木局長なのかまでは分からないがね。まあ、案外三人ともシロかもしれないよ。このシナリオを書いた者の頭脳なら、人間関係の力学を利用してそうと悟らせずに夷隅さんや五味さんらを動かすくらい簡単にやってのけるだろう。実際、この方針が決定されるまでにはもっと多くの大物が関わっているはずだ」

今度こそ完全に沈黙した城木を横目に、沖津が続ける。

「もう一つ、忘れてはならないことがある。君島の逮捕状は二か月前に出されていたということだ」

夏川は刑事として沖津の言おうとしていることを即座に察した。そしてそれは、またも彼を戦慄せしめるに充分な事実であった。

視界の隅で夏川の顔色の変化を捉えたのか、沖津はわずかに微笑んだように見えた。

「そうだ、その頃警察はエンダ・オフィーニーによる連続暗殺事案捜査の真っ最中だった。言い換えれば、〈敵〉もまた暗殺計画全体の成否を知る由もなかったはずだ。以上のことから導き出される推論は一つ。このシナリオを書いたのは、オフィーニーを使っていたグループとは別に動いていたということだ」

室内に声にならない呻きが満ちる。

『狼眼殺手』と呼ばれた暗殺者エンダ・オフィーニー。その恐ろしさを記憶の彼方に押しやるには、まだあまりにも間がなさすぎた。

彼女の任務が完遂されるかどうか――つまり、沖津特捜部長暗殺が成功するかどうかにかかわらず、〈敵〉は同時に龍髭奪取作戦を動かしていた。やはり部長の指摘した通り、別働隊がいると考えるべきだろう。

缶コーヒーを飲み干した姿警部が、横着にも座ったまま発言する。

「エンダもいいかげん手強い相手だったが、これほどの作戦を立案できる参謀を何人も抱えてるってことは、〈敵〉ってのはよっぽどホワイトな職場なんでしょうなあ」

この場の空気を考えると、まるで笑えぬ冗談であった。実際にくすりとも笑いが漏れない。

「よろしいでしょうか」

挙手する者があった。特捜部において夏川と並ぶもう一人の捜査主任、由起谷志郎《しろう》警部補だ。

「由起谷主任、どうぞ」

慣習的に進行役を務める城木の許可を得て、由起谷が立ち上がる。

「もう一つ、気になることがあります。国産機甲兵装の製造計画です。ミャンマーへの出張命令の狙いが突入班三名の殺害にあるとすると、この計画自体もフェイクなのではないでしょうか」

夏川は大きく頷いた。同僚の由起谷には、同じ刑事として全幅の信頼を置いている。頭脳の冴えにおいては、肉体派を自称する自分よりはるかに上だと日頃から声高に吹聴しているくらいである。

「その点に関してのみは事実であるのは間違いない。ジェストロンの幹部役員数名とも面談した。国産機甲兵装の開発という極秘案件が実際にあるからこそ、危機感を抱いた官邸全体が動いたとも言える。もっとも、君島がミャンマーで逮捕されたこと自体は偶然かもしれんがね。いずれにせよ、この作戦はそうした状況を利用して立案されたものだろう。私が命令を受け容れざるを得なかった理由の一つもそこにある。君島を確保して新型装甲のサンプルを押さえる必要があるのは確かなのだ。少なくとも、中国の手に渡ることだけはなんとしても阻止したい」

「日本が機甲兵装を生産して海外にバンバン売りつけるってとこはスルーですか」

軽口と言うには重すぎる内容を含んだ姿の指摘に、沖津も苦そうな笑みを浮かべる。

「しょせんは政省令の解釈の問題だ。日本の安全保障に役立つという理屈さえこじつけられれば、後はなんとでもなる。すでにミサイルの輸出や共同開発が行なわれている現状ではな」

「鼻息荒く取り組んでいただけに、最大のウリを持ち逃げされて官邸もアワを食った、というところですかね」

「まあ、そういうことだ」

「どっちにしろ契約がある以上、俺達はミャンマーの奥地まで出張しなきゃならないってわけですね。ただでさえ紛争地帯でいつ銃弾が飛んでくるか分からない上に、殺し屋が手ぐすね引いて待ち受けてるってのに」

「そうだ」

「丸腰にネクタイ締めて捜査員の真似事だ」

「タイは必要ない。銃は置いていってもらわねばならんがな」

姿の不謹慎な軽口に、沖津は真面目な顔で応じている。

宮近が姿を睨みつけているが、一向に気にする様子もない。いつものことなので、夏川自身も特に気にはならない。それどころか、死にに行けと言わんばかりの理不尽な命令に平然と応じている姿警部の神経には驚嘆するばかりだ。

「さらに言えば、由起谷主任の指摘に関連してもう一点、引っ掛かる点がある」

沖津の眉がそれまで以上の曇りを見せる。

「龍機兵の技術が三年後には一般化するであろうということは、政府も理解しているはずだ。〈敵〉もまた例外ではないどころか、最も焦りを覚えている勢力と言っていい。この状況下であえて国産化を進めるということは、〈龍機兵に転用可能な機体、及び技術〉なのではないかということだ」

最後の、そして最大の衝撃が室内にいる全員を打ちのめした。

皆が皆、声を発する気力さえ失ったような静寂を破ったのは、やはり姿警部であった。

「ところで部長」

「なんだ」

「『インパール作戦』って知ってますか」

「旧日本軍の作戦名だな。いわゆる援蔣ルートを遮断するため、イギリス軍の拠点であったインド北東部のインパールにビルマ側から侵攻しようとした」

「なかなか詳しいですね」

ビルマとはミャンマーの旧名である。一九八九年に当時の軍事政権が現在の国名に改称した。

「他に類を見ない最低の大バカ作戦として戦史に名前を残してるくらいでね、シャレにならないレベルの酷い結果に終わった。撤退中の日本兵が大勢死んだ。戦死じゃない。餓死だ。その最も悲惨なルートは白骨街道と呼ばれている。日本兵の死体がどこまでも延々と続いていたからだ。街道沿いの村人は、今でも普通に日本兵の幽霊を見るそうです」

「それで？」

歴戦の傭兵である姿警部は、世界の軍事史にも通じている。

「その白骨街道のあるチン州は、ラカイン州の北と接している。少々距離はありますけど」

沖津は感情の籠もらぬ声で姿を促す。

「そんな縁起の悪い所に派遣されたがる兵隊はいないってことですよ」

「意外だな。君がそういうことにこだわるとは」

「兵隊ってのは験《げん》を担ぐもんでしてね。なにしろ生きて帰るのが第一ですから。幽霊が当たり前のようにうろついている土地なんて、できれば近づきたくもない」

「君の希望は関係ない。官房副長官にも釘を刺された。これは決定事項なのだ。警察庁長官さえ同意せざるを得なかった。ましてや我々には、ただ従うしか道はない」

「技術班主任として申し上げます」

また も鈴石主任が立ち上がった。

「私達は今日まで龍骨の解析に取り組んできました。各搭乗員の持つ龍髭の反応についてもデータを積み上げてきたのです。そのデータは、各員の肉体的精神的特性を前提としています。たとえ龍髭を回収して別の人間に移植したとしても、龍機兵がこれまで通り反応するかどうかは未知数であるとしか——」

〈敵〉はこう判断したのだ、そんなことはもうどうでもいいと。それも二か月以上前に」

「だとしても私達は警察官です。部長の推測通り、裏に何者かの意図があるのかもしれません、けれど真っ当な国家が警察官にそんな命令を与えるなんて」

悲痛とも言える鈴石主任の抵抗は、新鮮な感慨とも言うべきものを夏川にもたらした。組織と科学の論理に忠実と見えた鈴石主任が、論理を超えてここまで沖津に抗おうとは。

三人の突入班員はやはり微動だにしない——が、一人ラードナー警部のみは、微かに視線を動かして鈴石主任を見たようだった。

しばし黙り込んだ沖津が、シガリロを指で弄びながらゆっくりと告げる。

「この国はね、もう真っ当な国ではないんだよ」

それまでと一変した、優しく、哀しい口調であった。

その口調から夏川は、そしておそらくは室内にいる全員が察する。今回の拝命が沖津にとっても、苦衷を通り越した、激痛を伴う決断であったことを。

「だが、それでも——我々はできる限りのことをする」

シガリロを再び灰皿に戻し、沖津は唐突に、そして敢然と言った。

「何もかもが不透明としか言いようのない状況の中で、事態を把握する最短の早道は、今回の方針が決定に至ったプロセスをつぶさに検証することだ。それができれば誰が〈敵〉であるかを特定できる。しかし、我々にはあらゆる意味で不可能だ」

当然である。政治に介入するが如き捜査権限は警察にはない。分かっていながら、夏川は無力感を覚えずにはいられなかった。

「ならば別の方向から攻めればいい。それが我々警視庁特捜部である」

うなだれていた捜査員達が一斉に顔を上げる。

何事があろうと決してあきらめず、予想外の妙手を繰り出してくる。それが沖津特捜部長であり、だからこそ自分達も今日までついてきたのだ。

「今回の鍵は初の国産機甲兵装開発計画にあると私は見た。開発メーカーはジェストロンだが、一体誰が、いつの間に進めていたのか。そのあたりの事情を徹底的に洗う。もちろん資本関係、開発資金の流れについてもだ。これには捜二の協力が不可欠だろう」

捜二——警視庁捜査二課は、贈収賄、横領、背任、汚職などの知能犯罪を担当する部署であり、金融犯罪捜査のベテランが揃っている。特捜部とはクイアコンを巡る疑獄事件で合同態勢を取ったばかりだ。

「この線は由起谷班の担当とする。捜二には私から刑事部長に話を通しておくので、うまく協力しながら捜査を進めてほしい」

「はい」

由起谷は明瞭な声で返答した。警察組織全体から疎んじられている特捜部の中に在って、柔和で人当たりのよい由起谷ならば、他部署の捜査員とも問題を起こさずにやれるだろう。最適の人選だと夏川は首肯する。

「今さら言うまでもないが、龍骨-龍髭システムについては特捜部内においてのみ共有される最大の機密事項だ。捜二に対しても保秘を徹底するよう充分に留意してもらいたい」

捜二に協力を要請すると言いながら、同時に捜二に対して隠し事をせよと言う。夏川の気性として、その命令には釈然としないものを感じないではなかったが、沖津はこちらのわだかまりを見越していたかのように続けた。

「誰かに龍骨-龍髭について教えると、次にこう訊かれるだろう。『それをいつ、どこで、どうやって手に入れたのか』とね。君達には答えられない質問だ。よけいなトラブルに発展しかねないリスクは避けるべきであると判断する」

龍機兵を巡る事情の特殊性を考えればやむを得ないと、夏川は自らを納得させる。

「次に、夏川主任」

「はっ」

来た——

夏川は勢いよく返答して立ち上がる。

「夏川班はこの君島という男の身辺について洗ってもらいたい。人物、経歴、交友関係、思想的背景、家庭環境は言うに及ばず、国際指名手配に至る経緯についてもだ」

「はっ」

それなら刑事の専門だ、と意気込んだが、すぐにそうはいかないことに気がついた。

「あの、部長、君島を捜査したのは外一だとおっしゃいましたね」

「その通りだ。外一には極力気取られぬよう捜査してもらいたい」

「それは——」

無茶だと言いかけたが、

「心配するな。万一揉めそうになったときは、私が直接公安部長の清水《しみず》さんと話すようにする」

責任逃れに終始する警察幹部は極めて多い。そうでない人物の方が少ないくらいだ。しかし沖津という人物がその数少ない例外の一人であることを、夏川はこれまでの事件を通して知っていた。

「それから鈴石主任」

「はい」

夏川と入れ替わりに立ち上がった鈴石主任に、沖津は眼鏡越しの鋭い視線を注ぎ、

「問題の新型複合装甲モジュールだが、データを送っておくので念のため解析を進めてほしい。我が国初の国産機甲兵装としてどの程度のセールスポイントとなり得るのか。その実質的価値を厳正に評価してもらいたい」

「分かりました」

技術班にしかできない仕事である。専従の技官グループを有するのも特捜部ならではの強みと言えた。

「最後に肝心の出発日だが、ともかく急を要する話でね」

沖津は視線を突入班の三人に向ける。

「明朝十一時発の成田発ヤンゴン行きの便に乗れということだ。外一の寒河江《さがえ》管理官が同行する」

外一と聞いてざわついた一同に、沖津が皮肉めいた口調で言い渡した。

「捜査を担当した部署の責任者が行かねば現地での手続きが進まない。だが同行するのはヤンゴンの日本大使館までだ。そこで寒河江管理官は調整に専念することになる。つまり、危険地帯に赴くのはあくまでウチの三人だけだ。時間がないため、打ち合わせは搭乗の直前に空港の特別室で行なうよう指示されている。徹頭徹尾、こちらに有無を言わせぬつもりらしい」

上司の目配せを受け、城木が立ち上がる。

「以上です。突入班の三人は部長の執務室へ。現地の詳しい状況と今後のプロセスについて説明します」

空き缶をつかんで立ち上がった姿警部が、聞こえよがしにぼやいた。

「まったく、二十一世紀になってインパール作戦に従軍するハメになろうとはね」

2

翌日、午前十一時。定刻通りに離陸したANA機に搭乗し、姿達三人は寒河江新次《しんじ》管理官とともにミャンマーに向け出発した。

姿は昨日も引っ掛けていたグレーのサマーコートスタイルで指定された席に座った。他のメンバーと席が分散しているが、チャーター機ではない普通の定期便なので仕方がない。当然エコノミーだ。政府は末端の公務員にそこまで予算を使う気はないらしい。

ライザはフォックスファイヤーのマウンテンジャケットを羽織っている。唯一、ユーリのみは濃紺のスーツを着用していた。しかも夏だというのにフィンガーカットの革手袋を嵌《は》めている。暑苦しいと言えば暑苦しいが、この先に待ち受けているであろう〈トラブル〉を思えば、むしろ手袋を着用しているくらいが望ましい。

見送りに来たのは、特捜部から城木、宮近両理事官と、外事一課の武市譲《たけちゆずる》課長、それに外務省アジア大洋州局南東アジア第一課の小川辰三郎《おがわしんざぶろう》課長補佐のみだった。もっとも、武市と小川は見送りというより、こちらが妙な動きをせずにちゃんと出国するか監視しに来たようであったが。

秘匿を第二の本能とするかのような公安部外事課の中でも、外事一課はことのほか秘密主義で知られている。

しかし寒河江は、拍子抜けするほどに好人物の雰囲気を醸していた。少なくとも見た目はごく平凡な四十がらみの管理職である。

「お互い妙な役目を仰せつかりましたなあ。いや、宮仕えはつらいですわ」

姿の隣に座った寒河江が親しげに話しかけてくる。

「お互いじゃないでしょう。あんたはヤンゴンまで。俺達は国境のヤバいとこまで。全然違うと思いませんか」

「いやあ、そう言われちゃうとねえ。でも、決めたのはあたしじゃありませんし」

「どうかなあ。ちょっとくらいは噛んでんじゃないですか、この陰謀に」

「陰謀なんて、あなた、人聞きの悪いこと言わんで下さいよ。これはれっきとした政府の仕事であり、警察の仕事なんですから」

「またまたー。寒河江さんて、意外とおとぼけ上手だなあ」

「ほんとですって。あたしがそんな怖い人に見えますか」

「見えますねえ。だって、CIAのケースオフィサー（現場担当官）はあんたみたいなタイプばっかりでしたから」

「なるほど、姿さんの経験則というわけですな」

形は笑っているかのような寒河江の目が、底冷えのする光を放っていた。

「まあ、お互い警察官なんだし、よろしくお願いしますよ。日本のためですから」

「ええ、せいぜい励みますよ、契約期間内は」

含みのある言い方をあえてしてみる。

「その期間を過ぎるともう警察官じゃないから頑張らないってことですか」

「当たり前ですよ。あとちょっとで契約が切れるってときになって、こんな任務を仰せつかるとは、俺もほんとツイてないなあ」

「警察との契約なんてもうこりごりって感じですね」

「だって軍隊ならこんなとき、最低でも一個小隊を支援に回してくれる。それがたった三人ですよ。安いもんですねえ、日本の警察官の命って」

寒河江は当たり障りのない苦笑を浮かべただけであったが、姿は背後に座ったユーリの気配を強く感じた。何食わぬ顔をして、自分達の会話に聞き耳を立てていたのだ。おそらくは警察をからかうような文言に対して反応したに違いない。

これだから警官てやつは――

姿は後ろの席を振り返って、ユーリに話しかけた。

「しょうがないよなあ、俺達は季節労働者みたいなもんだし。一足先に俺がいなくなったら、寂しがってくれるかい？」

ユーリは冷静を保って何も答えなかった。その様子を確認し、姿は安心して座り直す。

それでいい。いつも通りの反応だ——

姿達から離れて後方の窓際に座ったライザは、一人ぼんやりと雲海を眺めていた。

皮肉なものだ——

警察官であろうと誓った途端、警察官の職務とは言い難い任務を与えられた。

犯人の身柄引き取りは確かに警察官の仕事だ。しかしそれは、主に国境において行なわれる。例えば、国境上空を飛んでいる飛行機が国境を越えると同時に、移送中の犯人に逮捕状を執行したりする。今回はまったく違う。部長の話が陰謀論や妄想の類でない限り、自分達は死の罠の待ち受ける戦場へと往かねばならないのだ。

——だとしても私達は警察官です。

鈴石主任の声が聞こえたような気がして、軽く耳を叩き、周囲を見回す。

幻聴だ。気圧のせいか。

それは昨日の会議の席上で彼女が発した言葉であった。

そうだ——だとしても私達は警察官だ——

ライザは穏やかに目を閉じる。

たとえどこであろうと——日本であろうと、地獄であろうと——警察官として恥じるところのない行ないを為せばいい。

清澄な雲上は、ライザの心に暗い影を落とさなかった。空路の先が暗雲に包まれていると分かっていても。

ＡＮＡ機は定刻より十分遅れて午後三時三十五分にヤンゴン国際空港に到着した。

空港から一歩外に出た途端、熱波のような空気が押し寄せてくる。

「日本の夏にも閉口したが、ミャンマーも酷いねえ。せっかくの出張なら、せめて涼しいところがよかったなあ」

顔をしかめた姿の愚痴に、応じる者はいなかった。

迎えの公用車に分乗し、バハン郡区ナトマウク通り一〇〇番地の在ミャンマー日本国大使館に直行する。二〇〇六年にミャンマーの首都はヤンゴンからネピドーに遷都したが、日本の大使館は同じ場所にとどまった。

車中から見えた街並みはこの国の伝統を示す精緻な仏教建築と、イギリス領時代の面影を残す優雅な西欧建築とが混在し、独特の景観を生み出している。路地に架け渡された電線が頭上で複雑に交錯する市場には、民族衣装のロンジーを着用した男女が行き交っていた。バックパッカーらしい西欧人の観光客も散見される。赤や黄色の袈裟《けさ》をまとった僧侶が多いのも特徴的だ。全体として活気にあふれ、現在進行形で民族浄化が行なわれている国とは思えなかった。

「ご苦労様です。お待ちしておりました」

大使館で一行を出迎えたのは、佃嘉夫《つくだよしお》二等書記官であった。警備対策官として埼玉県警から警察庁を経てミャンマー大使館に出向している警察官で、階級は警部。外務事務官を併任している。今回のオペレーションにおける現地側調整役としては打ってつけのポジションにある。皺の多い、苦労人らしい風貌の人物であった。

そしてもう一人、佃書記官の背後に線の細い気弱そうな青年が控えていた。

「こっちは愛染拓也《あいぜんたくや》君。外務省の専門調査員で、主に通訳を担当してもらっています。ビルマ語をはじめ、少数民族の言語に通じた逸材ですよ」

「はじめまして、愛染です。よろしくお願いします」

青年は礼儀正しく挨拶した。訊けば東京外国語大学の特別研究員でもあるという。

「彼が現地まで皆さんに同行します。ロヒンギャ語も話せますから、きっとお役に立つはずです」

ミャンマーは多民族国家であり、公用語であるビルマ語の他に、カレン語、モン語、シャン語など各少数民族特有の言語が使われている。複数の言語を自在に操る姿達でさえ、ロヒンギャ語はおろか、ビルマ語も話せない。しかも事前に外務省から受けたレクチャーによると、ほとんどのミャンマー国民はロヒンギャ語を解さないし、またロヒンギャの方もビルマ語を話せないという。今回のオペレーションに通訳は不可欠であった。

「さすがにロヒンギャ語は多少話せるという程度ですが……」

青年は照れたように俯いた。

寒河江管理官は別として、特捜部からの三人はほぼ白髪の不審な男——つまり自分だ——と、無愛想なロシア人、それに輪を掛けて無愛想なアイルランド人の女というわけの分からない取り合わせである。なのに佃も愛染も不審そうな顔一つ見せない。事前に写真や資料を受け取っているからだろうが、姿にはやはり気になった。

「大使館の近くのホテルを取ってあります。お疲れでしょう。すぐにご案内しますので、今夜はひとまずそちらでお休み下さい」

佃書記官の丁寧さにも、寒河江の態度に似たものを感じ、いよいよ以て気に入らない。

「俺達はあんまりうろうろしない方がいいってことですかね」

「そういうわけではありませんが……」

佃が困惑したような顔を見せる。

「姿」

不意にユーリが日本語で発した。それぞれ国籍の異なる突入班の三人で話すときは、日本語を使うのが日頃のルールであった。それでなくても自分達は他の日本人警察官から白眼視されている。日本語以外の言語で会話していると、よけいな疑惑を招きかねないからだ。

「任務の重要性を考えろ。体を休めておくのも俺達の義務だろう」

ユーリらしくない発言だった。そのアイスブルーの目が告げている――「分かっている、ここはおとなしくしておけ」と。

「そうだなあ。すまないね、佃さん。昔から気の短いタチでしてね」

「ああ、どうかお気遣いなく」

安堵したように笑顔を見せた佃は、先に立って三人を近くのホテル『ヤンゴン・エリザベス』へと案内した。徒歩で二分くらいの、まさに目と鼻の先にあるホテルである。

三階建ての新しいホテルで、南欧のリゾートホテルと言っても通用するような趣きある造りであった。

姿とユーリには二階、ライザには三階の部屋が割り当てられた。

「それでは、明朝九時にお迎えに上がります。それまでどうぞごゆっくり」

にこやかに言い残して佃は去った。


部屋に入ったライザは、カリマーのザックを投げ出してカーテンを閉め、手早く室内の点検にかかる。長年の習慣だ。広い寝室に浴室。設備が整っている分だけ、注意して調べる必要がある。盗聴器やカメラのような監視装置は仕掛けられていなかった。

入口のドアを開け、廊下の様子を窺《うかが》う。見張りもいない。非常階段へと向かい、足音を殺して外に出る。夕食の時間まではまだ余裕がある。街に出るなとは言われていない。

大使館に向かう途中で見かけた市場へと移動する。尾行者もいないようだった。〈敵〉もさすがにヤンゴン市内で暗殺を実行するつもりはないのかもしれなかった。

夕暮れ時だが、昼の熱気は未だ路上にわだかまって薄れる気配を見せなかった。観光客を装い、市場でさまざまな店を物色する。

大勢の人々がせわしなく夕食前の買い物にいそしんでいた。鳥や魚を煮炊きする匂いが蒸し暑い熱気と一体になって押し寄せてくる。さまざまな香辛料の強い香りが鼻を衝《つ》いた。アジアの市場に特有の空気だ。

目当ての店はすぐに見つかった。金物屋だ。

そこでナイフを七本購入する。格闘用を一本。刺殺用を一本。投擲《とうてき》用を三本。非常用を二本。いずれも細身。そしていずれも日用品。空港で両替した五千チャット紙幣で支払いを済ませる。

日本からの武器の持ち込みは許されなかった。キャンプ用品であるビクトリノックスのツールナイフを一個、手荷物カウンターで提示しザックのサイドポケットに入れてきたが、あくまで非常用であって、命懸けの実戦に適したものとは言い難い。

だが武器なしで果たせるような任務ではない。ナイフ七本でも心細いが、それ以上所持していると地元警察からどんな疑いを持たれるか知れたものではなかった。

姿もオズノフも、今頃はそれぞれ独自に武器を調達していることだろう。また沖津部長に随時連絡を入れる役はオズノフの担当となっている。あの男なら律儀に任務を果たすと信じていい。

青い原色のロンジーをまとった老婆が、童女のような笑顔で目の前に見たこともない真っ赤な球体を差し出してきた。果物売りのようだ。片手を左右に振って歩き出す。怖いのは食中毒。そして毒殺。用心するに越したことはない。今の自分にとって最大の任務は、君島を連れ生きて帰還することなのだ。

ホテルの自室に戻ったライザは、投擲用として買ったナイフをジャケットの内側に隠す。次いでフィールドパンツの裾《すそ》をめくり上げ、日本から持参したテープで非常用のナイフを両の足首に貼り付ける。

これでいい。

特捜部庁舎の地下にある技術班専用ラボの自室で、緑は渡された資料に目を通していた。

国産機甲兵装のために開発されたという着脱式装甲モジュールのデータである。

ディスプレイの中で、立体構造図が回転している。ある部分をクリックすると、詳細な数値が表示される。それらを飽かず検討する。

機甲兵装腹部側面のハニカム構造バックプレートと鋼板製保護カバーに挟まれた空間に、ボルトで固定することを想定した装甲モジュールで、ジェストロンのR&D部門が耐弾構造構成要素研究の一環として試作した複合積層構造を有する箱型構造標的の一つとされている。

縦横四〇〇ミリ、厚さ一二ミリほどの板を、隙間を設けて十ないし十二枚重ねた構造で、全体としての厚みは二五〇ミリほど。四隅に固定用のボルトスペースが配されている。

板の一枚一枚が金属プレートや炭素繊維、セラミック、ポリカーボネイト等を重ねた積層板となっており、各層の材質や厚み、重ね合わせる順序などが重要な因子となっていた。

この厚みで66㎜タンデム対戦車榴弾と20㎜アンチマテリアル・ライフル弾に抗靭《こうじん》し、なお且つ重量は二キログラムを切る軽さを維持している。機甲兵装にとって、軽量性がこの上なく重要なアドバンテージとなることは言うまでもない。

実に画期的な〈商品〉だ。政府がサンプルの国外流出を恐れるのも当然だと思う。

しかし――

やはりどうしても気にかかる。

考えた末、緑は卓上の固定電話を取り上げた。外線の発信ボタンを押し、応答を待つ。

「あ、京大物理工学科でしょうか……私、警視庁特捜部で技術班主任を務めております鈴石と申します……はい、特捜部技術班の鈴石緑です……恐れ入りますが、先端材料機能学、村上研究室の村上先生をお願いします……」

3

翌朝午前六時二分、ライザはベッドの上で目を覚ました。枕の下からナイフを取り出す。ミャンマーでの最初の夜は、襲撃もなく無事に過ぎた。

処刑人を待って過ごす夜には慣れている。これまでずっとそうだった。日本警察と契約した後もそれは少しも変わらなかった。

怖いのは処刑人ではない。夜毎に襲い来る夢だった。夢は忌避すべき過去をガラスの細片に加工して、毛布をすり抜け肌と心を切り刻む。ライザは全身を目に見えぬ血で濡らし、亡者のように目を覚ますのが常だった。

今は違う。悪夢が去ったわけではない。悪夢と向き合う心を持ったのだ。

ナイフを持ったまま浴室に移動し、ドアを閉める。手近にナイフを置いてシャツと下着を脱ぎ、シャワーの栓《せん》を捻る。外は日本とさして変わらぬくらい蒸し暑いが、空調の効いたホテル内は快適だった。

佃は九時に迎えに来ると言った。〈支度〉をする時間は充分にある。

浴室を出て手早く着替え、手首と足首に護身用のナイフを隠して一階に下りる。朝食はビュッフェスタイルだ。毒殺の心配はないと言っていいだろう。

レストランに入ると、壁際の丸テーブルで同僚の姿とオズノフが向かい合って朝食を食べていた。ボーダーデザインのポロシャツというカジュアルな服装をしたオズノフを初めて見る。コーヒーカップを口に運んだ姿がオズノフに何か話しかけているが、ロシア人は知らぬ顔でスコーンを囓《かじ》っている。

店内を見回してみる。二人の選んだ席は、店外から最も視認されにくい位置にあった。同席したくはなかったが、やむを得ない。

中央に並べられた料理はミャンマー色のほとんどない、標準的なものばかりだった。シリアルとミルク、ベーコンエッグ、それにトロピカルフルーツをいくつかトレイに載せ、同僚達のテーブルに向かう。

出入口の様子が視界に入るように椅子をずらして座ると、姿がこの上なく真面目な顔で言った。

「このホテル、コーヒーだけはなかなかいけるぜ。ミャンマーじゃマンダレー州のピンウールウィンとシャン州のユワンガンで栽培されたアラビカ種が有名なんだが、もともとこの国はコーヒーベルトの緯度に当たる上に、高度や降水量も申し分ないから、コーヒー豆の栽培には持ってこいだったってわけだ」

ロシア人と同様に、ライザは聞こえないふりをしてシリアルにミルクを注ぎスプーンでかき回した。


午前九時ちょうどに、佃と寒河江、それに愛染がホテルに入ってきた。昨日と違い、愛染の服装はサファリジャケットにフィールドパンツというスタイルで、背中には中型のザックを背負っている。こちらも全員似たような服装だ。

二人の同僚とともにロビーで待っていたライザは、それを見て予想通り行き先が大使館でないことを悟った。

「おはようございます」

空虚な笑みを浮かべて近寄ってきた佃が中折れ帽を取って挨拶する。

「もう出発かい。またずいぶんと慌ただしいな。大使閣下や他の皆さんにもご挨拶したかったんだが」

姿も状況を察したようだ。彼の皮肉に、寒河江がにこやかに応じる。

「シットウェーへの直行便が取れましてね。事態は一刻を争いますので、このままご出立をお願いします。ミャンマー側との面倒な調整は私の方で処理させて頂きますが、せめて空港までお見送りをと」

「そいつはありがたい限りだが、できれば俺も面倒な調整の方をやりたいなあ」

「無理言わんで下さいよ。私には皆さんみたいなスキルはありませんので」

「代わりに他人を超危険地帯へ放り込むスキルはあると」

「そういうことです」

剣呑な様相を呈し始めた姿と寒河江のやり取りに、佃書記官が慌てて取り繕《つくろ》う。

「ご心配なく。大使館員として愛染君も同行しますので。彼にはこの件に関して外交官に準ずる権限が与えられていますす」

「よろしくお願いします」

歩み出た愛染が礼儀正しく挨拶した。

ライザは密かにこの愛染という男を観察する。見るからに好青年だが、無知な旅行者ならともかく、大使館に勤務する人間が国境地帯の危険度を知らないはずがない。それなのに自分達のアテンドを引き受けたのには相応の理由があるはずだ――

「では、参りましょう」

佃の指し示すドアの外には、二台の公用車が停まっていた。

シットウェーまでは空路、そこから収容所までは陸路とあらかじめ聞かされてはいたが、無用な寄り道は一切認めないとでも言わんばかりの強引さだった。

公用車はホテルからヤンゴン国際空港へと直行した。昨日降り立ったばかりであるから、なんの旅情も感じない。こういう〈旅〉には慣れている。入国したその日に暗殺を実行して第三国経由でただちに帰国することなど、IRF（アイリッシュ・リパブリカン・フォース）ではざらだった。昔と違っているのは、与えられた任務が処刑ではなく、被疑者を生かして日本まで連行するという点だ。もっとも、数多くの敵対勢力が罠を張って待ち受けているという点においては違いなどない。

明るく近代的なヤンゴン空港は、溌剌《はつらつ》とした活気に満ちて、前途に横たわっているはずの災厄とはまるで無縁に見受けられた。

自分達に用意されていたのはエア・マンダレーの便であった。

搭乗手続きを済ませ、搭乗口へ向かう。姿、オズノフは問題なく金属探知機を通過した。次は自分の番だ。

眼を光らせている係員の前で、ライザは抱えていた紙袋の中身を広げてみせた。マンゴスチン、ジャックフルーツなど各種の果物と、ナイフが三本。フォークが二本。

「"My Lunch"」

こちらから英語で申告する。フォークはホテルのレストランで、果物は朝市で調達した物だ。

案の定係員は首を振ってナイフを指差し、早口のビルマ語で質問してきた。

ライザは困った表情を作り、背後の愛染に日本語で告げる。

「こちらは日本の政府関係者で、ランチは機内に持ち込まず、ザックに入れて貨物室に預けると伝えてほしい」

「はい、分かりました」

愛染が係員に身分証を示しビルマ語で説明している間にも、ライザは背中のザックを降ろし、紙袋に詰め直した〈ランチ〉を収納する。

納得したらしい係員が声を上げると、女性の係員が出てきてライザのザックを受け取り、X線手荷物検査装置に通してから運び去った。

手荷物のなくなったライザは、金属探知機をクリアして先に進んだ。

これでいい。少なくともナイフ三本を持ち込むことができた。日本から持ち込んだツールナイフより刃渡りはずっと長い。使い方によってはフォークも武器として使用可能だ。シットウェーで新たに武器を手に入れられるという保証がない以上、最低限の〈支度〉はしておく必要がある。

手荷物カウンターで正式に申告し、もっと実戦向きのナイフを持ち込むことも建前上は可能なはずだが、敵地とも言うべき他国でよけいな注意を惹くことは極力避けたかった。

搭乗口の内側から振り返ると、寒河江と佃が土産物の人形のような笑顔を見せていた。しかも手彫りではなく、出来の悪い量産品のそれだ。顔は少しも似ていないのに、双生児のように瓜二つの笑い方だった。

その笑顔には覚えがある。イギリスとの和平を説くシン・フェイン党の政治家。あるいは北アイルランドとの対話を主張するイギリスの政治家。どちらも同じ笑顔であった。心の奥底に沈殿する汚泥を脱臭し、うわべを飾っただけの卑しい笑みだ。

「さあ、行きましょう」

こちらは遠足にでも行くような明るい調子の愛染に促され、ライザは姿とオズノフに続いて機内へと乗り込んだ。

気に食わない――

指定された席に座った姿は心の中で呟いた。何から何まで気に食わない。大使館には極力近づけずにホテルから有無を言わせず連行し、飛行機に押し込んだやり口も不愉快だが、特に寒河江のあの顔だ。明らかに彼は自分達の運命を予期している。予期しながら口をつぐんでいる。かく言う自分も、過去に全滅必至の作戦に送り出される部隊を見送ったことがある。そんなとき、自分もまた寒河江のような笑みを浮かべていたに違いない。それが仕事であるからだ。

嫌だねえ――

ヤンゴンを飛び立ったエア・マンダレーのプロペラ機は、五十五分後にはシットウェーに到着する予定であるという。空席がやたらと目立つ上に、他の乗客は遺跡群で知られる古都ミャウーへの観光客がほとんどのようだ。紛争が激化して以来、観光客は減少の一途を辿っているというから、今日はこれでも客が多い方なのかもしれなかった。

「ねえ愛染さん」

隣に座った愛染に話しかける。

「あんた、俺達の任務について聞いてるかい」

「もちろんですよ。拘束中の国際指名手配犯の身柄を引き取りに行くんでしょう」

「そこがヤバい場所だってこともご存じだよな」

「ええ、誰よりもね」

「だったらどうしてまたそんな所へ行こうって気になったんだい」

「そりゃあ、仕事ですから。上司から命じられれば行くしかありませんよ」

「とんだ貧乏クジだとは思わなかったのかい」

すると愛染は姿の方に向き直り、

「何がおっしゃりたいんですか、姿警部。僕としては、はっきりと言ってもらった方がありがたいのですが」

「いやあ、大体あんたの想像した通りだよ」

「僕が何かの陰謀に荷担しているとでも？」

「まあ、そういうこった。大体さ、こっちから国境まで身柄を引き取りに行かなきゃならないってこと自体、変だとは思わなかったのか」

「変と言えば変でしょうけど、ミャンマー政府と国軍はお世辞にもいい関係にあるとは言えない。ミャンマー政府の本音としては、警察が抱えてる犯罪者なんかには関わりたくなかった。ミャンマーでは警察は国軍の管轄下にありますからね。その一方で、巨額の援助を受けている日本からの要求には応じざるを得ない。だからこんな条件を出したんだって聞いてます。まさか日本警察が本当に捜査員をよこすなんて、思いもしなかったのでしょう。それが誤算だったと、ミャンマー政府の高官がこぼしてたって参事官の一人が言ってました」

「なるほどね」

姿は無精髭を撫でながら、

「だけどねえ、それじゃ俺の疑問に対する回答にはなってないような気がするぜ。つまり、両国政府の思惑がどうであろうと、あんたが命を懸ける理由にはならないってことさ。最悪の場合、辞職することになったとしても、命には替えられないだろう。違うかい」

「姿さん」

ヤンゴンの陽光を映して明るかった愛染の目が、いつの間にか残照に似た光を湛《たた》えていた。

「僕はこの仕事を断りませんでした。それどころか、半ば自分から志願したようなものなんです」

へえ、と姿は愛染を見つめる。

「僕の父はUNHCR（国連難民高等弁務官事務所）の職員を務めていました。勤務地はバングラデシュ。ロヒンギャ難民の保護に当たっていたのです。国連の方針を無視してロヒンギャの送還を決めたバングラデシュは、難民達にミャンマーへの帰還を強要し始めました。父達の聴き取りに対し、はっきりと帰還拒否の意志を示した難民グループが夜間に連行され、強制送還されたりしていたそうです。それどころか、互いに離れたくないと泣き叫ぶ親子を引き離して別々のボートで送り返したり、抵抗する難民に集団で暴行を加えたりしていたとか。その際に亡くなった人達も大勢います。強制送還の様子を撮影したBBCの女性ジャーナリストが治安当局に拘束されたのもその頃です。父達も同様で、目の前の悲劇を為すすべもなく眺めるしかなかった。バングラデシュ政府が、当局の同行なしに国連職員がキャンプ内で行動したり、難民と接触したりすることを禁止したからです」

不穏な振動とともに、機体が大きく揺れた。この時期のラカイン州は雨期の真っただ中にある。ヤンゴンでの晴天は、ごく束の間の恩寵であったようだ。

「帰国した父は人が変わったように冷笑的な人物になっていました。ですから僕にとって父は、なんだか意地の悪い、嫌な人でしかありませんでした。父の口からロヒンギャ難民キャンプでの体験について聞いたのは、僕が小学生の頃でした。そのときのショックは忘れられません。ただ冷たいだけの人だと思っていた父に、そんな体験があったなんて」

「それで、ミャンマーやロヒンギャについて興味を持ったと」

愛染は姿を見つめたまま頷いた。

「大学で語学を専攻しましたが、ビルマ語はともかく、ミャンマーの少数民族語については学ぶにも限度があります。それでも機会を捉えては勉強しました。気がついてみたら、在ミャンマー大使館で働いていたというわけです。しかし大使館職員といえども、外国人の立ち入りが禁止されているラカイン州北部への旅はそう簡単にできるものではありません。近年ロヒンギャ問題は国際社会で大きく取り上げられているというのに、日本は何もしようとしないどころか、ロヒンギャ迫害を黙認するミャンマー政府を支援さえしています。あ、こんなことは職場では言えませんけどね」

力なく笑ってから、青年は続けた。

「だから今回の仕事は、僕にとっては願ってもないチャンスでもあったわけです。ラカイン州の国境地帯へ行き、この目でロヒンギャの置かれている現状を確かめる。亡くなった父のためにもね。言い忘れましたが、父は僕が大学を卒業する前に交通事故で亡くなりました。バングラデシュで受けた傷がもとで、父は片足に障害を負っていました。当局は全面的に否定していますが、ロヒンギャの母子を助けようとして警察に暴行されたんです。そのため横断歩道をゆっくりとしか渡れず、突っ込んできた車に……」

「その話、大使館の連中は知っているのか」

「いいえ。知っているとしたら、僕の父がＵＮＨＣＲで働いていたということだけです。父の障害と難民キャンプでの出来事との関係について把握している人はミャンマーにはいないし、日本でもごくわずかでしょう」

「そうか」

ごく平凡な相槌《あいづち》しか打てなかった。

言ってやりたいことはいろいろある。「戦場にそんな感傷は無用であるどころか有害だ」「その程度の話ならこの世界では珍しくもない」「権限を逸脱して母子を助けようとした父親の方が悪い」等々だ。なんなら「自分の上司である理事官の兄君は、北カフカスのイングーシにあるUNHCRに出向中、難民の女と関わり合ったがゆえに後年命を落とす羽目になった」と教えてやってもいい。

だが何を言っても無駄だろう。人の忠告に耳を傾けるような男なら、ラカイン州の国境まで行くような仕事に志願したりなどしない。かつては自分もそうだった。

青年はそれきり黙り込んだ。こちらにプライベートなことを話しすぎたと後悔しているようでもあった。

こういうときは無理に話さない方がいい。それもまた姿の経験則だった。

4

君島洋右の身辺調査は、まず国際指名手配書の詳細な内容確認から始まった。

外事一課には内密であるとは言え、公に国際手配となっているのだから警察関係者ならば閲覧はたやすい。

君島洋右。三十四歳。滋賀県大津市御陵町出身。一橋大学商学部卒。ITベンチャー『スドウ・ビジョン』を経てジェストロンに入社。逮捕状発行時の住所は東京都国立市光町二丁目サンバレー光町五〇八号室。大学卒業と同時に同級生と結婚したが、二年後に離婚。子供なし。現在は独身。手配容疑は『不正競争防止法違反（営業秘密の侵害）』。

夏川はそれらの基礎情報を頭に叩き込んだ後、その日のうちに二十人の部下達を三つのグループに分け、それぞれ大津市、国立市、スドウ・ビジョン周辺へと派遣した。

翌日の午後になって、部下達からの報告が入り始めた。

君島の両親はともに教育者であり、地元の名士であること。三人の子供がいること。君島は末っ子の次男で、母親から溺愛されて育ったこと。兄と姉はいずれも地元有名企業に勤めていること。両親はすでに定年を迎えて引退していること。

君島自身は早くから優秀な人材として評価されていたが、自己中心的な考え方をする傾向があり、結婚生活が破局に至ったのもそれが主たる理由であること。

また野心的な性格で、スドウ・ビジョンで重要な仕事を任せられていたにもかかわらず、それらを投げ出してより条件のいいジェストロンに移ったこと。その際ろくに引き継ぎも行なわず、スドウ・ビジョン関係者を呆れさせたこと。

移籍のきっかけはヘッドハンティングによる引き抜きだったのだが、提示された待遇と違っていると不満を募らせていたらしいこと。そうした不満が鬱積して社内機密持ち出しという犯行に及んだのではないかと考えられていること。

庁舎内の自席で、夏川は部下達からの連絡を受けた受話器を置いて考え込んだ。

経験的に、君島の人物像は大体分かった。仕事はできるのだろうが、何事につけわがままでどうにも付き合いづらい。現に友人はごく少ないということだった。学生時代に交流のあった仲間達も、君島の性格に辟易《へきえき》して離れていっている。

要するに、鼻持ちならないエゴイストのエリート様だ。自分は特別な存在で周囲からちやほやされて当然だと思っている。しかも無責任で他人の迷惑を顧みないときた。

なるほど、大それたことをしでかそうって気にもなるわけだ——

自席の電話がまたも鳴った。一秒も経たないうちに夏川は受話器を取り上げている。

「はい、特捜部夏川」

〈山尾《やまお》です〉

国立に派遣して君島の私生活を調べさせていた部下の山尾捜査員からであった。

〈君島には交際中だった女がいました。秋田芳子《あきたよしこ》、三十一歳。ジェストロンの子会社『ジェスト・サービス』の社員です。君島は親会社の管理職という立場を利用して口説いたみたいですね〉

自分の権限で閲覧できる限りの捜査資料を見たが、そんな女の存在は記されてはいなかった。

「よくやった。今どこにいる」

〈大崎のジェスト・サービス本部近くです。品川区大崎二丁目『ジェスト大崎第二ビル』四階。女は現在本部内で勤務中〉

「すぐにそっちへ行く。四十分後に合流しよう。近くに適当な店はないか」

〈ええと、通りを挟んだ向かいに『ダイワロイネットホテル東京大崎』があって、二階にイタリアンの店が入ってます〉

「よし、そこで今のうちにメシでも食ってろ」

〈いいんですか、なんだか高そうですけど〉

「一番安いパスタにしとけ」

電話を切り、庁舎を飛び出す。大崎なら有楽町でメトロからJRに乗り換えればすぐだ。

きっかり四十分後、ホテル二階のレストラン『イルキャンティ大崎』に到着した夏川は、出入口に近いテーブルでペペロンチーノを食べている山尾を見つけた。

「なんだ、まだ食い終わってないのか」

「ついさっきまでえらく混んでたんですよ……それより、あと十五分ほどでジェスト・サービスの終業時刻です」

「じゃあ、それまでここにいるとするか」

山尾の向かいに腰を下ろし、ドリンクメニューを開いた。近寄ってきたウエイトレスにアイスティーを注文する。

「相変わらずですね、コーヒーを頼まないのは」

「うるさい。さっさと食っちまえ」

ぶっきらぼうにそう言って、夏川は窓の外を見た。

これが二か月前なら、山尾の言う通り、コーヒー類は単なる意地で注文を拒んでいた。

しかし今は知ってしまった。姿警部をはじめとする突入班の三人が、常人には到底耐えられない恐るべき〈契約〉を結んでいることを。

彼らを「一時的に警視庁と契約しただけの部外者」と見なし、蔑《さげす》んでいた己を恥じる。警察の陰湿な体質を憎みながら、いつしか同じ体質に染まっていた己を責める。

今コーヒーを頼まなかったのは、こうしている間にもミャンマーで姿警部達にどんな危険が迫っているか知れたものではないと思ったからだ。自分だけがのうのうとコーヒーを味わっている気にはなれなかった。場合によっては、姿警部の墓に缶コーヒーを供えることさえできないのだ。

姿警部の言っていた「インパール作戦」について興味を惹かれた夏川は、昨夜のうちにできるだけ調べてみた。

控えめに言って戦慄した。そして剛胆を自負する己が吐き気を覚えるほど恐怖した。

一九四四年、日本帝国陸軍ビルマ方面第十五軍は牟田口廉也《むたぐちれんや》中将の強硬な主張に押し切られる形で、補給路もないままチンドウィン河とアラカン山脈を越え、インドのアッサム州に侵攻するという作戦を実行した。

チンギス・ハーンの故事にならい、近隣の村から牛、山羊など多数の家畜を徴発して荷物を背負わせ、最後に食料とする一石二鳥のジンギスカン作戦。武器弾薬は遭遇した敵から奪えばいい——こんな杜撰《ずさん》な計画が上層部の体面と情実のみで認可されたのだ。

雨期におけるこの地域の降水量は世界一と言われている。牛は氾濫した川を渡れず多数の兵とともに溺れ死に、重い野戦砲を分解して険しい山道を担ぎ上げるよう命じられた兵達は、いたずらに地獄のような苦痛を強いられ濁流の斜面から滑り落ちて虚空に消えた。

そんな状態であっても、功名心の妄執に憑《つ》かれた牟田口中将は作戦中止の諫言を「臆病」と退けるばかりで、ために作戦の中止は大幅に遅れた。

真に悲惨であったのは作戦が中止されたその後である。退却路を往くにも兵站《へいたん》を無視した作戦であったため食料はない。日本兵は近隣の村から強奪し、戦友の死体を食い、時には生きた味方を襲って食った。生水を飲んだ兵はマラリアや赤痢を発症し、そのまま死んだ。死ななかった者は糞便を垂れ流しながら歩き続けた。靴はとうの昔に擦り切れて、肉の落ちた裸足の足裏からは骨が覗いた。それでもなお足を引きずるようにして進み、一人また一人、次々と倒れて動かなくなった。後続の兵は蛆《うじ》の湧いた同胞の腐乱死体を顧みる気力すらなく、それどころか己の傷口に指を突っ込み、肉の中で蠢く蛆をつまみ取っては口に運んで咀嚼しながら亡者のように行進した。

その結果、狭い山道は果てしなく連なる白骨で埋め尽くされた。『白骨街道』の所以《ゆえん》である。

一説によると日本軍の死者七万人以上。その大半が戦死などではなく、餓死、もしくは病死であった。それも極限まで苦しみ抜いた末の死だ。しかし内地への報告書には「戦死」と記された。遺族の気持ちを慮《おもんぱか》って、と言うと聞こえはいいが、要するに軍部の体面を取り繕っただけのものでしかない。

まさに「史上最悪の作戦」である。

そんな所へ姿警部達が――

真夏であるにもかかわらず、想像するだけで寒気がする。

「主任、そろそろ……」

山尾が口を拭いながら促してきた。

「おう」

夏川はいつの間にか目の前に置かれていたアイスティーを一息に干して立ち上がった。

レストランを出た二人は、ジェスト大崎第二ビルに向かって歩き出した。

大股で横断歩道を渡ろうとしたとき、いきなり飛び出してきたバンが行手を阻むように急停止した。

「刑事の前で道交法違反とはいい度胸だ」

山尾の呟きが聞こえたが、夏川は悪い予感を覚え、身構えるようにしてバンを見つめた。

後部のドアが開き、いかつい男が顔を出した。夏川も初めて見る顔だった。

「乗れ」

ぶっきらぼうに男は言った。

「あんたは」

「外一の武市だ。さっさと乗れ」

信号が赤に変わる。従うしかなかった。

男は公安部外事一課の武市譲課長であった。


「私も最初に聞いたときは耳を疑いました」

警視庁庁舎内。刑事部捜査二課の課長室で、中条暢《なかじょうのぼる》管理官は上司の鳥居英祐《とりいえいすけ》課長を前に興奮の面持ちで報告した。

「機甲兵装の国産化なんて、国会で取り上げられてもおかしくない。それを今日まで完全秘匿で進めてたとは……いや、それよりこれを見て下さい」

デスクの上に広げられた資料を指差して、

「ちょっと調べただけで、ジェストロンにあちこちから金が流れ込んでいるのが分かります。どれも純然たる投資だし、申告はきっちりしてるんで国税もノーチェック。もちろんウチも完全にノーマークでした。しかし個々の投資案件、例えばこの照準システムの特許使用料ですとか、それと連動したマニピュレーターの研究費ですとか、これらを総合すると、確かに機甲兵装を作ってるとしか思えんのですわ」

鳥居英祐捜査二課長はそれらを順につかみ上げ、鋭い視線を走らせている。

中条の後ろに控える由起谷は、隣に立つ末吉六郎《すえよしろくろう》係長の巨体を横目に見た。中条が説明している資料は、いずれも末吉の率いる特別捜査第六係が一晩と半日で集めてきたものだ。

経産省と香港財界の主導する一大プロジェクト『クイアコン』を巡る先の連続暗殺事案に際し、由起谷は経済事案に関する捜二の実力に瞠目したものだが、改めてその専門技術の高さに唸らされる思いであった。部長の言った通り、今回の事案解明は彼らの協力なしには困難であることを痛感する。

由起谷とともに鳥居課長のもとを訪れた城木理事官も感嘆しているようだった。

資金についての捜査を命じられたのは由起谷だが、刑事部との調整を図るためにも、警視である城木に同席してもらう必要があったのだ。

中条は一段と声を張り上げて、

「ジェストロンは国内有数の総合メーカーですから、どの部署で何を作っててもおかしくない。だからそれらを合わせて見るなんて、誰も考えすらしなかった。下手すると投資した側も、別の何かを作ってると思い込んでた可能性さえある。耕耘機とかエアコンとか。仮にそこを突っ込まれても、『本当に作ってますよ』と試作品の一つや二つ出してみせる用意くらいしてたって驚きませんよ」

「つまり、詐欺ではないというわけだな」

書類から顔を上げた鳥居が神経質そうに言う。

「だったらウチの出番はどこにもない」

「まあ、こっちを見て下さいよ。私がさっき急いでまとめたチャートなんですけどね」

中条が手書きの図を示す。

「いくつかある金の流れを大まかに辿っていくと、大体ここにつながってました」

自分で引いたという線を辿っていた中条の指が、ある一点で止まった。

そこに示されていた社名を見て、鳥居課長が目を見開く。

「矢間辺洋航《やまべようこう》か」

由起谷もその社名は知っていた。『矢間辺洋航』。いわゆる軍需企業で、決して大手ではないが、白丸《しろまる》商事や渋友《しぶとも》物産など超名門がひしめく中に割り込んだ手法や経緯には相当に疑わしいものがあると言われている。

「そうです。矢間辺です。ウチが何度もやろうとしてやれなかった矢間辺が、こんなところで尻尾を丸出しにしてくれてるなんて、半日前は夢にも思っていませんでした」

そう語る中条も、聞いている鳥居も、さらには現場で動いた末吉も、一様に感無量といった面持ちであった。

矢間辺洋航はこれまで数々の汚職疑惑で新聞雑誌をにぎわせてきた総合商社である。しかしいずれも立件には至らず、中には名誉毀損で告訴され、謝罪文の掲載を余儀なくされた週刊誌さえある。一説には、政界からの圧力が常にこの会社を守っているとも言われていた。

軍用兵器の生産と販売には、それでなくても莫大な利権がつきまとう。矢間辺の立件は、すなわち矢間辺と癒着している政治家や官僚の摘発につながる——捜二の考えは門外漢の由起谷にも容易に想像できた。

「よく分かった。この件は徹底的にやる」

三人に向かい、鳥居が決然と告げる。

警察内部で反感を買っている特捜からの要請に対し、果たして捜二がどう出るか、見当もつかなかった由起谷はほっと胸を撫で下ろした。

「だが機甲兵装の国産化は現政権にとって最重要機密でもある。その点は沖津さんも念を押しておられた。ウチが全面的に表立って動くと、上層部に筒抜けとなる危険がある」

「待って下さい、それでは――」

反論しかけた城木を制し、鳥居は続けた。

「末吉係長」

「はっ」

巨漢の末吉が一歩前に出る。

「この件は六係に任せる。最小限の人数で極秘裏にやるんだ。腕の立つ捜査員を選べ。それと中条君、仁礼《にれ》財務捜査官は今何を担当している」

「企捜《きそう》（企業犯捜査）三係でやってた鶯谷信金の不正融資、ちょうどあれが終わったとこです。もっとも、これから組対の方で仕事する予定になってるそうですけど」

「よし、仁礼君をこっちに投入する。組対の門脇《かどわき》さんには私からよくお詫びしておくので心配しなくていい」

「彼が助っ人に来てくれるんなら大助かりですよ」

中条が破顔した。その笑顔につられたわけではないが、由起谷もまた仁礼財務捜査官の風貌を懐かしく思い出していた。

身だしなみに無頓着で、一見冴えない青年だが、こと財務捜査に関しては天性の閃きを発揮する。彼のおかげで『狼眼殺手』エンダ・オフィーニーの不可解な行動の謎を解くことができたのだ。

あの人が来てくれるなら――

由起谷が笑みをこぼしたのとほぼ同時刻、夏川は新木場の路上に駐められたバンの中で、ひたすら脂汗を流していた。

彼の横に座った沖津特捜部長と、その対面に座った清水公安部長とが無言で睨み合っている。

外一には気づかれぬようにとあれほど厳命されていたにもかかわらず、初手からあっさり捕獲されてしまったばかりか、話をつけるため上司が呼び出されたのだ。立場も面目もあったものではない。ここまで重い空気も滅多にないだろう。許されるならばドアを開けて逃げ出したいところだ。夏川は密かに山尾を羨《うらや》んだ。

大崎から新橋に直行した公安部のバンは、そこで別の車から降りてきた一人の男を乗せた。清水宣《のぶ》夫《お》公安部長だった。次に新木場の特捜部庁舎前に向かったバンから山尾が降ろされ、代わりに沖津が乗り込んできたというわけである。

その間、武市も清水も、夏川になんの説明もしようとはしなかった。訊いても無駄であることだけは分かっていたから夏川の方でも質問はしない。

「大体のところはさっき電話でお伝えした通りです」

カバに似た清水が大きな口を開いた。

「つまり、秋田芳子のことは公安でも把握していたが記録には残さなかった、君島について調べようとする者が現われた場合に備え、囮《おとり》として泳がせておいた、それに気づかず引っ掛かったのがウチであったと」

珍しく渋面を作った沖津が、シガリロのケースを取り出しながら言う。

対して清水は、どこまでも曖昧に頷いた。

「まあ、そういうことになりますかな」

夏川はいよいよ立場がない。

「外事の手法はある程度理解しているつもりです。しかし、我々もまた警察官です」

「ならばよけいにですよ。同じ警察官の手掛けた事案に手を突っ込もうってのはどんなもんでしょうな」

「清水さん。お互い時間の無駄はよしましょう」

沖津は思い直したようにシガリロをしまい、身を乗り出す。

「あなたは警察の縄張り意識とは無縁の人だ。もっと大局的に物事を見ておられる。公安の特殊性からではありません。あなたという人物独特の個性だ。なのに凡庸な警察官が使いそうな口実をあえて使う。それはなぜか」

清水も、そしてその隣に座った武市も、じっと沖津を見つめている。

「どんな口実であってもいい。むしろ凡庸な方が好ましい。つまり、あくまで君島の追及は阻止するという意思表示だ。そこまでして君島の秘密を守る理由があるとすれば、それは上層部からの命令以外に考えられない。上層部と言っても、総監でも長官でもない。官邸だ。体制を守ることこそ公安最大の存在意義ですから」

「ええ」

「さっき時間の無駄はやめようとか言ってましたね、沖津さん」

「だったら私に言えることは何もない。そういうことでご理解を願います。今日はお忙しいところを
――」

「待って下さい」

静かな口調で沖津は清水の発言を遮《さえぎ》った。

「私は部下を三人、死地へと送り出さざるを得なかった。それこそインパール作戦の当時から連綿と続く日本固有の価値観なら、国家のためで通ったでしょう。やむを得ない犠牲だと。だが今は違う。ここまで蝕《むしば》まれた体制に命を捧げても意味はない。ついでに言わせて頂くと、体制と国家とは同義ではない」

夏川は息を呑む。対面の武市も同じのようだった。

沖津の言葉は公務員の規《のり》を明らかに逸脱している。それが分からぬ沖津ではない。外務省出身のこの上司は、何もかも承知の上で口にしているのだ。

「蝕まれた？　一体何に？　また例の〈敵〉ですか」

「この場合は違います」

「じゃあなんです」

「強いて言うなら、時代でしょうか」

「具体的にお願いしたいですな」

「すでに建前すら失われ、モラルもポリシーも欠如した、エゴイズムを声高に主張して恥じない時代の流れですよ」

「時代の流れ、ね」

清水が冷徹に繰り返す。公安で生きてきた者は本能的に、理想や大義を語る者を信用しない。

「だったら、最初から勝ち目のない戦いをしてるってことになりますよ、特捜は」

「その通りです」

沖津は平然と肯定した。

「何者も時代には逆らえない。しかし、この流れの行き着く先には破局しかありません。私はこの流れを少しでも食い止めたいと思っています。それが警察官の、いえ、すべての公務員の務めではないでしょうか。少なくとも私はやってみるつもりです。たとえ無駄なあがきに終わったとしてもね」

諦念すら漂う口調でありながら、上司は果敢に言い切った。その熱い宣言に感激し、夏川は思わず背筋を伸ばす。

だが——待て。

汚濁の海を泳ぎ渡ってきたような公安部長に対し、その言葉は美しすぎはしないだろうか。自分は上司を信じている。だがこの上司が誰に対しても常に心を開いているとは思えない。

「ミャンマーに出張中のそちらの三人、これまでの彼らの功績は私も大いに評価しています。あの三人を手放すのは実に惜しい」

しみじみとした口調で、清水が漏らした。

突入班の三人を案じているようで、官僚的な冷たさもある。

ミャンマー行きの実質は〈出張〉などではなく、〈処刑〉に等しい。それを承知で、当たり障りのない言葉に置き換えているからだ。

「これからの警察に、あの三人は絶対に必要だ。しかしね沖津さん、私にできることはない。本当になんにもないんだよ。この意味が分かりますか」

沖津はゆっくりと頷いた。

「分かります」

「君島は触らんで下さい。触ると事態はますます悪化しますし、ウチも正面切って特捜と事を構えねばならなくなる。やるんなら、面倒かもしれんが他の線を当たってみられることですな」

「ありがとうございます。ご助言に感謝します」

丁重に礼を述べ、沖津はバンから降りた。夏川も慌てて後に続く。

振り返ると、公安の黒いバンが静かに走り去っていくのが見えた。それは霊柩車よりもしめやかで、弔《とむら》いの荘厳さを表しているかのようにも感じられた。

身震いを覚えた夏川は、我に返って沖津に追いすがり、後ろから声をかけた。

「申しわけありませんでした、部長」

「謝ることはない。君は私の指示通りに捜査していただけだ」

庁舎に向かって歩きながら、振り返らずに沖津が答える。

「でも、部長を煩わせてしまって」

「清水さんとはいずれ話すつもりでいた。問題はない。むしろ、清水さんは我々にいろいろ教えてくれたんだ。なかなか有益な会合だったと言えるんじゃないかな」

「えっ、どういうことでしょう」

肚《はら》の読めない部長同士の会話など、夏川にとっては異次元の音声にも等しい。こういうときは、恥を恐れず教えを請うのが一番だと考えている。

「まず公安はやはり官邸から君島の秘匿を厳命されていること。清水さんの立場では逆らうことができないのも当然だ。同時に清水さんは、君島に手出しさえしなければ、こちらの邪魔はしないと明言してくれたんだ。それだけでも大助かりじゃないか。あの人もまた官邸のやり方に必ずしも賛同しているわけではないと推測できる。さらには〈他の線〉を追えとまで言ってくれた。つまり、その先には必ず真実が隠されているということだ」

「そういうことですか」

先ほどの会話を反芻《はんすう》し、夏川は得心する。解説されればその通りであると思えてくるが、あの場で瞬時に解析できるほどの頭脳は自分にはない。

「でも、肝心の〈他の線〉というのは一体……」

「すでに追っている。由起谷主任と捜査二課がな」

そっちか——

昨日の捜査会議を思い出して、沖津の読みに改めて敬服する。

「夏川主任、君は全捜査員をただちに呼び戻せ。由起谷班の応援に回ると同時に、国産機甲兵装の開発に携わった人間を調べ上げろ。君島やジェストロンの幹部クラスじゃない。末端から徹底的にやるんだ」

「はっ。全捜査員をただちに呼び戻します」

夕闇の中、夏川は直立不動で復唱した。

5

定刻より十分遅れて機はシットウェー空港に着陸した。近代的なヤンゴン空港とは大違いの、よく言えば牧歌的、悪く言えば田舎そのものといったロケーションである。だがここはすでに日本外務省が「レベル3（渡航中止勧告）」に指定している危険地域だ。実質的には「レベル4（退避勧告）」に相当するのだが、退避すべき自国民など最初から立ち入りを許されていないこともあり、ミャンマー政府への〈配慮〉からレベル3のまま据え置かれている。

機外に出た姿は、眼下で待ち受ける兵士達を見下ろした。装甲車やトラックなどの車輛も見える。

「大歓迎だな」

そう呟いて、タラップを下りる。

ウッドランドパターン迷彩のヘルメットを被った兵士達が抱えている自動小銃はイスラエルのIMI製ガリルであった。ミャンマー国軍は中国をはじめ、イスラエル、北朝鮮、パキスタン、ロシア、ポーランド、シンガポール、ウクライナなどさまざまな国々から兵器を調達している。ガリルを装備していても不思議ではない。

「こいつらは軍人じゃない」

後ろに立っていたユーリが肩越しに囁きかける。同意見であった。

「さすがに鼻が利くじゃないか」

元モスクワ民警の刑事であったユーリ・ミハイロヴィッチ・オズノフは、警察という組織の臭いに敏感な反応を示す。また歴戦の傭兵である姿にとっても、警察官と軍人の違いは一目瞭然であった。

ガリルの銃口はこちらに向けられてはいない。少なくとも、すぐに攻撃してくるような気配は感じられなかった。それでも彼らの視線には友好的とは言い難いものが含まれている。

姿は先頭に立って油断なくタラップを下りる。

全員が降り立ったとき、背後で携帯端末の着信音がした。愛染のものであった。

「……はい、分かりました、ありがとうございます……では」

通話を終えた愛染が、嬉しそうに伝えてくる。

「朗報です。大使館から連絡がありまして、シットウェーの警察部隊が急遽護衛を派遣してくれることになったそうです」

「なるほどね。だがあんまり朗報って感じがしないのは俺だけかな」

周囲を取り巻く男達の顔を見回した愛染は、半ば自らに言い聞かせるように反論した。

「緊張しているせいでしょう。与えられた任務にそれだけ真剣に取り組んでくれてるんですよ」

「まあ、旅行気分で浮かれてるように見えないのは確かだがね」

日本が警察官を派遣してきたことに慌てたミャンマー政府は、形だけでも警護態勢を取っていることを示そうとしたのだろう。最小限の人員と装備を用意してくれたらしい。まさに最小限のアリバイだ。

他の乗客達は、こちらを避けるようにしてターミナルビルへと足早に去っていく。

指揮官らしい臙脂《えんじ》色のベレー帽を着用した男が近寄ってくる。その歩き方から、相当に実戦経験のあることが分かった。腰に提げたホルスターから覗いている拳銃はポーランド製のＷＩＳＴ－94のようだ。

彼はビルマ語ではなく、英語で姿に話しかけてきた。

「日本警察の担当官だな」

「そうだ」

「シットウェー警察本部のソージンテット警察大尉だ。第五分隊を指揮して日本人をシャベバザル収容所まで警護せよと命じられた」

「あの、収容所ではなく、職業訓練センターだと伺っていますが」

遠慮がちに言った愛染に対し、ソージンテットは率直な見解を口にした。

「どっちでもおんなじだ。なんなら刑務所と言ってもいい」

「身も蓋もないってことかい。ミャンマー政府が一生懸命国連で強制収容所なんかじゃないって言い張ってるってのに」

挑発するつもりはなかったが、呆れるあまり、つい言ってしまった。

「日本人だからといって特別待遇は期待しない方がいいぞ。もっとも、我々が護衛する時点で充分に優遇されているとも言えるがな」

「他国の政府関係者を護衛する者の態度とはとても思えないな」

ユーリが背後から姿の肩をつかみ、英語で言った。

「やめておけ、姿。こちらは護衛してもらう立場なんだ」

その発言が言葉通りの意味でないことは明らかだった。ソージンテットに聞かせるため、ユーリはあえて英語を使ったのだ。

ライザは無言で周囲に目を配っている。正規の警察部隊であろうと信用はできない。そもそも少数民族の虐殺を実行しているのは警察を指揮する国軍なのだ。彼らの中に暗殺者が混じっていないという保証はないどころか、本当の目的はこちらの抹殺である可能性すら想定できる。

「今後は我々の指示に従ってもらう。まずは持っている通信機器をすべて出せ。こちらで預かる」

「どういうことだ」

「勝手に使われると困るからだ。ミャウーより先は外国人立入禁止地区だ。撮影や通信は一切認められない」

「断ると言ったら」

「姿警部、挑発的な態度は慎んで下さい。国境地帯を実効支配しているのはあくまで国軍なんですよ」

蒼白になった愛染が日本語で言う。

「どうせラカイン州では携帯は使えません。渡して下さい」

「分かったよ」

ミャンマー政府は紛争地域の携帯電話回線やインターネット回線を遮断している。SNSによって反政府武装組織への支持が広まったり、当局にとって不都合な情報が拡散するのを防止するためである。これまではインターネット回線のみの遮断であったが、紛争の激化に伴い、携帯電話回線の遮断にまで踏み切ったのだ。

隊員の一人がジップロック・バッグを広げて差し出してきた。全員が携帯端末をその中に入れる。ユーリは沖津との通信のために持参した衛星電話も渡していた。日本側としても通信機器の没収は最初から想定している。

「心配するな。帰りにちゃんと返却してやる」

「だったら預かり証くらい書いてくれ」

英語で言ったソージンテットに対し、姿はわざと日本語で皮肉った。反応はない。どうやら彼は日本語を解さぬようだった。だが油断はできない。ミャンマーには外国語学校が多く、日本語を学ぶ者も少なくないと聞いている。わざと日本語が分からぬふりをしているのかもしれなかった。

「すぐに出発する。目的地までは二日の行程だ」

「待てよ。俺達は今着いたばかりだぜ。少しくらい休ませてくれたっていいじゃないか」

「速やかに日本人を移送し、また出発地点まで連れ帰るようにとの命令を受けている」

ミャンマー側としては外国人を常時監視下に置き、不都合な場所を見せるつもりは毛頭ないということだ。

「よけいなサービスや観光オプションは一切なしってわけか。日本政府は格安のツアーを選んだらしいな」

わざと無駄口を叩きつつ周囲の車輛を観察する。中国製の92A式装輪装甲車が一台。銃塔では12・

7㎜重機関銃を前にして立った隊員がこちらを威嚇《いかく》的に見つめている。

他に二台の軍用トラック。やはり中国製の東風《ドンフェン》EQ2102である。荷台に掛けられたカーキのシートがそれぞれ大きく盛り上がっている。

「出発だ」

ソージンテットが号令をかけると、部下達が一斉に車輌へと乗り込んだ。

「君達はあっちだ」

指揮官が指差したのはマイクロバスだった。三菱ふそうのローザをそのまま使っている。

「助かるね。少なくとも乗り心地はAPC（装甲兵員輸送車）よりマシだろう」

空港職員の押してきたカートから直接手荷物のザックを受け取り、ソージンテットに従ってマイクロバスに乗り込む。

愛染、ユーリ、ライザも姿に続いた。それに自動小銃を持った隊員二人と、制服に尉官のものらしき徽章を付けた男が乗車して、マイクロバスの扉は閉められた。

車内に籠もっていた熱気が押し寄せてくる。どうやらエアコンが壊れているらしい。その程度は戦場では日常茶飯事だ。文句をつけるにも値しない。それどころか、マイクロバスで移動できるなど大名旅行とさえ言っていい。

装甲車を先頭に、マイクロバス、そしてトラック二台の順に一列となって空港を後にする。

マイクロバスの奥にはトランクルームに収まりきらなかった荷物が積み上げられていた。道中必要な装備や食料、それに武器弾薬だろう。

ソージンテットの指示により、姿達はそれらの荷の前、すなわち実質的に一番奥の席に座らされた。その前に陣取ったソージンテットが、近くに控える尉官を一行に紹介する。

「副官のウィンタウン警察少尉だ。彼の指示は私の指示だと思ってほしい」

不遜に控える顎の尖ったその男は、日本側に対して目礼さえしなかった。

「申しわけありません、紹介が遅れました。僕は在ミャンマー日本大使館職員の愛染拓也で、こちらは――」

儀礼的な笑みを浮かべて身を乗り出そうとした愛染を、ソージンテットは容赦なく遮った。

「必要ない。そちらの資料は受け取っている。日本警察の姿俊之、ライザ・ラードナー、ユーリ・オズノフだな。写真と同じ顔だが、警察官とは思えないので驚いている。ああ、ロシア人の彼は別だ。君だけは間違いなく警察官だと分かる」

そう言われて、ユーリは複雑な表情を見せた。モスクワ民警の出身である彼は、腐敗した警察組織を憎みながらも、日本警察と契約せざるを得なかったという過去を持つからだ。

ユーリの内心はともかく、今の話から姿はいくつかの情報を得た。

ソージンテットはこちらの任務と名前は知っているが、前歴までは知らされていない。もっとも、日本語会話と同じくこちらを油断させるための演技である可能性は残る。

おそらくは彼らに護衛を命じたミャンマー政府も、自分達が警視庁との契約によって雇用された身分であるということまでは把握していないに違いない。日本政府にしてみれば、自分達のような〈ワケあり〉のメンバーを派遣する経緯や事情など教えるメリットはないどころか、デメリットしかないからだ。

姿はさらに情報を引き出そうと試みることにした。

「あんた、さっきから英語を話しているが、そこの少尉さんも英語ができるのかい」

「ああ、できる。我々二人は国軍の士官学校を出ているからな。しかし他の隊員達は違う。訓練を積んだ精鋭だが、ビルマ語しか話せない」

イギリスはミャンマーのかつての宗主国である。十九世紀から太平洋戦争までのことだが、現在に至るミャンマーの悲劇は、すべてこのイギリス統治時代に端を発すると言っても過言ではない。

「ミャンマー警察のやり方は知らないが、同じ車輛に指揮官と副官が揃って乗ってるってのはどうかと思うね」

「少尉を君達に紹介するためだ。併《しか》せて今後の打ち合わせもここで行なう。時間を無駄にしたくはない。然るべき地点で少尉はAPCに移動する」

当のウィンタウンは明らかにこちらを見下しているようだ――それくらい分からないのか、と。

「待てよ、あんたは確か『第五分隊』と言ったよな。分隊規模にしては、指揮官が大尉ってのは珍しいじゃないか。普通は下士官のはずだ。あんた達、本当にミャンマー警察なのかい」

ソージンテットが鋭い目で姿を見据える。

「君こそ本当に警察官なのか。私には軍人のように見えるが」

「軍歴が長かったからね」

「日本には徴兵制度はなかったはずだが」

「志願したんだよ、自衛隊に。分かる？　ジャパン・セルフ・ディフェンス・フォーシズだ。退役後、警察に再就職した」

日本政府でなくても、わざわざ事態をややこしくするような情報を相手に伝える必要はない。

姿のでまかせに、ソージンテットはとりあえず納得したようだった。彼はミャンマー国民の中では高度な教育を受けている方なのだろうが、それでも日本事情に精通するほどではないのだ。

「君の疑問はもっともだ。私はシットウェー警察本部で特殊部隊を統括指揮している。日本政府の正式な担当官のカウンターパートとして特別に指名された。つまり、政府はそれだけ日本に気を使っているということだ」

「それにしちゃあ、言い方がいちいち横柄だね」

と、これは日本語で言う。愛染が咎《とが》めるような視線を投げかけてきたがどうでもいい。

ソージンテットは大方の意味を察したようだが、気にする素振りも見せなかった。それだけこちらを侮っているのだろう。また友好国の正式な政府職員に対するものとは言いかねる態度には、警察を掌握する国軍と政府との間に重大な認識の齟齬があることを窺わせた。

「第五分隊が精鋭揃いだというのは本当だ。その点は安心してくれていい。ベンガル系ムスリムのテロリストなど寄せつけはしない」

ミャンマー国民はロヒンギャを『ベンガル系ムスリム』あるいは『ベンガリ』と呼ぶ。絶対に『ロヒンギャ』とは呼ばない。ベンガリとは東インド出身者を意味する言葉で、極めて侮辱的な意図のもとに使われる。

圧倒的大多数のミャンマー人は、ロヒンギャなどという民族は存在せず、不法入国したイスラム教徒が勝手にそう自称しているだけであると考えているからだ。アウンサンスーチーを国家顧問として戴く政府も世界に対してそう主張している。現実問題として、一九五〇年以前に『ロヒンギャ』なる名称が使われていた形跡は発見されていない。

歴史的に見て、仏教とイスラム教徒との分断を加速させたのはイギリスによる植民地化だが、日本も決して無関係ではない。第二次大戦中、日本軍はラカイン人仏教徒を訓練してイギリス軍との戦闘に利用した。イギリス軍も、ベンガル地方に避難していたイスラム教徒を武装化して対抗した。これにより仏教徒とイスラム教徒の対立は決定的なものとなったのである。

そして一九八二年、市民権法の施行によりロヒンギャの国籍は剝奪された。ロヒンギャには選挙権はおろか、国内を移動する自由さえ認められていない。教育も受けられず、就職もできないのが現状だ。アウンサンスーチーの民主化運動をロヒンギャは支持し、希望を託した。だが国民民主連盟が政権を握った後も、アウンサンスーチーはロヒンギャの存在そのものを認めなかった。

つまり、差別や迫害を政府が事実上黙認しているのだ。

「ついでにもう一つ教えてくれ。今このバスに、あんたの部下は運転手を含めて四人乗ってる。後ろのトラックには見たところ二人ずつだ。前のAPCには少なくとも操縦手、銃手、車長の三人が必要だ。これで十一人。あんたを入れると十二人。分隊ってのは最大でも十二人が相場だぜ。だが少なくともAPCには兵員があと九人は乗れるはずだ。それでも分隊と言うのかい」

「その通りだ。私を入れて十二人。それで全部だ」

「なんだと」

耳を疑う。

「トラックの〈積荷〉には誰も乗ってないってのか」

「そうだ」

「ふざけるな」

柄にもなく声を上げていた。

ユーリとライザもさすがに驚いている。彼らにもトラックの〈積荷〉がなんであるか、一目瞭然であったはずだ。

「機甲兵装はただ積んであるだけなのか」

トラックの荷台に掛けられたシートの下にあるもの。それは形態や大きさからしても機甲兵装に他ならない。トラック一台につき二機ずつで計四機。三・五トンの東風なら機種によってはぎりぎり積載可能である。

「それがどうした。君達を護るために国家は四機も回してくれたんだ。感謝されこそすれ、非難される謂われはない」

「護衛任務においては発進待機が常識だ。あんたらは襲撃されてから機甲兵装に乗り込み、電源を入れ、システムが起ち上がるのを馬鹿みたいに待ってるって言うのか。冗談も大概にしろ。そんなことをしてる間に砲弾でも食らったらおしまいじゃないか」

ウィンタウン少尉が憤怒の形相で腰を浮かせる。

「立場をわきまえろ。大尉に対してその口のきき方は――」

ソージンテット大尉は片手でそれを制し、

「姿警部、君は我が国の事情を知らなすぎる。目的地までのインフラが欧米並みに整備されているとでも思っているのか。未舗装の細い山道しかない箇所がいくつもあるんだ。しかも今は雨期の最中だ。機甲兵装を二機も積載したトラックが崖崩れに巻き込まれた場合、搭乗者も死亡することになる。そこまでの危険を冒すことはできない」

「じゃあ苦労して機甲兵装なんか運んでいく必要もないだろう」

「それが我が国の誠意だと言っているのだ。第一、積んでいる機種は『ヤースキン』だ」

姿は黙った。

第一種機甲兵装『ヤースキン』。ウクライナ製のこの機体は、第一種の中でも最軽量を目指して設計されたものだ。そのため発進待機に耐え得るようなシステムやオプションは最初からすべて排除されている。その欠点をカバーする必要から、起動までにかかる時間は第一種としては最短の部類に入る。また軽量である分だけ、足場の悪い地域での局地戦に適しているとも言えた。ミャンマー警察の選択は決して間違ってはいない。

ウィンタウンは侮蔑の笑みを浮かべてこちらを見ている。「この素人が」とでも思っているのだろう。

まあいいさ——

本当に素人である愛染はともかく、ユーリもライザもすでに素知らぬ顔をしている。プロフェッショナルとして正解と言える態度だ。

姿は視線を窓の外に移す。シットウェーも軍の名付けた新名で、旧名はアキャブ。河口の街にふさわしく、カニやクラゲなどの海産物を並べた店が軒を連ねている。アルミ製の壺を頭に載せて歩く女達は、ラカイン州独特の風物だという。

一行の車列はアロドウピ修道院の前を通り過ぎ、メイユー通りに突き当たって左へ曲がった。シットウェーの中心部であるメイン通りからは離れているが、ラカイン州政府のビルが点在し、三輪タクシーや自転車が行き交ってそれなりのにぎわいを見せている。

窓外を過ぎゆくアジアの風景を眺めていると、マイクロバスが停車した。

海老茶色の袈裟をまとった僧侶の一団が、シュプレヒコールらしい大声を発しながら通りの前方を横切っていくのが見えた。その後には大勢の市民、それに警官隊が続いている。

通りの左右に分かれた住民や通行人達も、歓声を上げて僧侶達に手を振っていた。警官隊は行進の規制ではなく護衛をしているらしい。

装甲車を先頭にした車列は、デモ行進が通過するのを待っているのだ。

マイクロバス内の隊員達も、沿道の警官隊に手を振っている。向こうもまた、こちらに笑顔で手を振り返したり敬礼したりしている。

「えらいはしゃぎようだな。さっきまでとはずいぶん雰囲気が違うじゃないか」

姿が日本語で漏らすと、愛染が小声で応じた。

「『マバタ』ってご存じですか」

「いいや」

「過激なナショナリズムで知られる仏教団体でしてね、ロヒンギャの弾圧と排斥を主張しています。あの僧侶達がマバタかどうかまでは分かりませんが、主張しているのは同じことです」

「坊主がそんな物騒なことを言っていいのかい」

「危険に晒されているのは仏教徒の方だから、凶悪なイスラム教徒など追い出すべきだというのが彼らの言い分です。二〇一一年の民政移管によって軍による言論統制が撤廃された結果、それまで隠されていた過激思想が噴出したというわけです。見て下さい、街の人達の熱狂ぶりを」

「諸手を挙げて大賛成って感じだな」

「それがミャンマーの世論と言っていいでしょう。一人一人は敬虔で純朴な市民なのですが、ロヒンギャに関する限り、なんの同情もしていません。ましてや市民権を与えるなんて以ての外だと考えています」

「で、警察も軍も一緒になってみんなニコニコ大虐殺というわけか」

その会話はユーリとライザにも聞こえているはずだが、二人は無表情を保ったまま口を閉ざしている。

「しかし首都のネピドーとかなら分かるが、こんな所でデモをやる意味があるのかい」

「なんと言ってもシットウェーはラカイン州の州都ですからね。それにここにはＩＤＰ、つまり国内避難民のキャンプがいくつもあるんですよ」

愛染は一段と声を潜めた。

「数千人のロヒンギャが閉じ込められているそうです。警察の厳重な監視下に置かれていて、食糧の配給さえなく、劣悪な環境下で死を待つばかりだと言われています。あの僧侶や市民達は、ＩＤＰキャンプまで行進するようです。ビルマ語で叫んでいますよ、『ベンガリを早く始末して土地を市民に返せ』ってね」

ライザは無表情のままだが、ユーリがたまりかねたように顔を上げる。何か言おうとしたのか、彼が口を開きかけたとき、

「君達に警告する」

ソージンテットが振り返った。

「今のは日本語だと思うが、できれば会話には英語を使ってもらいたい」

「これは配慮が足らず申しわけありません」

愛染がすかさず謝罪するが、姿には遠慮する気など毛頭ない。

「気になったかい。自分の悪口を言われてるんじゃないかって」

「まあ、そんなところだ」

ソージンテットは鷹揚に頷く。

「心配するな。にぎやかな様子を見て、故郷の思い出話をしてたんだ。あんたも暇になったら日本に遊びに来るといいよ。アジア人には不親切な国だけどさ、街中に自販機があって、よく冷えた缶コーヒーがいつでも飲める」

「いい加減にしろっ」

ウィンタウンがヒステリックに喚いた。

「何を話していたかくらいは見当がつく。どうせ貴様らも国連と同じで、ベンガリに対する我が国の政策を批判してたんだろう」

「落ち着きたまえ、少尉」

部下を諫めながらも、ソージンテットは憎悪を隠そうともしなかった。

「彼の言う通り、私にも我が国を侮辱しているように聞こえたよ」

「へえ、あんた達、もしかしてほんとは日本語が分かるんじゃないの」

「いいや。だが人間観察は警察官の第一歩だよ。私にはやはり君が軍人に見える。日本政府は警察官と偽って我が国に軍人を送り込んだ。一体何を企んでいる」

「この男が軍人だと見抜いたのはさすがだな」

ユーリだった。

「この通り、態度が悪くて自衛隊から除隊させられる羽目になった。だが親族に有力者がいてな、名目上は自己都合による退官ということになっている。しかもそれで警察官の職にありついたというわけだ。未だに当時の癖が抜けず警察の中でも持て余されてる」

うまくフォローしてくれた。嘘を重ねることになってしまったが、辻褄は合っている。

「そのわりに重要な仕事を任せられているのは変じゃないか」

副官の少尉が皮肉めかして言う。意外に鋭い男だ。

「貴国の紛争地帯に派遣されるのが重要な仕事だというのなら、確かに変だろうな」

ユーリが言い返す。

「俺も、そこにいるラードナーも、純粋な日本人じゃない。日本というのは排他的な国で、何かというと厄介払いをしたがる傾向にある。特に警察はそうだ。おかげでいつも苦労している」

実際に警察で苦労したユーリが言うと説得力が違う。彼の言葉は、ソージンテットとウィンタウンを大いに納得させたようだった。

だが一度緊迫した空気は、容易にはほぐれなかった。全員が黙り込んだまま、口を開こうともしない。

二人の隊員は銃口こそ向けていないものの、銃身を強く握り締めている。そしてライザの右手の指はさりげなく左の袖口に掛けられていた。

窓の外では、見るからに好々爺といった老人が孫の手を引きながら何事か叫んでいた。

「あの爺さん、なんて言ってるんだい」

姿はソージンテットを見つめたまま愛染に尋ねる。

警察部隊の顔色を窺いながら、愛染は恐る恐る通訳した。

「『ベンガリを皆殺しにしろ、ミャンマーに御仏の慈悲を』」

静まり返った車内に、外の罵声だけがひっきりなしに飛び込んでくる。

「あっちの婆さんは」

「『イスラム教徒はテロリストだ、国連は恥を知れ』」

それらの声が次第に遠ざかっていく。

マイクロバスが再び動き始めた。

車列はそのままメイン通りを直進する。

ソージンテットがゆっくりと口を開いた。

「もう一つだけ警告しておこう。この国にいる限りは、ベンガリの肩など持たんことだ。君達は西欧諸国に騙されている。民衆の声を聞いただろう。ベンガリは嘘つきの泥棒だ。架空の民族名をでっち上げてこの国を乗っ取ろうとしている。私は警察官として、民衆のために断固戦う覚悟だ」

知性的なソージンテットの顔が、凝り固まった偏見で微妙に歪む。

そんな顔を、姿はこれまで何度も目にしてきた。

ウガンダで、アフガニスタンで、アゼルバイジャンで。そして日本で。

学歴も教養も関係ない。人は人を憎むようにできている。神がそう作ったのだ。ミャンマーでは仏陀だろうか。たぶん違う。仏陀は造物主ではないはずだ。

バスの車内がいやに蒸す。耐え難いこの国の蒸し暑さが、偏見をコンクリートのように固めているのか。

いや、それこそ偏見というものだ——

背後へと流れ去るシットウェーの街並みを振り返り、姿は己の想念を投げ捨てた。

第二章　餓鬼道

1

神田淡路町《あわじちょう》のオフィスビル『ハイライズ淡路町』三階の一室が急遽捜査二課六係の〈分室〉と定められた。

上層部にも極秘の捜査であるため、警視庁の庁舎内で任務に当たることは不可能であったからだ。同様に新木場もまずい。正式な合同捜査でもないのに、六係の面々が特捜部に集まっていたりするとすぐに警察内で噂となるだろう。どうしても外部に分室を設置する必要があった。

ハイライズ淡路町には時を置かず捜査二課の機材や資料が運び込まれた。表向きは広告会社の新入居を装っている。もっとも昔と違い、現在では捜二の捜査に必須の機材はパソコンと周辺機器くらいで、資料類は大体パソコン内か外部記憶媒体に入っているため搬入はごく短時間で片付いた。

大まかな金の流れはすでにチャート化され共有されている。それらは主に末吉係長、高比良《たかひら》主任ら六係のベテラン勢が調べ上げたものだ。

設営終了と同時に各員はそれぞれのデスクに向かい、モニターに表示された数字の羅列に視線を走らせている。少しの矛盾も見逃さない、それは間違いなく刑事の目であった。

特捜部側の代表として参加しているはずの由起谷も、ここではただの〈お客さん〉であり、傍観者でしかない。

来訪者を告げる玄関チャイムが鳴った。由起谷はすぐさまインターフォンのモニターを覗く。小さな四角い画面に、眼鏡を掛けた頼りなさそうな青年の顔が映っていた。

玄関へと走り、ロックを解除して中へと招じ入れる。

「ご無沙汰してます、仁礼警部」

「ああ由起谷さん、その節はどうも」

よれよれのシャツにデイパックを背負った仁礼草介《そうすけ》財務捜査官は、以前と少しも変わらぬ人懐こい笑顔を見せて丁寧すぎるほど頭を下げた。行き届いた手入れが施されているとはお世辞にも言い難い頭髪には、明らかな寝癖が残っている。

財務捜査官とは、各都道府県警察によって採用され、警察庁の刑事局捜査第二課に登録される特別捜査官である。税理士、公認会計士等の有資格者で、資金の流れを解明し証拠固めを行なう金融経済事犯捜査の専門職なのだ。

「また遅れちゃってすいません。本庁の方へ行こうとしたら、急にこっちへ回れって中条管理官から連絡がありまして……なんだかえらいことになったみたいですね」

「まあ、ともかく奥へ」

「あ、はい」

由起谷が動くと同時に立ち上がっていた末吉と高比良がそれぞれ仁礼に挨拶し、ともに奥の会議室へと移動する。

会議室といってもそう広いわけではない。殺風景な室内に、細長いテーブルとパイプ椅子が置かれているだけである。

そこでまず由起谷が事案の経緯について説明する。

「特捜部の皆さんもとんだ災難ですねえ」

いかにも気の毒そうに漏らす仁礼に、末吉が現時点で判明している資金の流れについて説明した。

「はあはあ、なるほど」

細かい数字が隙間なく記された資料を見ながら、冴えない風貌の財務捜査官はしきりと頷いている。

「国産機甲兵装の開発資金ですか。こりゃあ確かにワルいのがいろいろ絡んでそうですねえ。特捜の皆さんには申しわけないような言い方になりますけど、財務的には宝の山がいきなり降って湧いたような感じですよ」

横から高比良もチャート図を指し示して補足する。

「国から出た資金が矢間辺洋航を経由して最終的にジェストロンへ流れ込んでます。国家の最重要極秘案件ということで、非公開であったことの是非はともかく、形の上で違法性はないわけです」

「形の上では、ですね」

さらに末吉が横に積んであったコピーの束を引き寄せて、

「で、こっちが中央調達の実施概況です。とりあえず過去五年分をプリントアウトしておきました」

中央調達とは「防衛装備庁が自衛隊の任務遂行に必要な装備品及び役務で大臣の定める主要なものの調達を一元的に実施」することを言う。また防衛装備移転三原則に基づく防衛装備の輸出による生産規模の確保も視野に入れたものである。

ここで言う「装備品」とは、「火器、誘導武器、電気通信、船舶、航空機、車両、機械、弾火薬類、食糧、燃料、繊維及びその他の需品」と規定されている。つまり機甲兵装は防衛省が合法的に発注できる装備に該当するのだ。

「ちょっと拝見します」

仁礼は要所要所で声に出して読み上げながらコピーの束をめくっていく。

「内局二十四件三億円、統幕五十七件五百十三億円、陸幕二千二十一件三千五百九十六億円、海幕千七百九十九件四千八百六十二億円、空幕千八百一件四千三百二十八億円……このあたりまではなんとなく分かるんですが、通信電気調達管室担当五百九十五件八百一億円、電子計算機室担当三百六件千十九億円とかって、なんなんです、一体？」

「でしょう？」

我が意を得たりという顔で末吉が相撲《すもう》取りのような巨体を乗り出す。安物の長テーブルがみしりと鳴った。

「全部防衛装備庁のホームページに載ってる資料ですが、一見オープンにされてるようでいて、部外者にはまるでつかめんようになっとるんですわ。まあ、その先を見て下さい。防衛省内の技術研究本部が公示する一般競争入札の結果なんですけどね」

「はあ」

仁礼はさらにコピーを読み進める。

「うわあ、凄い数だ。品目がいっぱい書いてありますけど、素人にはほとんど意味不明ですね……あ、契約相手方も載ってますね。白丸商事、白丸重工、海棠《かいどう》商事、菱友《ひしとも》電機、天城《あまぎ》物産、コズミック石油マーケティング……うーん、白丸重工とか菱友電機みたいなメーカーは分かりますが、商社や代理店もだいぶ混じってますね……あれ、肝心のジェストロンが入ってませんよ？　それに矢間辺洋航も……ああ、そうか、そういうことですか」

何やら一人で得心している。彼がどこに着目したのか由起谷には見当もつかないが、捜二の二人はうんうんと頷いていた。してみると、金融犯罪捜査の専門家にとってその意味は一目瞭然であるらしい。

「つまり、どっかの代理店が間に入って矢間辺洋航へ出し、そこからジェストロンに発注されている、と。なるほど、これはヤバいですね」

嘆息する仁礼に対し、高比良が嬉しそうに言う。

「ね？　ジェストロンほどの大企業だ、直接受注すれば話が早いはずなのに、問題はどうしてそんなややこしい真似をする必要があったのかってことですよ」

ようやく由起谷にも察しが付いた。中抜きによる裏金作りだ。

自分のノートに視線を落とし、高比良が付け加える。

「各幕僚監部の装備品調達部門、装備施設本部、技術研究本部といった部署に分散していた機能をこの防衛装備庁に統合、集約させることによって、これまで横行していた汚職や不正行為を防止できるってのが設立の建前だったはずなんですけど、どうやら実態はえらくかけ離れているようで」

末吉が巨体に似合わぬ柔らかい声で、

「こうなると関係各社の収支に不審な点がないか、一つずつ洗っていくしかない。ウチではすでに手分けして始めてますが、仁礼さんにもお願いしたいんですよ。それもとびきり怪しい所を重点的に」

「了解です。しかし、これは実際に足を運んで裏付けも取っていかないと。六係だけでやると聞きましたが、とても人手が足りないんじゃ……」

「大丈夫です」

この事案が突発して以来、初めて明るい心地で由起谷は言い切った。

「そっちはウチが担当します。私だけでなく、夏川班の連中も鼻息を荒くして待機してますから、指示さえ頂ければすぐにでも飛び出していきますよ」

「それは心強いですね」

破顔した仁礼が頭を下げる。

「よろしくお願いします」

「いえ、こちらこそ」

由起谷も慌てて礼を返した。

心強いのはこちらの方ですよ——そう続けようとしたが、仁礼はすでに立ち上がってドアに向かっていた。

「大変だな、こりゃ。ええっと、空いてる机はありませんか。あ、そっち？　そうですか、すみません」

こんなときに不謹慎だと思いつつ、由起谷は苦笑を禁じ得ない。大変だとぼやくその言葉とは裏腹に、一刻も早く着手したくてたまらないという歓喜が仁礼の全身からあふれていた。

2

北へ向かって直進していた車列は、交差点や分岐を何度か過ぎ、マユ川の手前で東へと折れた。そしてカラダン川に突き当たってまた北へと向かう。曲がりくねった川や運河が複雑に入り乱れるこのあたりでは、少なからず遠回りとなっても橋のある道を選ぶしかないのだ。

左右に並んでいた建造物もやがて途絶えがちになり、寂寞とした田園風景に取って代わった。どこまでも田圃と草地が続くばかりで、時折車窓を過ぎる小さな小屋は農家か納屋のいずれかだろう。

あくびを嚙み殺しもせず退屈そうに車窓を眺めていた姿は、前方に建つ建造物に目を留めた。

一見して廃墟と分かるその建物は、中東によく見られる伝統様式で造られていた。火事でもあったのか、片側がほぼ焼け落ちて全体に真っ黒な煤《すす》がこびり付いている。戸板で封鎖された門前には見張りらしい警察官が立っていた。こちらに気づいた彼は、通り過ぎる装甲車やマイクロバスに対して敬礼した。

「モスクだな、今のは」

声を潜め、隣の愛染に日本語で言う。

「ええ、住民の焼き討ちに遭ったようですね。多いですよ、ミャンマーには。イスラム教徒が入り込まないように警察が見張りまで立ててるんです」

「仏の慈悲もあったもんじゃないな」

すると前に座っていたウィンタウンが振り返り、ヒステリックに怒鳴った。

「日本語で話すなと言っただろう」

「え、俺達、英語で話してたんだけど」

何食わぬ顔でとぼけると、ウィンタウンはさらに激昂した。

「とぼけるな。ちゃんと聞こえていたぞ」

「なかなか耳がいいじゃないか。いや、申しわけない。今度から気をつけるよ」

「テロリストがいつ襲ってくるか分からんのだ。移動中は私語を慎むように」

「ねえ、少尉殿」

「なんだ」

「あんた、もしかして日本に親戚とかいない？　ミヤチカって名前のさ」

「ミャーチーカ？　そんな親戚はいない」

「へえ、ミャンマー風に発音するとそうなるのか」

「姿警部、もうやめて下さい」

愛染が止めに入り、ウィンタウンに頭を下げる。

「警部はミャンマーを初めて訪れたものですから、いろいろ珍しかったようです。僕もつい観光気分で応じてしまいました。日本大使館を代表してお詫び申し上げます」

いまいましげに何事か呟いてウィンタウンが着席する。

ユーリとライザは終始無関心な態度を貫いていた。

ソージンテットもまた、前を向いたまま振り返りもしなかった。


北上を続けた一行は、小さな集落をいくつか通過し、ミアスルの町に到達した。

時刻は午後四時を回ったところだが、空はすでに灰色から暗褐色へと変じていて、雨の近いことが見て取れた。むしろここまで降らずによく保《も》ったものだ。

町は川沿いと山手とに大きく二分されている。金色に塗られた寺院の屋根がどちらの側にも遠望された。

先頭の装甲車は西の山側へと方向を変える。

「少し早いが、今夜はここで宿泊する。夜の山中で雨になれば危険だからな」

マイクロバスの車内で、ソージンテットが全員に告げた。

「早いのは大歓迎だ。なにしろこっちは昼飯も食ってないんだ」

姿の皮肉を黙殺し、ソージンテットは部下達にビルマ語で短く指示を与えている。

やがて車列は、町の中でも大きい部類に入る建物の敷地に入っていった。

「このあたりじゃかなり上等の宿だと思いますよ、ここ」

愛染が日本からの三人に英語で言った。

「そりゃまた、ありがたいことで」

車内から二階建てのホテルを見上げて姿が漏らす。豪華とは言い難いが、確かにそう酷くもない造作であった。アジアンテイストを濃厚に漂わせるような意匠は屋根にも玄関にも見られない。どこにでもあるような素っ気ないコンクリート造りの建物だ。

マイクロバスとトラックは周囲を竹林に囲まれた前庭の奥で停車した。先に進入して方向転換した装甲車は銃口を門へと向けて待機している。

姿達はそれぞれザックを手にマイクロバスから降りた。ライザもユーリも旅行者らしい物珍しげな態度を装ってあたりを見回しているが、その目に油断の色はない。慎重に周囲の状況を確認しているのだ。

背筋を伸ばしたウィンタウンが大股でホテルの入口へと向かう。

湿度ははっきりと分かるほどに増しているが、ヤンゴンの市街地に充満していたような熱気がない分だけ、蒸し暑さは幾分ましに感じられた。

トラックから降りてきた運転手と機甲兵装の搭乗要員に、ソージンテットが鋭い声をかける。彼らはすぐさまガリルを手に駆け去っていった。周辺の偵察と安全確認を命じられたのだろう。

「精鋭だと自慢するだけあってなかなか訓練されてるようだな」

賛辞に見せかけた世辞を無視し、ソージンテットは英語で告げた。

「今夜はせいぜい旅の疲れを癒やしてほしい。周辺の警備は我々が引き受ける。以上だ」

踵《きびす》を返してホテルに向かおうとする指揮官を呼び止める。

「待てよ」

振り返った相手に、

「ちょっと町を見物してきていいかな。ずっとバスだったんで肩が凝ってさ」

「護衛が必要なほど危険な任務であるということを忘れたのか」

「忘れちゃいないがね。さっきも言った通り、俺達は昼飯も抜きなんだ。せっかく来たんだし、地元のカフェでお茶くらい飲んだっていいだろう」

予期に反して、ソージンテットは同意を示した。

「そうだな。私もご一緒させてもらうとしよう」

「そいつはいいね」

そこへウィンタウンがホテルから戻ってきた。

ソージンテットは彼の方へ向かい、

「ホテルの手配はどうだった」

「はっ、問題ありません。予定通りです」

「よし、私は彼らと散策に出る。すぐに戻るが、後のことは君に任せる。不審な者は絶対に近づけるな」

「了解しました」

怪訝《けげん》そうな顔をしながらも敬礼するウィンタウンを残し、ソージンテットは先に立って歩き出した。

「さあ、出かけようじゃないか」

姿はザックを肩に掛けたまま同僚達を促した。

「行こうぜ」

ライザとユーリが無言で続く。愛染もまたザックを担ぎ直して後に従った。

「ザックをホテルに置いていければいいんだが、中には大事な外交文書が入ってるもんでね」

言いわけがましい口調は承知で告げると、ソージンテットは何も答えず片手を振った。

こいつ――

姿は心の中で呟いた。

田舎警官だとナメるわけにもいかないようだ――

護衛の警察部隊を出し抜くつもりなど毛頭なかったが、彼らを全面的に信頼するわけにもいかない。なにしろ彼らの把握していない〈刺客〉がどこに潜んでいるか分からないからだ。

また同じ理由から町の地形も把握しておく必要があった。ソージンテットが反対したら何か別の口実を設けるつもりであったが、彼は彼で町の様子を自ら確認する気にでもなったのだろう。

与えられた任務に対し全力で取り組もうとする姿勢は評価できる。そしてその度量も。


一部を除いて、村の道は舗装されていなかった。あちこちにできた水溜まりを避けながらソージンテットはゆっくりと足を運んでいる。

最後尾についたライザは、周囲のあらゆるものに目を配りながら歩いた。

西側を山、東側を川に挟まれた土地である。ここでもアルミ製の壺を頭に載せて歩く女達が目を惹いた。彼女達の着用する色とりどりのタメイン（ロンジーの女性用ボトムス）は、殺風景な町を自在に動き回る花だった。

住民の多くは農民だと思われるが、町並は整然として、スラックスにYシャツ姿の男も見受けられた。至る所に寺や仏塔が建っているのはミャンマーのごくありふれた町の特徴だ。

姿が散策を提案した理由も、ソージンテットが了承した理由も理解できる。地勢を完璧に把握しておくこと。プロフェッショナルにとってはごく初歩に当たる大原則だ。

姿もソージンテットも、道幅や方角、障害物の有無をさりげなく点検している。軍人の目というやつか。ソージンテットは身分こそ警察官だが、特殊部隊の指揮を任せられるほどの実力者であることは確かなようだった。

対してオズノフは、主に住民の様子を観察している。こちらは明らかに警察官の目であった。

自分はどうだ、とライザは自問する。

体に染み込んだ〈職業訓練〉を活かすなら、殺意の有無を察知して相手が動く前に始末すること。それが今回の任務における自分の役割であると心得ている。だが同時に悲しくもある。自分が習得すべきは、オズノフの目であり嗅覚であったはずなのに。

背中のザックにはランチと称して持ち込んだ果物とナイフが収納されている。姿もオズノフも、ヤンゴン空港での小芝居の意味はすぐに察しただろう。姿の言ったように犯人引き渡しに必要な書類も入っているが、武器を奪われても困るし、逆に何かを仕掛けられても困る。荷物は常に目の届く所へ置いておく必要があった。

やがて小さな四阿《あずまや》のような建物のある場所に出た。

「ナッ・スィンです。村外れを示す境界というか、祠《ほこら》です」

愛染が敬虔そうに拝みながら教えてくれる。

「あの中には村を災厄から守るユワー・サウン・ナッという神様が祀られているんですよ」

ミャンマーに遍在する『ナッ』とは、自然や伝説に由来するさまざまな精霊であり、仏教徒である国民も、こうした伝統的なアニミズムを広く信奉しているのだという。

ソージンテットは一同を振り返り、

「聞いての通り、町はここで終わりのようだ。途中にレストランが一軒あったが、どうするね」

「あそこで休むことにしよう。一軒しかないから選択に悩まなくて済む。ポイントがそこだけってのもなんだがな」

呑気そうに姿が答える。異論はなかった。全員がその場から引き返す。

町の中心部を東西に貫く通りの中ほどにあったその店は、特に看板は出ていないが明らかに飲食店だった。入口の前に腐りかけたような木製のテーブルと長椅子二脚が置かれているが、湿っていてとても座る気にはなれない。

ソージンテットを先頭に中へと入り、空いていた中央のテーブルに陣取った。各々ザックを足許に置いて適当に座る。他の席はいずれもロンジーを着た常連らしい客で埋まっていた。他に店がないから自ずと皆が集まってくるのだ。

すぐに近寄ってきた店主らしい親爺に、ソージンテットがビルマ語で話しかける。相手が警察の制服を着用しているせいか、親爺は卑屈なまでに丁重な態度で応じている。

頷いた親爺が去ってから、ソージンテットは一同に英語で言った。

「酒以外ですぐ用意できるのはコーヒーだけだそうだ。人数分注文した。雨が降り出す前にホテルに戻らねばならんからそうゆっくりはしていられない。構わんね?」

「地元のコーヒーなら文句はないさ」

こういうときに真っ先に答えるのは決まって姿だ。妥当な役割分担だと思っているから文句はない。

外見の印象に反して意外と広い店内には、飲食店らしからぬ線香の匂いが立ち籠めていた。もしかしたら線香ではなく、この地方独特の香木かもしれない。

所在なげに座っていた客達は、物珍しそうに、あるいは怯えたようにこちらを注視している。警察部隊のベレー帽を被った大尉と、雑多な人種の取り合わせだ。マンダレーやミャウーのような観光地ならともかく、この町では人目を惹いてもおかしくはない。

腹の突き出た店主はすぐにコーヒーを運んできた。

「おっ、来た来た」

頬を緩めてカップを手に取った姿が、何やら不服そうに言う。

「なんだ、やけに茶色いぞ。頼んでもいないのに最初からミルク入りか」

そして一口含み、案の定顔をしかめるようにして、

「一体砂糖を何杯ぶち込んだんだ。いくらなんでも甘すぎる」

「姿警部、このあたりではこういう習慣なのかもしれませんよ。それに糖分は疲労回復に有効なんです。高地民族は概して甘い物をことのほか好むもので」

愛染が形ばかりにフォローする。彼の言う通り、地元の文化を不用意に否定するのは避けた方が賢明だ。

「そいつは分かってるけどさ、せっかくコーヒーの産地に来たってのに、ずいぶんともったいない話じゃないか。これじゃ本来の旨さが充分にだな……」

不平だらけの姿を、オズノフがカップを置いてたしなめる。

「俺にはおまえがいつも飲んでいる缶コーヒーの方がずっと甘いように思えるが」

「だから何度も言ってるだろう。コーヒーと缶コーヒーとは別物だって」

オズノフは何も反論しない。理解する気もないという顔をしている。

「ご期待に添えず申しわけないが、我が国のコーヒーの主な産地はピンウールウィンとユワンガンだ。この辺ではコーヒーは栽培していない」

そう言いながらカップを口に運ぶソージンテットに、姿が意地の悪い笑みを向ける。

「忘れてた。今はピンウールウィンと言ったんだっけな。国軍があっちこっちの地名を変えたもんだから、どうにもややこしくてさ」

姿が言いたかったのはそれか。意図的に挑発しているのだろうが、つくづく人の悪い男だ。

「昔の名はメイミョーだったな」

「ああ。素晴らしい避暑地でね。日本軍の司令部があった場所だ」

落ち着いた口調でソージンテットが切り返す。

「第十五軍司令部の建物は今でも残っていて、国軍の士官学校として使われている。私も何度か行ったことがあるよ」

他ならぬインパール作戦の指揮を執ったのが第十五軍である。

「日本もイギリスも、外国は我が国に災厄の種を持ち込んだ。そのことを忘れんでもらいたいものだ」

「俺が言うと変に聞こえるかもしれないが、その点に関しては同感だ。ところで、この店でちょっと気になることがあるんだが」

「実は私もなんだ」

ソージンテットがカップを置き、片手で店主を差し招いた。

飛んできた親爺に、小声で何点か質問する。店主は緊張しながら早口で答えた。

ライザにはビルマ語は分からないが、内容の見当はついた。

壁際の男だ。

ロンジーは着ていない。白いバンドカラーシャツに麻のズボン。浅黒い肌は日焼けによるものか。彫りの深い顔立ちに口髭。虹彩の色はヘーゼル。ウェーブのかかったブラウンの髪を短めに刈っている。人種は不明だが、少なくともアジア人ではない。年齢はおそらく三十代半ば。連れはいない。所在なげに一人でミャンマービールを飲んでいる。

店に入った瞬間に気づいていた。特に異質な気配を放っているというわけではない。むしろ気配のなさが気になった。

ライザには分かる。普通の世界に生きる一般人ではあり得ない。姿とオズノフも同様に感知している。二人とも決して男の方を見たりしないが、自分と同じく入店したときから男の存在を意識していた。またソージンテットも。

店主への聞き取りを終えたソージンテットが表情を変えずに英語で言う。

「壁際の男は地元の住民ではない。我々が来る少し前にふらりと入ってきたそうだ。店主によると、国境のあたりで商売をしている密輸商人ではないかということだった。そういう手合いもたまにやってくるらしい」

元刑事のオズノフが慎重な様子で、

「町に店はここだけだった。偶然だとしても筋は通る」

「部長がいつも言ってるだろう、『偶然を信じるな』って」

姿の言葉に、オズノフはいよいよ考え込む。

「目的はなんだと思う」

「さあね。だがただの密輸屋にしちゃあ隙がなさすぎる。相当なもんだ」

ライザも姿と同感だった。頭の中でどうシミュレートしても、なぜかあの男を確実に仕留められるという確信は持てなかった。

「君達は少々考えすぎじゃないのか。あの男が犯罪者かそれに類する職種なのは間違いないだろうが、私の見るところ、少なくともテロリストではない」

コーヒーを不味そうに啜《すす》りながら、姿がソージンテットに反論する。

「テロリストじゃないってのには同意する。だがどうも気になるね。あんたもそう思ったから店の親爺に話を聞いたんじゃないのか」

「そうだ。しかし残念ながら国境地帯に密貿易を生業とするグループがいくつも存在しているのは事実だ。ベンガリだけでなく、インド人、中国人、バングラデシュ人、ありとあらゆる人種の犯罪者が潜伏している。ここは国境からだいぶ離れているが、そういう連中が商品の手配や連絡にやってくることもある。我々はもちろん連中を一掃したいと考えているが、なかなかそうはいかんのが現状だ」

自分の話をしていると察知したのか、男はふいと立ち上がって店を出ていった。テーブルの上には多めの紙幣が残されている。

「我々もそろそろ行くとしようか。雨が近い」

男が消えた出口の外を見遣り、ソージンテットが言った。四方の窓から差し込んでいた光も重い灰色から暗褐色へと変わっている。

「そうだな。服を濡らしちまうと乾くまで時間がかかりそうだ」

姿とオズノフが立ち上がる。

「あっ、待って下さい」

愛染が慌てて自分のザックを持ち上げる。

ライザも姿達に続いて店を出た。コーヒーカップには最後まで手をつけなかった。

ソージンテットは大股で水溜まりを踏み越え、ホテルへと戻っていく。

暗鬱な夕闇の中に、あの男の影はどこにもなかった。どの方向へ去ったのかも判然としない。わずかな時間で、実に見事な消え方だった。

歩き出すと同時にぽつぽつと降り出した雨は、大荒れとなるであろうその夜の天候を予感させた。

3

数字の声はいつ聴いても心地良い。

オフィスビルの一室でしかない捜査二課の分室が、コンサートホールにでも変わったようだ。いや、いくらなんでもコンサートホールは大げさか。今はまだライブハウスと言ったところだ。

仁礼は渡された資料にある企業を一社ずつ当たり、上機嫌でその財務状況をチェックしていった。PCのディスプレイに並んだ数列のなんと美しいことか。それらが合わさり混じり合って、心弾むようなメロディを奏でてくれる。その歌に浸りきり、仁礼は至福の夢を見る。

だが、それにしても――

これまでに比べ、今回の任務はいささか〈音階〉が違っていた。〈ジャンル〉と言ってもいいかもしれない。もっとも自分では、どんなジャンルの音も好きだと思っていたが。

対象となる企業もしくは個人がはっきりしている捜査と異なり、まず不審な企業の特定から入らねばならない。それだけならば通常の捜査に着手する場合と同じで、財務諸表をざっと〈聴く〉だけで端緒は見つかる。

今回はその数が多すぎた。旧財閥系の企業だけでも錚々《そうそう》たる名門が揃っている。数え上げればきりがないし、名門だからといって除外するわけにもいかない。むしろ名門の方が、長年権力の壁に守られてきた分だけ、内部は醜悪なまでに腐っていたりするものだ。

つまりは一つずつ潰していくしかないという結論に落ち着く。

根気よく、そして楽しみながら作業を進める――つもりであったのが、そうもいかないことにすぐに気づいた。

なにしろ防衛省全体の発注が兆を超える金額である。沖津特捜部長がいくら目を光らせていたとしても、すべてを追いきれるものではない。あれほどの慧眼の持ち主が機甲兵装の開発計画を察知できなかったというのも大いに首肯できた。

例えば北部方面隊の「建設工事」五十億円の中身だ。こんな隅々に至るまですべて把握している人間は、おそらく防衛省の内部にもいないのではないか。

チェックを続けるうちに見えてくるものもある。

何を作っているのか、最も曖昧で具体的な記述のないものは、やはりシステム開発に類する発注だった。一例を挙げると、「新型車両指揮管制システム対応のためのシステム開発」に二百億円が拠出されている。〈システム対応のためのシステム開発〉とは、悪い冗談のようにも聞こえるが、実際には誰も不審に思わなかったらしくそのまま通っている。自分も仕事でなければ、気に留めることさえなかっただろう。実際にそう表現するしかないような中身である可能性も大いにある。文書を作成する担当官は作家でもライターでもないのだから。

当面はこの「システム開発」に関する発注の精査を優先することにしよう。

そう決めて作業の手順を効率化し、再び数字の世界に身を浸す。

心地良い音のシャワーに包まれるはずが、そうはならなかった。水道管が詰まったように、音がどうにも流れない。

これか——

ピアノの調律師になった如く、仁礼は原因の究明にかかる。ほどなくして大体の見当がついてきた。

〈音詰まり〉を起こしている企業には共通点があった。

各社のサイトを開き、「会社概要」にアクセスする。

やっぱりなあ——

仁礼はそれらの企業の関係を示す図表を作成し、プリントアウトして末吉係長の席に向かった。

「あの、末吉さん」

「はい」

太い指で器用に細かいキーを打っていた末吉が、ディスプレイを見つめたまま応じる。

「あの、不審な会社をざっと一覧にしてみました」

「さすが仁礼さん、早いですねえ」

感嘆しながら振り返った末吉にコピーを渡す。

「怪しい取引に共通点がありましてね、どうやら全部特定のグループ企業みたいなんですよ」

「あ、それは臭いな」

「でしょう？　そのパターンに気づいたら後は一気でした」

「拝見します」

一瞥した末吉の顔色が瞬時に変わった。

「あれ、どうかしました？」

「いや、ちょっと待って」

末吉はデスクの上に並べてあった『会社四季報』の類をひっくり返してはページを繰っている。

「あの、末吉さん？」

「いいから、ちょっと待って」

尋常でないその様子に、他の捜査員達も顔を上げる。

「どうかしたんですか、係長」

「おまえらは自分の仕事をしてろっ」

声は女性的だが、仁王のような体軀で怒鳴られると迫力がある。やはりいつもの末吉と違っている。

捜査員達はかえって不審を抱いたらしく互いに顔を見合わせた。

「高比良、ちょっと来いっ。仁礼さんと由起谷さんも」

コピーをつかんだ末吉は他に末上場会社版四季報や冊子の山を抱え、会議室へと駆け込んだ。

仁礼をはじめ、指名された高比良主任と由起谷主任も怪訝そうな面持ちで後に続く。

全員が中に入ると、末吉は自ら会議室のドアを締め、声を潜めた。

「これは仁礼さんがまとめてくれたもので、不審な動きをしている企業の一覧だ」

テーブルの上に広げられたコピーを、各人が覗き込む。

城守《しろもり》商事、アビエーション・キノサキ、城方《しろかた》産業、城門《じょうもん》インフラシステムズといった社名が列挙されている。

「あっ」

最初に声を上げたのは高比良だった。

「係長、こいつはもしかして」

末吉は頬の周りにたっぷりと付いた肉を震わせて頷いた。

「そうだ、全部『城州《じょうしゅう》グループ』の系列だ」

最初、仁礼はその意味がよく分からなかった。

「城州って、有名なわりに裏でこんな怪しいことやってたんですねえ」

呑気にそんな感想を漏らしたくらいである。

ふと横を見ると、特捜部の由起谷主任が蒼白になっていた。もともと刑事畑には珍しいほど色の白い好男子だが、今は白さの中に不穏極まりない蒼がある。

「あれ、どうしたんですか、由起谷さん」

すると猛牛が苦虫でも反芻しているような顔で末吉が呻いた。

「城州グループの持株会社『城州ホールディングス』を支配しているのは、特捜の城木理事官、あの人の親族なんですよ」

「はあ、なるほど……ええっ？」

大変だ――

仁礼はようやく理解した。

「捜査は一旦ストップさせます」

重々しく言う末吉に対し、由起谷はきっぱりと応じた。

「いえ、捜査は続けて下さい。私はただちに新木場へ戻り、上司に報告します。今後の方針はその上で」

「こちらとしても上に報告を上げにゃなりません。課長がどう判断されるかまでは――」

「承知しておりますので、その点に関してのご判断はお任せします。では失礼します」

由起谷主任は走り出すようにして会議室から出ていった。

残された三人は、言葉もなく黙り込んでいる。

被疑者の中に捜査関係者の親族がいた。それも一人や二人ではない。城州ホールディングスは系列下の各社に役員を送り込んでいる。城州グループすなわち城木グループであると言っても過言ではない。仁礼にとっては初めての経験であった。

城木理事官、いい人なのになあ――

ぼんやりとそんなことを仁礼は思った。


淡路町からタクシーで新木場に戻った由起谷は、特捜部庁舎の外から沖津の携帯端末に電話した。

〈沖津だ〉

「由起谷です。今そちらに誰かいますか」

〈私一人だが、何があった〉

「今から執務室に伺います。直接報告させて下さい。二人だけで」

〈分かった〉

庁舎内に駆け込み、エレベーターホールへ直行する。幸い誰にも出くわさなかった。

すぐに到着したエレベーターに乗り込んで最上階のボタンを押す。

自分の顔色が気になった。誰かに見られたら、きっとよけいな詮索をされることだろう。

執務室で、沖津はデスクに向かって待っていた。

「さて、聞こうか」

できる限り落ち着いて報告する。それでも興奮のあまり、途中で何度かつかえてしまった。

顔色一つ変えずに聞いていた沖津は、由起谷の話を聞き終えると慰労するように言った。

「ご苦労だった。その辺の椅子に座って待っていてくれ」

指示された通りに手近の椅子に腰を下ろす。そのとき初めて、自分がいつになく汗をかいていることに気がついた。ハンカチを取り出して額や首筋に浮いた汗を拭う。

その間沖津は、瞑目するようにじっと考え込んでいる。

およそ一分後、沖津は内線電話で特捜部の全理事官と主任を招集した。

ハンカチをしまおうとしていた由起谷は、驚いて立ち上がった。

「よろしいのですか、城木理事官は――」

「だからこそ、だ。もしこれが君ならば、何も告げられずに捜査から外されることをよしとするかね」

「いいえ。しかし庶務の桂《かつら》主任までとは」

「どうやらこの事案ではかつてなかったほど特捜部の結束が問われることになりそうだ。こんなとき、一つ間違えば空中分解しかねない内部の人心をまとめるのに、彼女以上の適任者はいないと思うがどうかな」

「それは……確かに」

部長はきっと、この日あるを予見して桂絢子《あやこ》という人を警務部から引き抜いたのだろう。

納得して再び腰を下ろす。

確かに部長の言う通りだ。それに、どのみち自分に決定権はない。

やがて城木理事官、宮近理事官、鈴石主任、桂主任、夏川主任が集合した。沖津の指示に従い、それぞれが思い思いの椅子に座る。

夏川は同じ捜査班主任である由起谷の隣に座った。互いに無言で頷き交わす。

イレギュラー極まりない呼び出しに、全員が不審そうな様子を隠しきれずにいる。

「では始めよう」

全員の前で、沖津は由起谷の報告を再現した。再現といっても、由起谷よりはるかに整然として過不足がまったくない。完璧な説明であった。

由起谷は城木の様子を注意して観察していたが、恐れていたほどには取り乱したりはしなかった。とは言え、まったく動揺の気配を表わさなかったわけではない。無機的な塑像と化し、ただじっと身を硬くして耐えている。

むしろ宮近理事官の方が、まるで自身が責められているかのように、傍目にも落ち着きのない素振りを示していた。

「以上が由起谷主任の報告による捜査二課の最新情報だ」

話し終えた沖津は、紙マッチを器用に擦ってモンテクリストのミニシガリロに火を点けた。

「問題とすべき点は主に二つ。一点目は捜査の今後について。これは由起谷主任が六係に伝えた通り、続行とする。変更はまったくない。このことは後で私から鳥居課長にも話をしておく。二点目は城木理事官について。刑事捜査の原則からしても、城木君には本事案から外れてもらう」

全員が一斉に城木を見る。話の途中から覚悟を決めていたのだろう。城木は身じろぎもしなかった。

「またそうしなければ捜二も納得してはくれまい。城木理事官、異論はあるかね」

起立した城木が、はっきりと返答する。

「ありません」

沖津が機械的にモンテクリストの煙を吐く。

ゆったりと漂い流れる煙の向こうに、由起谷は微かな笑みを見たように思った。

「城木君」

「はい」

「これは単に私が勧めるだけだがね、君はしばらく休暇を取った方がいいんじゃないか」

夏川が憤然と立ち上がろうとする。由起谷は咄嗟に彼の腕を取って押しとどめた。怒りの表情で睨みつけてきた夏川に向かい、首を左右に振ってみせる。

黙っていろ――

不承不承に夏川が浮かせかけた腰を下ろす。

「休暇とは、私をどこかへ遠ざけたいということですか」

さすがに城木が皮肉めかして問い返す。

「その通りだ。例えば、そうだな、久々にご親戚の方々を訪ねてみたりするのもいいんじゃないかな。それでなくても警察官は激務を強いられている。仕事が忙しくて、だいぶ不義理やご無沙汰を重ねてるんじゃないかと思ってね」

隣の夏川が「あっ」と目を見開くのが分かった。

城木もあれほど硬かった表情を初めて緩める。

「ご忠告に従い、本日より休暇を取らせて頂きます」

「それがいい。ただし、親戚の家だからといって羽目を外しすぎることのないように。あくまで警察官であることを忘れてはならない」

それはあまりに現実的な〈忠告〉であった。沖津は城木に、特捜部と捜二の捜査について気づかれぬよう留意せよと釘を刺しているのだ。

「はい。羽目を外しすぎないよう、充分に注意致します」

頷いた沖津は、次いで全員に向かい、

「集まってもらったのは、ここにいる者全員で今の話を共有する必要があると判断したためだ。言うまでもないが、保秘の徹底に努めてほしい。捜査が進展してなんらかの確証がつかめた場合は、改めて指示する。それまでは捜査員にも極秘である。いいな」

異論はなく、解散となった。

沖津の執務室を出た絢子は、あえて階段を使って一階にある庶務室へと戻ることにした。幾重にも折れ曲がる階段を下りながら、全身が緊張に強張ったままであることに気がついて、大きく深呼吸をする。

あの場に部長が自分まで同席させた意味は何か。考えるまでもなく自明である。またそれは、ことのほか困難な役目でもあった。

自分にそれができるだろうか――絢子は自らに問いかける。

実兄である宗方亮太郎《むなかたりょうたろう》議員の死。親族が実権を握る『城州グループ』への重大疑惑。考えれば考えるほど最近の城木には災厄ばかりが降りかかっている。

政財官界のすべてに人材を送り込んできた城木家だ。その親族間にどのような確執があるのか、絢子の想像の及ぶところではなかった。

既存の警察組織刷新を標榜しながら、特捜部にも警察特有の宿痾《しゅくあ》が存在した。すなわち警察プロパーの捜査員による突入班への差別である。城木理事官は、ともすれば対立しがちな双方の間でよく調整役を果たしていた。これまで特捜部が曲がりなりにも結束して難局に当たってこられたのは、城木という人物の人間性が大きく与《あずか》っていたとさえ言える。

その城木自身が、ここまでの苦境に立たされようとは。

部長から自分に託された任務は、おそらく城木の不在をカバーし、部内の融和を図れということだ。城木ほどの人徳が自分にあるとは思えないが、なんとしてもやり抜かねばならない。

そう決意して庶務室に入る。中では和喜屋亜衣《わきやあい》が一人でパソコンに向かっていた。

絢子の部下の庶務担当職員は全部で三人。全員妙齢の女性であることから部内では〈庶務三人娘〉と呼ばれている。亜衣はその一人であった。

絢子は、他の二人に備品倉庫のチェックを命じていたことを思い出した。

「あ、おかえりなさい」

入室の物音に亜衣が顔を上げる。

「ただいま」

微笑みつつ挨拶を返すと、亜衣はこちらをしげしげと見つめ、

「だいぶお疲れみたいですね。会議、そんなに大変だったんですか」

「あら、分かる？　眉間にシワでも寄ってたかしら」

冗談めかして応じつつ、絢子は心の中で少し焦った。努めて明るくふるまっているつもりでも、どうやら顔に出ていたらしい。

「まさか、主任に限って。でも、なんだかいつもと違う感じがしましたから」

「やっぱりお化粧品、替えてみようかな。最近お肌の調子が気になってたし」

「あっ、それ、あるかもしれませんよ。毎日暑いせいだと思うんですけど、あたしもこの頃、肌の感じが変だなって」

そんなたわいもない会話を交わした後、亜衣がなにげない口調で言った。

「でも主任、お体には本当に気をつけて下さいね。主任にまで何かあったら、〈気配りの双璧〉が全滅じゃないですか」

「それ、どういうこと」

反射的に聞き返していた。

「城木理事官のことですよ。双璧のもう一方。前はあんなに明るかった理事官が、最近は人が変わったみたいで……そりゃあ、いろいろあったから当然だとは思うんですけど……」

やはり城木の異変は皆が察していたのだ。亜衣の指摘した通り、以前はどこまでも爽やかな好人物であっただけに、城木の変貌と憔悴ぶりには痛々しいものがある。

「それでなくてもココは陰気で正体不明で汗臭くてゴツくてデリカシーのかけらもない人達ばっかり

なのに――まあ警察だから当然かもしれませんけど、あ、由起谷さんは例外中の例外ですよ――これで〈気配りの双璧〉まで元気がなかったら、ホント、みんなどうなっちゃうことか」

亜衣の言動はどこまでも無邪気で容赦がない。だがそれだけに真実を衝いているとも言えた。

「亜衣ちゃんの言う通りね。でも、私のことなら大丈夫。あなた達がついてくれてるから」

「うまいですねー、そういう持ってき方でこっちをその気にさせるところが」

「あら、ほんとのことよ」

「またまたー。でも主任」

「なあに」

「あたし達、いつも話してるんですよ。いっそのこと、双璧でカップルになったらすごいよねーって。そしたら警視庁でも最高の――」

「亜衣ちゃん、その辺にしときましょうね」

形だけ睨んでみせると、亜衣は一瞬でパソコンに向き直った。

「はーい、すみませーん」

4

夜通し降り続いた雨は、朝にはだいぶ小降りとなったが、それでも完全にはやまなかった。雨期のミャンマーであるから、まだ天候に恵まれている方であるとも言える。

午前六時、早めの朝食を済ませてから出発となった。昨日までと同じ車列の並びで、南西方向へと山道に入っていく。直線距離にしておよそ二〇キロ進めばブティダウンに通じる橋のある道に出る。

一口に二〇キロと言っても、曲がりくねって勾配のある山道の通行は想像以上に時間を要する。姿は緊張を途切れさせることなく、マイクロバスの左側面に続く山林に注意を向け続けた。

特に打ち合わせたわけではないが、ユーリは右側面に目を配っている。ライザは車内だ。

ソージンテットがやはり敵で、彼もしくは彼の部下が突然こちらに向けて発砲すればひとたまりもないだろう。その場合、敵が動く寸前に始末しなければならない。マークすべき相手の数はいささか多いが、ここはライザの能力を信頼するしかなかった。

「なあ少尉殿、あんた、APCに移乗するんじゃなかったのかい」

前に座ったウィンタウンに声をかける。

軽口を装ってはいるが、少しでも疑わしい兆候はチェックしておく。生き残るための鉄則だ。

ウィンタウンが口を開く前に、上官のソージンテットが答えていた。

「異例は承知している。どうやら彼は君と相性がいいようなのでね。君が退屈しないようにこちらに同乗させたんだ」

つまりは俺達の監視役というわけか――

ソージンテットは有能だ。状況を的確に把握し、臨機応変に対応している。

「だったらカードでもやるかい、少尉殿。レートはそっちの希望でいいぜ」

「悪いが、これは子供の遠足じゃないんだよ」

またしてもソージンテットが先に答えた。

ウィンタウンは無言でこちらを睨みつけている。よけいな騒ぎを起こすなと厳命されているのだろう。

「じゃあ俺は何をすればいいんだい、そこの優しい少尉さんと」

「会話でも楽しみたまえ」

懸命に怒りをこらえているウィンタウンに視線を移し、姿はぼやいた。

「こりゃあ話が弾みそうだなあ」

楽しい会話とはほど遠い、重苦しい沈黙の山路が何時間も続いた。揺れは酷いが、徒歩や装甲車での行軍に比べれば快適と言ってもいい。軍歴のない愛染は、さすがに気分が悪そうだったが、それでも不平を漏らさずに耐えている。

午前八時を過ぎた頃、雨が勢いを増してきた。雨期の熱帯雨林における戦闘ほど厄介なものはない。姿は過去の戦闘経験のあれこれを思い出し、憂鬱な気分になった。

道が意外に整備されているのが救いであった。ソージンテットも言っていたが、ミャンマー国内には道幅の狭い未舗装の険路が少なくない。

物資の流通を考えれば、ミャンマー政府としても国内インフラの整備は最も国力を投入したい分野であろう。だが中国の『一帯一路』構想に組み込まれているミャンマーにはそんな余力などないに等しい。

一帯一路とは、習近平の提唱する広域経済圏構想のことである。『一帯』は中国西部から中央アジアを経由してヨーロッパへと続く陸路の「シルクロード経済ベルト」を指し、『一路』は中国沿岸部から東南アジア、スリランカ、アラビア半島沿岸部、アフリカ東岸を結ぶ海路の「二十一世紀海上シルクロード」を指す。これらの地域へのインフラ投資、アウトバウンド投資を進め、今後数十年かけて一大経済交易ルートを構築する。それは取りも直さず、世界の経済支配、軍事支配を目指す中国最大の野望なのだ。

アウンサンスーチーは一帯一路の一部となる『中国ミャンマー経済回廊』構想に合意しており、中国雲南省の昆明と、ヤンゴン及びチャウピューを高速道路と鉄道で結ぶ覚え書きを交わしている。その距離は約一七〇〇キロ。中国はすでに国内側の工事を終えているが、アラカン山脈を貫くこの大工事は途轍もない負担となってミャンマーに重くのしかかっている。

雨の中、水田で働く人々が窓から見えた。誰もが腰を海老のように折り曲げ、表情が完全に失われた顔をしている。バスの座席で、姿は注意深く彼らと彼らを取り巻く雨と泥の宇宙を眺める。

世界で最も降水量の多い国。その地にふさわしく無限に降り続く雨の如くに、無駄な想念が後から後から湧き起こる。

ベンガル湾に面し、港を挟んでシットウェーの南方に位置するチャウピューは、シットウェー沖合のシュエ海洋ガス田から天然ガスを中国に送るパイプラインの起点となっている。また中東産の原油パイプラインもここを起点としている。

これまで原油をマラッカ海峡経由ルートに依存していた中国にとって、想定される最大の懸念は海峡封鎖という事態である。これを回避する上でも、チャウピューは中国の安全保障上、大きな意味を持つ要衝となることは間違いない。

これらのパイプラインを建設したのは中国の国有企業『中国石油天然気集団（CNPC）』であり、チャウピュー港の大規模港湾開発事業を請け負ったのは同じく中国の国有企業『中国中信集団（CITIC）』を中心とする共同事業体であった。

さらにはパイプラインのミャンマー側国境に当たるシャン州の都市ムセ近郊のシュウェリーに、『国家電力投資集団公司（SPI）』の前身の一つである『中国電力投資集団公司（CPI）』が水力発電所を建設したが、そこで生み出される電力の八〇パーセントは中国へ送られる。ミャンマー国内には他にも六か所に中国の建設した発電所があるが、いずれも電力の大半は中国へと送電され、ミャンマー国民に供されることはない。

いわゆる〈債務の罠〉である。

途上国に対する中国の融資は、財政の健全性や透明性といったガバナンス、コンプライアンスの不在が指摘されている。

例えばスリランカは、中国からの融資によって完成させたインフラの赤字に苦しんだ挙句、株式の七〇パーセントを引き渡し、九十九年間に及ぶハンバントタ港の港湾運営権を中国企業に譲渡せざるを得ない事態に陥った。同港では中国の攻撃型潜水艦の寄港も確認されており、人民解放軍による軍事利用が問題化した。

同様の例はマレーシア、パキスタン、ラオス、モルディブ、キルギスなど数多くの国で報告されている。

高利の融資で途上国を支配する〈債務の罠〉。それこそが一帯一路の理想に隠された裏の顔であり、中国の野望の象徴に他ならない。

「……キビシいねえ」

マイクロバスの窓にもたれかかり、姿は声に出して呟いた。

「何か言ったか」

ウィンタウンが振り返る。

「いやあ、せっかく大尉殿が気を利かせてくれたってのに、さっきからあんたがちっとも俺に話しかけてくれないからさ」

馬鹿馬鹿しいといった顔でウィンタウンは前へ向き直った。


正午近く、山岳部を抜けた車列は、ブティダウンに続く幹線道路に入った。

マユ川の西岸に位置するブティダウンからシャベバザルまでは直線距離で約五〇キロ。しばらくは開けた平坦な道が続くので、だいぶ距離を稼げそうだ。油断はできないが、山岳地帯よりは襲撃される危険は少ないと言っていい。〈敵〉の目的を考えても、できるだけ人目のない地点を選ぶものと予想されるからだ。

雨が降り続く中、車列は四方を見渡す限りの水田に囲まれた一本道を走り続けた。

水田からすぐ上は、天の雨雲が地に降りてきたかのような灰色に押し包まれている。それでも時折、周囲に聳える山々が遠望された。北東に見えるのは、その懐《ふところ》に今も日本兵の遺体を抱くアラカン山脈の南端だ。

午後一時過ぎ、ブティダウン着。しばし休憩となった。

ブティダウンの町にはレストランが何軒かあった。交代で食事を取る。日本側の面々はウィンタウンと昼食をともにすることとなった。

一番早くできるというシャンカウスエを全員がオーダーする。米の麺を使った麺料理である。

注文した料理はすぐに運ばれてきた。ミャンマー料理は油を大量に使うものが多いが、これは比較的あっさりしている。

「光栄だなあ、少尉殿とランチをご一緒できるなんて」

「黙って食え」

軽口を投げかけてみると、予想した通りのリアクションが返ってきた。人間性を測るための〈アクティブ・ソナー〉である。姿は満足して箸を取り上げた。

ユーリとライザは無言で麺を啜っている。その様子にも満足する。この二人に油断という概念は無縁だろう。

器を持ち上げ、スープを口に含んでみる。

「うん、ミャンマー料理にしちゃあ、だいぶ油が控えめだね。前に新大久保で食べたラーメンみたいだ」

今度はユーリが顔も上げずに言った。

「黙って食え」

午後二時二十分、ブティダウン発。幹線道路を西へと向かう。

どこまでも平坦で単調な雨の一本道だ。周辺の風景は何時間走っても驚くほどに変化を見せない。旅人を楽しませるつもりなど毛頭ないとでも言うように。

灰色に閉ざされた世界は心華やぐものでは決してないが、車輛の速度は上げられる。任務の性格を考えれば、一秒でも早く被疑者の身柄を引き取って撤収する方がいいに決まっている。

ある意味では快適と言えなくもないその道を直進し続けると、やがてはマウンドーに突き当たる。その手前に当たるニャウンギャウンの町を過ぎた先で北へと方向を変えた。

マイクロバスに揺られながら、姿は持参した地図を広げて確認する。

この道を北上すればシャベバザルだ。未舗装の茶色い道は依然として水田の中を果てしなく伸び、煙雨の先へと消失している。

しばらく何もない灰と緑の光景が続いたかと思うと、不意に集落が現われたりする。

正確に言うと集落ではない。集落の廃墟だ。

どれも小さい小屋で、サトウキビや竹、チガヤの葉を葺《ふ》いて屋根にしている。まれにトタン屋根の小屋もある。それは〈金持ち〉の家なのだそうだ。

壁材も大半は屋根と同じくヤシ科やイネ科の植物。稼ぎがよかったらしい家は、編んだ竹や木材、レンガなどを使っている。

どの集落にも共通しているのは、人影がまったく見当たらないということだ。中には集落の全域で火事でもあったのか、焼け跡しか残っていない村もある。

ロヒンギャの村か――

〈世界で最も迫害されている民〉ロヒンギャ。国軍による民族浄化の現場なのだ。そこはミャンマー政府と国軍が、世界に対して絶対に公開したくない場所でもある。

外国人の立ち入りを禁じたくもなるよなあ――

姿は何度目かのあくびを漏らす。

こういう場所は何度も見た。それこそ嫌と言うほど。特に珍しいものではない。世界中で常に見られる人間の営為だ。それは今この瞬間にも地上のどこかで起こっている。ロヒンギャが歴史的に民族であろうとなかろうと関係ない。

集落の側を通るたびに警戒しているようだったソージンテットもウィンタウンも、無関心そうな姿の様子に満足したのか、心なしか上機嫌だ。

午後五時過ぎになって、前方に小さな町が見えてきた。シャベバザルだ。

「やっと着いたか」

珍しくユーリがほっとしたように呟く。さすがの元刑事も、単調な風景の中で緊張感を維持し続けるのに疲れていたらしい。

だが先頭の装甲車は町の手前で右へと曲がった。後続の車輌もそれに続く。

「目的地はシャベバザルではなかったはずだ」

ウィンタウンが素っ気なく言う。

確かに犯人引き渡しの場所に指定されているのはシャベバザル北東の『州立第十七農業家畜飼育職訓練センター』であって、シャベバザルの町ではない。

平坦だった道路は次第に勾配が強くなって、本格的な山道へと入った。それにつれて、周囲の光が急速に薄れていく。

朝からずっと夕暮れのような薄ぼんやりとした光の中を進んできたが、それでも本当の夕暮れのうそ寒い暗さには及ばない。

深い緑の回廊を進んでいると、唐突に開けた場所に出た。それまでの道に接続する形で、右側から舗装された道がつながっている。しかもゲートと警備兵付きだ。

車列全体が一旦停止する。

敬礼する警備兵に対し、装甲車の車長が敬礼を返してからビルマ語で何か言っている。レインコートを着た警備兵がすぐにゲートを開けた。

車列は走行を再開し、ゲートの内側へと入っていく。

姿は手にした地図を確認した。どう見ても山の中で、町や施設等は載っていない。

「民間人や外国人が入手できるミャンマーの地図なんて、そもそも当てにはなりませんよ」

愛染が素っ気なく言う。

「道が新しくできたり急になくなったり。それどころか、あったはずの町だって消えてたりする。地名だって知らないうちに変えられてますし。いいかげんなものです」

その言葉には、彼らしからぬ棘のようなものが含まれているように感じられた。

舗装路の先には、整地された広大な地所が広がっていた。周囲には鉄条網のフェンスが巡らされている。またあちこちに配置された駐車場や格納庫には、数多くの軍用車輌が駐められていた。機甲兵装の機体も覗いている。

整然と配置された建造物は、いずれも明らかに政府や軍の施設だった。しかも建設されてからさほど年月は経っていない。

それらの間を直進した車列は、一棟の低層ビルの前で停まった。

ソージンテットが立ち上がって言う。

「国境警備警察の宿舎だ。今夜はここに宿泊する」

「目的地はもう近いんじゃないのか」

姿が地図を見せつけるようにして尋ねると、

「確かに収容所まではあと少しだ。しかし今からだと到着は完全に夜になってしまう。警護の観点から夜の山道は極力避けたい。加えて向こうにも連絡しておくから、明日到着と同時に引き渡しの手続きに移れるというわけだ」

「なるほど、合理的だな」

「ここなら宿泊に最適だろう。小規模な署ならともかく、ベンガリのテロリストもこれほど大規模な警察施設にまでは手出しできまい。見ての通り、警備態勢も万全だ」

反論の余地はない。彼の言う通りであった。

ソージンテットと部下達は先に立って降車していく。姿達も後に続いた。

「ここにはロヒンギャの村があったんです。森の中に点在していましたから、地図にも載っていませんでしたが」

雨の中、急いで建物へと入ろうとした姿達に、愛染が出し抜けに日本語で言った。

「それを焼き払って政府や軍の施設を作ったんです。その資金を援助したのは、日本です」

こいつは何を言おうとしているのか——

姿は立ち止まって振り返る。ユーリとライザも。

「名目は『ロヒンギャ難民帰還のための住居建設』でした。僕は大使館にいたから知っています。日本側も本当は何に使われるか知っていて国民の税金を投入したんです。ODAさえ大企業と政治家の利権になっているんですよ。だから国軍は自分達が何をやっても日本は強く出てこないと踏んでるんだ」

雨のしずくが愛染の髪から頬へと絶え間なく流れていく。

「ラカイン州では人口の約八割が貧困ラインを下回っています。しかしここには豊富な地下資源がある。中国も日本も、それを狙っているんです。ロヒンギャだけじゃない。仏教徒のラカイン族も、再開発の恩恵をまったく受けられずにいる。住民同士の争いを誰がどう利用しているのか、こうしてミャンマーの雨に打たれて考えてみるのもいいんじゃないですか」

天よりの冷たい雨が、愛染の仮面を強引に剝ぎ取ったようだった。

「おい、愛染——」

姿が制止しようとしたとき、背後から声がした。

「日本語での会話は遠慮してほしいと言ったはずだ」

ソージンテットがやはり雨に打たれながらこちらを見据えている。

「せっかくの我々の厚意も君達には理解してもらえないのか」

「僕達は日本警察、ひいては日本政府の代表として来ています。外交上の機密というものがありますから、日本語で会話することが必要な場合もあります」

それまでとは一変して、開き直ったような愛染の口吻《こうふん》であった。

ソージンテットは、ほう、と面白そうに目を細め、

「外交上の機密というが、君達の会話はいつも我が国への単なる中傷のように聞こえるが」

「では、この施設はなんなんです」

姿が止める間もなく、愛染は相手の挑発に乗っていた。

「ロヒンギャ難民帰還のための住居が、どうして軍や政府の施設に化けたんですか」

「その件に関しては広く情報公開されている。最初から政府施設と併設されるという契約だったはずだ。見たまえ」

ソージンテットが雨の向こうを指差した。

夕闇の乏しい光の中にも、敷地の外れに簡素な小屋が軒を並べているのが見えた。

小屋。まさにそれは、人間の住居というより家畜の小屋に近かった。建てられて以来、手入れもされぬまま放置されているのがありありと見て取れる。

「ちゃんと難民用の住居も用意している。だが、どういうわけかベンガリは入居したがらない。我々は国家としての義務を果たしている。批判なら自らの意志で帰還しようとしないベンガリに向けるべきだ」

それだけ言うと、ソージンテットは悠然とした足取りで宿舎の中へと入っていった。

愛染は悔しそうに俯いている。

ロヒンギャが避難先のバングラデシュから帰還したがらない理由は姿も知っている。国際世論に押される形で始められた帰還事業に応じてミャンマー国籍を取得するには、ベンガル人であると認めねばならない。それはすなわち、ロヒンギャとしてのアイデンティティーを自ら捨てるということであ

る。だがそこまでしてもなお、苛烈な差別がなくなるという保証はどこにもない。また難民キャンプ内で帰還を希望したロヒンギャは、帰還事業に反対する同胞に殺されることさえあるという。

「気が済んだか。さあ、早く中へ入ろうぜ。こんな所で風邪なんか引きたくないからな」

姿は愛染と同僚の二人を促した。そして宿舎の入口に続く階段に足を掛けながら考える。

この坊やはもしかしたらとんでもなく厄介な爆弾かもしれないと。

5

京都市左京区下鴨《しもがも》の裏通りには、白い日差しが照り映えて、町全体が蜃気楼に包まれているかのようだった。

タクシーを降りた城木は、バッグを手にしたまま、訪れた家の門を見上げた。

千代田区の番町にある自分の生家も古い大きな家であったが、この家には到底及ばない。なにしろ歴史がありすぎる。そのまま映画のロケにでも使えそうだ。実際にそうした打診が時折あるそうだが、この家の住人達が応じることは決してない。

表札には『城邑《じょうゆう》』とだけ記されている。

表門の横にある通用口のインターフォンに手を伸ばすまでもなく、戸が内側から開けられた。塀の上に設置された防犯カメラで見ていたのだ。以前よく来ていた頃はまだなかったが、これほどの豪邸ともなると今時設置していない方が非常識というものである。

「いらっしゃいませ」

恭《うやうや》しく出迎えてくれたのは、それこそ時代劇にでも出てきそうな風格を持った白髯の老人であった。さしずめ代々の用人といったところか。その風貌は、城木が幼い子供であった頃から少しも変わっていなかった。

「ご無沙汰しています、尾藤《びとう》さん」

彼はこの家に昔からいる執事である。無口で折り目正しいのは結構だが、子供には親しみにくい人物だった。正直に言うと、今でも少し怖いくらいだ。

「お荷物をお預かりします」

「いいえ、平気ですよ、これくらい」

笑いながら断ると、尾藤老人は「では、こちらへ」と低い声で言って歩き出した。

老人の後に従い、庭園を横切って母屋に向かう。本当は案内など要らないのだが、それすら断るとかえって悪いような気がしてためらわれた。

大きく回り込む形で手入れの行き届いた庭を抜けると、母屋の玄関が見えてきた。

その前に、地味なワンピースを着た女性が立っていた。

何年ぶりだろうか。うっすらと靄をまとったような佇まいは、記憶の中にある少女の姿のままだった。

「貴彦兄さん」

城木を見て、嬉しそうに片手を上げる。

懐かしさと息苦しさの混じったような心の波に襲われて、城木は思わず口に出していた。

「毬絵《まりえ》ちゃん……」

玄関に向かって足を進めながら、従妹の白い顔を見つめ続ける。

小さいときから城木本家の兄弟になついていて、「亮太郎兄さん、貴彦兄さん」と慕ってくれた。しかもどちらかと言うと、年の離れた亮太郎よりも自分の方が彼女には親しみやすかったのではないかと思う。遠い日の毬絵は、遊び回る自分達の後を懸命に追ってくる愛らしい少女であり、京都での思い出を柔らかに縁取る存在であった。

確か今年で二十七になるはずだ。だが何度瞬きしてみても、幼少期の記憶と重なって、城邑毬絵は少女の頃から少しも変わらぬ、ある種浮世離れしたような空気を漂わせていた。

「なんや恥ずかしいわ、そないにじーっと見られたら」

「あ、いや……」

我に返り、城木は慌てて取り繕う。

「ごめん、毬絵ちゃんがあんまり変わってないものだから」

「嫌やわ、うち、そないに子供やろか」

艶やかに笑う毬絵は、確かに年相応の色香を身につけていた。地味に感じたワンピースも、よく見るとシックなデザインの施された高級品だった。

城木は毬絵が城州ホールディングスの役員であることを思い出した。非常勤なので連日出社する必要はない。高給の保証された、極めて恵まれた立場と言える。

「それより、貴彦兄さん」

改まったように毬絵が頭を下げる。

「亮太郎さんはご愁傷様でした。私もお見送りするつもりでおりましたのに……申しわけもございません」

急な発熱のため、毬絵は兄の葬儀には参列できなかったのだ。

「いえ、どうぞお気遣いなく。城邑家の皆様にはひとかたならぬお世話になり、感謝しております」

城木もまた他人行儀で礼を返す。

兄の死からまだ四か月ほどしか経っていない。そのことを考えると、どうしても態度がぎこちないものになってしまう。

城邑家に世話になったというのは嘘ではない。特捜部理事官としての責務から身動きの取れなかった城木に代わり、与党関係者と協力して兄の葬儀や父の入院を手配してくれたのが親族代表とも言える城邑家の人々であった。

「さ、はよ中に入って。今日はえらい暑いさかい」

微妙な気まずさを打ち消すように、毬絵が城木を促した。

「お邪魔します」

とても個人の邸宅とは思えない広い玄関で靴を脱ぎ、磨き上げられた廊下を進む。エアコンによるものでは決してない、古い家屋特有の冷気がそこかしこに立ち籠めているようだった。

初めてこの家に来たときから城木はその感触が好きではなかった。それでも子供の頃は「黴臭い」とか「ひんやりする」とか言い合いながら、大勢の従兄弟達と走り回ったものだった。かくれんぼや鬼ごっこに興じていると、周囲の冷気を忘れられた。

それぞれが無垢の時代を脱する頃から、城木はなんとなく屋敷全体に漂う空気を忌避するようになった。いや、そこに集う大人達の醸し出す雰囲気に反発を覚えるようになったと言う方が正確かもしれない。それは、東京の番町にある自宅も同様であったのだが。

「もうちょいしたら昭夫《あきお》兄さんも帰ってくるさかい」

城木を客間の一つに案内した毬絵は、座布団を勧めて自らも腰を下ろした。十二畳はある部屋だ。すぐに使用人らしき女性が冷たい緑茶を運んでくる。

「この部屋、覚えてる?」

「ああ。夏休みに泊まりに来たときは亮太郎兄さんと二人、よくここで寝かされた」

「楽しかったねえ、あの頃は。みんな集まって仲良う遊んで」

「うん、そうだったね」

「お正月にはカルタもしたし。うちは負けてばっかりやったけど」

「しょうがないよ、毬絵ちゃんはまだ小さかったから」

「そうやね。けど、うちはみんなに交ぜてもらえるだけで嬉しかったわ」

「本当に思い出すね、いろいろと」

実際は子供なりの屈託や憤懣もないではなかったのだが、目を細めて語っている毬絵には、興を削ぐような本音はとても告げられなかった。

「こっちにおる間は、この部屋、自由に使《つこ》うてね」

「ありがとう。でも何年ぶりかなあ、この部屋で寝るのは」

「貴彦兄さん、最近はちょいも来てくれへんようになっとったさかい」

「ごめん。去年から大事件が続いたもので、警察はほんとに大変だったんだ」

「『黒い未亡人』とか『クイアコン疑獄』とか？」

「うん」

「嘘や」

「えっ？」

「貴彦兄さんの部署が関わってるいう話はうちも聞いとったけど、京都に来《こ》んようになったのは、そのずっと前からやないの」

頬を膨らませ、恨めしげに城木を見つめる。

「悪かった。本当にごめん」

毬絵はすぐに破顔して、

「もう、冗談やて。そない真面目に謝られたら、うち、かえって困るわ。けど……」

「けど、なに？」

「貴彦兄さんのそないなとこ、ほんまに全然変わってへんねえ」

「そうかなあ」

「そうやて。けど、貴彦兄さんが遊びに来たいて連絡してくれて、うちも兄さんもほんまに嬉しかったわあ」

「警察も働き方改革でね、頼むから有休を消化してくれって上司に言われてさ」

「それで京都に来てくれはったん？」

「叔父さんや叔母さんにこの前のお礼をしときたかったし、それに、なんだか昭夫さんや毬絵ちゃんが懐かしくなってね」

嘘を吐き続ける己に胸が痛んだ。毬絵の微笑みがどこまでも純真に見えるがゆえに、その痛みはひとしおだった。

「ねえ、覚えてる？　みんなで花火やったとき。城方《しろかた》の肇《はじめ》ちゃんがネズミ花火にびっくりしてさ」

「覚えてる覚えてる。肇ちゃん、大泣きしてしもて、亮太郎兄さんが一生懸命慰めとったわ」

そんな調子でたわいもない思い出話を続けていると、やがて城邑昭夫が入ってきた。

「遅なってすまん。貴彦ちゃん、よう来てくれたなあ」

昭夫は毬絵の兄である。ただし腹違いで、昭夫の実母は早くに亡くなっている。

髪を短く刈った昭夫は、城木よりも四つ年上の三十五歳。実兄の亮太郎は七つ離れていたから、真ん中の兄という感じで、むしろ亮太郎より気の置けない間柄であった。

「亮太郎さんはほんまに気の毒やった。貴彦ちゃんも大変やったやろ」

城州ホールディングスの執行役専務を務めているだけあって、年齢以上に貫禄がある。以前から精力的な風貌だったが、ビジネスに邁進する日々の生活で一段と自信をつけたようだ。

「いえ、その節は大変お世話になって」

「僕らの間でそないな気ぃ遣わんかてええから。そんなんは、要造《ようぞう》叔父さんとか朔子《さくこ》伯母さんの前だけでしとったらええ。実際に仕切っとったんはあの人らやし。ここだけの話、本家の亮蔵《りょうぞう》伯父さんがあないなことになってしもたからいうて、自分らが本家にでもなったような顔しとったで」

城木の父である城木亮蔵は、長子亮太郎の死による衝撃とその後のストレスから認知症に似た緘黙《かんもく》という症状を発し、今も介護治療センターに入院中である。医師の話では、将来的にも退院は難しいだろうということだった。

城方要造や城守《しろもり》朔子は、ともに城木家の分家筋に当たる家の者達で、昭夫と同じく城州ホールディングスの役員に名を連ねている。

「兄さん、ここでそないなこと言わんでも……」

城木を横目に見ながら毬絵がたしなめる。城木がそういった話を好まぬことを熟知しているのだ。

「ええやん、親戚は親戚、会社は会社や。僕らは子供の頃からの仲やねんから、お互い変な遠慮はしたぁない思てんねん」

「そら兄さんだけの思い込みとちゃいますのん。兄さんはいつも勝手やさかい」

毬絵の抗議に、昭夫は城木の方に向き直った。

「ほな貴彦ちゃんはどうや。僕はな、単に従弟の幼馴染みいうだけやのうて、貴彦ちゃんは別や思てんねん。今の時代、同族経営いうだけでも問題アリアリや。これからの城州グループは僕らでなんとかしていかな。なあ、貴彦ちゃんの考え、よかったら聞かせてくれるか」

「僕の考えと言われても……そうだね、僕は公務員だから昭夫さんみたいなビジネスに対するビジョンは持ってないし、城州グループの経営にはこれからも参加するつもりはないとしか……」

「うん、貴彦ちゃんはそない言うやろ思たわ。僕の言い方が悪かった。僕はな、貴彦ちゃんとなんでも話し合える仲でいたいだけやねん」

「そら兄さんの言い方が悪すぎるわ。貴彦兄さん、びっくりしたはるやないの。うちもそうや。まるですぐにでも会社に入れみたいに言うて」

「そうか、そらすまんかった。先を急ぎすぎるのは僕の悪い癖や」

昭夫は苦笑しながら謝罪する。城木もつられて微笑んだ。

「気にしないで下さい。僕にとっても昭夫さんや毬絵ちゃんは特別だから、こうしてお邪魔したわけで」

「そうか、そう言うてくれるだけで嬉しいわ」

昭夫が愛嬌に満ちた笑顔を見せる。シビアな判断力と包容力とを併せ持つ点が、昔から昭夫の長所であり、魅力であった。

「ありがとう。今までご無沙汰ばかりしてたのに、僕も嬉しいですよ」

「うん、また昔みたいに一緒に遊ぼうや」

「昔みたいにて、かくれんぼとかするのん？」

「それもええかもしれんなあ」

妹の冗談に、昭夫は快活に応じながら、

「京都もえらい変わったやろ。僕が毎晩案内したるわ」

「毎晩て、ひょっとして貴彦兄さんを変なお店に連れてく気やあらへんやろね」

「あかんか？」

「当たり前や」

城木は城邑兄妹と一緒になって愉快に笑った。

だがすぐに昭夫は思い出したように頓狂な声を上げた。

「しもた、忘れとったわ」

「どないしたん」

毬絵が怪訝そうに尋ねる。

「今日貴彦ちゃんが来ること、今朝城守の伯母さんに言うてしもてん」

「言うてしもたて、別に隠すことでもあらへんのとちゃうの」

「そやろ？　そやさかいなにげのう口にしたんやけど、伯母さん、えろう食いついてきてな。目ェぴかっと光らせて、『貴彦さんがこっちへ来《き》はるんやったら、ちょい早いけど法要も一緒にやったらどうどすやろ』て」

「法要って、なんの？　うち、全然聞いてないよ」

「清源《せいげん》はんの二十三回忌や。伯母さんの言うには、『今年はいろいろあってお盆もちゃんとでけへんかったさかいちょうどええわ。お寺はんには私から連絡しときます』て、ほんまにやる気満々やったで」

清源はんとは城州グループ中興の祖とされる城木清源のことで、城州ホールディングスの設立者でもある。とは言え、城木にとっては馴染みの薄い親族の一人でしかなかった。それは城邑兄妹にとっても同じだろう。

「二十三回忌て、そんなん、やる必要あんのん」

「ただの口実やろ。大事なんは、城州グループの結束を固めること。法要はまさに絶好の場や。そやさかい本家の貴彦ちゃんが同席することに意味があんねん。その場で今後の人事やら発言権について言質を取っときたいんやろな」

「それでご自分からお寺はんに連絡するとか言わはったんやね」

「そういうこっちゃ」

「で、いつやのん、それ」

「明後日やて」

「それはいくらなんでも急すぎるんじゃ……」

城木は首を傾げた。

明後日は土曜で確かに休日ではあるが、そんなに急に手配ができるものだろうか。

「さあ、そこや。伯母さんは自分が一声かければみんな駆けつけてくる思てるし、それを全員に見せつけたいんや。グループ内の権益が懸かっとるちゅうことになったら、他のもんも出席せんわけにはいかん。伯母さんはそこまで考えとるんやろ」

「堪忍な、貴彦兄さん。着いた早々に」

毬絵が済まなそうに詫びる。

「いやいや、皆さんにはご挨拶しとかなきゃと思ってたんだ。今まで多忙を理由に法事を失礼させてもらっていたのも事実だし。僕のことなら構わないよ」

実は、城木にとっては好都合な展開であった。

城邑家訪問の真の目的は、城州グループと矢間辺洋航、及び防衛装備庁との関係を探ることだ。どうやって城州グループの経営陣と面会するか、とりあえず城邑家に身を寄せてから考えるつもりであったのだが、機会は向こうからやってきた。

幼馴染みでもある従兄妹達の笑顔を眺めながら、城木は冷たい緑茶の入った茶碗を手に取った。

6

払暁とともに国境警備警察の宿舎を出た一行は、細い山道に入っていった。雨は夜半に激しさを増し、未舗装の道路は泥濘《でいねい》の檻と化していた。

まずいな——

姿の胸の奥で〈要注意〉のランプが点灯した。

打ち付ける雨で窓の外がほとんど見えない。これでは地形の把握さえ容易ではなかった。

「どうした、気分でも悪いのか」

顔には出していなかったはずだが、ウィンタウンがからかうように言う。副官に任じられるだけあってなかなかに鋭い。

「雨の山道ってのは嫌なもんだね。せいぜい安全運転で頼むよ」

空疎な言葉で応じると、相手は満足したようだった。

「心配するな。運転している隊員は皆こうした道に慣れている」

「へえ、そりゃ心強い」

うわべだけの軽口を返す。

車列はやがて古い木製の橋にさしかかった。

川幅は約一〇メートル。増水により橋全体が大きく揺らいでいる。

「おい、大丈夫なのか」

普段は冷静なユーリも、窓に顔をくっつけるようにして轟々と渦巻く泥流を不安そうに見下ろしている。

応じる者はいない。警察部隊の面々は、答えるまでもないと思っているのだろう。

先頭の装甲車が渡りきるのを待って、マイクロバスが続く。橋が軋《きし》み、大きく揺れているのがはっきりと伝わってくる。

「本当に大丈夫なんですか」

愛染が悲鳴のような声を上げる。

「大丈夫だ。この程度なら充分に保つ」

熱帯雨林での従軍経験から姿は反射的に答えていた。だがそう口にした途端、ソージンテットが鋭くこちらを一瞥した。

「でなきゃ、全員降りてから渡るとかするだろう」

「ああ、それはそうですよね」

急いで付け加えると、愛染は少し安心したようだった。

ソージンテットはすでに前へと向き直っているが、自分への警戒心をいよいよ強めたのは間違いない。

俺もまだまだだなあ――

姿は両手を頭の後ろで組み、揺れるシートに身を預けた。

何事もなくマイクロバスは橋を渡り終えた。その先の道は二股に分かれている。バスは左側の道に入り装甲車の後ろで停止した。

次にトラックが機甲兵装を積載したまま一台ずつ渡る。

全車の無事を確認してから、車列は再び前進を開始した。

時刻は午前六時を過ぎていた。

そこからまた似たような山道が続き、午前七時三十三分、ようやく州立第十七農業家畜飼育職訓練センターに到着した。

とは言え、そんな看板が出ているわけでもない。刑務所以外の何物にも見えない有刺鉄線付きのコンクリート塀と重々しい鉄扉があるだけだった。

塀の内側には監視塔も建っている。

開かれた鉄扉から敷地内に入った車列は、正面の建物の前で停止した。

警備兵が数人走り出てきて、一行を出迎える。ソージンテットがビルマ語で彼らに何事か告げていた。

雨の中、姿達はそれぞれの荷物を背負い、急いで建物の中へと入った。

そこはどうやら看守棟のようだった。全体に薄暗いのは天候のせいもあるのだろうが、外観と同じく内部も陰々滅々とした印象で、コンクリートの臭いだけが鼻を衝いた。

やがて衛兵を従えた血色のいい老人が現われた。制服ではなく、仕立てのよくないスーツを着ている。ソージンテット達がすかさず敬礼する。どうやらここの責任者らしい。

老人はソージンテットに敬礼を返してから、愛染に愛想よく手を差し出した。

「ようこそ、お待ちしておりました。私はここの所長を務めておりますイェミントゥンと申します」

「在ミャンマー日本大使館の愛染拓也です。お出迎えに感謝します。本日は宜しくお願いします」

愛染は所長の手を握り、英語で礼儀正しく挨拶する。

所長は次に姿達の方を振り返った。真っ先にユーリが進み出て、自ら所長に手を差し出す。

「日本警察より派遣されましたユーリ・オズノフ警部です。このたびは国際指名手配犯の引き渡しに応じて頂き、感謝申し上げます」

その態度と口上を聞いただけで、姿にはユーリの意図がよく分かった。

自分がぞんざいな口をきいて相手を怒らせたりしないよう、先に自ら範を示したのだ。

よけいな気を回しやがって――

ユーリの判断と行動は正しいと認めるにやぶさかではないが、軍人とは自軍でなくても上位階級者には敬意を払うものだ。

「同じく日本警察の姿俊之警部です」

姿勢を正し、ごく真っ当に挨拶する。

所長は穏やかに姿の手を握った。間近で見ると、イェミントゥンの笑みは皺の一つ一つが蠟《ろう》か膠《にかわ》で固定されているかのようだった。言わば〈微笑みの蠟面〉だ。

「同じくライザ・ラードナー警部です」

最後にライザが挨拶する。

「日本警察はずいぶんと多様性を受け入れておられるようですな。それは我が国の理念とも一致している。素晴らしいことです」

所長が凝固した微笑みのまま大真面目に言う。姿は思わず噴き出しそうになった。どの文言を取っても痛烈な皮肉としか言いようがない。不自然な笑みは不気味極まりないが、冗談のセンスは最高だ。

「私もまったく同感です」

ユーリが同じく大真面目に返し、こちらをちらりと睨む。

はいはい、分かってますよ――

「最初に引き渡しの手続きを所長室で行ないます。どうぞこちらへ。護衛の諸君は休んでいて下さい。ご苦労でした。別室に食べ物を用意してあります」

そう言うと所長は衛兵を連れ、先に立って歩き出した。姿達四人も後に従う。

雨に打たれる長方形の中庭を望みながら、長く延びた回廊を歩む。反対側の回廊に、三人の看守に引き立てられていく男が見えた。遠目にもかかわらず、そして激しい雨にもかかわらず、男の顔が無残に赤黒く腫れているのが分かった。明らかに拷問の痕だ。

突然男は何事か叫びながら看守を振り切り、中庭に飛び出した。

だがすぐに捕らえられ、雨の中に引き倒された。激怒した看守達が男を取り囲み、執拗に蹴りつける。黄色い泥に血の赤が混じり、降りしきる雨に流され消える。

「あれは勾留しているテロリストの一味です」

こちらの質問を封じるつもりか、所長が先回りするように言う。

「凶悪な連中でしてね、逮捕するのに大変な苦労をしたと聞いております」

「ここは職業訓練センターじゃなかったんですかね」

うっかり言ってしまった。ユーリや愛染が睨んでくる。

しかし所長は奇怪な笑みを消すことなく鷹揚に頷いた。

「その通りです。しかし地域の治安維持のため、住民の要請で公安施設も兼ねているのです。そうでなければ、問題の指名手配犯も留置どころか逮捕さえできなかった可能性もある」

「日本にとっては幸いだったということですな。いや、感謝の言葉もありません」

姿としては所長に迎合して調子を合わせたつもりだったが、皮肉のニュアンスが残っていたのだろう、所長の笑みがわずかに怒気を孕《はら》むのを感じた。好々爺めいた微笑みはやはり人工の仮面であったようだ。

「こちらです」

回廊の突き当たりに位置していた部屋のドアを開け、所長が四人を差し招く。

正面のデスクも、中央の会議用テーブルも、壁に並んだ書類棚も、すべてがスチール製の安物だった。予算を別の部分に回さざるを得ないのだろう。空調はかろうじて効いているが、天井部では熱帯の建造物に特有のシーリングファンがゆっくりと回転している。室内に籠もりがちな湿気を攪拌《かくはん》するためだ。

「まあ、お掛け下さい」

勧められるまま、姿はユーリ、愛染とともにテーブルの周囲に置かれた事務用チェアに腰を下ろす。ライザだけはチェアに座らず、壁際に立った。デスクの後ろの窓と出入口のドアの両方を視界に納められる位置だ。

「その椅子がお気に召しませんか」

不審そうに問う所長に、ユーリが答える。

「彼女は以前から腰を痛めておりまして、ここまでの道中も痛みに耐えていたようです。どうかお気になさらないで下さい」

「それはお気の毒に。確かに道はよくありませんから、ずいぶんとおつらかったでしょう」

幸い所長は、ユーリの説明に納得したようだった。

彼はデスクの引き出しを開けて鍵を取り出し、すぐ横にある書類棚を解錠した。整然と並べられたファイルの中から一つを抜き取って会議用テーブルの上座に着席する。

「さて、本来ならミャンマー政府の担当官も立ち会う必要があるのですが、状況が状況ですので私が全権を委任されております。そのことを証明する書類がこちらになります」

所長はファイルの表紙を開き、最初のページを提示する。

「まずはこちらをご確認下さい。控えは後でお渡しします」

「拝見します」

愛染がビルマ語の文章に視線を走らせる。

「確認しました。ありがとうございます」

「では、次に今回の犯罪人引き渡しに関するミャンマー側の書類をすべてご確認願います」

愛染とユーリも、それぞれザックの中から厳重に梱包されたブリーフケースを取り出し、中のファイルをテーブルの上に置く。日本政府側と日本警察側の書類である。

双方、テーブルの上で差し出されたファイルを交換し、確認する。

所長から渡された書類の文章はビルマ語と英語で記されていた。

二十分ばかりの時間をかけて愛染とユーリがすべてのページを点検する。その間姿は、気楽に寛いでいる風情を装いながら、ライザと視線で分担箇所を決め警戒に当たっている。

「確認しました。問題ないかと存じます」

愛染がファイルを差し戻す。

「こちらもです」

所長は日本側のファイルを戻し、返却された自国側のファイルから十枚ほどの書類を抜き出した。

「ではこちらにサインを。日本警察の方、大使館の方、それぞれのサインをお願いします」

「それではこちらも」

愛染が大使館のファイルから書類を抜き出そうとしたとき、ユーリが鋭く制止する。

「待って下さい。肝心の犯罪人をまだ確認しておりませんが」

「おお、そうでしたな。これは私としたことが」

ドアに歩み寄った所長は、外に立っていた衛兵にビルマ語で何事か告げる。兵はすぐに駆け出していった。

およそ五分後、手錠を掛けられた男が連行されてきた。

資料に添付されていた写真と同じ顔をしている。間違いない。君島洋右であった。

髪はこざっぱりと整えられ、髭もきれいに剃られている。多少やつれているが、勾留中の待遇はそう悪くなかったものと思われた。

入室してきた彼は、ユーリとライザに目を留め、不安そうに周囲を見回した。日本警察だと思っていたら外国人がいたので困惑したようだった。

「君島洋右さんですね。私は在ミャンマー日本大使館の愛染です」

愛染が名乗ると、君島は日本語で疑わしげに発した。

「本当か。こいつらは本当に日本から来たのか」

「こちらは日本警察の姿警部、オズノフ警部、それにラードナー警部です。日本警察の担当官としてあなたを日本まで連行します」

愛染が同じく日本語で紹介するが、君島はまだ不安を拭い去れないようだった。

「外人じゃないのか」

「俺達はこういう特殊任務をよく押しつけられる部署にいるんだ。それで妙なのが集められてる」

姿は事務用チェアにもたれかかったまま言った。

「警視庁の姿俊之だ。なんなら警察手帳を見せようか」

「いや、いい。分かったよ」

君島はようやく落ち着いたようだった。

「早く連れてってくれ。ここはもうたくさんだ」

「そう急がなくてもいいじゃないか。ミャンマーでも日本でも、監獄にそう変わりはないだろう」

なにげなく言うと、君島は侮蔑の色を浮かべて首を振った。

「あんたは何も分かっちゃいない」

「へえ、おまえはここがグアンタナモかなんかだと言いたいのか」

「グアンタナモだって？　やっぱり分かってないんだな」

すると所長がかすかな苛立ちを滲ませて口を挟んだ。

「確認がお済みでしたら、サインを願います」

「これは失礼しました」

愛染が手許の書類を差し出し、ユーリもそれにならう。

イェミントゥン、愛染、ユーリの三者がそれぞれサインを済ませ、犯罪人引き渡し手続きは完了した。

「ご苦労様でした。ミャンマー日本両国の友好と道中のご無事を祈っております」

立ち上がった所長は日本側の四人全員と握手を交わし、ユーリに手錠の鍵を渡してデスクに戻った。

衛兵に促され、君島を含む五人が退室する。

部屋を出る際、姿が肩越しに振り返ると、所長はデスクの前の椅子に沈み込んで身じろぎもしなかった。

その横顔は数秒前とは別人のようで、皺の一本一本に深い翳《かげ》が刻み込まれているかに見えた。

微笑みの固定時間も限界ってわけか――

姿はおとなしくユーリ達の後を追った。

元来た回廊を戻っていると、不意に断末魔を思わせる絶叫が聞こえたような気がした。中庭を挟んだ壁の向こうからだ。

一同は思わず足を止めて耳を澄ませる。しかし雨の音にかき消されてか、二度と聞こえはしなかった。

「鳥の声だ」

同行していた衛兵がことさらに素っ気なく言う。言外に「早く行け」と促していた。従うしかない。

看守棟の出入口まで戻ると、ソージンテットとウィンタウンが待っていた。

「すぐに出発だ。部下達はすでに乗車を済ませている」

ソージンテットが急かす理由は理解できた。この雨だ。早くしないと道路の状態は悪化する一方に違いない。

姿はもう何も言わず、ユーリとともに君島を引き立てるようにしてマイクロバスに乗り込んだ。

「出発」

ソージンテットの合図とともに動き出した車列が、職業訓練センターの敷地を出て帰路に就く。

雨は激しさを増すばかりだ。マイクロバスを運転する隊員も、往路よりはるかに集中しているのが分かる。

「なにもこんな大雨の日に迎えに来なくてもさ」

全員の神経を逆撫でするような声を上げたのはユーリの隣に座る君島だった。

「おまえはさっきの収容所、じゃなくて訓練センターでもう一泊したかったのか。残念だが、この辺の雨は一日やそこらでやんでくれるような生やさしいもんじゃないぞ」

「姿とか言ったよな、白髪のあんた」

「姿警部だ。なんなら姿さんでも、姿先生でもいいぜ」

「あんたらの役目は俺を無事に日本まで連れ帰ることだろう。だったら責任持って――」

「連れて帰ってはやるが、五体満足でとは言われてないな」

横柄な言い草が癇に障った。脅すつもりはなかったが、どういうわけか君島は思った以上の動揺を示した。

「あんたら、本当に警察なのか」

「日本語で喋るなっ」

ウィンタウンが英語で怒鳴る。

「少尉殿がご立腹だ」

姿は英語に切り替えて、

「雨も怖いが、ゲリラも怖い。ここはおとなしくしてるのが一番だぜ」

インテリらしく、君島も英語ができるようだった。彼はたちまち悄然《しょうぜん》となって黙り込んだ。

職業訓練センターを出ておよそ二時間後。

前を走っていた装甲車が突然停止した。あの木製の橋が架かった川の手前だ。

「どうしたっ」

マイクロバスを降りたソージンテッットが大声で呼びかける。

「あれを見て下さいっ」

装甲車の車長が前方を指差した。

一体何があったというんだ――

君島をユーリに任せ、姿もライザとバスから出る。

装甲車の前に出た者達は、眼前の光景に声を失った。

そこにあったはずの橋が消失していた。

両岸に引き裂かれた木材の残骸が残っているが、橋桁や橋脚のあった場所には豪雨による濁流が猛烈な勢いで渦巻いているばかりである。

こうして眺めている間にも、驚くほどの大岩がいくつも転がり流れていく。あんな岩が次々とぶつかれば、老朽化していた橋が破壊されたとしても不思議ではない。

「この雨で押し流されたんでしょうか」

ウィンタウンが上官に問いかける。

「分からん。爆破された可能性もある」

「たぶんそっちの方が正解じゃないかな」

姿が言うと、ウィンタウンはむきになって反論してきた。

「証拠でもあるのか」

残骸の状態からは、確かにどちらとも言いかねた。

「ちょっと待ってろ」

姿は濁流の際まで歩み寄り、手を伸ばして残骸の側の泥をすくい取った。

そして手の中の泥に顔を近づける。

「何をやってるんだ」

「泥に爆薬の臭いが残ってるかもしれないと思ってな」

ウィンタウンの質問に答えてから、姿は泥を投げ捨てた。

「駄目だ。何も臭わない。雨が強すぎるせいか、あるいは元の泥までとっくに流されたか」

「言いわけか。見苦しいな」

「やめろ、二人とも」

ソージンテットが割って入る。その間にも、雨は悪意を感じさせる執拗さで森と人とを叩いている。

「コースを変更する。このまま川沿いに迂回し、一キロ先の地点から対岸に渡る」

指示を下すソージンテットに、今度は姿が反論した。

「そいつはリスクが大きい。もし橋が爆破されたのだとしたら、待ち伏せされてる可能性がある。第一、先の橋だって流失してるかもしれないじゃないか。ここは一旦訓練センターに戻るべきだ」

「心配ない。この先の橋は頑丈なコンクリート製だ。そしてその前には国境警備隊の詰所がある。一キロ弱の距離で、テロリストが活動できる余地はない。待ち伏せをしようにも、国境警備隊がその前に発見する」

「しかし」

「トラックの運転手を除く搭乗員はそれぞれヤースキンで発進待機させる。これでどうかね」

「つまり、臨戦態勢にあるのは二機だけってことか」

「指揮官は私だよ」

その言葉は、本来職業軍人である姿にとって絶対だった。

「了解だ、大尉」

身を翻してマイクロバスに戻る。自分のすぐ後ろに続くライザに、姿は小声で告げた。

「用心しろ。この先で罠が待っている」

「分かっている」

ライザが無機的に囁き返す。

その横をすり抜けて車列の後尾へと走ったウィンタウンが、二台のトラックに上官の指示を伝えている。

隊員達はトラックの荷台からシートを外す。その下から、膝を抱えてうずくまった恰好の第一種機甲兵装『ヤースキン』が現われた。

各トラックに二機ずつ。それぞれワイヤーで頑丈に固定されている。

ワイヤーの結束部に掛けられたロックが解錠される。戒めから解放された機体のハッチを開け、搭乗員が乗り込んだ。ハッチを閉鎖してから八十秒後、運転席側のヤースキンが荷台の上に立ち上がる。全長約三・六メートル。余分な装飾をすべて省いた、第一種の中でも最もシンプルな形状。たとえて言うなら積木で組んだ人形だ。しかしその分、第二種にも匹敵する運動能力を有している。

右マニピュレーターには85式12・7㎜重機関銃がアダプターで固定されていた。泥や砂利、小枝等の侵入による動作不良を防ぐため、間節部にはゴム製の防護カバーが嵌められている。

鋼鉄の肌を雨に打たせて立つその勇姿は、森の精霊とでも称すべきところだが、そうしたアニミズムや信仰心とは徹底してかけ離れた〈卑〉にして〈俗〉なる存在だった。

シートを丸めて荷台に放り込んだ隊員が運転席へと戻る。出発の準備が整った。

バスに乗る前、泥を拭いておこうと姿は片手を開いてみた。

打ちつける雨に、掌の泥はきれいに洗い流されていた。

道は蛇行する川に沿って続いている。進行方向に向かって右には、増水した川がすぐ近くまで迫っていた。ハンドル操作を少しでも誤って川に突っ込めば、バスであってもたちまち流されてしまうだろう。

また向かって左には灌木の生い茂る緑の斜面が迫っていて見通しが利かない。距離が短くとも、一瞬の油断さえ許されぬ地形であった。

バスの後ろに続くトラックの荷台では、ヤースキンがキャビン後方のロードレストを握り守護神のように立っている。ソージンテットが自慢していた通り、搭乗者は優秀だ。姿勢制御システムがあるとは言え、激しく揺れるトラック上で抜群のバランスを保っている。

第一種機甲兵装の降雨に対する防水性として、毎時二〇〇ミリクラスの豪雨であっても動作には支障がない。ただし視界不良や泥濘等によってグリップの状態が悪化するリスクは避けられず、そうなると操作性の低下は避けられない。

また第一種にはコクピットの気密水密処置が施されていないため、雨漏り程度の浸水はあるが、ヤースキンは軽量化を兼ねてコクピットの床がグリル（金網）状になっており、水が溜まることもない。しかし渡河のため水中に入った状態で戦闘を行なうには腰上までの水深が限度である。

つまりヤースキンもまた、すぐ右手に流れる川に入ることはできないということだ。一般に機甲兵装は吸排気ダクトへの浸水がない限り、水中に没したとしても再上陸さえできれば活動を継続できる。ヤースキンの場合ダクトは肩より上に設けられている上に、ミャンマー警察部隊の標準装備らしい防水キャップも被せられているので胸のあたりまでは入水できるはずだ。それでも軽量化を第一に設計されている分だけ、ここまで勢いを増した激流の中ではひとたまりもなく流されてしまうだろう。

来る——間違いない——

姿は襲撃を確信した。自分ならこの地形を見逃さない。

問題はどのタイミングで襲ってくるかだ。見通しの利く右側の川はまだしも、左側の斜面はどこに何が潜んでいるか見当もつかない。極めて危険な状況だ。

「ユーリ」

姿はあえて英語で言う。

「君島と愛染はおまえに任せる」

金髪のロシア人は無言で頷いた。

次いでライザを横目で見ると、視線を川の方に向けていながら微かに頷くのが分かった。

こういうとき、頼れる味方の存在は平常心を保つ上でも大いに役立ってくれる。

「なんだよ、一体何があるってんだよ」

君島がヒステリックな声を上げたが、相手にする者は一人もいない。

やがて川の流れに応じて大きく道が湾曲している箇所に出た。先頭の装甲車と最後尾のトラックが前後の視界から消える。戦術的に最も危険な地勢だ。

「おい――」

立ち上がってソージンテットに注意を喚起しようとしたときだった。

前方で二度爆発音がしてバスが大きく揺れた。

次の瞬間、大破した装甲車が泥の上を滑りながら川へと落下するのが見えた。

対戦車擲弾《てきだん》――ＲＰＧか。射手は山側だ。

バスの運転手が慌ててブレーキを踏む。

「停まるんじゃないっ、全速で進めっ」

ソージンテットが叫んだが間に合わなかった。

背後でも立て続けに爆発音がした。地盤の緩くなっていた道路が崩れ落ちる音も。最後尾のトラックがやられたのだ。列の先頭と後尾を同時に叩いて前後への移動を封じる。セオリー通りの奇襲作戦だ。

　マイクロバスのすぐ後ろにつけていたトラック上のヤースキンが85式を乱射しながら荷台から飛び降りた。直後、トラックの運転席をロケット弾が直撃する。荷台に残されたヤースキンは無事だが、その搭乗者でもある運転手は肉片も残さず消し飛んだ。

　起動しているヤースキンは応戦しながらそのまま灌木帯の中へと分け入っていく。無謀なようでいて、ロケット弾の標的となるのを避けるには最善の策だ。

　姿勢を低くして姿はソージンテットに詰め寄った。

「助かりたければ俺達に武器を貸せ」

「何を言っている」

「決断しろ。俺を残ったヤースキンに乗せるんだ。それしかない」

「そんなことができるかっ」

　山側から銃器による一斉射撃が始まった。バスの窓が粉々に砕け散る。ユーリが君島と愛染の襟首をつかんで床に伏せさせた。二人とも悲鳴を上げて頭をかばっている。

　銃撃地点は複数に分かれている。敵は明らかに訓練を受けた部隊だ。砲撃してこないのは擲弾が尽きたせいか。

　我に返った運転手がアクセルを踏み込んだ。

「待てっ、行くなっ」

　姿は大声で制止する。ここは完全なキルゾーンだ。砲撃が止まった以上、前方にきっと何かある。

「馬鹿を言うな、離脱すべきだっ」

　腰を屈《かが》めたソージンテットが反論する。説得している余裕はない。相手を組み伏せるように押し倒す。

「伏せろっ」

同時にロケット弾の着弾とは異なる破裂音がしてバスのフロントガラスが砕け散った。

その音は、姿にとってはＲＰＧ同様に馴染み深いものだった。

遠隔操作型のクレイモア地雷だ。

湾曲した箱のような指向性対人地雷クレイモアは、七百個に及ぶ細かい鉄球を内包しており、爆発の勢いでそれらを扇状に前面へと放出することで広範囲の殺傷を可能とする。

運転手は全身を引き裂かれて即死していた。

素早く運転席に移動した姿は、運転手の死体を引きずり下ろし、代わりに自分がハンドルを握った。

「おい、勝手なことをするなっ」

ウィンタウンの怒声を無視してギアを操作しアクセルを踏む。エンジンはまだ生きていた。バスをバックさせてトラックの鼻先につける。

その間にも銃弾はバスの左側面に無数の弾痕を穿《うが》っている。

「全員川の方に降りろっ」

姿はそう叫ぶなり、運転手の死体が腰に提げていたＷＩＳＴ－94を抜き取って窓から飛び降りた。

車内に残った者達も姿にならう。他に選択肢などありはしない。ユーリは両手に手錠を嵌められたままの君島が脱出するのを手伝っている。

全員が車体の右側に降り立った。特捜部の三人、愛染、君島、それにソージンテットらミャンマー警察部隊の四人を加え、総勢九人だ。水はすぐ間近にまで迫っていて、今にも足場が崩れそうだった。

山側からの射線はバスに遮られているが、敵はすぐに包囲を狭めてくるはずだ。

「掩護してくれ。九十秒でいい」

それだけを言い残し、姿はバスの車体を盾に真後ろのトラックへと移動する。

ソージンテットがビルマ語で部下達に指示を下す。ウィンタウン、それに二人の隊員がバスの下に潜り、匍匐《ほふく》姿勢で山側に向けてＩＭＩガリルをフルオートで斉射する。

その隙に姿は運転席の破砕されたトラックの荷台に駆け寄った。ヤースキンを固定しているワイヤー結束部のロックをＷＩＳＴ－94の銃弾で破壊する。ワイヤーが勢いよく弾け飛んだ。敵の銃弾が散発的に降り注ぐ中、ハッチを開け、コクピットに滑り込む。ハッチが完全に閉鎖される寸前、走り出たライザが繁みの中に消えるのが見えた。

シートに着くと同時にエンジンを始動させる。電装系が点灯し、外周モニターが外部カメラからの映像を合成し補正していく。さすがに起ち上がりが早い。それでもまだ動けない。第一種に搭乗するのは久々だが、すべての手順を体が覚えている。ナイフとフォークを使うときよりも滑らかに指が動く。搭乗後二十秒経過。モニターに掩護中の味方を確認。ユーリもバスの陰から拳銃を発砲している。隊員の誰かから借りたのか。最後尾のトラックは消滅しているばかりか、道路が大きく崩落していた。ロケット弾の集中砲火を受けたのだ。四十秒経過。外部装甲に散発的な着弾の音。しかし姿の精神はすでに鋼の鎧と一体化して小揺るぎもしない。シートの背に伝わってくる振動と回転音が次第に大きくなっていき、頂点に達するや否や再び小さくなる。六十秒経過。頭上に設置されたメインコンソールに機体のステイタスが表示される。ビルマ語ではなく英語であった。各部の点検はスキップする。本来の搭乗者に合わせて調整されているはずだが、気にしている余裕はない。注意事項として頭の隅にクリップしつつ、思考から除外する。七十秒経過。モニターに警告灯が点灯。斜面の上部に繁みから身を起こした第一種機甲兵装『スラスト』三機を確認。ヤースキンと同じく85式重機関銃を装備している。待ち伏せ部隊の主力か。各機の周辺には歩兵が潜んでいるはずだ。友軍のヤースキンは敵機に向かって移動中。間もなく接触する。

八十秒経過。左右のメインレバーを捻りペダルを踏み込む。即座に荷台から飛び降りた。直後に大口径弾による銃撃が荷台を盛大に破砕する。間一髪だった。

85式の12・7×108㎜弾をばらまきながら、姿は斜面の灌木帯へと移動する。待ち伏せへの対応策としては散開しての各個撃破がセオリーだが、ソージンテットならその通り実行してくれるだろう。

今度は彼らの移動を掩護するため、85式を斜面上部に向けて二十秒間撃つ。それから急いで友軍機の応援に向かう。

こちらには強力な手札がもう一枚――ライザがすでに繁みに入っている。


姿を機甲兵装に搭乗させるため、ミャンマー警察部隊の生き残りが掩護射撃を行なっている。

それとタイミングを合わせ、ライザはバスの陰から走り出て斜面の端に潜り込んだ。上方から撃ち込まれた数発の銃弾が枝葉を貫いて周辺に着弾する。ジグザグに三〇メートルほど移動して岩陰に身を潜めた。これで敵は自分をロストしたはずだ。降りやまぬ雨も気配を消すのに役立ってくれている。

音もなく、一切の気配を絶ち――敵を一人ずつ始末する。

右上方で複数の発砲音がした。アサルトライフルだ。

匍匐前進で移動を開始する。密生した下生えの中を蛇となって這い進む。

唐突に妙な既視感を覚えた。

こんな状況はこれまで何度も経験しているはずなのに、なぜか〈特別な〉ものとして思い出される。

考えてはならない。今は無音での移動に集中するときだ。

頭では分かっていても、どうしても考えずにはいられない。雑念は集中を妨げ、気配を生じさせてしまう。

ライザは腹這いになったまま停止し、記憶の中をスキャンする。だがどういうわけか、容易にサルベージできなかった。

より深く、より遠く。己自身の心を探る。

発見した。

シリアのテロリスト養成キャンプから帰国したライザは、最初の任務としてＩＲＡ暫定派の長老シェイマス・ローナンを暗殺した。ＩＲＦの〈墓守〉フィッツギボンズとともに、サンザシの繁みをかい潜って。

すぐに思い出せなかったのは、どこかで自分の心に鍵を掛けていたからだ。

でもなぜ今になって？

北アイルランドとミャンマーでは植生からしてまったく違う。実際あのときはサンザシだったが、ここで自分を取り囲む植物は名さえ知らない。雨も降っていなかったし、上空ではウミガラスがけたたましく鳴いていた。今聞こえるのは、増水した濁流の轟音だ。それとひっきりなしの銃声。

なのに、どうして。

強いてこじつけるならば――トアウェストのコテージでシェイマス・ローナンを処刑したとき、自分はサンザシの繁みを通って忌むべき世界に到達した。対して今は、正反対の場所に行こうとしている。どちらも大きな試練であり、関門だ。

もっとも、この斜面を登りきったところにある世界も清浄なものでは決してなく、血と罪とにまみれた場所であることに変わりはない。

それでも双方の世界は大きく違う。運命の影に怯えて逃げ込むのか。自らの意志で飛び込むのか。

少なくとも自分には、その答えは明らかだ。

ライザは再び前進を始める。頭の中のノイズは消えた。後は身体の動きに任せる。

アサルトライフルの銃声が間近に迫ってきた。狙撃に専念していてこちらの接近には気づいていない。

ライザは袖口に隠していたナイフを抜き、口にくわえてなおも這い寄る。

そこにいた敵歩兵は三人だった。最もありふれたウッドランド迷彩の戦闘服にＰＡＳＧＴヘルメット、ボディアーマー。使用しているアサルトライフルはステアーＡＵＧ。それらの装備から所属組織の推測は不可能だった。

兵士達はそれぞれ四、五メートルほどの距離を置き、身を隠しながら眼下の車列に向けて撃っている。

一番端にいた兵士の背後で立ち上がったライザは、相手が発砲する呼吸に合わせてナイフの先端を延髄に叩き込む。兵士は悲鳴を上げることもなく即死する。

ナイフを引き抜き、そのまま無造作に次のターゲットに歩み寄った。なにげなく振り向いた兵士の喉を一気にかき切る。噴出する鮮血の音に三人目の兵士が驚いて銃口を巡らせる。それより早く、ライザは死体の持っていたステアーAUGを相手に向けて発砲している。5・56×45㎜NATO弾を至近距離から撃ち込まれ兵士は絶命した。

たやすい仕事だった。とは言え戦闘訓練を積んだ軍隊が相手である。正面からまともにやりあっていたら結果はどうなっていたか分からないが、暗殺ならこちらの方が〈ベテラン〉だ。

ライザは三人の死体から使えそうな装備を手早く抜き取り、ステアーAUGを構えて再び繁みの中へと分け入った。


姿の搭乗から正確に八十秒後。起動したヤースキンがトラックから飛び降り、灌木をへし折りながら斜面を駆け上がっていった。

ソージンテットに借りたWISTを構えたまま、ユーリはバスの陰で目を凝らす。森の中で姿のヤースキンが85式で激しい制圧射撃を行なっている。

ガリルを撃っていたソージンテットがビルマ語で部下達に命令した。ユーリの側に立った愛染が震えながら翻訳する。

「『姿警部が掩護してくれている。我々はただちに灌木帯へ突入し敵を各個撃破する』」

ソージンテットはユーリにWISTの予備弾倉を投げてよこし、英語で言った。

「君はここで非戦闘員を守ってくれ」

「分かった」

ユーリの返答が終わらぬうちに、ミャンマー警察部隊の残存兵全員がバスの陰から飛び出している。彼らを掩護するためWISTを後方から撃つ。すぐに弾が切れた。だがソージンテット達は無事に斜面の繁みに取り付いた。

ユーリはバスの陰で素早く弾倉を交換する。

「なんなんだよ一体！　日本政府は俺を見殺しにする気かっ」

パニックを起こした君島が喚く。彼に比べると、愛染はまだ肝が据わっている。

「姿もライザも一流だ。おとなしくここに隠れていろ」

「何が一流だ。しょせん警官なんだろ？　相手はプロの兵隊じゃないか。勝負になんてなるもんか」

君島が食ってかかってきた。

「答えはすぐに出る。並のプロならあの二人の敵ではない」

「なんだって？　どういう意味だよそれはっ」

その問いには答えず、ユーリは鍵を取り出して君島の手錠を外す。気を削がれて少しは落ち着いたらしく、君島は黙って両手首をさすった。

だが今度は、それまで懸命に恐怖をこらえているかのようだった愛染が悲鳴を上げるように言った。

「オズノフ警部っ」

「どうした」

「あれをっ」

愛染の指差す方を見る。

氾濫した川の勢いとバスの重みとで、脆くなった川縁の地盤がぼろぼろと崩壊している。このままでは、バスもろとも川に転落してしまうのは必至であった。

ユーリ達はバスの車体に背が付くまで後ずさった。眼前で渦巻く濁流の轟音に、背後の銃声がかき消される。

恐怖に耐えかね、君島が喚きながら逃げ出そうとした。

ユーリはその襟首をつかみ、バスの陰へと強引に引き戻す。同時に飛来した銃弾が君島の飛び出した位置に着弾する。

まだこちらを狙っている敵がいるのだ。ユーリは焦った。

こうしている間にも、泥水に沈む砂場の山のように川縁の崩壊は進んでいる。

そうかと言って、迂闊《うかつ》に飛び出せば狙撃される。

「お願いだ、助けてくれよっ」

君島が一転して哀願するようにすがりついてくる。

どうすれば――

何もかも押し流そうとする泥流を見つめ、ユーリは歯噛みして立ち尽くす。

突然車体が大きく斜めに傾いた。

驚いて振り返る。崩落でバスの右前輪が脱輪したのだ。

このままではもう保たない。

だが今飛び出したら、確実に――


斜面を強引に駆け上がった姿のヤースキンが到着したとき、友軍機は二機のスラストと交戦中だった。

先行したヤースキンは敵機からの激しい銃撃に晒され、大岩の陰から動けずにいる。

姿は即座に回り込んでメインレバーの発射ボタンを押す。連動する右マニピュレーターのアダプターが85式のトリガーを引く。外した。やはり調整が微妙にずれている。

敵機はスムーズに動いて左右に分散し、木立の中に消えた。モニターに表示された敵機のデータはいずれも純正品のスラストであることを示している。アジアの山岳地帯を跋扈するテロリストの間で流通しているという密造品の『ホップスラスト』などではない。

こいつらは何者だ――

しかし今は敵を制圧するのが先だ。岩陰から飛び出したヤースキンが左側の敵を追って斜面を走る。姿もそれに続こうとしたが、足場が悪すぎた。下手な場所に体重を乗せようものなら、泥に滑るか、土砂とともに崩れ落ちかねない。稼働中の機甲兵装は自動的に平衡状態を維持してくれる。だが足場そのものが崩れてはどうしようもない。

やはり地勢に慣れた方が有利か――

戦場における原則が今さらながらに思い出される。

警察部隊のヤースキンが繁みの中へと85式の火線を走らせた。地形から敵の移動方向を予測しているのだ。12・7×108㎜弾が木々をへし折り、緑の塊をなぎ払う。火線の延びたその先で銃弾が金属をえぐる音がした。当たりだ。被弾したスラストが繁みからよろめき出て、斜面を転がり落ちていく。

なかなかいい腕をしてるじゃないか――

姿は心の中でヤースキンの搭乗員を賞賛する。だが安心するのは残る敵を制圧してからだ。素早くペダルを踏み替え、方向転換する。次は右に逃げた機体だ。

味方機もこちらの意図を察して斜面を回り込むように右上部へと移動を開始する。信頼できる操縦者だ。

よし、このまま挟撃する――

敵機を捕捉。斜面の真上だ。

木立の合間にスラストの機体が覗いている。敵機確認。ヤースキンの姿勢を低くし、85式の銃口を前方に向ける。照準システムのずれはすでに把握した。勘で充分カバーできる。姿はメインレバーの発射ボタンに指を掛けた。

だがそのとき、スラストの足許から走り出てきた二人の歩兵を見て息を呑んだ。

彼らが肩に担いでいるのはRPG‐22――使い捨てのロシア製ロケットランチャーだ。

弾頭が切れたのではなかった。対機甲兵装用に温存していたのだ。いや待て、それもおかしい――

咄嗟に回避行動を取る。同時に二人の歩兵が上方からこちらを見下ろす姿勢でRPGを発射した。

機能停止したかのような脳髄の中で、本能が冷静に計算している。〇・〇五秒ほどの差で間に合わない。

つまり――死ぬ。

そう悟った途端、本能は脳髄を経由せず勝手に全身の細胞と筋肉を動かしていた。

回避しようと動かしていた右脚部で思い切り足許の岩を踏みつける。脆くなっていた地盤が崩れ、ヤースキンが土砂とともに落下する。RPGのHEAT弾頭は、機体の上をかすめるようにして斜面の下へと飛び去った。

二メートルほど滑り落ちたところで落下が止まった。はるか下方で爆発音が聞こえる。

安堵の息を漏らし後方の様子をモニターで確認した姿は、今度こそ凍りついた。

爆煙を上げるマイクロバスが、崩壊する道路もろとも川に転落するのが見えた。ヤースキンのかわした弾頭が、あろうことか、川辺に停車していたマイクロバスに命中したのだ。

もしバスの陰にユーリ達が隠れていたなら、生存は期待できない。

任務は失敗。完全な失敗だ。

しかし気力を振り絞って脳内モードを〈絶望〉から〈制圧〉へと強制的に切り替える。〈感傷〉モードは生き延びてからゆっくり味わえばいい。

ヤースキンの体勢を復帰させ、右マニピュレーターを頭上に突き出して掃射する。二人の歩兵が血飛沫を上げるのを確認。塹壕から出るように崩れた段差を這い上がる。

ともに弾薬を撃ち尽くしたのだろう、ヤースキンとスラストは格闘戦に移行していた。軽量なだけにフットワークではヤースキンに分があるが、装甲が薄いためクリティカルな打撃を食らえば一発で搭乗者が圧死する。

姿は85式の銃口を向けるが、この状態では敵機のみを狙撃することは不可能だ。

間に合うか――

急いで応援に駆けつける。だがかなりの距離がある上に、密生した木々に阻まれなかなか到達できない。

こんなとき龍機兵ならば――

考えまいとしても考えてしまう。

龍機兵ならば、足場の悪さなどものともせず一跳びで接近できるのにと。

焦る姿の眼前に広がるモニターの中では、名も知らぬ警察部隊隊員の搭乗するヤースキンと敵機とがぶつかり合い、文字通りの火花を散らして死闘を展開している。

姿が到達する寸前、敵マニピュレーターによる攻撃をかわしたヤースキンが、自機に固定されている85式の銃身を敵機側面装甲の隙間に突き立てた。

スラストが活動を停止する。

ヤースキンの右マニピュレーターもほぼ自壊しているが、85式を引き抜いた孔から敵搭乗員の鮮血が噴出した。

大した野郎だ――

姿はコクピットの中で感嘆する。

出し抜けに警告灯が点灯した。ＲＰＧだ。即座に回避行動を取る。だが味方機の動作が鈍い。破損した右腕のせいでバランス制御の調整に時間がかかっているのだ。

一秒後、味方機に着弾。姿の眼前でヤースキンは爆炎を上げて吹っ飛んだ。

弾頭の飛来した方向に歩兵二名とスラスト一機を確認。速やかに85式で掃射する。RPGを発射した兵士は斃したが、スラストは再び密林の中へと姿を消した。より有利な地形へとこちらを誘導しようとしているのだ。

その手は食わない——

そう呟きながら、姿は乗機で後を追う。

慢心ではない。怒りでもない。この敵を制圧しなければ自分の生還もあり得ない。

それだけだ。


泥水を啜らず、泥土を這う。ライザは雨の森と同化して次の獲物へと接近する。銃声が近づいてきた。複数だ。迂回して状況を確認する必要がある。

木立の合間から視認できた。襲撃者のグループとミャンマー警察部隊が交戦中だった。

ソージンテットらも斜面の森に入り、各個撃破を開始したようだ。

敵は五人。対してミャンマー警察部隊は四人。数の上では敵が有利だ。

敵グループの動きを観察する。徐々に大きく展開し、ミャンマー警察部隊を包囲殲滅しようとしている。

斜面を回りこんで移動してきた敵兵士が、ライザのすぐ間近を通過していく。警察部隊の側面に回り込み、不意を衝こうというわけだ。その途中に〈死神〉が潜んでいるとも知らず。

兵士の動きは相当に訓練されたものだった。慎重に、用心深く、足音も立てずに進んでいる。

安心しろ、おまえは決して未熟だったわけではない——

ライザは兵士の傍らで立ち上がった。相手は愕然と目を見開き、ステアーの銃口を向けてくる。一瞬早く、ライザは鹵獲《ろかく》した軍用ナイフで相手の喉を貫いた。前のめりに倒れる相手の体を受け止め、ナイフは抜かずにそっと地面に横たえる。気づいた者は誰もいない。

即座に移動を再開し、二人目の標的に接近する。警察部隊の弾に当たらぬよう注意しながら、同様に始末する。

次いで後方に下がりつつ少し小高くなった位置を確保し、全体を俯瞰《ふかん》する。藪の中に隠れて膝撃ちをしている三人の敵が同時に見えた。ライザは躊躇《ちゅうちょ》なくステアーで掃射し、三人を一挙に殲滅する。

狙撃されないようすぐに下部へ移動し、ミャンマー警察部隊の面々と合流する。

ソージンテットが驚愕の面持ちで訊いてきた。

「君が……やったのか」

「ああ」

「一体何者なんだ、君は」

「あんたと同じ、警察官だ」

事務的に返答し、

「敵戦闘員はまだ残っている。互いに各個撃破を続けよう」

手近の藪に潜り込もうとしたライザに、ソージンテットがなおも問いかけてきた。

「君は単独でやるのか」

「その方が慣れている」

「君達はやはり警察官などではないな」

その言葉は、ライザの胸を銃弾のように貫いた。

「言え。君達は何者だ。日本政府は我が国で何を企んでいる」

「今はそんなことを話している場合ではないはずだ」

そう返すのが精一杯だった。

ソージンテットもそれ以上は訊いてこなかった。

互いに無言のまま反対方向に分かれようとしたとき、道路の方で爆発音がした。全員が驚いて振り返る。

木立の合間から、大破したマイクロバスが地盤ごと川へと落下するのが見えた。

「オズノフ警部……」

ソージンテットが呻き声を漏らす。

今度はライザが驚愕する番だった。

「どういうことだ、大尉」

ソージンテットやウィンタウンらの沈黙に、ライザは答えを悟っていた。


どうする――どうすればいい――

広がりゆく地盤の亀裂と崩壊とを見つめながら、ユーリは懸命に焦燥をこらえ、機を窺う。

そのとき斜面の方から土砂崩れのような音が響いてきた。

振り仰ぐと、灌木をへし折りながら大破した機甲兵装が斜面を転がり落ちてくるのが見えた。

友軍機が撃破した敵機の残骸だ。

「今だっ」

君島と愛染に合図し、ユーリはバスの陰から飛び出して斜面へと走った。

機甲兵装は途中で止まったが、一緒に落下してきた大岩は勢いを増すばかりだ。正面からぶつからなかったとしても、かすめただけで命はない。

君島も愛染も、無我夢中というより自棄《やけ》を起こしたような表情で走っている。

道路に転がり出た数個の大岩を避け、なんとか斜面に取り付いた。まだ大小無数の岩が落下してくるが、大木の陰に身を隠して縮こまる。

やがて土砂の落下は収まった。

「これで一安心だ」

君島が泥だらけの両手で顔の汗を拭うと同時に。

マイクロバスにロケット弾が着弾し、爆発した。一気に地盤の崩落が進み、バスは瞬く間に落下して濁流に呑み込まれた。

三人は呆然とそれを眺める。

「間一髪……でしたね」

愛染が半ば放心したような口調で呟くが、ユーリは応じる気にもなれなかった。

「行くぞ」

ユーリは先頭に立って斜面を登り始めた。

「行くって、どこへ」

君島が泣きそうな声で訊いてくる。

「すぐに安全な隠れ場所を探す必要がある。我々が移動するのを敵が見ていなかったと考えるほど俺は楽観的じゃない」

木々の根や枝につかまりながら、しばらく登り続ける。雨に濡れた灌木は油でも塗られているかのようによく滑った。全体重を預けるわけにはいかなかったし、少しでも気を抜くと容易に滑り落ちそうになる。君島と愛染はぜいぜいと息を切らせながら後に付いてきていた。

やがて斜面の角度は少し緩やかになった。上方からは絶え間なく銃声が響いてくる。姿達が交戦しているのだ。戦況は分からない。

しかし今の自分の任務はこの二人を守り抜くことにある――

ユーリは自らにそう言い聞かせ、泥にまみれた足を運ぶ。

視界を遮る枝葉をかき分けたとき、大木に引っ掛かって静止している巨人が見えた。

落下してきた敵機甲兵装だ。

被弾している上、激突の衝撃で胴体部が大きく歪んでいるので搭乗者が生きている可能性はない。

警戒しつつ近寄って観察する。パキスタン製の『スラスト』だった。今では旧型に属するが、多くの国の軍で正式採用されている機体である。所属を示すマーキング等は施されていない。それどころか、紋章や機体番号を削り取ったような跡があった。

ユーリは右マニピュレーターに固定された85式重機関銃に目を留めた。弾は残っているようだ。接続するアダプターはねじ曲げられたように歪んでいた。

右手に構えていたWISTを脚部装甲の上に置き、ユーリはアダプターに両手を掛けて引っ張ってみた。重機関銃が手に入れば拳銃よりはずっと安心だ。固定は緩んでいて85式は左右に身を震わせるように動いたが、機甲兵装の残骸から取り外すことはできなかった。

「"Freeze!"」

突然英語で命令された。

視線を向けると、目の前にステアーAUGを構えた兵士が三人立っていた。いつの間に接近したのだろうか、迂闊にもまったく気づかなかった。

「そこのおまえ、銃を捨てろ」

中の一人が下手な英語で命令する。自分にではない。愛染にだった。

彼はユーリが置いたWISTを咄嗟に取り上げ、銃口を敵に向けていたのだ。

敵の三人がせせら笑う。

「撃ってもいいぜ。やってみな」

やはり下手な英語だった。ネイティブスピーカーではない。

だが相手の言う通りだ。アサルトライフル三挺とハンドガン一挺とでは勝負にならない。この距離で撃ち合えば、敵にも被害は出るだろうが、こちらは間違いなく三人とも絶命する。

「銃を捨てろ、愛染」

落ち着いて言い聞かせる。

「でも、そんなことしたらこっちが撃たれるだけですよ」

「いいんだ、言われた通りにしろ」

愛染が悔しげに拳銃を投げ捨てる。

「よし、覚悟はできてるようだな」

笑いながら言う敵兵に、ユーリは平然と問い返す。

「なんの覚悟だ」

「死ぬ覚悟に決まってるだろう」

「それはそっちがやることじゃないのか」

「なに？」

ユーリは緩んでいたアダプターの隙間に指をねじ入れ、85式のトリガーを引いた。放出された重機関銃の弾丸が三人の全身を一瞬で引き裂いた。

機甲兵装のマニピュレーターの形状と大きさでは当然ながら銃器は把持《はじ》できない。そのため専用のアダプターを使用して銃器を腕部等に固定する。アダプターは照準システムと連動していて、コクピット内からの操作により銃器のトリガー部に掛けられたレバーがスライドするようになっている。レバーとトリガーは密着しているので、通常ならば人力で指をこじ入れられるものではない。落下の衝撃によりアダプターに緩みが生じていたからこそ可能となった作戦である。もっとも、85式が作動するかどうかは賭けであったが。

ほんの一瞬で終わった惨劇に、愛染と君島は声もなく立ち尽くしている。

「早く銃を拾え」

ユーリは三人の死体からステアーをはじめとする装備を奪いながら命じる。

愛染は我に返ったように、自分の捨てた拳銃を拾い上げた。

君島も死体に駆け寄ってステアーを奪おうとする。

「おまえは駄目だ」

「俺だって自分を守る権利はある」

「自動小銃の使い方を知っているのか」

「えっ？」

手にしたステアーの各部を見回している君島に、

「自分の手足を撃っても責任は持てないが、それでもいいなら担いでいけ。三・六キロだから他の自動小銃に比べたら軽い方だしな」

そう教えてやると彼はあきらめたようにステアーを投げ出した。少し持っただけでもその重さを実感したようだ。こんなものを持って斜面を登るのは御免だと思ったのだろう。

「よし、すぐに移動する」

予備弾倉をマウンテンジャケットのポケットに詰められるだけ詰め込み、ユーリは二人を連れて歩き出した。


灌木帯を移動しながら、姿は敵機に向けてトリガーを引く。反応しない。弾切れだ。

龍機兵の内蔵式アダプターと違い、通常の外装式アダプターはコクピットからの操作では取り外すことができない。ベルト給弾の重機関銃は友軍の歩兵に再装塡してもらわない限り、単なる鉄の棒と化す。しかし機甲兵装同士の格闘戦においては、この鉄の棒が馬鹿にならない武器となるのが皮肉と言えば皮肉であった。その威力は、先刻ヤースキンの搭乗者が身を以て示してくれた通りだ。

歴戦の傭兵である姿にとっては、第一種機甲兵装での格闘戦は最も得意とするところであった。

敵にとって有利な地形――おそらくは斜面上方。ならば攻撃は上から来る。姿はあえて斜面を登らず、平行移動を続けた。

激しく震動するコクピットでメインレバーを握ったまま、全身の細胞をセンサーに変える。

頭上から滴り落ちた雨水が頬を打つ。しかし集中が途切れることはない。機体を叩く雨の感触を肌身に感じる。一〇〇パーセントのＢＭＩ（ブレイン・マシン・インタフェイス）を持つ龍機兵ではないから、装甲の感触を本当に我が物としているわけではない。

それでも感じる。〈感じる〉のだ。熟練した機甲兵装の搭乗員なら、皆その感覚を身につけている。決して理論化されることのない〈勘〉と呼ばれる感覚だ。

うるさいまでに機体を打っていた雨の音が不意に途絶えた。

来た――

上空に黒い大きな影。雨が遮られたのはこのせいだ。

センサーに表示されるより早く、姿のヤースキンは迎撃態勢を取っている。

上空からの銃撃を紙一重でかわし、跳躍してきたスラストと組み合った。まず敵機のマニピュレーターに打撃を加え、85式の銃身を変形させる。これで敵も発砲できなくなった。

格闘戦で俺を相手にするとはツイてない野郎だ――

二対のペダルを自在に踏み換え、レバーのサムスティックを操作する。

変だ――

どういうわけか、機体がスムーズに動かない。調整のずれとも異なる感触だ。

敵機の攻撃を避けようとしたが、脚部の関節が固まったように動かなかった。

そうか――

姿はようやく理解した。吸排気ダクトに被せられた防水キャップのため排熱が疎外され、関節部の防護カバーが溶けてゴムが可動部分に絡みついたのだ。

こちらの動作不良を好機と見たか、スラストは執拗に攻撃を繰り出してくる。間合いの範囲では全長四メートル近いスラストの方がわずかに有利だ。

姿はあえて距離を詰め、敵肩部装甲の隙間から関節部が覗いた瞬間を逃さず85式の銃身を叩きつけた。

その攻撃は成功したかに見えた――が、85式はそのまま動かなくなった。敵機の関節が銃身を強く噛んでいる。

つまり、双方とも離れられない状態で戦うしかなくなったのだ。

こうなったら先に敵機へ致命打を与えるしかない。長引けば不利になるだけだ。

この体勢から攻めるにはどこが最適か。その答えを見いだす間もなく、スラストが両腕部でヤースキンを抱え込んだ。全体的にのっぺりとしたヤースキンと異なり、威嚇的な突起の多いスラストの映像がモニター全体を覆っていく。

コクピットが軋みを上げる。こちらを胴体部ごと圧殺する気だ。死の抱擁というやつか。なるほど、いい手だ。悪くない。

モニターに亀裂が走り、コンソールの灯が火花を発して消えていく。警告音がけたたましく鳴ったかと思うとすぐに沈黙した。

軽量性を重視したヤースキンの装甲は極めて薄い。早く離脱しなければ本当に押し潰されてしまう。だが溶融したゴムの絡まった関節部は動作困難になる一方だ。

こいつは本格的にヤバいぞ――

焦る反面、姿の手足は機械の如く精密に反応している。

ヤースキンは左右の脚部を思い切り突っ張るようにして自らスラストの方へともたれ込んだ。

バランスを崩したスラストがヤースキンもろとも倒れ込む。二機は大量の土砂を巻き上げながら斜面を転がり落ちていった。

自殺的とも言える戦法だが、他に手はなかった。

転落する過程で85式の銃身がスラストの関節から外れたが、転落が止まるわけではない。しかしヤースキンを抱きかかえる恰好になっていた分だけスラストの方がダメージは大きい。

ついにスラストの両腕部が吹っ飛んだ。自由を取り戻したヤースキンは、両手両足を広げてなんとか滑落を止めようとする。だが周囲の灌木はヤースキンの巨体を受け止めてはくれなかった。

スラストが巨木に激突し大破するのが見えたが、喜んでいられるような状況ではない。激しく回転するコクピットで姿は必死にあがく。人体で言えばリウマチを発症したようなヤースキンの手足を操作し、なんとか岩や木に引っ掛けようとするがうまくいかない。それでも落下の勢いをできる限り殺しておかねばならなかった。

ヤースキンの右腕、次いで左腕がちぎれ飛んだ。その代わり落下速度は大幅に減少した。機体の損傷はどうでもいい。生きて着地できれば充分だ。

道路まであと少し。このまま滑り降りられれば。

突然機体からすべての振動が消えた。同時に浮遊感を覚える。斜面から虚空に投げ出されたのだ。次いで衝撃が来た。しかし思ったほどではない。未舗装であった山道の泥が、衝撃を吸収してくれたようだ。

安堵の息をつく暇もなく、さらなる激震が姿を襲った。

機体を中心に地盤が崩れ、濁流へと落ち込んでいく。脆くなっていた地盤の方が、機甲兵装落下の衝撃に耐えられなかったのだ。

もはや逃れようはなかった。脱出するためハッチの開放ボタンを押す。

だがハッチは開かない。何度ボタンを押しても同じだった。転落中の打撲でハッチが歪んでいるのだ。わずかに開いた隙間から大量の泥水が流れ込んでくる。

姿は死に物狂いでハッチを内側から蹴りつけた。ヤースキンの機体はすでに濁流へ沈みつつある。コクピットはすぐに泥水で一杯になるだろう。

ハッチの隙間が広がった。なんとか潜り抜けられそうな大きさだ。姿はコクピット内で全身を使い、隙間を押し広げながら外へと——水中へと脱出を図る。

頭、肩、そして腰。なんとかハッチをすり抜ける。頭が水面に出た。泥水とともに空気を思い切り吸い込んだ。

だが次の瞬間、姿は再び水中へと引きずり込まれた。増水した激流の勢いでハッチが閉まり、左の足首を挟まれたのだ。

ヤースキンは姿の足首を捕らえたまま、かなりの速度で川底へと沈下しながら流されていく。

姿は腰を折り両手で懸命にハッチを引き開けようとするが、圧倒的な水流には抗すべくもなかった。

視界が急速に昏《くら》くなっていく。意識を失う寸前、泥水を隔てて姿は見覚えのある顔を間近に見たように思った。

7

気がついたときには、誰かの肩を借りて川岸に這い上がっているところだった。

姿は泥の上に身を投げ出して盛大に水を吐く。砂利と胃液が一緒に出た。

ひとしきり吐き終わってから顔を上げ、相手を見る。

やはり一度だけ見た顔が自分を覗き込んでいた。

「あんた……ミアスルの酒場にいた男だな」

英語で言うと、口髭を蓄えた浅黒い肌の男が微笑んだ。

「そうだ。サイードと言う」

インド国境地帯特有の訛りが残る英語であった。

「俺はどれくらい気を失ってたんだ」

「ほんの三、四分といったところかな」

仰向けに倒れたまま周囲を見回す。最初に襲撃を受けた地点からそう離れていない。

「どうして助けてくれたんだ」

「そりゃあ、目の前で溺れかけている男を見殺しにするわけにもいかんだろう。もっとも、おかげで商売物のＡＫＭを一挺ダメにしちまったがな。君の足首を救って機甲兵装と一緒に沈んだよ」

水中でカラシニコフの銃身をハッチに差し込み、梃子《てこ》の原理で隙間を広げたということか。

「すると、あんたは武器の密売人か」

「そうだ。荷を仕入れて国境に向かう途中だった」

サイードと名乗った男の背後には、アウディの４ＷＤが停まっていた。

「なのに、見てくれ」

男は崩落により寸断された道路を指差して、

「車から降りて思案していたら、天から機甲兵装が降ってきたじゃないか。さすがの私もたまげたね。驚きのあまり、つい柄にもない人助けをしてしまった」

「助かったよ。礼を言う。俺は――」

「聞きたくない」

名乗りかけた姿を、サイードは即座に遮った。

「関わりたくないと言った方がいいかな。君が体制側であろうと反体制側であろうと、私には関係ないことだ。もっとも……」

そこで男はチャーミングとさえ言えるような笑みを見せ、

「私がこの先、君の属する側の勢力に捕らえられるようなことがあったら、温情を乞う嘆願でもしてもらえるとありがたいな」

「約束しよう。ただし、そのときまで俺が生きていればの話だが」

「結構だ。さて、急ぐので私は行くよ。回り道もしなくてはならなくなったしね」

そう言い残し、サイードは後方の４ＷＤに乗り込むと、器用に方向転換させて山道を引き返していった。

武器の密売人だって——？

後に残された姿は、いまいましげに呟いた。

人情味の厚い密売人など、清廉潔白な政治家にも等しい。つまり、希少動物どころか空想上の幻獣に近い架空の存在だ。

だが、今はそれより——

姿は背後の崩落した道路を振り返った。到底渡れるものではない。上方からは激しい銃声が間断なく聞こえてくる。

その場から斜面に取り付き、灌木をかき分けながら登っていく。一刻も早く掩護に回らねば。

雨は幾分小降りになっていたが、現在の体力で濡れた斜面の歩行は困難を極めた。なんと言っても機甲兵装での戦闘の後、川底で溺死しかけたばかりである。激しい疲労に息が上がる。焦るばかりで、一向に体が進まない。腰に差していたＷＩＳＴもいつの間にか消えていた。今頃は川の底に違いない。

さっきの男が本物の密売人なら、ＡＫＭでも売ってもらえばよかった——

身体の苦痛をまぎらわせるためそんなことを考えていたとき、頭上から異様な震動が伝わってきた。振り仰ぐと、斜面上部の地盤が表面を覆う木々とともに下方へと動き出すのが見えた。土砂崩れだ。

震動が轟音に変わる。瞬時に判断し、右方向へと逃げる。急げ。最大限に。だが焦ってはならない。よけいなプレッシャーは注意力、反射神経、身体能力を阻害する。足の踏み場を一つでも間違えればアウトだ。慎重に。そして迅速に。

轟音が急速に接近してくる。だが視線は向けない。恐怖に足がすくんでしまうリスクがある。無心に、全力で。姿は横に流れる雲の如くに移動する。

頬に泥の飛沫が降りかかってきた。近い。あと数秒で来る。

眼前に溝のような亀裂が見えた。自然の地形だ。幅は約二メートル。伝い下りている時間はない。残った力を両足に込めて走り出した姿は、突き出した岩を踏み台にして、前方にある大樹の枝をめがけ躊躇なく跳んだ。

届け——頼む——

差し伸べた手が枝の先端をつかむ。

届いた。

枝がたわみ、両足の爪先が土砂の流れに触れる。そのまま奈落へと連れて行かれそうな勢いだった。慌てて足を上げると、濡れた枝に手が滑った。ここで落ちたら最期だ。両手で枝をつかみ直し、反動を極力つけずによじ登る。

息を吐き出す暇もなかった。足下にあった木々や岩石を流れ落ちる土砂が猛烈な勢いでさらっていく。

枝が折れないように注意してより太い幹の方へと移動し、様子を見る。

崩壊は部分的なものであったが、地表部の何もかもを根こそぎ呑み込み、ちょうど姿の真下に当たる亀裂のあたりまでをえぐりながら流れ去っていった。

しばらく木の上にとどまって沈静化を待つ。

数分後、土砂崩れは収まったが、生々しい痕を晒す地盤は安定とはほど遠い、危険な状態にあるのが見て取れた。

斜面の銃声はいつの間にかやんでいる。戦闘が終わったのだ。姿は周囲を警戒しながら大木から下り、急いで土砂崩れから遠ざかった。

灌木をかき分け十分ほど進んだとき、下生えの中に三人の男の死体を見つけた。迷彩の戦闘服にボディアーマー。味方ではない。

屈み込んで死体を手早く調べる。タクティカルホルスターにMAG-95があった。マガジンポーチとともに奪い、身につける。

微かな気配。反射的にMAG－95を抜いて側面の繁みに向ける。

「撃つな。俺だ」

ユーリの声がした。しかし両手で構えたまま銃は下ろさない。

繁みの中からステアーAUGを持ったユーリが現われる。その後ろには愛染と君島。同時に周囲からミャンマー警察部隊の四人も歩み出てきた。

「俺達もさっき合流したばかりだ。機甲兵装が落下したあたりから派手な崖崩れがあったんで様子を見にきた」

姿はようやく銃口を下げ、

「襲撃部隊は」

「すべて片付けた」

ソージンテットが答える。

「生き残ったのはこのメンバーだ。ただし日本側のラードナー警部については把握できていない」

ライザなら心配ないだろう――そう答える前に、いつの間にかソージンテットらの背後にライザが立っているのが視界に入った。

「確認した。問題ない」

姿の視線を追って振り返ったミャンマー警察の面々が一様に驚愕の表情を浮かべる。それに対し、ライザはまったくの無表情で佇むのみである。

「最初にヤースキンで飛び出した兵は死んだ。敵機を二機制圧してな。名前は知らないが、勇敢に戦った」

「スワンテッアウンだ。いい警察官だった」

ソージンテットの言葉が哀惜の念を滲ませる。他の隊員達も、瞑目するように顔を伏せた。

ただ一人、ウィンタウンが感情を露わにして姿に詰め寄ってきた。

「スワンテッアウンは我が隊でも随一のサンキャウト使いだったんだ」

「サンキャウト?」

愛染がすかさずフォローする。

「ビルマ語で〈鎧〉という意味です。機甲兵装を指すミャンマー警察の隠語ですよ」

「ああ、日本警察がキモノとか言ってるようなもんか」

納得する姿の様子が気にくわなかったのか、ウィンタウンがますます激昂する。

「スワンテッアウンさえ戦死したというのに貴様は生きている。なぜだっ」

「俺が生きてるのがよっぽど面白くないようだな」

「私から言おう」

今度はソージンテットが前に出た。

「我々のいた位置から、たまたま道路の方が見渡せたんだ。君が乗り込んだはずのヤースキン四号機が川に転落するのを我々は確かに見た。だから君はてっきり死んだものと思っていたわけだ。それなのに無事だった。率直に言って、そこになんらかの欺瞞があるのではないかと考えている」

「〈なんらかの欺瞞〉か。つまり俺を疑っているというわけだな」

「そこまでは言っていない」

「少尉殿の顔はそう言ってるぜ」

「下らない冗談を言い合っている余裕はない。私は説明を求めているのだ」

「俺が死にかけていたのは事実だ。ミアスルの酒場にいた口髭の男を覚えているか」

「ああ」

「あいつが助けてくれたんだ。武器の密売人でサイードと名乗っていた」

「奴がどうしてこんな所に」

「国境に商品を運ぶ途中だと言っていた」

「偶然とは思えない」

「同感だ。しかし奴がいなければ俺は間違いなく死んでいた」

ソージンテットが考え込む。こちらの話の真偽を疑っているようでもあり、サイードの正体について推理を巡らせているようでもあった。

「酒場の男については材料が少ない。後で検討しよう。今の問題は、こいつらが一体何者かということだ」

殺気だった空気を破るように発したのは、死体の側に屈み込んだユーリだった。刑事らしい眼光で死体とその周辺を観察している。

「少なくとも民族闘争のテロリストじゃないことは確かだ。見ろ。所属が特定できるような物は何も身につけていない。それに麻薬を扱っている北西部の組織と違って、この辺の組織は資金力に欠けている。アラカン・ロヒンギャ救世軍は言うまでもなく、アラカン軍やアラカン連盟だってそうだ。少なくともこれだけの装備を揃えられるとはとても思えない。姿、おまえの意見は」

「よく勉強してるじゃないか。その通りだ。戦闘技術の練度からしても民兵のレベルじゃない。正規の軍人か、もしくは金で雇われたプロだ」

「そんな連中がどうして我々を襲うんだ。我々はテロリストの脅威を警戒して諸君の警護任務に就いたのだぞ」

「さあ、そこだ」

無精髭を撫でようとした姿は、傷だらけの指先に気づいて手を止めた。

「最初から気になってたんだ。敵はＲＰＧを装備していた。最初に車列の先頭と後尾を叩いたのは分かる。次に機甲兵装を積んだトラックを狙ったのもだ。分からないのは、バスを攻撃しなかったことだ。俺は最初、弾頭が尽きたのかと思った。しかし歩兵はＲＰＧを持っていて、それでヤースキンを攻撃してきやがった。だから対機甲兵装用に温存していたのかと思ったが、それも違う。どう考えたって、最初からバスを狙った方が早い。なのにこいつらはやらなかった。どういうわけだ」

ソージンテットとウィンタウンが同時に君島を見た。

「えっ」

一同の強烈な視線に、君島がたじろぐ。

「なんだ、俺が何をしたって言うんだ」

ユーリが君島の方へと歩み寄り、

「君島、おまえはジェストロンから持ち出した複合装甲モジュールのサンプルをどこかに隠匿した。その在処《ありか》を知っているのはおまえだけだ。おまえを殺すとサンプルが手に入らなくなる。だからおまえの乗っているバスをRPGで攻撃しなかったんだ。しかもそれをカモフラージュするためにバスの窓を掃射までした。違うか」

「俺が知るかよ。襲ってきた奴らに訊けばいいだろう」

「いいか君島、我々はおまえを日本まで連れ帰れと命じられただけだ。装甲モジュールのサンプルなど知ったことではない。しかしこの先の危険を回避するためにも、何か知っていることがあったら教えてくれ」

強気を見せていた君島が黙り込む。

「そういうことだったのか。やっと分かった」

ソージンテットが何もかも腑に落ちたという顔で日本側の面々を強く見据え、

「我々は日本政府に強く抗議する。このことは必ず報告するから覚悟しておけ」

「うん、できるだけ強硬に言ってくれ。俺からも頼むよ」

姿の軽口に、ウィンタウンがまたも反発する。

「なんだ、その他人事みたいな言い方は」

「他人事だよ。今の俺の興味は、どうやって生きて帰るかってことにしかない。それに正直言って、こんな目に遭わせてくれた日本政府のやり口にはほとほと愛想が尽きてるんだ」

そのとき、隊員の一人が「あっ」と叫んだ。

「どうした、コンラハン」

コンラハンと呼ばれた若い隊員が、死体の一つを指差して、

「こいつの顔、どこかで見覚えがあるような気がしてずっと考えてたんですが、思い出しました」

「どこだ、どこで見たんだ」

ウィンタウンが一層激しく問い詰める。

うわずった震え声で、隊員は答えた。

「入隊した頃、軍との合同訓練に参加したんです。そのときトップに近い成績を収めたグループの中にいました。この男です。正確な所属は忘れましたが、軍の治安部隊にいる男だと聞きました」

ソージンテットらは等しく衝撃を受けたようだった。愛染の通訳を聞いた姿達も同様である。

「本当か、コンラハン」

屈み込んで死体の顔を入念に確認したコンラハンが答える。

「間違いありません」

「貴様はこいつが国軍の軍人だと言うのかっ。国軍が我々を襲ったと言うのかっ」

ウィンタウンに胸倉を掴まれ、コンラハンは苦しそうに呻いた。

「自分はただ、見たことを話しただけです」

「その男が今も国軍にいるという保証は」

「知りません、自分には何も分かりませんっ」

「……なんてことだ」

部下の兵から手を離し、ウィンタウンが呆然と呟く。

「もしこいつらが正規軍の隊員だとすると、国軍は我々をも皆殺しにするつもりだったとしか思えない」

「そういうことになるな」

姿が相槌を打った途端、ウィンタウンの敵意が向けられた。

「待て、ならば我々に護衛を命じたのはどういうわけだ。軍司令部を通して護衛命令を撤回させればいいだけじゃないか」

「何かの手違いがあったのかもしれないぜ。命令が行き違ったとかさ。警察に護衛を命じたのは政府だろう？　その連絡が軍に行ってなくて、気づいたときには部隊が出発した後だった。だから国軍はやむなく警察部隊も一緒に始末すると決定した、とも考えられる」

「勝手な憶測はやめろっ」

怒鳴るウィンタウンとは対照的に、ソージンテットは冷静な口調で、

「それもおかしい。仮にそうであったとしても、職業訓練センターで実行すればよかったんじゃないのか」

「いや、少しもおかしくはない」

ユーリが口を挟む。

「襲撃者側にとって最も重要なのは、〈帰路、護送部隊がテロリストの襲撃を受けて全滅した〉と見せかけることだ。訓練センターでやるのはいかにもまずい。むしろ、護衛の警察部隊も全滅してくれた方が舞台装置としては説得力を増す。同時に日本政府に対して面目も立つというわけだ。『こちらはこれだけの犠牲を出したんです』とな。だとすると、あんた達に出動命令が下ったのも、最初から仕組まれていたと考えた方がすっきりする」

「さすがは元刑事だけあるな。俺にはそこまで意地の悪い見方はできなかったなあ」

姿は同意を示したが、褒《ほ》めているのか貶《けな》しているのか、一同は困惑しているようだった。いつもの

ことなのでユーリ本人は相手にもせず受け流している。

「誰であるにせよ、襲撃を命じた奴らの計算違いは、こっちが予想以上に手強かったってことさ」

「少尉が指摘した通り、すべて君の憶測にすぎない。証拠はないんだ」

「そこに転がっている男は軍人だとコンラハン君が言ってなかったか」

「すでに退役している可能性もある」

「もしそうだとしたらよけい怪しいぜ。非合法任務に就かせるため、適性のある優秀なのを人知れず一旦除隊させるのはどこの国の軍でもよくやる手法だ。まあ、ＰＭＳＣ（民間軍事会社）に再就職したってパターンもあり得るけどな」

不意に雷のような轟音がした。全員が反射的に音の方を見る。

先ほど山崩れのあった方角からだった。二度目の地盤崩壊が起きたようだ。断続的に響いてきた音は、徐々にまた収まっていった。

姿はソージンテットに向き直り、

「いずれにせよ、すぐに移動した方がいい。待ち伏せ部隊が全滅したと知ったら、敵は必ずより強力な新手を繰り出してくるぜ。だが訓練センターの方へ引き返すのはもう無理だ。道路はあの通りだし、斜面を迂回しようにもいつまた山崩れが起こるか分からない。第一、訓練センターは事実上国軍の管轄下にあるんだろう？　言ってみりゃあ敵の陣地だ。そんなところへ逃げ込むバカはいない」

ソージンテットが決断した。

「全員で国境警備隊の詰所に移動する」

敵兵の死体から装備を奪った一行は、斜面を大きく迂回する経路を取り、砲撃で陥没した道路の先へと下り立った。転落した装甲車もマイクロバスも、そして機甲兵装も、今はもう一面の濁流のどこにも見えない。

小雨に打たれながら、生き残った九人は一列になって道路を歩き出した。

先頭はコンラハン。中央に君島。そのすぐ後ろにユーリ、愛染と続く。最後尾はライザだ。

ソージンテットが命令を下すまでもなく、自然とその隊列になった。まるで最初からそう訓練されたチームであるかのように。

約三十分後にコンクリートの橋が見えてきた。橋を渡った対岸に二階建ての建物が見える。やはりコンクリート製で、なんの飾りけもない立方体だった。全体に塗られた白いペンキが所々剝げている。

「止まれ」

ソージンテットの指示に従い、一行が斜面側の灌木に身を隠す。

「コンラハン、チョーコーコー」

ウィンタウンが合図すると同時に、IMIガリルを構えた隊員二人が素早く橋を渡っていく。

若いコンラハンに対し、チョーコーコーはいかにも年季の入ったベテランらしい風貌の持ち主だった。

ソージンテットがあれだけ「目を光らせている」と言っていた国境警備隊は、出動する気配も見せなかった。すなわち、詰所に異変があった可能性が高いということだ。

熟練した動きで詰所に接近した斥候役の二人は、それぞれ外壁に背を貼り付けるようにして、じりじりとドアへと接近していく。そして同時にドアを蹴り開け、内部へと突入した。

やがて二階の窓から手を振るチョーコーコーが見えた。オールクリア。

一行は小走りに橋を渡り、詰所に入った。仕切りのない一階は、デスク、テーブル、キャビネット等の設備、それに階段等が見渡せた。

コンラハンが駆け寄ってきて報告する。

「内部は完全に無人でした」

ウィンタウンが混乱したように喚く。

「どういうことだ。詰所には最低でも八人は必ず残しておく規則のはずだ」

「テロリストに制圧されたのかもしれません」

「周りをよく見ろ。これが制圧された跡か」

内部は整然として争った形跡すらない。

素早く周囲を見回したユーリが、壁際の机についた四角い跡を指差した。

「あの跡は」

そこだけ日に焼けておらず、直近まで何かが置かれていたのは一目瞭然だった。

「通信機だ。通信機が持ち去られている」

ウィンタウンが答えるより早く、ユーリは続けて窓の外を指差した。

「橋の方からは見えなかったが、あれは電話線じゃないのか」

一同が今度は窓を振り返る。

切断された電話線が木の枝からぶら下がっているのが見えた。

姿は全員に向かって告げる。

「通信機はどのみち使えなかった。この地形じゃあ、電波が届く範囲には敵しかいないだろうからな。敵でない者に届いたとしても、誰が傍受しているか分からない。しかし有線の電話は別だ。こうなると結論は一つしかないな」

濡れた衣服から雨水を滴らせた各員が、じっと姿を見つめている。

「上から命令されたんだ。総員詰所を捨てて即時移動せよ、ただし通信機の撤去と電話線の切断を忘れるな、となそれも緊急の命令だ」

「どうして断言できるんだ。他の理由だって考えられるんじゃないのか」

ウィンタウンの問いに、姿は視線をテーブルの上に投げかけた。食べかけの丼が六人分残されている。冷めきってはいるが、米粒はまだ干涸《ひか》らびてはいなかった。

「この状況は他に説明しようがない。道理で敵も念入りに待ち伏せの準備ができたはずだぜ」

「認めたくはないが、君の推測が正しかったようだ」

憔悴の面持ちでソージンテットが呻く。

「我々は国軍に裏切られた。我々に与えられた真の任務は、よりにもよって日本人の護衛として死ぬことだったのだ」

一行は声もない。二階から下りてきたチョーコーも、階段の途中で立ち尽くしている。

そぼ降る雨の音だけが、状況に不似合いなまでに優しく柔らかく建物全体を包んでいた。

誰もが立ったまま押し黙っている中、姿は食卓兼用らしいテーブルの前の椅子に座り、ポットを取って茶碗に注いだ。冷めた茶色の液体の匂いを嗅ぎ、一口啜ってみる。

「おまえ達も突っ立ってないで飲んだらどうだ。地元の茶だな。クセはあるが、まあまあいけるぜ」

ユーリとライザが姿に続き、着席して茶を飲んだ。二人ともよけいなことは何も言わない。

他の面々はどうしていいか分からないといった様子で姿達を見つめている。

「遠慮するなよ。国軍の茶だ」

「では呼ばれるとしよう」

ソージンテットが腰を下ろす。

「今のうちに休養を取っておけということだな、姿警部」

「そうだ。だがすぐに出発だ。いつ追手が来るか分からない」

茶を啜りつつ、ライザの視線は周囲と、そして警察部隊の面々に注がれている。

「ラードナー警部はまだ我々が信用できないようだな」

「たぶん、あんたらが俺達を始末して投降する可能性を考えてるんじゃないかな。実は俺もそれを考えてた」

「はっきり言っておこう」

ソージンテットが茶碗を置く。

「我々は国軍の指揮下にあるが、軍人ではない。警察官だ。そして我が第五分隊は八人もの犠牲者を出した。この裏切りが国軍の総意であると断定するにはまだ材料が不足しているが、それでも我々には警察官としての誇りがある」

茶碗を口に運びかけていたユーリが視線を上げる。元刑事であったユーリには、よく躾《しつ》けられた犬と同じく、警察官としての習性が拭い難く残っているのだ。

「よく言うぜ。何が警察官としての誇りだ」

立ち尽くしていた君島が鼻で笑う。

「警察が国軍と一緒になって何をやったか、俺はこの目で――」

「その辺にしとけ」

姿は明確に君島の言葉を遮った。

「自分の立場を忘れるな。生きて日本に帰りたければな」

今さらながらに気がついたのか、君島は左右に立つ隊員達の顔色を怯えたように窺っている。

「ところで大尉、俺達の荷物はバスと一緒に川の底だ。ユーリの衛星電話もな。そっちのはどうだい」

「我々の衛星電話もバスの中だった。武器や食料をはじめ、我々はすべての装備を失ったのだ」

「そうだろうと思ったよ。で、本題だが、ここにはどんな物資がある」

「通信設備は見ての通りだが、標準的には武器と食料が備蓄されているはずだ……チョーコーコー」

「はっ」

階段から下りてきていた兵士が応じる。

「二階はどうなっていた」

「隊員の仮眠室が三部屋ありました。物置も開けてみましたが、掃除用具だけでした」

茶碗を置いた姿は、改めて周囲を見回した。

「見たところ、一階には倉庫らしき部屋はない。警備隊が事情を知らされておらず、しかも相当慌てていたとしたら、調べてみる価値はあるんじゃないか」

「そうか」

ソージンテットは背後に立っていたウィンタウンに指示を下す。

「周辺を捜索しろ。近くに倉庫があるはずだ」

「はっ。チョーコーコー、コンラハン、一緒に来い」

すぐに三人が飛び出していく。

「次に最大の問題だが、これからどこに逃げるかだ」

自分の碗に再びポットの茶を注ぎながら姿が続ける。

「俺達には土地勘がない。これぱっかりはそっちが頼りだ。衛星電話がありそうな場所ならベストだが、固定電話があればいい。オフィシャルな回線でミャンマーと日本のあらゆる公的機関に救助を要請するんだ。両国が無視できないくらいにやる」

ソージンテットは胸ポケットから細かく折り畳まれた地図を取り出し、テーブルの上に広げた。

「この一帯には国軍か国境警備隊の施設しかない。君も言っていた通り、訓練センターの方向へ戻るのは危険だと見るべきだろう。そうかと言ってこのまま北へ進むとバングラデシュとの国境を越えてしまう。西に向かっても同じことだ」

全員が地図を睨んで黙り込む。

「あの……ここはどうでしょうか」

おずおずと発言したのは愛染だった。地図の一点を指差して、

「このカネッカダンという地名に覚えがあります。大使館にあったラカイン州に関する最新資料で見ました。ここでワーゾー建設が別荘地の開発計画を進めているそうです。ワーゾーなら民間企業ですから、国軍の手も及んでいないのでは」

「民間なら安心できそうだな……いや、待てよ」

姿はソージンテットに向かい、

「ミャンマー軍は独自に企業経営を行なって資金を調達していたはずだ。ワーゾー建設にも国軍の金が入ってるんじゃないのか」

ソージンテットはきっぱりと否定した。

「私の知る限り、ワーゾー建設は軍営でもないし、資本も入っていないはずだ。確かに別荘地の開発現場とは着眼点として悪くない。国軍もそこまでは考えが及ばないだろう」

「なら決まりだ」

「だが問題がある。徒歩で行くには少しばかり遠いんだ」

「そいつは大きな問題だな。だが行くしかないぜ。のんびり代案を考えている時間はない」

そこへウィンタウンが勢い込んで戻ってきた。

「ありました、すぐ裏手です」

移動した一行は、詰所の縮小版のような白い倉庫が森の中に佇んでいるのを見た。

正面のシャッターは電動式ではなく旧型の手動式であった。ウィンタウンの許可を得てチョーコーコーがガリルでシャッターの外錠とラッチバーを破壊する。間を置かずコンラハンが錆《さび》の浮いたシャッターを持ち上げた。

中を見た者達が口々に感嘆の声を発する。

「トラックだ」

相当くたびれてはいるが、紛うことなきスバル・サンバートラックだった。4WDの軽トラックで、色は軍隊らしからぬ青。おそらく食料等の物資運搬に使われていたのだろう。

上層部から緊急の移動命令を受けた詰所の隊員達は、命令に含まれなかった貯蔵物資のことなど念頭になく、そのままにして他の軍用車輛で去ったに違いない。

運転席を覗き込んだコンラハンが嬉しそうに言った。

「キーもそのままになってますし、燃料も充分残ってます。すぐに使えそうです」

「待て。爆弾や発信機が仕掛けられていないかよく調べろ」

ウィンタウンの命令に、コンラハンが運転席に入り、チョーコーコーが車体の下に潜り込む。

倉庫の内部には、缶詰等の保存食や医療品をはじめとする生活物資の他に、武器弾薬が貯蔵されていた。一同は手分けしてそれらの物資のチェックに当たった。

「異状は見当たりません」

車体各部を詳細に点検していたコンラハンとチョーコーコーが報告する。

姿は改めて軽トラックを眺め、嘆息した。

「アシが手に入ったのは幸運だが、こいつに九人乗るとなるとかなりキツイな」

するとウィンタウンが大真面目に言った。

「三輪自動車じゃなかっただけありがたいと思え」

どうやらミャンマーでは、山間部でも国軍がダイハツ・ミゼットやバジャジを使うことがあるらしい。

姿もそれ以上は何も言わず、物資を荷台に運び込むのを手伝った。食料や武器弾薬は全部持っていきたいところだが、必要最小限に絞らざるを得なかった。

運転手はコンラハン。助手席に君島。他の面々は荷台に乗り込む。積載量大幅オーバーといったところだが、目的地のカネッカダンまでなんとか保ってくれることを祈るしかない。

ずぶ濡れの警察官達と大使館員、それに指名手配犯を乗せたサンバーは、ぬかるんだ山道を老いぼれた驢馬のように走り出した。

8

「昨夜《ゆうべ》はよう眠れはった？」

京都市街を走るレガシーの後部座席で、毬絵が隣に座る城木に訊いてきた。

城邑家の自家用車で、お抱えの運転手は最初に礼儀正しく挨拶したきり、終始無言で前を見つめている。

「うん、久々にゆっくりできたよ」

嘘である。現在の事案と過去の追憶。さまざまな想いが去来して、夜半に何度も目が覚めた。

「そらよかったわ」

無邪気に喜ぶ毬絵の笑顔に、城木は後ろめたさから話題を変える。

「でも叔父さんと叔母さんにご挨拶できなかったのは残念だったな」

「ごめんね、せっかく来てくれはったのに。なんぼ間の悪いのがあの人らの得意技やゆうても、こないなときに海外旅行やてねえ」

城邑家の当主、すなわち昭夫と毬絵の父母は先週から地中海のクルーズ旅行に出かけているのだという。城州ホールディングスの経営権を息子と娘に譲った二人は、リタイアと称してなんの経済的不安もない悠々自適の日々を送っている。

「そやけど嬉しいわあ、貴彦兄さんがうちに付き合うてくれて。夜になったら昭夫兄さんがええ店連れてったるゆうてえろう張りきったはったさかい。昼間だけやし、うちが貴彦兄さん独占でけるの」

それもまた追想の中と少しも変わらぬ、天真爛漫な口吻だった。

今朝になって急に誘われたドライブであったが、城邑兄妹の不審を招かぬためにも、城木は応じるよりほかなかった。

北大路通りを直進した車は、金閣寺前交差点で右折した。

「金閣寺へ行くのかい」

「そないなとこやあらへん。第一、金閣寺やったら子供の頃になんべんも行ったやないの。うちは今でもいろんなお客様をご案内して金閣寺はしょっちゅう行かなならんのよ。ええかげん飽きてしもたわ」

毬絵は悪戯《いたずら》っぽい笑みを浮かべる。

車は衣笠山《きぬがさやま》の麓《ふもと》を西に進んだ。いわゆるきぬかけの路である。

「そうか、嵯峨野か」

「貴彦兄さん、あっちの方にはあんまり行ったことあらへんやろ」

「うん、言われてみれば」

市街地にある著名な仏閣は子供の頃にほとんど回っている。世界的に人気の古刹といえども、子供にはあまり興味を持てない場所だった。

「そうやと思たわ。うち、人が仰山《ぎょうさん》おるとこは好かんよって、化野《あだしの》の念仏寺がええかなあて」

「楽しみだな。僕も観光客は苦手なんだ」

後半だけは本音であったが、こちらを横目に見ている毬絵の笑顔に、城木はさりげなく視線を窓外へと逸らす。

山間部を進んだ車は、化野念仏寺前今井駐車場に入った。

「ほな、行こか」

浮き浮きと先に立つ毬絵に向かい、運転手が「行ってらっしゃいませ」と頭を下げる。

城木は白いブラウスを着こなした毬絵の後を追って歩き出した。車道を横断して山村を三分も歩くと、参道入口があった。そこから二人並んで石の階段をゆっくりと上る。すぐに山門に着いた。照りつける陽光に、城木のサマーニットはすでに汗ばんでいる。

市街地の名所に比べると、確かに観光客は少なかった。

正面にある受付で入山拝観料を支払い、境内に入る。順路に従って進むと、無数の石仏群が並べられた場所に出た。西院《さい》の河原である。

平安時代、東山の鳥辺野、洛北の蓮台野と並び、化野は風葬の地であったという。野晒しであった遺体を石仏や石塔として葬ったのが化野念仏寺の始まりと聞いたことがある。伝えられる石仏石塔の数は約八千。

西院の河原とは、賽《さい》の河原に模した名前に他ならない。

苔むした石仏の列は、喜怒哀楽、中でも憤怒を石の無言に呑み込んで、拝観者に無常の感を抱《いだ》かせる。

城木はなんとなく嫌な心地になった。特捜部突入班の面々は今まさにミャンマー奥地を往く最中だ。日本兵の屍が無数に埋もれる白骨街道から外れているとは言え、よりにもよって西院の河原との符合は不吉にすぎた。縁起を担ぐ方では決してないが、城木には化野に棲むあやかしが赤い舌を出して嗤っているような気さえした。

「どないしたん」

急に現世へと引き戻された。

「なんや怖い顔して。おばけでも見はったん？」

「まさか。よしてくれ」

うっかり本気で応じてしまった。

「冗談やて」

毬絵は両目を細めてきゅっと笑う。そして日除けの白い帽子を押さえ、周囲の木々を振り仰いだ。

「ほんまは秋に来るんが一番きれいなんや。紅葉がもう真っ赤でねえ。まるであたり一面、燃えてるみたいになって」

緑の中に立つ毬絵が、一瞬、赤の中にいるように見えた。

紅葉ではない。業火の赤だ。

「そやけどなあ、毎年八月の地蔵盆には千灯供養《せんとうくよう》ゆうて、ここの仏はん全部に蠟燭を灯すんや。もの凄うライトアップされて、夜に来たらえらいきれいやねんで」

闇に揺らめく蠟燭に照らし出された八千の仏像。美しいというより恐ろしい光景だ。

その中心に立つ毬絵は、清楚にして凄艶な、相反する磁力を放っている——

「さあ、こっちや」

城木の手を取って毬絵が歩き出す。周囲は闇の黒でもなく、また燃え盛る赤でもなく、真夏の緑に戻っていた。

本堂と鐘楼を過ぎ、嵯峨野独特の風情を有する竹林に入る。全体に夏の京都は蒸し暑いものだが、天高く伸びた竹は日差しを遮り、別天地のような涼しさだった。竹の葉の合間から差し入る光は、地に乱舞する螢の如き点を描き、絶妙な興趣を生み出している。

静かであった。時折そよぐ風の気配が、静謐の感をいや増していた。

「貴彦兄さんは結婚しはらへんのん？」

毬絵が出し抜けに尋ねてきた。木漏れ日を受けて竹の小径をそぞろに歩んでいたときだった。

「そんなこと……どうして急に」

平静を装って聞き返す。

「堪忍や。昭夫兄さんといつも話しとるもんやさかい。『貴彦ちゃん、警察に誰ぞええ人いはらへんのかいな』ゆうて」

含み笑いとともに毬絵が答える。竹林の葉擦れとも紛う笑いであった。

「二人でそんなことを話してたのかい」

「そやかて、気になるやないの。貴彦兄さんのそないな噂、いっこも聞かへんさかい」

「参ったな。なにしろ僕は仕事が忙しすぎるから」

「呑気に構えてる場合やあらへんよ。朔子伯母さんとか、貴彦兄さんに縁談世話したろて狙てんねやさかい。昭夫兄さんも貴彦ちゃんに注意したってくれ言うとってん。気ぃつけた方がええて」

城木は黙った。その話が本当だとすると、城守朔子は自分にどこかの令嬢をあてがおうとしているらしい。その目的が城木本家の籠絡にあることは明らかだ。

「ねえ、ほんまにええ人いはらしまへんのん」

今度は木漏れ日の中を舞う蝶の羽ばたきのような声で訊かれた。

「毬絵ちゃんの方こそどうなんだい」

苦しまぎれに聞き返す。

「うち？　うちはね……」

「どうなんだい。教えてくれよ」

わざと意地悪そうに急かしてみた。

「うちは貴彦兄さんとおんなじやさかい」

「えっ……」

そのとき毬絵の漏らした笑みは、何にも喩えられぬものだった。


土曜日の午前十時から、中京区にある誠央寺《せいおうじ》で城木清源の法要が営まれた。

誠央寺は城木本家の菩提寺ではないが、宗派は同じで、城方家や城守家など主だった分家とは所縁《ゆかり》が深い。

城州ホールディングスを中心に、グループに名を連ねる企業の代表役員達が集まった。総勢三十人ばかりであったろうか。それでも相当に人数を絞ったものと思われる。

住職による読経と説法は十一時には終わり、一同は時代を感じさせる離れへと移動した。そこで昼食という流れである。出される料理は老舗料亭に用意させたものだという。全部を仕切った朔子伯母は、鼻高々に終始女主人の如くふるまっていた。

「良達《りょうたつ》はんの滑舌、年々悪なっとるんとちゃいますか。今日のお話、何言うてんのか、よう聞き取れんかったわ。お経あげるんもしんどそうにしてはったし、はよ隠居しなさったらよろしおすのに」

上座に着いた朔子は住職を無遠慮にこき下ろしている。

城守朔子は四年前に夫を亡くしているが、その活力はまったく衰えを見せなかった。年齢は確か五十四。城州ホールディングスの執行役員を務めるほか、城守フーズ、城守不動産などの企業を所有し、卓越した経営手腕を示している。名目だけとは言え法事なので、今日は奢侈《しゃし》に過ぎない地味な着物を着ているが、普段はずいぶん派手であると聞いていた。

城木は本家の代表として否応なく上座、しかも城守朔子と城方要造の間に座らされた。それでなくても朝から途切れることなく親族への挨拶を繰り返していたため、すでにして疲労困憊といったところである。

少し離れた席から、昭夫と毬絵が同情の目でこちらを見ていた。

「亮太郎はんはほんまに偉いお人やった」

京野菜の水煮を口に運びながら、朔子はその日何度目になるか分からない話を繰り返した。

「あの子は昔からようでけた子どしたし、あてには末を楽しみにしてましたんや。それがあないな惨《むご》い死に方を、なあ」

「うんうん、あらほんまに傑物やった」

ビールですでに顔を赤くした要造がわざとらしく相槌を打つ。

彼は城州ホールディングスの主導権を巡って数年前からあからさまに朔子を牽制しているから、ここで出遅れてはまずいと考えているのが手に取るように透けて見えた。

「言うたら幕末の志士や。現代の坂本龍馬や。京都のもんはみんなそない思てるで。志半ばで死んだのも、きっと——」

「やめとくなはれ。まるで死ぬのが決まっとったみたいに」

朔子に睨《ね》めつけられ、六十近い要造が首をすくめる。

「そんなことありますかいな。わしはただ、亮太郎はんが偉かったことをやな……」

それはいかにも言いわけじみて、語尾はオーディオのボリュームを絞ったようになってほとんど聞き取れなかった。

一事が万事、気が強く攻撃的な朔子に対し、要造は不本意そうにやり込められるのが常である。

「亮太郎はんはきっと将来総理大臣になる、あてはそう信じてましてん」

朔子の繰り言は際限がない。城木にとって亮太郎の話がこの上ない苦痛であるなどとは、想像したことさえないに違いなかった。

「あの子が総理になってくれたら、城州グループは安泰やったのに。悔やんでも悔やみきれんわ」

多くの者がうんうんと頷いている。

城木はたまらなく不快であった。朔子の話は、将来的な政権との癒着を公言しているに等しい。しかもそれが不正であるとは微塵も思っていない。

いけない、感情的になっては——

城木は己を戒め笑顔を保つ。兄と比べられるのは幼少期から慣れていた。

自分は彼らから情報を得るためにやってきたのだ——

「貴彦はん、あんた、警察の方はどないどすのん」

朔子がいきなり振ってきた。自己中心的な気まぐれさも彼女の特徴の一つだ。

「どうと申されますと」

「出世に決まっとりますがな。総括審議官の丸根《まるね》はんは派閥の線引きにえらい厳しいお人やそうやないの」

「詳しいですね。丸根総審とご面識でもおありになるんですか」

「そんなもん、ありますかいな」

「では、どうしてそこまで」

「京都府警の粕谷《かすや》はんとは月にいっぺんは一緒にご飯食べたりする仲どすよってに」

「ああ……」

城木は大いに得心した。京都府警の粕谷本部長は、〈融通の利く〉人物として知られている。朔子とは互いに持ちつ持たれつの関係を築いているのだろう。

「伯母さん、もうそこらで勘弁したって下さい。貴彦ちゃんは真面目な警官なんやさかい」

昭夫が冗談めかして助け船を出してくれたが、朔子は鼻で笑うのみだった。

「真面目な警官て、城木の家のもんは交番のヒラ巡査やあらへんのどすえ。はよう出世してくれんことには、あてらのビジネスにも関わります」

またも聞き捨てならないことを口にした。さすがに注意しようとしかけたとき、下座の方から誰かが言った。

「朔子はん、そらまるで時代劇の越後屋ですよ」

涼しい顔で朔子が返す。

「構《かま》しまへん。今の世の中、水戸に黄門様はおりまへんよって」

座は一転して和やかな笑いに包まれた。

昭夫も毬絵も笑っているが、城木だけはその笑いに馴染めなかった。


昼食後、一同はハイヤーに分乗して鴨川を臨むホテルのカフェバーに移動した。食後のお茶という名目であったが、実質は城木の歓迎会である。

京都らしい景観を満喫できる店内は内装も風雅にしつらえられて、五つ星ホテルの名に恥じない。広々として五十人は入る空間が、今日は貸し切りということだった。この季節ならば相当以前から予約で一杯のはずだが、そんなことが可能なのかと驚いた。朔子が手配したのはたった二日前である。

「ここはね、一昨年《おととし》でけたホテルなんやけど、経営母体に城州ホールディングスの資本も入っとるんや。ほして朔子伯母さんはいつも超ＶＩＰ待遇」

よほど不思議そうにしていたのだろう、毬絵がそっと教えてくれた。

だとすれば毬絵自身もＶＩＰ待遇のはずであるが、本人はごく控えめにふるまっている。城木は幼少期の彼女が、どちらかと言えば人見知りをする質《たち》であったことを思い出した。

本家の者としての挨拶は済ませている。城木は宇治抹茶アイスティーを注文し、笑顔を絶やさずもっぱら一族の者達の話に耳を傾けた。

「なあ貴彦はん、あんた、この先どないするつもりやの」

ここでも朔子は、城木の隣に座を占めている。

「特捜部て、警察の中でも島流しして言われとるそうやないの。そないなとこにいつまでもおったかてええことおへんえ。はよ誰ぞに頼んで引き上げてもらわな。なんどしたら、あてから頼んだげよか？　そや、そうしよ」

「ちょっと待って下さい、伯母さん」

「心配せんかてよろしおす。丸根はんにはいつでも連絡したるて、粕谷はんも言うてくれたはります。城木の家のもんが頭下げるんはおもろないかもしれんけど、今のまんまやったら、自分だけではなかなか浮かび上がれまへん。なんやかや言うても、役人は上に行ったもんが勝ちどすえ。あんじょうやったげるさかい、なんもかんもあてに任せとき」

法要が終わった後とは言え、生臭いにもほどがある。しかし朔子は法要など忘れ果てたかの如く、今にもその場から電話しかねない勢いであった。

自分に恩を売っておこうという伯母の肚は読めている。なんとか穏便に納める必要があった。

いつの間にか、居合わせた全親族がこちらを見ている。

「伯母さん、貴彦ちゃんにはもっとええビジョンがありますよ」

昭夫が再度フォローしてくれた。

「なんどすの、ええビジョンて」

怪訝そうに問い返す伯母に、

「貴彦ちゃんに政治家になってもろて、亮太郎さんの地盤を継いでもろたらどないどすやろ」

一同の間から歓声が上がった。

「そらええ考えや」「貴彦はんやったら亮太郎はんの後継として言うことなしや」「なんでもっと早う言うてくれんのや」「そやったら我々も全面的に応援したらな、のう」「そやそや」

口々に勝手なことを言っている。

驚いて昭夫の方を見ると、こちらに向かって微かに頷いた。

城木は胸を撫で下ろす。この場を切り抜けるために芝居を打ってくれているのだ。

伯母は面白くないようだが、盛り上がる一同に水を掛けるような発言はさすがにできない。

「よっしゃ、貴彦はんのために乾杯や」

要造がここぞとばかりにグラスを手に立ち上がる。城木の前に誰かが水割りのグラスを置いた。

「皆さん、よろしおますか……では、未来の内閣総理大臣城木貴彦君と城州グループの発展を祈って、乾杯！」

「乾杯！」

城木はやむなくグラスに口を付ける。拍手が沸き起こった。

親族達が次々に寄ってきて肩を叩く。

「貴彦はん、気張ってや」「わしらが付いとるさかいな」「亮太郎はんの分まで出世してや」

それらにいちいち挨拶を返す。後で否定するのが大変だと思ったが、東京に帰ってしまえばそれまでだと考え直した。

思わぬ成り行きで親族達の酒が進んだ。昼だというのに、かなり酔っ払っている者もいる。

立ち上がった城木は彼らに返礼しながら昭夫の方に近づこうとしたが、酔った親族が一向に放してくれなかった。中でも要造はしつこかった。この機に乗じて朔子から少しでも主導権を奪っておこうというのだろう。

その要造のポケットで着信音がした。

「なんや、こないなときに……ちょい待っとってや」

離れていった要造が携帯端末を取り出して応答する。酔っているせいか、声が大きい。

「ああ、わしや。今あかんねん……なんや、八掛《はっかけ》の件かい、それやったら前に言うたはずや、今ビットコインが下がっとるて。またビットでやったったらええだけやないかい」

他の親族の相手をしながら聞くとはなしに聞いていると、気になる言葉が耳に入った。

八掛。ビットコイン。

「おまはんもちょっとは頭使《つこ》たらどや……分かった、後でかけ直したるわ。ほな」

電話を切って戻ってきた要造に尋ねる。

「叔父さんは仮想通貨も手がけておられるんですか」

「えっ……」

顔を真っ赤にしていた要造が、同じく赤くなった両目を見開く。

「わし、そないなこと言うたかな」

最悪のとぼけ方だ。周囲の者達の舌打ちさえ聞こえたような気がした。

「僕は経済には疎いものですから、よかったら手ほどきをお願いできませんか。将来的にも役に立つでしょうから」

「いや、わしは……」

「オヤジは飲むといつもああやねん。わけ分からんことばっかり言いよって、年寄りは困るわ、ほんま」

要造の息子で従弟の肇が割って入る。

「でも、今」

「それよりあないな酔っ払いはほっといて、テラスに出てみようや、貴彦ちゃん。京の川風は冷房より気持ちがええさかい」

「そや、それがええ」

他の者達も口々に肇に同調し、城木をテラスの方へと誘導しようとする。逆らうわけにもいかず、手を引かれるままに移動しながら振り返ると、おしぼりでしきりと顔を拭っている要造の背中が見えた。

また、無言で要造を睨めつける朔子の眼光も気になった。


夕刻、城邑家の邸宅に戻った城木は、あてがわれた部屋の布団に横たわって考え込んだ。

携帯端末を取り出し、『八掛』について検索してみる。

どうやら着物の裾の裏に付ける布を示す言葉のようだった。前後身頃《みごろ》の裏に四枚、衽《おくみ》の裏に二枚、襟先《えりさき》の裏に二枚、計八枚掛けるので八掛というらしい。別名を『裾取り』、あるいは『裾回し』。着物について詳しくないので、写真や図版を眺めてもピンとこない。

城州ホールディングスのグループ企業が呉服やアパレル関係を扱っている可能性は大いにあるし、要造叔父が関与していたとしてもおかしくはない。だが、そんな言葉が仮想通貨の名称とともに発せられた点がどうにも気にかかる。また叔父や周囲の者達のうろたえようも不自然だった。

広い中庭は強い夕陽に濃く染まり、蟬の声も都らしい典雅な風情ではなく空漠とした不安をかき立てる。

城木は障子の隙間から顔を出して長い縁側の左右を見た。誰もいない。

ガラス戸を開け、沓脱石《くつぬぎいし》の上に置かれていた下駄を履き、足音を立てないように外へ出た。多数の鯉が泳ぐ池に渡された橋を渡り、松の木陰で周囲を窺う。やはり人の気配はなかった。手にしていた携帯端末に登録している番号を呼び出し、発信する。すぐに応答した相手に、声を潜めて告げた。

「城木です。ちょっとご報告したいことが……」

第三章　修羅道

1

山の夜は早い。ことに雨期のミャンマーでは。

完全に日が暮れる前に、一行は野営の準備に入った。と言っても、泥の上で眠るわけではない。道から外れた大木の合間にサンバートラックを駐め、その上にカモフラージュシートをテントの屋根のように張り渡した。

できれば夜間も移動したいところだが、そうもいかない。道がどこで寸断されているか分からない上に、ヘッドライトを点けると敵に発見されやすくなるからだ。しかも全員が疲労の極に達している。

「二時間ごとに交代で歩哨に立つ。最初はウィンタウンとチョーコーコーだ」

ソージンテットの指示で二人がたちまち山中の暗がりに消える。残った面々は運転席や荷台で身を縮めたまま戦闘糧食のクラッカーを口に入れ、仮眠に入る。その前に忌避剤のディートを含んだ軍用ローションを肌に塗り込む。この時期の蚊は、デング熱やマラリアを媒介するからだ。かなり臭うが我慢するしかない。

文句を言う者はいなかった。全員がこうした状況に対処する訓練を受けているか、あるいは単に慣れているのだ。

ただ一人の例外は君島だったが、姿にとっては予想の範囲内である。

「全身濡れたままで寝ろってのか。肺炎になったらおまえらの責任だぞ」

「肺炎で済むんなら御の字だ。いいか、絶対に生水は飲むんじゃないぞ。雨水もできるだけ口に入れるな」

「無理を言うな。入れたくなくても勝手に口の中へ入ってくる」

「じゃあ好きに飲んでろ。俺も川の水をイヤってほど飲んじまったばかりだ。もっとも、出国前に予防接種は受けたがな」

「それが日本政府の態度か」

「この期に及んで何を言ってるんだ？　日本国様は俺達に死ねとおっしゃってるんだぞ」

「おまえは公務員だろうがよ」

「ああ公務員だよ。ただし臨時雇いのな」

「なんだそれは」

いいかげんうるさいので君島を助手席に放り込む。今の場合一番の特等席だが、体力や精神力からしても君島に使わせるしかなかった。

意外であったのは愛染だ。線の細い外見に反し、妙に肚が据わっている。屈強な兵士達に交じり、狭い荷台で不平もこぼさず耐えていた。どこか不本意そうに見えるのは、こうして体を押し付け合っている男達がミャンマーの官憲であるためだろう。

そのストレスが爆発する前に開発中の別荘地とやらに着けばいいのだが——

愛染の様子を横目で確認し、姿は膝を抱えた姿勢で眠りに入る。

どんな状況であっても瞬時に入眠でき、瞬時に覚醒できるのが兵士に求められる資質である。姿にはこれまでもっと酷い状況下で仮眠を取った経験が何度もあった。それこそ砲弾が飛び交っている下で眠るような。

あれに比べたらマシと言えるが——

兵力と装備、応援の有無、地勢等を考慮に入れれば、今回の〈最悪度〉はこれまでに経験した中でも上位に来ることは間違いなかった。

二時間後、目覚めた姿はコンラハンとともに歩哨に立った。二時間後にトラックに戻り、ユーリ、ソージンテットと交代して再び眠りに就く。

誰かが戻ってきた気配に目を覚ます。まだ暗い。ルミノックスの腕時計を見ると午前二時十二分だった。

「起きろ。出発の準備だ」

ソージンテットが命じる前に荷台から飛び降り、カモフラージュシートを外しにかかった。幸い雨はやんでいる。雲の切れ目からは、わずかながらも星さえ見えた。もしかしたら今日一日は降らずに保つかもしれない。視界が利くのは敵に見つかるリスクと引き換えだが、山道からトラックごと転落するのとどちらが不運か、なんとも言いようはない。

運転手はコンラハンに代わってチョーコーコー。他の者は荷台から銃口を突き出して四方の警戒に努める。

徒歩よりははるかに楽だが、それでも雨期の山路を移動するのは困難を極めた。道を外れることを恐れ、昨日より慎重に運転する。4WDであってもタイヤはすぐに泥で滑る。急斜面では運転手以外の全員が降りてトラックを押した。

やがて周囲は白々と明け初《そ》めた。靄に包まれた密林が露わとなって、闇とは別種の威嚇を以て迫ってくる。

休憩に適した場所――見晴らしがよく、且つ敵からは見通せない岩陰――を見つけ、トラックを隠して食事にする。

鍋にミネラルウォーターのボトルから水を注ぎ、携帯用ガスコンロで沸騰させる。そこにレーションのパッケージからフリーズドライ食品を放り込む。できあがったものはミャンマー料理らしい豚肉入りの麵料理だった。この際味は気にならない。いや、疲労のため味を感じなかったと言った方が近い。哨戒に当たっている者以外の全員が黙々と食べる。

調理を始めてから三十分後に出発。少しは気力が戻ってきた。体温が上昇したせいか、姿は今頃になって左足首に痛みを覚えた。ヤースキンのハッチに挟まれた部分だ。捻挫している可能性があるためアウトドアブーツは脱がない。万一捻挫であった場合、一度ブーツを脱いだら二度と履けなくなるからだ。

ブーツの上から足首の感触を確かめる――大丈夫だ。少なくとも捻挫ではない。姿は大いに安堵する。こんな場所で足を捻挫すれば、死に直結すると考えていい。

ミャンマーの山間部では、公道、林道、農道、牛車道、それに獣道に近い踏み跡が入り乱れているものだ。一行が往く道は途中何度も分岐して、油断すると森に吸い込まれてしまいそうになる。森に呑まれたらそれで終わりだ。白骨となるまで森をさまよい、死しても逃れられない亡霊となる。

現在位置を見失いそうになるたび、ソージンテットの地図を確認しながら進む。

バングラデシュの領土には、ラカイン州北東部でミャンマー側に突き出す形になっている部分がある。目的地のカネッカダンはその最南端の近くに位置している。うっかり国境を越えてしまわないよう、充分に注意する必要があった。

南東の方角に進めばいいはずだが、その間の起伏は激しく、いくつもの尾根を越えていかねばならない。上空にヘリ等航空機の機影はなかったが、仮にドローンが飛んでいたとしても、頭上を覆う木々の枝葉がこちらの居場所を常に隠してくれていることだけが唯一の安心材料だった。

時に岩山を回り込み、時に湿原を疾走し、ひたすらに南東を目指す。

国境部の道はアヘンの密売によって拓かれたと言われる。古来より国境をまたいで交易する密売人が、山々を縦横につなぐ抜け道を切り拓いてきた。そうした非合法活動の恩恵に与る形で、極貧の村々が今日まで秘密の糧を得てきたのも事実である。

その日の午後三時を過ぎた頃、密林を抜けたトラックはカネッカダンと思われる地域に到着した。

真っ先にトラックから降りた姿が言うまでもなく、一行は眼前に広がる光景に目を見張っている。

「おい……」

そこにあったのは、無数の仏塔《パヤー》であった。

十や二十ではない。細長い円錐状の建造物が見渡す限りに建ち並んでいる。石や煉瓦《れんが》を積み上げ漆喰《しっくい》で塗り固めた各仏塔は、いずれもぼろぼろに朽ちていて、植物の蔓が絡みついていた。それらが密集する合間に覗く地面には、人の手によって伐採されたと思《おぼ》しい木々の枝葉が放置されている。どの仏塔も三メートル以上あるが、それを上回るほど繁茂した植物に最近まで覆われていたものと思われる。

いつの時代に建てられたのか見当もつかないが、いにしえの信仰を示す塔は、銛のように尖った先端部を虚しく並べ、全身に蔓の切れ端をまとって静寂の時の流れを示していた。

「こんな所に遺跡があるなんて聞いたこともない」

ソージンテットが感嘆の声を上げる。

「つまり、別荘地を開発しようと森を切り拓いたら、知られざる遺跡を発見しちまったってわけか」

「そんなところでしょうね、たぶん」

愛染が感慨深そうに頷いた。他の兵士達も同様の目で遺跡群を見渡している。

ミャンマーにおいて仏塔とは、釈迦の住む尊い家を意味している。つまりミャンマーの人々にとって仏塔を建てるということは、人生最大の功徳を施すに等しい善行なのだ。昔日の民も、来世での幸福を願ってこの地に仏塔を建立したのだろう。

「仏塔見物はこの辺にして、そろそろ行こうぜ」

姿が声をかけると、一行は我に返ったようだった。

仏塔群の端に沿ってしばらく進むと、またも奇妙な物が目に入った。

仏塔を押し倒した恰好のショベルカーが放置されている。

「車庫入れが下手なのにもほどがあるぜ」

姿の冗談に、ソージンテットも吐き捨てる。

「ワーゾー建設は国の宝の価値すら分からぬ馬鹿者揃いのようだな」

「よくある話じゃないか。家を建てようとしたら地面から遺跡が出てきた、律儀に届け出たら建設中止になりかねない、それで見なかったことにして埋め直したとかさ」

「我が国は仏教を重んじている。日本とは違うのだ」

「軍事政権の頃だったかな、俺の記憶違いでなければ、ミャンマーはバガン遺跡をユネスコの世界遺産に登録しようとしてハネられたよな。国軍が遺跡の側にゴルフコースを造ってたからだ」

ソージンテットはさすがに苦い顔をして、

「昔の話だ」

「だとしたら少々引っ掛かる」ユーリが鋭い視線をショベルカーと遺跡に注ぎ、「真っ当な建設会社が仏塔をこれほどぞんざいに扱うものだろうか」

「刑事らしい指摘と言いたいところだが、今はワーゾー建設の企業理念より電話の方が先だぜ」

ステアーAUGのスリングを肩に掛けた姿は、先頭に立って再び歩き出した。仏塔の合間を突っ切った方が早いだろうとは思ったが、迷宮のような奥で何が待ち構えているか知れたものではない。また単純に、一旦方向感覚を失ったときが恐ろしい。用心するに越したことはないと判断した。

夕陽に向かって屹立する打ち捨てられた仏塔群は、どこから見ても幻惑的な奇怪さを醸しているが、また同時に、皮肉にも仏教で言う無常をこの上なく体現してもいた。

「カックー遺跡にだって匹敵するものを……」

歩きながら、愛染が悔しそうに呟いた。

姿は想う。ミャンマー軍営企業の収益は重大な人権侵害の資金源となっている。つまり国軍は企業経営で得た金を武器の購入に充て、ロヒンギャの民族浄化に使用しているのだ。ミャンマー軍と合弁会社を設立した数多くの外国企業の中には、当然の如く日本企業も含まれている。

世界中が持ちつ持たれつで万々歳だな――

しかし姿は、そうした事共をすべて肚の内に呑み込んだ。一兵士でしかない自分にはどうしようもないことだし、これ以上ミャンマー警察を刺激するのはまずい。今は彼らと協力して対処せねば生還など望むべくもないからだ。

遺跡を回り込む形で切り拓かれた草原に出た瞬間、姿は俊敏な動作で仏塔の陰に身を隠した。

他の面々も反射的に姿と同じ行動を取っている。愛染と君島は、ユーリに襟首をつかまれて物陰へ引っ張り込まれた。

「どうした」

ソージンテットの問いに、姿は前方を顎で示し、

「新興の別荘地にしちゃあ、やけに地味すぎないか」

仏塔の陰から、一行はそれぞれ前方を見る。

プレハブの簡易住宅が二十戸ほど離ればなれに建っている。いずれも極めて安価なものであることが見て取れた。一行の方から見て突き当たりとなる岩山を背にして、二階建ての比較的大きな家も五棟あったが、どう見ても作業員用の小屋だ。いずれの建物もウッドランド迷彩のカモフラージュシートで覆われている。

そして最も不可解なのは、落日の照りつける下に人影がまったく見当たらないことだった。

「これは……」

絶句しているソージンテットに、

「開発中どころか、すっかり完成してるようだな。俺の思ってた別荘地とはずいぶんとイメージが違っているが、ミャンマーではこれが流行りのスタイルなのかい」

ウィンタウンが愛染を小突いた。

「貴様、どういうことだっ」

「分かりません、僕は本当に大使館の資料で……」

混乱する愛染を突き放し、ウィンタウンが全員に告げる。

「ここは別荘地などではない。非合法組織の拠点だ。上空から発見されないようにカモフラージュまでしている。疑いの余地はない」

「問題はこれが罠かどうかということだ」ステアーの弾倉を確認しながら、ユーリが愛染に質問する。

「ワーゾー建設に軍の資本は入っていないかもしれない。しかし民間はどうだ。グレーな資本家が関係していないか。そいつが密かにワーゾー建設の一部を私物化している可能性は」

「可能性は……否定できません」

それを聞いたウィンタウンが上官に進言する。

「たまたま犯罪者の巣窟に遭遇しただけなら採るべき方針は一つです。このまま後退しましょう。無事に帰還してから、後日摘発すればいいのです」

「そいつは甘いぜ」

姿がウィンタウンに反論する。

「たとえ俺達の追手じゃなかったとしても、これだけの拠点を堂々と構えてるんだ。周辺に監視カメラくらい設置してるだろう。俺達はすでに察知されていると考えた方がいい。もしここが民族派テロリストの拠点だったとしたら、ミャンマー人だろうが日本人だろうが、警官に対して友好的に接してくれるとは思えない。もちろんそうじゃない可能性もある。例えば密輪グループとかだ。どっちにしても問答無用で射殺されなかったら僥倖《ぎょうこう》だが、ここの責任者に俺達の状況を説明して当局へ連絡してくれと頼むのは、チェスでAI相手に三分で勝つより難しそうだぜ」

「私も彼の意見に賛成だ」

ソージンテットが同意する。

「だが姿警部、あの小屋のいずれにも人の気配は感じられない。もしかしたら、ここはすでに放棄された後かもしれない」

「気配がないのは俺も気になる。もっとも、奥の二階建てまでは遠すぎて気配の有無までは分からないが」

そこへチョーコーコーが国境警備隊の詰所から持ってきた双眼鏡を差し出した。

「大尉、小屋の窓を見て下さい」

言われた通りにしたソージンテットは、険しい表情で次に双眼鏡を姿に渡す。

「なんだ？」

それを両眼に当てた姿は、彼らの表情の意味を知った。

すべての小屋の窓には鉄格子が嵌められている。間違っても仮設住宅のオプションには含まれないアイテムだ。しかもドアの周辺に生々しい血の跡を残している小屋さえあった。

二階建ての棟は全部の窓にカーテンが掛かっていて中の様子がまったく分からない。

「どうする」

双眼鏡をライザに渡し、姿はソージンテットに相談する。

「おそらく奥に並んでる二階建てのどれかが司令部だ。電話があるとすればそこだろうが、ヤバい臭いがプンプンする。すぐに逃げるか、踏み込むか。二つに一つだ」

「すでに発見されている可能性もあると言ったな」

「ああ」

「ならば簡単に逃がしてはくれないだろう。進むしかない」

「昨日からやたらと意見が合うじゃないか」

「君の作戦を聞きたいな、警部」

姿は周辺の地形を再確認する。前方に草原。所々に突き出た岩。点在するプレハブ小屋と木立。突き当たりに切り立った岩山。その前に五棟の二階建て。後方には仏塔群。周辺を取り巻くのはなだらかとは言えない山裾の密林だ。

「何人かが囮になる。一人は俺だ。正面の棟に向かう。ライザは山伝いに二階建ての後ろに回れ。どれが司令部か探るんだ。可能なら制圧しろ」

隊員達は驚いたようにライザを見る。

当然だと思う。可能なら制圧しろ。たった一人に与えられる命令ではない。

しかしライザは平然と受諾した。

「了解した」

ソージンテットも特に異を唱えない。ライザの能力をまのあたりにでもしたのだろう。二、三人の兵を付けたところで足手まといにしかならないと判断したのだ。それでも隊長らしく、慎重に考え込みながら質問してくる。

「残りの者はどうする」

「俺達に何かあったら全力で離脱しろ」

「悪くない。だが修正は必要だ。我々も君に続いて奥の棟を急襲する。非戦闘員を二人も抱えているんだ。逃げきるのは難しい。ならば攻撃に徹するべきだと思うが」

「指揮官がそう言うなら異論はない」

「よし……チョーコーコー、コンラハン」

「はっ」

「おまえ達は姿警部の合図を待って後に続け。ウィンタウン、オズノフ警部、それに君島は左端の棟を目指せ。愛染は私とともに右端の棟に向かう」

全員が戦闘態勢に入る。君島と愛染には、姿が使用法を簡単に教えた上でハンドガンを手渡した。鹵獲したMAG－95である。

姿は君島にたっぷりと脅しをかけることを忘れない。

「いいか、変な気を起こすんじゃないぞ。俺達が死んだらおまえも一蓮托生だ。間違っても銃口をこっちに向けるな。たとえうっかりしてたとしても、その瞬間俺はおまえを射殺する。間抜けな味方ほど怖いものはないからな」

「俺は軍人じゃないんだぞ」

「じゃあここに一人で残れ」

「えっ、そんな、待てよ、おいっ」

「おまえはあっちだ、指揮官殿のお話を聞いてたのか」

情けない声を上げる君島を、ユーリの方へ蹴り飛ばす。

ライザはすでに消えている。姿以外の誰も気がつかないうちに、横の繁みの中へと入ったのだ。

ステアーAUGを構え、姿勢を低くした姿は正面の一番手前にある木立を目指して走り出した。到達。速やかに木の後ろへと身を隠す。異状はない。

片手を軽く上げて合図する。

すぐにチョーコーコーとコンラハンが走り出る。タイミングを計り、他の面々もそれぞれの方向に向かって移動を開始した。

姿の待つ木立に二人の隊員が到達。姿はその先にあるプレハブ小屋に向かった。

やはり状況に変化はない。これが罠なら、奥に並ぶ二階建ての窓からこちらを思うままに狙撃できたはずだ。

だが油断はできない。小屋の壁に背中を押しつけ、二人に向かって合図する。

間もなくチョーコーコーとコンラハンが到着し、姿の左右で同じ姿勢を取った。

次の瞬間、二人は顔色を変えて鼻を覆う。

姿は小屋に到達する以前から、異臭とその正体を察知していた。

できるだけ奥の棟から死角になるような位置を選び、窓に嵌められた鉄格子の隙間から中を覗く。

小屋の内部には血液と糞便の堆積が広がっていた。中央に女の死体が三つ、子供の死体が一つ。下半身の損壊が酷く、子供の性別は分からない。

姿と同様にして中を覗いた二人は、嘔吐こそしなかったものの、顔色がはっきりと変わっていた。

姿は小屋の先の岩陰へ移動。合図を送り、二人を待つ。そしてまた次の小屋へ移動する。

今度の小屋は、異臭こそするものの、毛布と生活雑貨が散乱しているだけだった。それらの小屋が何に使われていたのか、姿の目には明らかだった。

同じ手順を繰り返し、中央の棟近くに迫ったとき。

聞き慣れた音を確かに聞いた。背後に追いついてきた二人を片手で制し、耳を澄ませる。正面からではない。左右に二棟ずつ並ぶ建物からだ。

「撤退しろ、急げっ」

姿が叫ぶと同時に、二階建ての壁面を突き破って機甲兵装が出現した。

耳にしたのは、やはり機甲兵装の起動音であり、駆動部の軋みであったのだ。

第一種機甲兵装『ホッブスラスト』が四機。いずれもブローニングM2重機関銃を装備している。

先ほどまで隠れていたプレハブ小屋が、M2による四方向からの掃射でたちまち破砕される。姿達は懸命に走ったが、応戦するどころか、この広い草原に隠れる場所はほとんどない。

「あそこだっ」

叢から突き出た岩の陰に飛び込んだ。大きな岩が三個集まっている。かろうじて三人が隠れられるだけの隙間があった。

ユーリは、ソージンテット達は――

岩陰から状況を確認しようとした姿は、さらに絶望的な光景を目撃した。

草原を囲む密林から、潜伏していた機甲兵装が立ち上がる。

ロシア製の第一種『ドモヴォイ』四機、ポーランド製の第二種『ブガノッド』六機。四機のホッブスラストを合わせると全部で十四機。どの機体も迷彩塗装が施されている上に、外部装甲の至る所に擬装のため葉の繁った枝がグリーンのテープで貼り付けられていた。

完全な待ち伏せの態勢である。

奴ら、いつから俺達を――

コンラハンが身を乗り出し、機甲兵装群に向けてガリルを乱射する。

「よせっ」

姿はコンラハンのベルトをつかんで引き戻す。だが彼の頭部はすでに消滅していた。悪態をついて頭部のない死体を突き放す。

逃げ場はない。

灌木をかき分けて山裾を直登し、尾根に近い部分まで到達したライザは、突如湧き起こった轟音に背後を振り返った。

眼下の草原が多数の機甲兵装に包囲されている。各機の足許から戦闘員がわらわらと現われるのもはっきりと視認できた。

変だ――

灌木の中に身を潜め、草原を俯瞰したライザは首を傾げる。

これだけの包囲網はそう短時間で敷けるものではない。自分達がここに来るのを、敵はどうやって知ったのか。先回りするにしても早すぎる。

それに完全装備であった最初の襲撃部隊と違い、戦闘員達はぼろぼろのシャツや民族衣装をまとっている。中には上半身裸の者さえいた。手にしている火器もＡＫＭを中心に多種多様なアサルトライフルやハンドガンなどで統一性がまるでない。

全体の動きを見ても、統率の取れた正規の軍隊とは思えなかった。頭にムスリムの証しであるシュマーグを巻いている者がいるところを見ると、少なくともミャンマー軍ではあり得ない。

機甲兵装も機種がバラバラで統一されていない。戦場で運用するには問題がある。整備が行き届いていないのか、錆の浮いた機体さえ確認できた。

こいつらは最初の敵とは違う――それがライザの直感であった。

〈殺気〉の感触も異なっている。やはり彼らは軍人ではない。

だとすると、姿の言っていた密輸組織もしくはテロリストか。

テリトリーへの侵入者を感知すると同時に応戦態勢を敷く用意をしていた、そこへ自分達がたまたま踏み込んでしまったのだとしたら説明はつくが、やはり釈然としない部分が残る。何もかもがちぐはぐだ。

だが今は考えている場合ではない。ライザはルートを尾根と平行にとって猛然と進み始めた。自分の任務に変わりはない。むしろその重要性が増したと言える。

五棟ある二階建てのうち、左右の四棟は機甲兵装を格納隠匿するためのカモフラージュだった。司令部は中央の棟だ。

一秒でも早く司令部に潜入し、制圧する。状況を逆転できるとすればそれしかない。

岩陰から見ていると、武器を奪われたソージンテットと愛染が、男達に小突かれるようにして歩いてくる。

反対側からは同様にユーリ、君島、ウィンタウンも。

こちらに向かって男達が口々に何かを叫んでいる。何語であるかも分からないが、投降しろと言っているのは明らかだ。

姿はチョーコーコーと目を見交わし、同時に銃を捨てて岩陰から出た。

駆け寄ってきた髭面の男達が、姿達の所持していた装備を残らず取り上げる。

周囲は機甲兵装の部隊によって完全に包囲されている。従うしかなかった。

思いも寄らぬ形でソージンテットやユーリらと合流した姿は、岩の前で一列に並ばされた。どう見ても処刑前の列である。

男達はソージンテットを激烈に罵っていた。それに対し、ソージンテットも大声で怒鳴り返している。彼らしくない反応だった。

「大尉は彼らを挑発して情報を得ようとしているようです」

姿の横に立った愛染が日本語で訳してくれる。

「『貴様らは本当にダジャーミンなのか。ただの山賊じゃないのか』、大尉はそう言っています」

「ダジャーミン?」

「ビルマ語で天女を意味する言葉です」

「ずいぶんとむさ苦しい天女様もいたものだな」

ダジャーミンという単語が聞き取れたのだろう、ソージンテットが姿に向かい、英語で言った。

「『ダジャーミン』とは人身売買組織の名称で、女子供をマレーシア経由で中国に売っている」

「こいつらがそのダジャーミンか」

プレハブ小屋の中にあった女の死体。納得がいく。

「どうやらそのようだ。国境地帯を跳梁する犯罪組織の中でも、まず最悪の連中で、我々も長年追っていた。組織のボスは中国人と言われているが、その正体は未だに特定されていない」

「こいつらに言ってやれよ、俺達は敵じゃないって」

「そうもいかない」

ソージンテットは自らの頭上にあるベレー帽を差し示した。ミャンマー警察部隊の紋章付きである。

「君の予見した通りになった。説得は不可能だ。それに……」

大尉は少し考え込んで、

「彼らはどうもこっちを待ち構えていた節がある。中の一人が漏らしていた、『まんまと引っ掛かりやがった』とな」

「おい待て、するとこいつらは――」

髭面が顔を真っ赤にして喚いた。勝手に話すなとでも言っているのだろう。

シュマーグを巻いた男が号令をかけると、男達が一斉に銃口をこちらに向けた。処刑しようとしているのだ。

「この中に中国語ができる者はいるかっ。英語でもいいっ」

姿は中国語で叫んだ。会話さえできれば、莫大な金額を提示して交渉することも可能だ。金で命が買えるなら本当に支払っても構わない。少なくとも会話中は相手に隙が生じやすくなる。しかしソージンテットの言いかけたことも気になった。彼らが最初から自分達を待ち受けていたのだとしたら、交渉の余地など微塵もない。

シュマーグの男が手にした長剣を振り上げる。

同時に――

背後で轟くような銃声がした。アンチマテリアル・ライフルだ。

敵も味方も、全員が振り向く。

コクピットを撃ち抜かれたドモヴォイが倒れ、その背後から第二種機甲兵装『ウルスラグナ』が燦然たる象牙色のボディを現わした。

それだけではない。ウルスラグナの左右に二機ずつ、第二種機甲兵装『ダエーワ』が密林の中から悠然と踏み出してきた。

インド軍か――

ウルスラグナもダエーワも、インド陸軍が正式採用している自国製の機体である。慣習的に機甲兵装の機種名として用いられるケルトの妖精の名を採らず、国威発揚の見地に基づき自国の神話伝説から命名している。特にゾロアスター教の英雄神から名付けられたウルスラグナは、インド軍の誇る最新鋭機として知られていた。

　四機のダエーワが無造作にＫｏｒｄ重機関銃を男達に向け掃射した。まるで自宅の庭にホースの水でも撒くかの如く。

　草原がたちまち赤いペンキをぶちまけたようになった。

　小屋が、木立が、マッチ棒で作られた玩具のように粉砕され消滅していく。

　その隙を逃さず姿達は四方へと散る。乱戦の巻き添えになってはたまらない。

　ダジャーミン側の機甲兵装が驚いたように応戦するが、ダエーワは左右に展開して敵の銃撃を易々とかわした。

　中央のウルスラグナは微動だにせず、銃身を切り詰めたバレットＭ82で突進してきたホップスラストを狙撃する。

　ただ一発で、ホップスラストは前のめりの姿勢となって停止した。

　それからウルスラグナは悠然と戦場へと足を踏み入れる。まさに英雄の風格だった。

　大口径弾が飛び交う戦場では遮蔽物にもならないが、木立から小屋へ、小屋から岩へと伝い走りながら姿は仏塔へと駆け戻り、その背後に身を隠した。

　続けてユーリとソージンテットが飛び込んでくる。他の者の生死は分からない。

　姿は二人とともに息を殺して戦いの趨勢《すうせい》を見守るしかなかった。

　それは、戦いと言うのもためらわれるほど一方的なものだった。

　四機のダエーワと一機のウルスラグナは、草原に散らばっていたダジャーミンの男達を蹂躙し尽くし、三倍近い敵機を次々に屠っていく。格が違うとしか言いようはなかった。

「あれは……インド軍なのか」

「たぶん違うな」

ソージンテットの呟きを否定する。

「俺も最初はそうかと思ったが、歩兵がいない。敵の数が多すぎるってのに、支援部隊もなしに五機だけが突出するなんて軍事作戦としてはまず考えられない。ウルスラグナが市場に出たという話は聞かないが、ダエーワなら広く輸出されてる。誰が使っていてもおかしくはない。第一ここはミャンマー領だろう。あれがインド軍なら明白な侵略行為になる。インドがミャンマーに戦争をふっかける意味もない」

ホッブスラストに組み付かれたダエーワが姿達から五〇メートルほど先で仏塔群の中へと倒れ込む。何基かの仏塔遺跡が派手な音を立てて崩壊した。

相手に逃れる隙を与えず、ホッブスラストがダエーワを押さえつける。

のしかかったホッブスラストの背面装甲に丸い歪みがいくつも浮かんだ。Ｋｏｒｄ重機関銃のゼロ距離射撃により、前面装甲を貫いた徹甲弾が内側から叩いたのだ。

無数の弾痕から搭乗員の血を流出させているホッブスラストの残骸をはね除け、ダエーワが立ち上がる。

これで第一種のホッブスラストとドモヴォイは全滅した。残るは第二種のブガノッドが四機だ。各種のオプションを装着しやすいようフラットにデザインされた各部装甲が特徴的な機体である。

ブガノッド全機が素早く展開し、四方向からウルスラグナを包囲する。それが指揮官機であると当たりをつけたのだ。

対して四機のダエーワは、ブガノッドの行動を観測しながら動こうともしない。

「なんだ、あの四機は。味方のウルスラグナを見捨てるつもりなのか」

今度はユーリの疑問に応じて答える。

「逆だ。ウルスラグナの勝利を確信してるんだ」

「バカな、一対四だぞ。そんな判断があり得るのか」

「通常ならあり得ない。俺だってそう思うよ」

そうだ、あり得ない——通常なら——

山肌を移動しながら、ライザは横目に草原の様子を見る。

どういうことだ——

落日に映える草原に忽然と出現した五機の機甲兵装が、姿達を追いつめていた男達を一方的に虐殺し始めた。

何が起こっているのか見当もつかない。

しかも司令部と思われる中央の棟に動きはない。今自分にできるのは、依然として任務を完遂することのみだ。

樹林帯を抜け岩肌の露出した部分に出た。ちょうど右端の棟の真裏あたりである。下からは丸見えだが、地獄のような草原から山を眺めようという酔狂な者がいないことを願うしかなかった。躊躇している余裕はない。恐れている時間も。

ライザは垂直に近い岸壁を確保のロープも器具もなしに伝い降りていく。手掛かりとなるクラックやスタンスは充分にある。ボルダリングに興味はないが、数々の実戦で身につけた技術が役立った。灌木の中を下るよりはるかに短時間で草原に到達したライザは、腰に固定していたスタームルガーＭＰ９を両手で構え、中央棟へ移動する。

一階の山側には裏口があった。窓はないが、壁が薄いため中の気配が伝わってきた。

少なくとも四人。突然の伏兵に混乱している。使用言語はおそらくビルマ語。

時間がない。裏口のノブに手を掛ける。施錠されていない。一気に飛び込み、ＭＰ９で掃射する。

振り返った男達は、銃を握る間もなく全身から血を噴いた。

ライザは少なからず驚いていた。そこにいた四人の男達は、デジタルウッドランド迷彩で統一された特殊部隊の装備に身を固めていたからだ。しかも最初の襲撃者と違い、制服の襟や上腕部にはビルマ語で記された紋章が縫い付けられている。間違いなく正規軍だ。

二階から駆け下りてくる足音。咄嗟に身を伏せたライザの間近に弾痕が穿たれる。同じ恰好をした男が三人。練度は相当に高い。正真正銘の精鋭だ。テーブルの陰を匍匐前進し、ライザはMP9の銃口を向けた。

ブガノッドがM2を斉射した。ブルー・オン・ブルー（友軍誤射）を避け、射線を相互にずらしている。並の兵士では咄嗟にできない計算であり、チームプレイだ。

これではかわしようがない——姿がそう思った次の瞬間、本来なら鉄屑と化しているはずのウルスラグナが消えていた。

跳躍して包囲を破り、仏塔遺跡の中へと飛び込んだのだ。

最新鋭機とは言え、その運動能力は第二種のそれを越えている。いや、第二種のスペックをメーカーの想定以上に引き出していると言った方が近い。

四機のブガノッドはウルスラグナの後を追って仏塔群の中へ突入する。

姿達も仏塔に身を隠しながら接近していった。危険だが、この戦いにはどうしようもないほど惹きつけられた。

常識的に考えれば、ウルスラグナが狙っているのは仏塔に身を隠しての各個撃破である。しかしいくらバレットの威力が絶大であるといっても、重機関銃の方がこの状況下では有利に決まっている。ブガノッドの搭乗員達も、それが分かっているからこそあえて策に乗ったのだ。

実際に細長い円錐形の仏塔ではウルスラグナの全身を隠せない。それどころか、これだけ仏塔が密集していれば、自在に動き回るどころか方向転換も難しい。

ブガノッドは傍若無人に仏塔を押し倒し、M2を掃射してウルスラグナを追いつめる。風化した仏塔が片端から砕け散っていく。

だが、追いつめられているのは本当にウルスラグナの方だろうか。

M2の銃撃で破砕されるのは仏塔ばかりだ。全方位へと伸びる火線がなぜかウルスラグナだけを捉えられずにいる。ブガノッドの搭乗員は、照準システムか己の目、もしくはその両方の異常を疑っているに違いない。

ごく狭い空間で、ウルスラグナはインド舞踊のステップを踏むかの如くに華麗なターンを繰り返している。

見通しが利かないはずの遺跡の中を軽やかに駆け、跳び、そして舞う。

その動きは、龍機兵《ドラグーン》にも匹敵する――

そう思い至ったとき、姿は全身が震え出すのを抑えることができなかった。

龍機兵ではあり得ない。あれは間違いなく第二種だ。なのに龍機兵と互角に渡り合えるほどの能力を見せている。

林立する仏塔の合間から、針よりも、いやピアノ線よりも細い一瞬の間隙を捉えてウルスラグナが発砲する。バレットの徹甲弾が仏塔数基の端を削り、ブガノッドの装甲を貫通した。

ユーリとソージンテットも、同じく声を失ってウルスラグナの戦いに見入っている。

残る三機の火線が集中するが、その位置にウルスラグナはすでにいない。

どこだ――

姿達も思わず頭上を振り仰ぐ。

仏塔の先端をつかみ、宙空で身を捻ったウルスラグナが、上空からブガノッドを蹴りつけた。胴体部を大きく変形させたブガノッドが、背後の仏塔とともにのけ反り倒れる。

自分が第二種機甲兵装を使ってあれだけの動きを引き出せるだろうか――無理だ、とてもできない。

認めたくはないが、姿はそう結論づけるしかなかった。

機甲兵装を使わせたら自分は世界でも結構な上位に来ると自負している。それは今でも変わらない。しかしあのウルスラグナに乗っている男が、自分に勝る技量を有していることは疑いようもなかった。

蜃気楼のような残像を残しながら仏塔の合間を疾駆していたウルスラグナに、二機のブガノッドが執拗に銃撃を加え続ける。排出された薬莢が周囲の仏塔に当たって霰のように散乱する。

それでも象牙色に輝くウルスラグナを捉えることができずにいる。まるで古代の神が地上に顕現した英雄に加護を与えているかのようだ。

流れ弾が姿達の周囲に着弾したが、それすらも気にならない。

自分達は今、圧倒的な〈何か〉を目撃している──

いつの間にか背後を取ったウルスラグナが、ブガノッドの左脇下を殴打する。装甲の薄い部位だ。搭乗員の頸椎が無事である可能性はない。

残る一機が放った銃弾は、停止したブガノッドと周囲の仏塔をいたずらに孔だらけにしただけだった。またもウルスラグナは消えている。

もしかしたら──

ある考えが不意に浮かんだ。姿は即座に否定する。

まさか、こんな所で──

恐慌をきたしてM2を乱射していたブガノッドの前に、ウルスラグナが幻のように出現した。慌てて銃口を巡らせようとするブガノッドのマニピュレーターをつかみ、そのまま前進する。

姿達も魅入られた思いでその後を追う。

仏塔をなぎ倒しながら草原に押し出され、仰向けに倒れたブガノッドに、ウルスラグナが銃口を突きつける。

ブガノッドの前面ハッチが開き、特殊部隊の迷彩ジャケットに身を包んだ兵士が両手を上げてコクピットから立ち上がった。子供のように泣きながらビルマ語で何かを叫んでいる。命乞いだ。

ウルスラグナの外部カメラと照準システムは間違いなく投降した男を捉えている。

次の瞬間、火を噴いたバレットM82が男の上半身を消滅させ、ブガノッドの頭部を破壊した。

「鬼機夫《グイジーフー》だ……」

姿の頭に浮かんでいた、まさにその言葉をソージンテットが発していた。

「知っているのか」

ソージンテットはこの世ならざるものを見てしまった者の蒼ざめた顔で、

「間違いない。機甲兵装であんな動きのできる者は他にいない」

「前にも見たことがあるような言い方だな」

「ある」

驚いた。自分ですら噂話で聞いたことしかないというのに。

「どこで」

「実物じゃない。武警（中国人民武装警察部隊）での研修に派遣されたときだ。将来の幹部候補ということで、特別に極秘ビデオを見せられた」

「そんな映像が実在するのか」

ソージンテットは震えながら頷いた。

「恐ろしいものだった。インド軍との紛争時の記録映像で、たった一機の機甲兵装が大部隊を壊滅させた。その機甲兵装の動きが……」

「あのウルスラグナと同じだったと」

「同一人物かどうかは分からない。なにしろ鬼機夫は――」

そのときユーリが苛立たしげに口を挟んだ。

「待て、さっきから一体なんの話をしている」

姿は努めて軽い口調で答える。自らの動揺を隠すためだ。

「人民解放軍じゃあ、鬼神としか言いようのない機甲兵装の乗り手を『鬼機夫《ききふ》』――グイジーフーと呼ぶそうだ。まあ、一種の伝説だな。その数は人民解放軍に八人、中国警察に一人、在野に三人、合わせて十二人。こいつらをまとめて『十二神将』と呼んだりしている」

話しながら、初年兵のように怯えている己自身を自覚する。それがいまいましくてたまらない。

「中でも軍の八人を『人民解放軍八部衆』なんて言うこともあるってよ。それにしちゃあ具体的な人名が一つも聞こえてこないんで、俺もタダの噂だろうと思ってたんだが……」

「その中の一人があのウルスラグナに乗っていると言うのか」

「たぶんな」

自分達の話が聞こえていたわけではないだろうが、血に濡れた草を踏みしだき、ウルスラグナがこちらへと歩み寄ってきた。

姿達は立ち尽くしたまま動けない。象牙色の偉容をただ仰ぎ見るしかなかった。

立ち止まったウルスラグナから、前面ハッチのロックが解除される音がした。

出てくるのか――

姿は息を呑んで目を凝らす。ユーリとソージンテットも同様だった。

鬼機夫。戦場伝説にすぎないと思われた達人の一人がここにいる――

ハッチが開き、搭乗者が暗いコクピットから身を乗り出す。

残照を受け露わとなったその顔を見て、姿は驚愕のあまり叫んでいた。

「……關《クワン》！」

ウルスラグナに搭乗していたのは、まぎれもなく關剣平《ジェンピン》――黒社会『和義幇《フーイーパン》』の大幹部であった。

絶句している姿達に対し、黒いボディスーツを着用した關は傲然とした態度で口を開いた。

「日本の警官が、どうしてこんな所にいる」

中国語によるその問いは、姿をさらに驚愕させるものだった。

「それを訊きたいのはこっちだぜ。そっちこそミャンマーの山奥で一体何をやってるんだ」

「自分の目で見たばかりのことが分からないのか」

「なに？」

周囲のおびただしい死体を見遣る闞に、

「この悪党どもを懲らしめに来たとでも言うんじゃないだろうな」

「まさか」

闞が失笑を漏らす。

「懲らしめに来たんじゃない。皆殺しにするために来た」

ユーリもソージンテットも啞然として声を失っている。

「話がまるで見えない。和義幇はいつから正義の味方になったんだ」

闞の部下と思しき者達の乗るダエーワ四機が、姿に重機関銃の銃口を向ける。

「質問をしているのはこっちだ」

どこまでも冷徹にして不遜。ミャンマーの風の中に立ちながら、東京にいるときと少しも変わらない。まさに特捜部の把握する闞剣平だ。

己に突きつけられた四つの銃口を意識しつつ、姿はウルスラグナのコクピットを見上げる。

「日本政府の命令でね、ラカイン州の国境で逮捕された指名手配犯を引き取りに来た。その帰り道、いろんな手合いが襲ってきた。横にいるのは俺達の護衛をしてくれてるミャンマー警察の指揮官だ。ここで俺達を待ち伏せしてたのは人身売買組織の連中らしいが、正直言って、ダジャーミンなんて組織名も初めて聞く。何がなんだかさっぱりだ」

君島の名や複合装甲モジュールについては触れなかったが、闞は状況のおおよそを察したようだ。

「死ねと言われて来たわけか。相変わらずいいように使われているらしいな」

「まだ契約期間中でね。フリーランスのつらいところだ」

そこで自分達を取り囲む銃口を示し、

「ところで、こっちは全員丸腰だ。物騒なのを下げてくれると嬉しいんだが」

しかし四機のダエーワは微動だにしない。

姿はわざとらしくため息をつき、

「まあいいさ。次はそっちの番だ。和義幇《フーイーバン》がどうして自警団みたいな真似をやっている」

答えは期待していなかった。だが案に相違して、闞《クワン》はあっさりと返答をよこした。

「和義幇は人身売買のビジネスを認めていない。そのことは広くアジア全域に通達している。それでもダジャーミンは人身売買をやめようとはしなかった。ミャンマーの山奥なら俺達の目も届かないと甘く見たんだ」

にわかには信じ難い話であった。黒社会において最大手の一つに数えられる和義幇が人身売買を禁じているとは。

しかしここで話を遮るのは得策ではない。今は少しでも情報を引き出すことが先決だ。

「見せしめってわけか。それにしたって、あんたほどの大物が乗り出してくることでもないだろう」

闞は自分が制圧したばかりのブガノッドとその搭乗員の死体を指差して、

「あの兵士が見えるか」

「上半身以外はな」

「それでも奴が着ている服は分かるな」

「ああ。どう見ても軍装だ」

「奴はダジャーミンの一味ではない。ミャンマー軍特殊戦闘部隊『ケービェ』の隊員だ」

ソージンテットが突然叫んだ。

「嘘だっ」

全員が彼を注視する。

「ケービェは駐チン州第六連隊隊長ゼーナイン大佐直属の部隊だ。ここはラカイン州だぞ。でたらめもいいかげんにしろ」

「なるほどな」

ようやく腑に落ちたように闞が言った。

「道理で話が嚙み合わないはずだ。おまえ達は本当に何も知らないんだな」

「どういうことだ」

耐えかねたようにユーリが闞を詰問《きつもん》する。

「俺達にも分かるように話せ」

「そのゼーナイン大佐こそがダジャーミンのオーナーだということだ」

「馬脚を現わしたな」

ソージンテットが余裕を取り戻す。

「ダジャーミンのボスの正体は確かに不明だ。しかし我々もいたずらに手をこまねいていたわけではない。ボスが中国人であることだけは判明している」

「その通りだ」

闞はあっさりと肯定した。

「ゼーナインはダジャーミンの運営を中国人に任せている。エドガー・リンという男だ」

そこで闞は、なぜか一瞬言葉を切った。が、すぐに何事もなかったように続けた。

「エドガー・リンは、かつて俺の兄貴分だった。そうだ、奴は和義幇入門の契りを交わしながら兄弟を裏切った外道だ」

姿は今こそ理解していた。

ソージンテットもユーリも、死者の血で足が草原に貼り付いたように立ち尽くしている。

「これで分かったろう。どういう事情があるのかは知らないが、ゼーナインはおまえ達を始末するために自らの指揮下にあるケービェを送り込んできた。ケービェとはビルマ語で消しゴムのことだ。その名の通り、おまえ達を地上から消してしまおうというわけだ。同時にダジャーミンの組織も動かしてな」

「つまり、俺達は共通の敵と戦っているということになるな」

姿の下心を見透かしたように、闞《クワン》は冷笑を浮かべた。

「おまえ達の事情など知ったことではない。俺は勝手にやるだけだ」

そして遠くに視線を投げる。

「あっちにも兵隊は残っていないようだな」

姿達が振り返ると、中央に残った二階建てのドアが開き、ライザが出てくるのが見えた。どうやら制圧が完了したらしい。

身を翻してコクピットに着座しようとする闞を、姿は慌てて呼び止める。

「待てよ、あんた達はここまで機甲兵装に乗ってきたわけじゃないだろう。どうやって来たんだ」

闞は北側の尾根を顎で示し、

「尾根の反対側にトレーラーの通れる道がある。そこに部下達を待機させている」

「国境も検問もフリーパスか」

「俺を誰だと思っている」

大言壮語の類ではない。密輸物資のシルクロードとも言える国境地帯だからこそ、和義幇《フーイーパン》の武装集団を止めようという愚か者などいないのだ。ましてや、指揮しているのが和義幇の大幹部であるならば。

「あんたの部下も相当なベテラン揃いのようだが、機甲兵装五機だけでやるつもりか」

「俺の腕を見なかったのか」

それだけで充分だった。姿には返す言葉もない。

「一つ言っておく。エドガー・リンを殺《や》るのは俺の仕事だ。邪魔はするな」

猛虎の牙にも似た殺気が覗いた。一切の慈悲もなく、また反論を許す寛容もない。

ウルスラグナのハッチが閉じられる。

黄昏の光はすでに薄れつつあった。ウルスラグナと四機のダエーワは、草木の繁茂する尾根に取り付き、見えなくなった。

聞きたいことはまだまだあった。特に、〈鬼機夫《グイジーフー》〉闢の人生について。

鬼機夫《ききふ》は全部で十二人。そのうち軍や警察に属さない在野の者が三人。和義幇の幹部である闢は、この三人の中の一人ということになる。

犯罪組織の一員である闢が、いつ、どこで、どうやってそれほどの技量を身につけたのか。

姿にとっては大いに気になるところであったが、そんな話を切り出せるような空気では到底なかった。

夕暮れの湿った風が血にまみれた草原を吹き渡る。

残された姿達のもとへ、愛染とチョーコーコーが駆け寄ってきた。今までどこかに隠れていたらしい。

「ウィンタウンと君島は」

ソージンテットの問いに対し、二人が口々に返答する。

「分かりません、自分は退避するのに精一杯で」

「僕もです」

姿は先頭に立って歩き出した。

「じゃあ探しながら行くとしよう。和義幇の機甲兵装がダジャーミンの一味と誤認さえしていなければ、どこかに隠れているはずだ」

「行くって、どこへですか」

追いすがる愛染に、

「正面の棟だ。ライザが待っている。何かあるようだぜ」

ライザはドアの前で動かずにいる。

不意に、ユーリが足を止めて背後を振り返った。

「どうした」

ユーリの視線の先を追った姿も瞬時に視認した。

仏塔の陰に誰かがいる——

猟犬のように走り出したユーリに続きながら叫ぶ。

「俺は右に回る。大尉は左を頼む」

「了解した。チョーコーコーは私に続けっ」

「はっ」

呆然と突っ立っている愛染を残し、四人は仏塔群の中へと駆け込んだ。

迷宮のような遺跡の中を巧みに進んで、黒い影は追跡者を翻弄する。どれだけ走っても一向に距離を詰めることができない。

野郎——

影はたちまち見えなくなった。

そこへユーリ、それにソージンテッットが駆けつけてくる。全員が息を切らせていた。

「見たか」

ユーリに問うと、彼は大きく頷いた。

「ミアスルの酒場にいた男だ。間違いない」

「やはりそうか」

姿もほんの一瞬、顔を見た。サイードと名乗っていた武器商人だ。

これほどの面々をやすやすと引き離して逃げきるとは、やはり常人ではあり得ない。

「あの野郎、こんな所で何をしてやがったんだ」

「待て。私は顔を見なかったが、その男は君を命懸けで助けたんじゃなかったのか」

「そうだ。偶然なんかじゃない。俺達を追ってきたのか、それとも先回りしていたのか」

ユーリが記憶を確認するように言う。

「俺が見たとき、奴は銃を構えていた」

「ライフルか」

「おそらく。だが誰を狙っていたのかは分からない」

「關《クワン》の言っていたゼーナイン大佐かエドガー・リンの手下じゃないのか」

ユーリが一際深刻な表情で考え込む。

「いずれにしても筋が通らない」

何もかもが謎だった。

そのとき、チョーコーコーの声がした。

「大尉、こちらへ」

チョーコーコーが少し離れた仏塔の横から手を振っている。

行ってみると、仏塔の後ろで君島が頭を抱えてうずくまっていた。

「こんな所に隠れてやがったのか」

姿が爪先で小突くと、君島は我に返ったように顔を上げた。

「助かったのか、俺達」

「そうだといいんだがな……立て」

まだ悪夢の中にいるような君島を連れ、仏塔の森を抜ける。案山子《かかし》のように立ったままでいた愛染と合流し、草原を突っ切って岩山の下の中央棟へ向かう。道すがら、各自が死体から武器や装備を奪い取った。

建物に近づくに連れ、ドアの前に立つライザがはっきりと見えてきた。

様子がおかしい――

姿が警告を発しようとしたとき、

「あれはっ」

ソージンテットが中央棟の近くに倒れている男を発見した。ウィンタウンだった。軍服が血に濡れている。乱戦の巻き添えを食ったらしい。

「ウィンタウン！」

駆け寄ろうとした一同の足が止まった。

ライザの背後――建物内部の暗がりから、イズマッシュPP‐91ケダールを手にした二人の兵士が躍り出た。

こちらを向いたまま、ライザがゆっくりと両手を上げる。

またも予想外の事態であった。

ライザが捕虜になっていようとは――

歯噛みした姿は、しかしその理由をすぐに悟った。

兵士の一人はライザの背に銃口を突きつけているが、残る一人は建物内から十歳くらいの少年を荒々しく引きずり出した。

少年は南アジア系の顔立ちで、身につけているのは半袖のシャツに丈の短いズボン。どちらも泥や埃で汚れている。そして、裸足。恐怖を通り越して、諦念に至った者に特有の虚ろな表情を浮かべていた。ダジャーミンに捕らえられ、監禁されていた〈商品〉の一人に違いない。

こんな人質を取られていては、ライザも抵抗できないはずだ。敵はライザをドアの前に立たせてこちらを安心させ、和義幇《フーイーパン》の機甲兵装が去るのを待った。ライザの実力を知っているからこそ、關《クワン》も逆に引っ掛かったのだ。

兵士の一人が英語で命じる。

「武器を捨てろ」

「ケービェの隊員か」

ソージンテットの問いに、二人は答えようとはしなかった。そのことがかえって二人の所属を示している。

「私はシットウェー警察本部のソージンテット警察大尉だ。諸君の上官と話をしたい」

ソージンテットはなおも話しかけたが、二人は同じ文言を繰り返すだけだった。

「武器を捨てろ」

君島と愛染が持っていた拳銃を投げ捨てる。

ライザが眩しげに瞬きしている。尾根の向こうに没しようとしている夕陽のせいではないだろう。

姿は倒れているウィンタウンを一瞥してから、ユーリ、次いでソージンテットと顔を見合わせる。

二人はともに瞬きしながら頷いた。

「貴様らも早く捨てろ」

三度目の警告。ユーリとソージンテットが持っていたアサルトライフルを投げ捨てる。姿も手にしていたベレッタM92FSを放り投げようとする。同時に銃声がして、ライザのすぐ後ろにいた兵士が頭部を撃ち抜かれ崩れ落ちた。姿はすかさずベレッタを握り直し、子供を人質にしていた兵士に銃弾を三発叩き込む。

ライザは顔色一つ変えていない。

最初に撃ったのはウィンタウンだった。左手に硝煙の立ち上るWIST－94を握っている。

「大丈夫か」

駆け寄ったソージンテッドが副官に声をかける。

「申しわけありません。右手をやられました」

「謝る必要はない。よくやってくれた。すぐに手当てをしてやる」

チョーコーが救命止血を行ない、制服を裁断して傷の状態を評価する。出血は止まっていた。拳銃弾による銃創で弾は貫通しているが、骨が損傷しているようだった。

「その体勢で、しかも左手で命中させるとは、少尉殿も見かけによらずやるじゃないか」

憎まれ口を叩きながら、姿は両手で構えたベレッタを突き出すようにして建物内を覗き込む。

「中に敵は残っていない。民間人もだ」ライザが端的に告げる。たった今までサブマシンガンを突きつけられていた者とは思えない冷静さだ。「こいつらはミャンマー軍なのか」

「ああ。ケービェという特殊部隊らしい」

姿はライザや愛染達に、闞《クワン》が参戦してからのことについて手短に説明する。サイードと名乗った男が仏塔の陰からこちらの様子を窺っていたことも。

君島がヒステリックに聞き返す。

「つまり、そのゼーナイン大佐って奴が俺を消そうとしてるってわけか」

「おまえだけじゃない。俺達全員をだ」

「ミャンマーの軍人が一体どうして」

「さあな。おまえの隠してるサンプルを狙ってるんじゃないのか」

「じゃあ俺まで殺そうとするのは変じゃないか」

「知るか。どっちにしてもゼーナインてのは紛争国の軍隊によくいる典型的な悪党だな。裏で人身売買組織を支配して金を儲ける。指揮下の特殊部隊を私兵化する。こいつの息の根を止められるチャンスがあれば俺はまず躊躇しないね。そのときは神様も横を向いててくれるはずだ」

ソージンテッドが複雑な表情を見せるが、口に出して抗議しなかった。ケービェ隊員による暴虐をまのあたりにしたせいもあるだろうが、おそらくは以前からゼーナイン大佐の悪評を耳にしていたのだ。

「早くトラックまで引き返そう。医療キットを積んである」

チョーコーと協力してウィンタウンを左右から支えたソージンテットが言う。

「この子はどうする」

ユーリの言葉に、全員が少年を振り返る。

少年は何語か分からない叫びを発した。一行に向かい、必死に何事か訴えかけているようだった。

「ロヒンギャ語です」

少年に歩み寄った愛染が話しかける。少年はすぐに応じた。時折質問らしき言葉を挟みながら、愛染は少年の話を聞いている。

ミャンマー警察の三人はいずれもロヒンギャ語を解さないらしく、じっと二人のやり取りを見守っている。

やがて愛染が一同の方を振り返った。

「この子の名はカマル。ロヒンギャで、ビルマ語は話せません。両親、それに兄と姉がいましたが、兵隊に村を焼き払われ、ここに拉致されてきたと言っています。村の男達は全員殺され、女と子供だけが連れてこられたと。やはりここはダジャーミンの〈商品〉集積所の一つだったようですね。集められていた女性や子供達はすでにどこかへ移送され、この子一人が残された。これは僕の推測ですが、こうした事態を想定して人質に使うため残されたのではないでしょうか」

「ベンガリの子供などほっとけばいい」

穢《けが》らわしげに言ったのは、傷の痛みに耐えているウィンタウンだった。

対してユーリが異を唱える。

「こんな所に子供一人残していくわけにはいかない」

「連れて行くと言うのか。馬鹿を言うな。ベンガリの同行など断固拒否する」

「こんなときになっても差別か」

「こんなときだからこそだ。子供に構っている余裕などあるものか。我々はベンガリを助けるために命を懸けているわけじゃないんだ」

「ウィンタウンの言う通りだ」

ソージンテットも同意する。

「考えてもみたまえ。ケービェとダジャーミンの連合軍がこの先も待ち受けているのだぞ。我々と一緒にいる方がその子にとって危険だと思うがね」

反論できずユーリが詰まった。確かにその点は否定できない。

「この先って、一体どこに行くつもりだ、大尉」

今度は姿が問いかける。

「闕《クワン》がやってきたという道は尾根の向こうだ。トラックでは行けない。それとも訓練センターまで引き返すか」

「ここまで来たなら、むしろパレッワが近い。飛行場があるから衛星電話も確実に手に入る」

「いい考えだ。しかし俺の地図じゃ、パレッワはここから直線距離でも二〇キロ以上ある。それにだ、俺の記憶によるとあんたの地図にもパレッワまでの道は載ってなかった」

ソージンテットだけでなく、全員が黙り込む。それでなくてもミャンマーの地図は不正確極まりない。

「道ならこの子が知っています」

愛染がおずおずと発言する。

「この子の村はチン州にあり、パレッワにもよくトラックで行商に行ったそうです」

「しかし、パレッワはゼーナイン大佐の管轄下にあるんじゃなかったのか」

ユーリが慎重な意見を口にした。

愛染は再びカマル少年に向き直り、ロヒンギャ語で言葉を交わす。そしてすぐにまた一同を振り返り、

「村人しか知らない近道や抜け道を知っていると言っています。小さいときからそんな道ばかりを使って生活してきたから心配ないと」

「逆に敵の懐へ飛び込み虚を衝く作戦か。悪くないかもしれないが……」

姿は暮れなずむ周囲の稜線を見回し、

「それにしたって、どれだけの山や川を越えていかなきゃならないことか。考えるだけでぞっとするぜ」

愛染がまたもカマルに何事か尋ねる。少年は勢い込んで返答した。

「何年も前に中国が作りかけて放棄したパイプラインがあると言っています。建設用道路の一部が草に埋もれず残っているだけなので、パレッワまで直行というわけにはいきませんが、このすぐ先から通じているそうです」

「その計画は確かに聞いたことがある。だが今も残っているとは知らなかった」

ソージンテットが手を打った。

呼応して姿が頷く。

「決まりだな」

ウィンタウンとチョーコーコーは不満を隠せない様子だったが、指揮官の決定には逆らえない。

愛染はほっとしているようだった。

ユーリは少年に手を差し伸べ、ロシア語で言った。

「“**Давай, приятель**”（頼んだよ、相棒）」

2

「法事やら歓迎会やら、今日は朝から大変やったなあ、貴彦ちゃん」

祇園東の高級クラブで、昭夫は城木に向かって言った。そう広くない店内には、東京の店とは違う落ち着いた空気が流れていた。

「いやあ、あの歓迎会には参ったけど、昭夫さんが助け船を出してくれて助かったよ」

「政治家になるちゅうたやつかいな」

「うん」

昭夫は間が悪そうに苦笑を浮かべた。

「あら失敗やった。その場しのぎのつもりが、周りのもんがよけいに盛り上がってもうて。貴彦ちゃんも災難やったなあ」

「そんなことないよ。あのときは朔子伯母さん、すぐにでも粕谷本部長に電話しそうなくらいの意気込みだったからね。それを思うとぞっとするよ」

「そやったらええねんけど」

「それにしても、要造叔父さんは相変わらずの飲みっぷりだったね」

城木は極力さりげない態度を装って切り出した。

「ああ、今日もえらい酔うとったなあ。あれさえのうなったらええ経営者なんやけどな」

「叔父さん、八掛がどうのとか言ってたけど、呉服の商いでも始めたのかい」

「いやあ、あらみっともない話でなあ」

昭夫はおどけた様子で顔をしかめ、

「要造さんは最近、先斗町《ぽんとちょう》の女に入れ揚げとってな、着物をねだられとるらしいねん。それもえらい高い袷《あわせ》らしゅうて。布地やらなんやら注文が細こうてかなわん言うとったわ。昼間の電話もその女からやろ。まったくええトシして、もっと経営に身ィ入れてくれはったらええのに」

城木達のテーブルに付いていた女がここぞとばかりに割り込んできた。

「えーっ、そないなええ着物やったら、うちも買うてほしおすわあ」

「ほな京洛《きょうらく》銀行の偉いさんにでも買うてもろたらええやん」

「もうっ、うちは城邑はんに買うてほしおすのや」

「そらアテ外れやったなあ。僕は真面目なサラリーマンやねん。洛銀《らくぎん》の偉いさんと違《ちご》て安月給や」

「城州ホールディングスの専務はんが何言うてはんのん」

そのとき、ママが女を手招きした。

「ちょっと、メイちゃん」

「はーい」

返事をした女は、「すぐ戻りますさかい」と言って席を離れた。

その後ろ姿を見送り、昭夫が不意に声を潜めた。

「貴彦ちゃん、さっきの政治家の話やけどな、貴彦ちゃんは作り話や思たかしれんけど、ほんま言うたら、あらまんざらでまかせでもあらへんねん。僕はな、貴彦ちゃんは政治家になるべきやと真剣に思てんねや」

「えっ……」

出し抜けに素手で意識を攪拌されたような感触だった。

――亮太郎ではなく、おまえの方を政治家にすべきだった。分かっていたんだ。私も、亮太郎も。

かつて父に言われた言葉が甦る。

あのとき城木は、己さえ知らぬ己を見たように思った。その考えから目を背けるだけで精一杯だった。鏡の中の己を見てはならない。自らにそう言い聞かせてやってきた。鏡の中へと引きずり込まれそうな、そんな恐怖を感じたからだ。

——だが亮太郎は、貴彦には好きなようにさせてやれと言い張った。だから私も折れたんだ。それが間違いだった。

父の声が頭蓋の中で反響する。それは収まるどころか、次第に重なり合って大きくなる。

——おまえのせいだ。

「貴彦ちゃん？」

気がつくと、昭夫が心配そうにこちらを覗き込んでいた。

「突然すぎて驚かせてしもたかな」

「いや、大丈夫だよ。やっぱり今日は疲れたみたいだ」

「体だけは気ぃつけた方がええで」

昭夫はグラスを取って話を続けた。

「誤解せんといてほしいねんけど、朔子さんみたいに貴彦ちゃんを利用しよ思て言うてんのとちゃうで」

「それは分かってる」

顔の筋肉だけで笑みを作ってみせる。

「亮太郎さんはああ見えて繊細な人やった。僕はな、器《うつわ》いうんか、政治家としての資質は貴彦ちゃんの方が上なんやないかと子供の頃から思とってん」

相手の好意は分かっている。しかし聞けば聞くほど、城木は胸の苦しさを覚えるばかりであった。

「朔子さんやあらへんけど、貴彦ちゃん、警察におってもつらいだけなんちゃうか。京都いうんは怖いとこでな、『洛中のことは洛中で始末せい』ちゅう不文律いうんかなあ、掟みたいなもんがあるくらいや。事業やっとるといろいろ聞こえてくるんやわ、警察がどないなとこか」

城木は顔を上げて従兄を見る。京都の実業界でも若手の筆頭と言われる従兄の顔を。

「えげつないとこやなあ、警察て。マスコミは知っとっても書かへんけど、ベテランの記者さんはよう知っとるで。誰と誰がつながっとるとか、どこの金がどう流れたとか。大概は警察が嚙んどる。例えば十年前の洛銀支店長射殺事件や。あれも裏で何があったか、警察はちゃあんと知っとる。知っとって知らんふりや。警察ＯＢが何人も関わっとったらそら当然やろ。僕らはビジネスやさかい、うわべはにこにこしながら警察と付き合うていかなならんけど、貴彦ちゃんにはしんどい思うわ」

それが本音であったのだろう、昭夫は手にしたグラスを一息で飲み干し、

「言い過ぎたかもしれん。気に障ったら堪忍してや」

「いや、気にしないで下さい。とぼけるつもりじゃないけど、洛銀は僕の入庁前の事件だし……そりゃあ、話には聞いてるよ。大体は昭夫さんの言った通りかな。でも僕の立場じゃ、なんのコメントもできないよ」

「それくらい分かってるて。僕の言いたいのんはそんなんやあらへん」

昭夫は片手を顔の前で振り、

「僕の知っとる貴彦ちゃんは、自分の理想を何があろうと貫こうちゅう意志力がある。警察の現実は現実として、それを変えるにはどないしたらええか、ちゃんと考えてから実行に移せるタイプや。そやろ？　その力において、亮太郎さんはだいぶ甘かったんちゃうかなあいうんが僕の見立てや」

昭夫の分析は、期せずして父や兄のそれと一致していた。そしてそのことは、城木を喜ばせるものでは決してない。

「貴彦ちゃんの方が政治家に向いてるいうんはそういうこと。これまた朔子さんやないけど、現実を変えるには上に行くしかあらへん。上に行って天下を取るんや。これは単なる権力志向とかそんなんとちゃうで。そないせな、貴彦ちゃん自身がもう保《も》たへん思うわ」

驚かなかったと言えば嘘になる。京都にいながら、一民間人である従兄がここまで自分の資質と内面とを正確に把握していようとは。

だが、この場で肯定するのはまずい——本能的にそう思った。

「さすがは昭夫さんだ、僕は確かにそんな発想をする傾向があるかもしれない。だけど……」

半ばは相手の言葉を認めつつ、穏やかに否定する文言を探していたとき、

「すんまへんなあ、えらいお待たせしてしもうて」

ホステスがママと一緒に戻ってきた。

昭夫との会話はそこで自然と断ち切れになった。

——おまえのせいだ。

父の声がまたも聞こえた。


捜査二課六係の選抜メンバーと仁礼財務捜査官は、日夜捜査に取り組んでいた。

調べによると、国から城州グループ企業各社へ、そこから矢間辺洋航、さらにジェストロンへの発注の流れは安全保障会議決定及び閣議了解に基づいたものであるので問題はない。翌年には会計検査院の検査も受けている。

言うまでもなく機甲兵装は完成品が納品される形式を取るので、城州グループと矢間辺洋航は中間マージンを得るのみである。矢間辺洋航をわざわざ介在させる意味が不明と言えば不明だが、それはひとまず置くとして、城州グループから矢間辺洋航に流れた金はざっと二百億。対して矢間辺洋航からジェストロンへ支払われた金は八十億。矢間辺洋航の利ざやが異常に大きい。通常ならば双方百億ずつで折半するはずである。明らかに不審だが、城州グループ側が了承している以上、第三者に口出しできることではない。

六係と手分けして矢間辺洋航の帳簿を精査した仁礼は、矢間辺洋航からジェストロンへ八十億円相当に上る基幹システムの発注があることに気がついた。

この八十億という金額の一致は単なる偶然なのか。

「偶然なわけないだろが」

中条管理官が一蹴する。

「でもですねえ、支払いはすでに実行されてまして、矢間辺洋航がなんらかの工作を行なった形跡は見当たりませんし……」

反論する末吉係長もいつになく歯切れが悪い。

「やっぱり変ですよ、これ」

首を捻りながら言う高比良主任を、中条と末吉が二人揃ってぎろりと睨む。

「どこがだ、高比良」

末吉に促され、高比良がファイルを示して指摘する。

「仮にも基幹システムですよ。それが発注から三十日、つまり一か月ジャストの短期間で納品されてる。捜二のメシを食った人間なら、気にならないはずないでしょう」

「僕もそう思います」

仁礼もすかさず同意する。

「八十億の振込も同じ日付になってますね。ちょっと見には分かりませんが、これはなんかあるんじゃないですか」

中条は即断した。

「よし、矢間辺洋航へ行って直接担当者から聴取しろ」

港区芝公園にある矢間辺洋航本社へ赴いた末吉、高比良、仁礼の三人は、経理担当の浦辺《うらべ》課長に任意で事情説明を求めた。

「ああ、なるほど、ご不審に思われたのはもっともです」

面会に応じた浦辺は、応接室で三人にPCのディスプレイを示して見せた。

「現在テスト中なんですが、これが納品されたシステムです」

仁礼達は互いに頰をくっつけるようにして覗き込む。末吉の顔が異様に大きいのでどうしてもそうなってしまう。

「どうぞご自由に触ってみて下さい」

言われるままにシステムを閲覧する。仕入発注状況や各担当者、販売見込額、見込損益などが簡単な操作で一覧できるようになっている。

「こりゃなかなか便利ですねえ」

仁礼自身が思わずそう漏らしてしまったくらいである。

「そこ、もうちょっとお伺いしたいんですけど、納品テストや検収の済んでないシステムなのに、すでに八十億円も支払っておられますよね」

末吉の指摘に対し、浦辺はにこやかに答えた。

「それは決算の都合です。メーカーさんとの信頼関係ですよ。ジェストロンのアフターサービスには万全の信頼を置いていますし、万一何かあったとしても、今後のお付き合いもありますから、トラブルになるなんてことは……」

「まず想定しておられないと」

「ええ。弊社としては決算処理を先に進めても問題ないだろうという判断です」

「我々としてはあまりお勧めできませんなあ、そういうのは」

「相すみません、ご指摘は必ず上に申し伝えまして、今後は改善するよう努めたいと存じます」

一応は納得しつつ矢間辺洋航本社を後にした三人は、次に丸の内のジェストロン本社に向かった。

そこでジェストロン側の満田《みつだ》CFO（最高財務責任者）が見せてくれたシステムは、矢間辺洋航で見たものと同一であった。

「いやあ、これの開発は苦労したと聞いてます。しかしご存じかと思いますが、ウチの技術者には創意にあふれた優秀なのが集まってますから」

「そうでしょうなあ、分かります」

長々と続きそうな自慢話をやんわりと遮って、末吉が質問を発する。

「これはあくまで形式的な確認なんですけど、矢間辺洋航から振り込まれた八十億の使途についてお聞かせ願えませんか」

「いいですよ。詳しい者から直接説明させましょう」

経理部から呼ばれた岡野《おかの》経理部長と担当の佐川《さがわ》課長補佐が、広く一面に並んだディスプレイを前に、資料を示しながら説明する。

「お尋ねの八十億円につきましては、暗号資産、つまり仮想通貨に投資しております。お恥ずかしい話ですが、この半年後、暗号資産の相場が急落した際に売却して円に転換しておりまして、トータルで四十億の損失を出してしまいました」

「ちょっとそれ、見せてもらっていいですか」

「ええ、どうぞ」

仁礼は渡された資料を片端からめくっていく。

その様子を横目に眺めつつ、佐川が平然と続ける。

「弊社では今後暗号資産での決済も必要となる可能性が高いと考えており、独自のウォレットを開発しました」

ウォレット（財布）とは、暗号資産をインターネット上で管理するためのツールであり、常時接続型のホットウォレットと、利用時以外はネットから切り離すコールドウォレットに大別される。

「御社はどちらの方式でしょうか」

「ホットの方です」

仁礼は資料から顔を上げ、

「それはちょっと危険なんじゃないですか」

一般にネット上で決済処理するホットウォレットは、利便性に富む反面、不正アクセスの標的になりやすいというリスクがある。

「失礼ですが、御社ほどの規模の企業で、ホットウォレットを採用しているところはかなり珍しいと思いますけど」

「だからですよ。弊社では暗号資産の即時移転ができるメリットを取りました。それこそ弊社独自の技術を動員して、不正アクセスに対抗する新システムを開発したのです」

「はあ」

相手の自信満々な態度に、仁礼は情けない相槌を打つしかなかった。

ウォレットの交換移転（入出金）履歴や売買した暗号資産の内訳を見ると、投資した暗号資産はビットコイン（BTC）、イーサリアム（ETH）など取引所で売買されているものもあれば聞いたことすらないものもある。合わせて三十種類以上。最初の取引は八十億でそれらを購入し、約半年後、すべてをビットコインに交換し、その後四十億で円に転換している。

そもそもウォレットには交換移転しか表示されないので、交換レートなどを確認するには取引所の取引履歴も必要となる。すぐに不審な動きを解明することは不可能に近い。

それにしても取引回数が異様に多い。一時間に十回の取引を一日に八時間、平日のみとして六か月でおよそ九千六百回になる。

「御社の監査法人は阿曽《あそ》会計事務所でしたよね」

末吉が有無を言わさぬ迫力で、

「この場から担当の方に連絡して頂けませんか」

「はあ、構いませんが……」

なんですから」

「ありがとうございます。あ、私が直接話しますんでどうかご心配なく。面倒ばかりおかけするのも

そう言って室内の卓上電話を指し示した。

力士のような巨体と女性のような柔らかい声質が合わさって、こうした場合に絶大な効果を発揮する。それが末吉の強みである。

佐川は言われるままに受話器を取った。担当の公認会計士が出たタイミングで末吉が電話を替わる。

「あ、突然申しわけありません、私、警視庁捜査二課の末吉と申します。今ジェストロンさんにお伺いしてるんですが、実はほんの少しばかりお尋ねしたいことがありまして……」

末吉の追及に対する会計士の回答は、「ジェストロンの独自ウォレットは大変優れており、実際に自分も売買に立ち会って検証したから間違いはない」というものだった。

これでは末吉も反論のしようはない。

「ご納得頂けましたでしょうか。本日はお暑い中ご苦労様でした」

岡野は言外に「分かったら早く帰れ」と言っている。

仁礼はどこか釈然としない思いで交換移転履歴の表示されたディスプレイを眺めた。

「あれ？」

「どうかしましたか」

仁礼の漏らした呟きを、佐川が聞きとがめる。

「何かご不審な点でも」

「いえ、そういうわけじゃないんですけど……」

ディスプレイの向こうから、数字が何かを伝えようとしている。だがそのさえずりは無数のノイズにかき消され、どうにも聞き取れない。

いや、〈さえずり〉ではない。〈声〉でも〈歌〉でもない。それ以外の何かだ——

「あの、本当に大丈夫ですか」

「このウォレットの交換移転履歴と売買明細ですけど……日付ごとに円、ドル、暗号資産の種類別で出力してもらえませんか」

「はあ？　四十億円の売却損はご確認頂けたはずですが、どうしても紙でとおっしゃられるのであれば、そりゃ出せないことはないですけど……膨大な量になりますよ。何万行になることか」

警察等の捜査機関は、金融機関の取引データを基本的に紙媒体で入手する。まれにエクセルにエクスポートして提出を求めることもあるが、エクセルデータは改竄が容易であるため、紙のデータと突合《とつごう》して記載事項の正確性をチェックする必要が生じる。ゆえに紙媒体の情報を捜査機関側でエクセル入力し、データを精査するのが通常の手順となっているのだ。

横から末吉が慌てたようにフォローする。

「あくまで任意のお願いでして、念のためというか、そうして頂けると我々もすぐに退散できますし、助かるんですがねえ。いえ、ほんと形式だけなんで」

物分かりのよさそうな仮面を脱いだ満田ＣＦＯが倨傲《きょごう》な目つきで頷くのを確認し、佐川は言った。

「取引所からも明細を取り寄せないといけませんので、時間はかかると思いますが、それでよろしければ」

「ありがとうございます。よろしくお願いします」

どうにも意気の上がらぬ体《てい》で三人は悄然と帰途に就いた。末吉を先頭に、高比良、仁礼の順に並んで歩く。なにしろ末吉の体が大きいので、横に並ぶと他の通行人の邪魔になってしようがない。

地下鉄の駅に入る手前で末吉の携帯端末に着信があった。取り出して表示を見た末吉が、驚いたように後ろを振り返った。

「沖津さんからだ」

命じられた通り新木場の特捜部庁舎へやってきた三人に、沖津はまず捜査状況の報告を求めた。末吉と高比良は捜査二課の所属である。この場合、筋違いとも言えないところが難しいと仁礼は思った。縄張り意識が反社以上に激しいのが警察という組織だが、そもそもこの事案は特捜部から持ち込まれたものであるし、鳥居二課長も沖津には一目も二目も置いている。

それでもわざわざ自分達を呼びつけた理由が分からない。

沖津はミニシガリロを燻らせながら、末吉の報告を聞いていた。

報告といっても、大した進展もないのが現状である。末吉の話はすぐに終わった。

「……以上です。申しわけありません」

巨体を苦しげに二つに折って一礼する末吉を、沖津が慰労する。

「詫びることはない。明快な説明だった。さすがは知能犯を相手にする捜二のベテランだ」

警察官僚らしからぬ洒落たスーツに身を包んだ特捜部長は、シガリロを置いて一同を見据えた。

「ご足労願ったのは他でもない。こっちに手がかりらしい情報が入ってね。もっとも、本当に手がかりなのかどうか、私にも判断はつきかねる。そこで君達の意見を聞こうと思った次第だ」

手がかりと聞き、仁礼は他の二人と同時に身を乗り出していた。

「一つは『仮想通貨』。これは今の報告と符合する。どうやらその線は有望のようだ。もう一つは『八掛』。これについて何か知っていることはないか」

仁礼は末吉達と顔を見合わせる――「アレかな」「たぶん」「え？　僕にはさっぱり」

高比良が代表するように尋ねた。

「それって、着物の裏地のことでしょうか」

「おそらくは。しかしそんなものが本事案とどう関わっているのかが分からない。キモノだから機甲兵装との関連がまず疑われるところだが、それも確証あってのことではない」

「そのネタの出所、もしかして京都じゃないですか」

「正解だ」

仁礼にはなんのことか分からなかったが、高比良と末吉は互いに頷き合っている。

今度は末吉が沖津に言った。

「我々の業界でも、京都は特別なんです」

「特別、と言うと？」

「仏教、同和、反社、信金、総連……京都の闇社会、中でも闇経済の世界は奥が深い上に結束が固くて、洛外、つまり余所者には通り一遍で把握できるようなもんじゃありません。もっとも、バブル崩壊でだいぶ闇が薄まったとか言われてるみたいですが、東京にいる我々からすると薄まったどころか、いよいよ何がなんだかってのが正直な感想で」

「ほう」

沖津は興味を惹かれたように目を細める。

「京都府警の捜二に気心の知れた奴がいます。すぐに訊いてみましょう、八掛に心当たりがないか。教えてくれるかどうかは分かりませんけど」

「末吉係長、言うまでもないが今の件はくれぐれも極秘で頼む。相手が京都府警ならなおさらだ」

「は、心得ております」

沖津の言わんとしていることは仁礼にも理解できた。情報提供者の安全のためだ。

八掛。

それがどんな意味を持っているのか。また突破口になり得るものなのか。仁礼には見当もつかなかった。

3

サンバートラックまで引き返した一行は、まずウィンタウンの手当てを行なった。エマージェンシーバンデージを使い傷口を直接圧迫止血する。次に副木を当て骨折部位を固定した。抗生物質を投与したが、早く医者に診せないと敗血症や感染症に罹る可能性がある。

チョーコーコーの運転でなんとかトラックをバックさせてから全員乗り込み、もと来た道を引き返す。ウィンタウンは助手席に乗せた。モルヒネが効いているようで、悪路にもかかわらずすぐに寝入った。

コンラハンは落命したが、カマル少年が増えたので人数は変わらない。しかし体の小さな子供である分だけ、荷台にはほんの少し余裕ができた。

姿、ユーリ、ライザ、それにソージンテットはそれぞれ武器を構えて荷台から四方の警戒に当たっている。震動で転げ落ちないようにするだけでも体力を消耗した。君島と愛染は荷台の中央でうずくまっている。彼らには拳銃を持たせたままだが、この状況下では必要な措置と言えた。

日はすぐに没してあたりは急速に暗くなっていった。

完全な闇となる寸前、カマルが何事か叫んだ。すぐに愛染が通訳する。

「その先に分岐があるそうです。右側です」

少年の言った通りだった。チョーコーコーはもともと低速で走っていたトラックのスピードをさらに落とし、慎重に森へと分け入った。

そこからは少年の案内に従い、森の中の道を進む。

ソージンテットらはロヒンギャの子供に従うことが不本意でならないらしく、本当に道を知っているのか疑わしそうにしていたが、カマルの指示は的確で、道が行き詰まったり、トラックが通れなくなったりするようなことはなかった。

闇の奥にステアーAUGの銃口を向けたまま、姿は雲の流れを観測する。湿度の増大が肌で感じられた。好ましくない兆候だ。明日からはまた雨を覚悟せねばならない。

「今日はこの辺で野営しよう。チョーコーコー、適当な場所で停めろ」

ソージンテットの命令に従い、トラックは大きな岩陰で停止する。

すぐに野営の支度にかかり、ガスバーナーで夕食を調理する。例によってフリーズドライのレーションだ。その夜はミャンマー風のチキンシチューだった。真空パックのパンも配られた。

ユーリがカマルの分を食器によそい、無言で差し出す。少年は不安そうに周囲の顔色を窺っていて、なかなか手を出そうとしない。

早く食べろと言うようにユーリが強引に食器を押しつける。スプーンを取ったカマルは、それまでと打って変わってシチューを貪《むさぼ》り始めた。拉致されてからろくに食事を与えられていなかったのだろう。

「姿警部、チョーコーコーと歩哨に立ってくれ。交代は三時間後だ」

食後すぐにソージンテットが指示を下す。

「分かった」

姿はステアーを手に取って立ち上がり、チョーコーコーと別の方向へ向かった。

コンラハンは死に、ウィンタウンは重傷だ。兵力が大幅に低下してしまった。非戦闘員である愛染や君島、それに子供のカマルは戦力として数えられない。この先いよいよ苦しくなってくることが予想された。

音を立てずに叢を進む姿の頬を、冷たい水滴が打った。頭上に枝は伸びていない。

やっぱり降ってきやがった——

腕時計で時刻を確認する。交代まで残り二時間五十一分。つらい夜になりそうだった。

翌日未明に出発する。少年の案内を直接聞ける愛染が運転することとなった。周囲が明るくなるにげる。

連れ雨は激しさを増していったが、文句を言う者はいなかった。君島は口を開く気力さえ失ったらしく、頭を抱えて荷台にしゃがみ込んだままでいる。

荷台の前部にしがみついたカマルは、適宜声を上げて運転席の愛染に道を教えていた。ロヒンギャ語のその会話に、ミャンマー側の三人は神経を逆撫でされているようだった。

午前八時を過ぎた頃、森を抜けた一行は開けた一本道に出た。ウィンタウンを除く全員が嘆声を上げる。

錆びついたパイプの残骸がどこまでも長く延びている。それは巨大な蛇の死骸を思わせる神話的な光景であった。

愛染はスピードを上げ、パイプの残骸に沿ってトラックを走らせる。もともとが工事用に敷設されたという道であるから、それまでに比べると格段に快適なドライブとなった。雑草が伸びているが、軽トラックの走行を妨げるほどではない。

パイプラインは険峻な山や谷を削り、ほぼ直線となって延びているので、驚くほど効率的に東北東、すなわちパレッワの方向へと向かうことができた。

「この子の案内は正しかったな」

ユーリが柔らかな笑みを浮かべ英語で言う。

しかし姿は、かえって不安を抱かずにはいられなかった。

「どうも気になる」

ユーリとソージンテッットが怪訝そうに振り返る。ライザも背中で聞いているのは間違いない。

「いくら忘れられた計画とは言え、こんな道が残ってるんなら、国軍や政府が目をつけないはずはないと思うんだが……大尉、あんたの意見を聞きたい」

「一事が万事、非効率的な政府はともかく、国軍が放置しているのは考えにくい。私はもっと廃道に近い道を想定していた」

ユーリも即座に意味を察し、周囲に目を配る。

「罠……ということか」

英語はもちろん、ビルマ語もできないという当の少年は、ただぼんやりと姿達の顔を眺め渡している。

「そこまではなんとも言えないが、俺達の行動が把握されている可能性はある」

「だったらなぜ仕掛けてこない」

ユーリの問いに、姿も答えることはできなかった。

姿は再びソージンテットに尋ねる。

「州境は」

「とっくに越えている。ここはもうチン州のはずだ」

一同は黙り込む。

最大限に警戒しつつ、進むしかない――

約一時間後、その道がノーマークであった理由が判明した。

パイプラインの残骸が道と一緒に虚空へと消えている。愛染が急ブレーキを踏んだ。

トラックから下り立った姿達は、断崖の縁に歩み寄って前方を眺める。

山崩れだ。道は大きく寸断されて、煙雨に包まれた谷の向こうは何も見えない。

「国軍も放置するはずだぜ」

姿はため息とともに呟いた。その息が徒労感によるものなのか、それとも安堵感によるものなのかは姿自身にも定かでなかった。

爪先で地面を蹴ってみる。小さな崩落が起こった。

「危ない。みんなそれ以上近づくな」

急いで警告を発する。

「このあたりは地盤がえらく脆いようだ。中国が途中で投げ出した原因もそこら辺にあるんじゃないかな」

カマルが早口で何事か喚いている。それを聞いていた愛染が通訳する。

「道がこうなっているとは知らなかった、と言っています」

「どうする。引き返すか」

姿の問いに、ソージンテッドが首を振る。

「ここまで来てそれは難しい。たとえ遺跡のあたりまで戻ったとしても、国軍の調査隊と出くわす危険がある。なんとかしてパレッワに向かう方が現実的だ」

「だがこの谷はかなり深いぞ。しかもいつ崩れるか分からないから、底まで下りて対岸に登り直すのはまず不可能だ」

ユーリが愛染に向かい、

「その子はチン州の出身で、この辺の道には詳しいと言っていたな。他に道はないか、訊いてみてくれないか」

愛染がすぐにカマルに問いかける。その返答を逐次英語に訳して皆に告げた。

「あるそうです。この尾根を登ると、尖った岩山が見えるはずなので、それが目印だと言っています」

一同は少年の指差す方を見る。かなりの高度があるようだ。

「あんなとこまで登るのかよ。俺はもう山登りはごめんだ」

君島がごねるが、相手にする者はいない。手分けして準備にかかる。

トラックは捨てるしかない。どのみちカネッカダンまで引き返す燃料は残っていなかった。

物資の入った麻袋にロープを通し、肩に担げるように加工する。急拵《ごしら》えのリュックサックだ。そこに食料や弾薬などの物資を詰める。担げる量には限度があるので、かなりの装備を置いていかざるを得なかった。

問題は負傷しているウィンタウンだった。

「自分はシットウェー警察第五分隊の一員です。こんな斜面くらい、自力で登れます」

本人はそう言い張ったが、彼の上腕部には副木が当てられ、腕全体が胸の前で固定されている。立っているだけでも消耗が激しいのは一目瞭然だった。

「駄目だ。チョーコーコー、愛染、それに君島。三人でウィンタウンをフォローしろ。危険な場所では我々も手を貸す」

ソージンテットが判断を下す。

「えっ、俺にもやらせるつもりかよ」

君島は不服そうだったが、拒否できる局面ではない。

準備を終えた一行は、すぐに登攀を開始した。先頭は体に応じた小さな麻袋を背負ったカマル。最後尾はライザ。姿はウィンタウンを助けながら登るチョーコーコー達の後ろに就いた。

やはりウィンタウンには負担が大きいようだ。一歩足を踏み出すたびに激痛をこらえているのが見て取れた。他の者は草木の根や枝をつかんで登っているが、ウィンタウンは片手しか使えない。自ずと全身にかかる負担が大きくなる。滑りそうになっても両手で体を支えることができないから、そのつどチョーコーコーらが押しとどめる。白い包帯は登り始めて一分と経たず黒褐色へと変化した。傷にいいはずがない。右腕が斜面に当たったりするとさすがに呻き声を漏らしているが、それでも最小限に抑えて絶叫にならないよう自制心を振り絞っているさまが窺える。

その根性だけは買ってやるよ、少尉殿——

山岳地帯の生まれだけあって、子供、しかも裸足でありながらカマルの足取りはしっかりしている。ダジャーミンに父と兄を殺され、母と姉を拉致された。村に帰ってもこの子の家はすでにない。いや、村そのものが焼失したとも言っていた。

パレッワに辿り着き安全だと判断できれば、この子を然るべき国際人権団体に任せる必要がある。もっとも、そんなことは自分が言い出さなくてもユーリや愛染が真っ先に手を打ってくれるだろう。少なくとも自分より彼らの柄であることには疑いを容れない。

岩場もあるが、大半は緑に覆われた樹林帯だ。負傷しているウィンタウンは別として、登攀はそう困難ではないと思われた――雨さえ降っていなければ。

「うわっ」

君島が悲鳴を上げた。足を滑らせたのだ。目に涙を浮かべて泥まみれの掌で鼻血を拭っている。岩角でぶつけたらしい。

「負傷者を助ける奴が負傷してどうする」

後ろから叱りつける――自ずとからかっているような口調になった――と、君島が怒りの目で振り返った。

「おまえは一人で登ってるだけじゃないか」

「そう見えるかい」

姿は手にしたステアーを示して見せた。

「俺は敵襲に備えて警戒しながら登ってるんだ。なんなら代わってやってもいいぜ。こいつの重量は知ってるよな？」

君島は何も言わずに前へ向き直った。ウィンタウンに手を貸そうとしてビルマ語で怒鳴られている。そのやりとりは妙におかしいが、今は笑う気にもなれない一幕だった。

4

淡路町の分室で、仁礼は出力してもらった紙媒体をスキャンして自分のPCに表示し、もう八時間も延々と睨んでいた。

ウォレットの交換移転履歴と取引所などの売買履歴をチェックしているのだ。

声がする。それも助けを求める悲鳴のような声だ。

どこだ――君は、君達は一体どこにいる――

ビットコインやイーサリアムなどの交換レートに不審な点は見当たらない。

仁礼の目がある仮想通貨に止まる。

JEM《ジェム》。初めて見る名だ。取引もまったく活発ではない。主にミャンマーの暗号資産取引所で売買されている。

ミャンマー？

ディスプレイからの声がほんの少しだけ大きくなった。しかしそれは本当に声なのか。そう呼ぶには周波数があまりに狂っている。

ジェストロンが頻繁に売買しているJEMは価格変動幅が異常に大きく、一週間で一万倍もの上下幅がある。このJEMを一千万円で購入したジェストロンは、翌週に千円で売却したりしている。しかもこの取引は、ビットコインで買ったJEMをイーサリアムに交換するという複数の暗号資産を絡めており、簡単にレートの異常に気づけぬようになっていた。

聞き取れないのはノイズが混じっているせいか――？

仁礼は世界中のJEM交換実績レートを確認したが、サンプルがあまりにも少なく役に立たない。

単に声が小さいせいなのか――？

加えて、JEMはレートを公表さえしていなかった。

だがこれだけでは不正であると断定することはできない。

それでもやはり何かがおかしい。また不可解にも自分にそう告げているのは声ではない。

声であるなら自分にはすぐ分かる。絶対に聞き逃したりはしない。声以外の何かが、どこからか自分に訴えかけている。

こんなことは初めてだ――

眼鏡を取ってデスクの上に突っ伏した。数字の声を聴く仕事なら、たとえ何時間続けていても苦にならないこの自分が。

不意に野球のグローブのような手で背中を叩かれた。

「こりゃ珍しい。仁礼さんでもギブアップすることがあるんですね」

末吉係長だった。

「あ、すみません」

慌てて眼鏡を掛け直すと、末吉は少しも笑っておらず、厳しい顔で声を潜めた。

「八掛の意味、分かりましたよ」

「ほんとですか」

驚きのあまり声が裏返っていた。

末吉は大きな唇にバナナほどもある人差し指を当てて周囲の様子を窺ってから、隣の椅子に巨大な尻を置く。安物の事務用チェアが断末魔のような軋みを上げた。

「京都府警にいる元部下が教えてくれました。最初は自分も機甲兵装の部品かなんかだと思ったんですが、違ってました。単純な話で、裏金のことでした」

「裏金……」

「政界ではコンニャクとかレンガとか言ったりしますが、ご存じの通り業界や地方によって呼び方が違います。案件ごとに違ったりもしますよね、有名なので言うとピーナッツとか。それを京都の闇社会では『八掛』と呼ぶらしいんです。裏地だから裏金。ま、袖の下を京都風にはんなりと言い換えたようなもんですね。呪いというと大げさかもしれませんが、何やら曰くありげに聞こえるところも京都人の好みそうな感じで」

そこで末吉は膝に手を当てて立ち上がり、

「高比良は中条管理官と一緒に課長へ報告に行きました。私はこれから新木場に行って沖津さんに今の話を――」

「ちょ、ちょっと待って下さい」

仁礼は急いで何度も見た画面に目を凝らした。数百件に及ぶＪＥＭの交換記録部分である。

そうか――そういうことだったのか――

声が聞こえなかったのも当然だ。自分に呼びかけていたのは数字の〈声〉でも〈さえずり〉でもなく、電子の虚空で羽ばたく数字の〈影〉だったのだ。

仁礼はＰＣからスキャンデータをコピーしたＵＳＢメモリを引き抜いて立ち上がった。

「僕も新木場に用事ができました。一緒に行きましょう」


特捜部庁舎一階で末吉と別れ、仁礼は専用エレベーターで地下へ向かった。

何重もの厳しいチェックを通過して地下の技術班ラボに入る。鈴石主任と面談を希望する旨はあらかじめ連絡しておいた。最終ゲートの内側で待っていた職員に、主任専用のオフィスへと案内された。

鈴石主任は何やら険しい表情でディスプレイを凝視していたが、来意を告げると快く応じてくれた。

「本来なら科捜研に依頼する案件なんですけど、警察内では特に極秘だって沖津さんや鳥居さんから散々言われてますし、緊急を要するのも確かなんで、それで特捜のラボで鈴石主任にお願いするのがベストかな、なんて思った次第でして……」

概要を説明していると、我ながら自分の口下手ぶりが嫌になる。

「分かりました。じゃあ早速見てみましょう」

「え、あっ、はい」

仁礼は慌ててUSBメモリを鈴石主任に渡す。

それを別のPCに接続した緑は、早速画面を呼び出して、各種のソフトやアプリケーションを駆使して解析を開始した。

その手際は、門外漢の仁礼が見ても実に鮮やかなものだった。

多忙を極めているはずなのに、自分の仕事を一旦中断してまでこちらに対応してくれている。それだけでも仁礼にとっては感激に値する。

「あ、確かにここ、フォントが微妙に違ってますね」

「やっぱりそうでしたか」

「ええ。仁礼さんの推測通り、この記録は改竄されたものに間違いありません」

主任はモニター上で拡大した暗号資産の売買記録、そしてその前後の数字や文字を精緻な解説付きで比較してみせ、

「でも凄いですね」

「え、何がですか」

「肉眼でこれだけ微細な相違に気づかれるなんて。こんなの、私だったらたぶん見逃してますよ」

「いやあ、それは影が教えてくれたんです」

「影？」

「僕、最初はいつもの声かなあって思ってたんですけど、それだけじゃなかった。だから手こずったんですよ。あ、〈声〉ってのは数列から直感的に得られる感触みたいなもんです。これは声だけじゃなくて、数字の形自体にも意味があった。モニターに表出した具体的な形ですから、たとえて言うなら〈影〉かなあって」

主任は大きな目を丸くしてこちらを見つめていたが、やがてにっこりと微笑んだ。

「なんだかよく分かりませんけど、分かるような気がします。専門分野こそ違え、私達科学者もそう

いう感覚に導かれて結論に到達することがよくありますから」

「嬉しいなあ、鈴石主任にそう言ってもらえると……それでまた図々しいお願いで恐縮なんですけど、今の内容、報告書にまとめてもらえませんか。簡単なもので結構です。いえ、むしろ簡単なものでお願いします。裁判所に令状を請求しなきゃならないんで」

「分かりました。ちょっとお待ち下さい」

主任はキーを叩いて図表に簡単な説明を加え、数枚に分けてプリントアウトしてくれた。

「はい、これで令請《れいせい》に使えると思います」

「ありがとうございました。じゃ、すぐに行ってきます」

深々と一礼して退室しようとしたとき、

「あ、ちょっと、仁礼さん」

鈴石主任に呼び止められた。

「なんでしょう」

ドアノブに手をかけた恰好で振り返る。

「これ、忘れてますよ」

USBメモリを持って主任が駆け寄ってくる。

「あ、そうでしたそうでした」

照れ隠しの笑みを浮かべてUSBを受け取る。

「すみません、何から何まで。このお礼は近いうちに必ずさせて下さい」

「ええ、楽しみにしてます」

主任はおかしそうに笑ってくれた。

なぜか少しだけ浮かれた気分になって、仁礼はラボを後にした。

一階で末吉と合流し、そのまま霞が関へ直行する。警視庁本庁舎内の捜査二課では、鳥居課長が中条、高比良とともに待っていた。

仁礼は鈴石主任の作成してくれた解析結果を示し、詳細を報告した。

「帳簿の改竄か。ジェストロンもふざけたことやってくれるじゃねえか」

中条が心底腹立たしげに吐き捨てる。

同様の表情で鳥居が断を下した。

「これだけ揃っていれば充分だ。すぐに令状を取る。高比良君は急ぎ地裁に走ってくれ」


翌朝、午前九時。丸の内のジェストロン本社経理部門及びサーバー室に屈強な男達が一斉に踏み込んだ。警視庁捜査二課による強制捜査である。よく見ると各人は特に屈強というほどでもないし、仁礼本人は自他ともに認めるひ弱そうな外見なのだが、先頭に立っているのが見上げるような大兵《だいひょう》なのでどうしてもそう思えてしまう。実際にジェストロンの社員達は震え上がっているようだった。

「警視庁です。私文書偽造罪その他の容疑でこれより強制捜査を行ないます。全員その場を動かないように。また社内の物には一切手を触れないで下さい」

捜索差押令状を掲げた末吉がオペラ歌手のような朗々たる声を張り上げる。同時に捜査員達が捜索にかかった。

同行してもらった永井《ながい》儀人《よしと》サイバー犯罪捜査官とともに、仁礼は真っ先に岡野和広《かずひろ》経理部長のデスクに向かった。

「あなたが経理部長の岡野さんですね」

永井サイバー犯罪捜査官が事務的な口調で質《ただ》す。

「そうですが」

突然の乱入にむっとしたのか、開き直ったように応じる岡野に、

「これはあなたのパソコンですね」

「見れば分かるでしょう」

「これはあなたのパソコンですね」

相手の反抗的な態度に対し、永井は丁寧に繰り返す。

「ああ、そうですよ」

「刑事訴訟法218条に基づき、記録命令付差押えの令状が出ています。ここに記載されている範囲の情報について、こちらのパソコンにコピーした上で押収します」

永井は持参したノートPCを開き、

「では御社ウォレットのアドレスとアクセスキーを教えて下さい」

「何を言ってるんだ、そんなこと——」

抗議する岡野の顔の前で末吉が令状を広げてみせる。

「アドレスとアクセスキーを教えて下さい。早く」

永井がまたも繰り返す。丁寧だが人工音声のような口調であった。

末吉の巨体を見上げながら岡野は不承不承に口にした。

岡野のPCに向かった永井は、驚異的なスピードで打鍵し、たちまちウォレットにアクセスしたかに思えたが、

「セキュリティがもう一段階入っています。パスワードが必要です」

「おい、早く言え」

末吉の命令に、岡野はなおも未練がましく躊躇を見せる。

「そんな、いや、ちょっと困るんで……」

「早く言えっ！」

「はいっ！」

岡野の口走ったパスワード「18255 3N6437 23W」を永井が即座に入力する。

横から覗き込むようにして、仁礼は開かれたページを確認した。

手許に用意しておいた任意提出の紙媒体には［12,375ETH→35JEM］とある。それが画面では、［12,38ETH→Transfer］となっている。Transfer とは海外への移転を示す表記である。

「あっ、これです、間違いありません」

永井は一瞬の逡巡もなくコピーを実行している。

「よし、パソコンごと押収する。これだけじゃない、この部屋にあるパソコンは全部だ。社員の携帯端末も残らず押収しろ。サーバー室の高比良の方はどうだ。誰か行って様子を見てこい」

末吉の命じる側から捜査員達が次々と効率的にPCの押収を進めていった。

同日午後七時十七分。退庁した宮近は、いつものように帰宅の途に就いた。厳密に言うといつもよりは多少早足である。

池袋西武の『フィオーレ』、限定ブルゴーニュ・フルーツタルト——

歩きながら妻に渡されたメモを確認する。帰りに池袋まで足を伸ばし、ケーキを買ってくるように頼まれたのだ。よく分からないが、妻と娘のお気に入りのケーキで、今日までしか売っていないのだという。

最寄り駅である有楽町線新木場駅に向かって歩いていると、すぐ側にテスラのEVモデル3が急停車した。怪訝に思って足を止めると、運転席から思いがけない顔が覗いた。

「早く乗れ、宮近っ」

「小野寺《おのでら》じゃないか。何やってるんだ、こんな所で」

「いいから早く乗ってくれ。誰かに見られる」

「なんだ、警察官のくせに俺を拉致しようっていうのか。悪いが今日は妻と娘に頼まれた買い物があって、早く行かないと——」

「拉致でもなんでもいいからとにかく乗れっ」

尋常ではない相手の様子に、宮近は仕方なく助手席に乗り込んだ。同時に小野寺が車を出す。新木場には警察の関連施設が多い。目撃されることをよほど恐れているのだろう。

「新車らしいが、この車は内調のか」

「僕の自家用車だ」

「電気自動車とはおまえらしいな」

「そんなことはどうでもいいっ」

いつになく苛ついた様子で小野寺参事官補佐はハンドルを握っている。

「君達、とうとうやってくれたな。今度という今度は特捜もおしまいだ」

宮近もただならぬ気配を察知して、

「おい、どういうことだ」

「ジェストロンの強制捜査に決まってるだろうっ」

たまりかねたように小野寺が怒鳴った。

「君達は絶対に手を出しちゃいけないところに触れてしまったんだ。いくら僕でももう助けようがない」

「おいおい、それじゃまるで今まで助けてくれてたみたいじゃないか」

「助けただろう、何回も」

「そりゃ確かに情報をもらったことは何度かあるよ。だけどそれが事態の打開につながったかと言うと……」

「もうっ、黙って聞けよっ」

やはり今夜の小野寺はいつもと違う。

「特捜はそうと知らずに官邸が最も隠したいものを暴こうとしている。君がもっと早く情報を上げてくれてればまだなんとか手を打てたんだ。だけどもう遅い。何もかも手遅れだ」

「〈官邸が最も隠したいもの〉？　おい、それはまさか国産機甲兵装のことじゃないだろうな」

小野寺は声もなく笑った。この上なく乾ききった笑いだ。

「その程度のことで僕がこんな危険を冒してまで君に接触したりするもんか」

「だったら電話で——」

そこで宮近は後の言葉を呑み込んだ。今の小野寺の所属先は内閣情報調査室である。彼自身が盗聴されている可能性を示唆しているのだ。

「官邸はもう方針を決めている。内調はもちろんその指示に従う。特捜は解体だ。捜二の鳥居さんもとんだとばっちりだね。あの人のキャリアもここで終わり」

「待てよ小野寺」

「いいか、よく聞け。警察に残りたければ、今夜中に沖津さんと捜二の連中を説得するんだ。ジェストロンの暗号資産から手を引くようにってな。それができれば、内閣情報官から官邸に取りなしてもらうことができるかもしれない。知らずにやったことです、今後は忠誠を誓いますと詫びを入れてるって。証拠を隠滅できればベストだが、ネット上のウォレットにアクセスされた以上、どうにもならない。残る手は口封じだけだ」

「本気で言ってるのか。そんなこと、できるわけがないだろう」

「できなければ終わりだ。僕がせっかく危機を教えようと駆けつけてきたってのに」

〈官邸が最も隠したいもの〉。そして〈暗号資産〉。

宮近にもうっすらと全体の輪郭が見えてきた。

「もしや、それは……」

「決めるんだ、宮近。このまま家に帰って明日の朝、寝ぼけた頭で処分を聞くか。それとも新木場でやれるだけのことをやるか」

「……新木場へやってくれ」

重い息を吐き出し、小野寺が車をUターンさせる。

「新木場までは送っていけない。何度も言うが、誰かに見られたら僕も危ない。この先で降ろすから、後は自分で車を拾ってくれ」

「それはいいが、小野寺、可能性はゼロに等しいぞ」

「分かってる。だけどいくら沖津さんだって、自分が見つけたものの正体を知ったら気が変わるかもしれないよ。あの人が真っ当な公務員なら」

真っ当な公務員。何を以て〈真っ当〉と称すべきなのか。だが今の小野寺に、その問いを投げかける気にはなれなかった。

小野寺は車を路肩に寄せて停めた。宮近にはそこがどのあたりであるかさえ分からなかった。

「猶予は今夜中だ。それを過ぎたら――」

「ああ、感謝するよ」

「ほんとに？　感謝してくれてる？」

すぐには答えられなかった。事態の重さに自分の真意が自分で計りかねたからだ。もちろん小野寺の真意も。

宮近の答えを待たず、小野寺のＥＶは夜の流れにまぎれて消えた。

5

尾根に辿り着いたとき、一行はさながら何百キロも踏破してきた敗残兵のようなありさまだった。

カマル少年が北東の方角を指差して叫んでいる。

「あそこに見える細長い岩のところに、パレッワへの道の入口があるそうです」

姿は少年の指差す方を見る。確かに一際目立つ鋭い岩峰がそそり立っている。目印としてはもってこいだ。

「ウィンタウンの具合が悪い。しばらく休もう」

ソージンテットが声を上げる。岩にもたれかかったウィンタウンは、ぐったりとして喉から不規則な呼吸音を漏らしていた。

尾根の反対側へ一〇メートルばかり下り、密林の中に身を隠す。ソージンテットはウィンタウンの口にミネラルウォーターを含ませる。その間にチョーコーコーが包帯を取り替えるが、傷口に当てたガーゼは大量の血を吸って赤黒い海綿動物のようになっていた。

他の面々もそれぞれ水を飲んだり、携行食を囓ったりしてエネルギーの補給に努める。

ダジャーミン構成員の死体から奪ってきた山刀で姿は木の枝を二本切り出し、不要な枝葉を払う。その意図を察したらしく、ユーリも同じく鹵獲したナイフで手伝い始めた。五〇センチほどの間隔を空けて平行に並べた枝の間に、強度のある蔓を何重にも渡してきつく縛る。即席の担架が完成した。

「そんな物に俺を乗せる気か」

ウィンタウンの前に置くと、彼は露骨に拒否しようとした。

「ああ。その方が移動速度もずっと早い」

「断る」

「命令だ。彼に従え」

ソージンテットが強い口調で言う。ウィンタウンも上官の命令には素直だった。よほど尊敬しているのだろう。

姿は周囲を見回し、愛染と君島を指名した。

「よし、おまえ達が担げ」

「えっ、どうして俺が」

予期に違わず君島が抗議する。

「戦闘力の問題だ。他の者は周辺を警戒しつつ移動する。適宜交代してやるから心配するな」

手製の担架にウィンタウンを乗せ、愛染と君島が前後から持ち上げる。ウィンタウンの体重で全体がたわんだが、なんとか保ちそうだった。

「よし、出発だ」

ソージンテットの号令で一行は再び歩き出す。西の岩峰を目指してなだらかな斜面を下る行程は、先ほどまでの登りに比べれば楽なものだった。君島と愛染も、意外としっかりした足取りで担架を運んでいる。投与されたモルヒネが効いてきてウィンタウンはうつらうつらとまどろみ始めた。それでも何かの弾みで担架に衝撃が伝わると、彼は苦しそうな呻きを漏らした。

日本の大使館員と指名手配犯が、ロヒンギャの少年の先導でミャンマーの警察官を手製の担架で運ぶ。まったく奇妙な状況であるとしか言いようはなかった。

急峻な地形に出くわすたび、何人かで力を合わせ担架を運び上げ、また下ろす。それでもだいぶ距離は稼げた。

およそ一時間弱で目当ての岩峰のあたりに辿り着いた。カマルがロヒンギャ語で叫びながら前方を指差す。岩峰と木々との合間に、踏み跡らしきものがあった。

「どうやらあそこが道の入口らしいな」

躊躇している余裕も、選択の余地もない。姿は率先して木々に隠された小径へと踏み込んでいった。

道は途切れることもなく、次第に明瞭なものとなっていく。カマルの土地勘は信頼できるようだ。

進行方向が徐々に東北東から北東へと逸れつつあるのが気になったが、山道は地形に応じて何度も方向を変えたりするので、道を誤っているとまでは言えない。実際にパレッワへ近づきつつあるのは確かなのだ。

途中何度か休憩を挟みつつ、一行はなだらかな下りと登りとを繰り返す。担架からウィンタウンを下ろさねばならないほどの難所はなかった。担架の担ぎ手は一人ずつ交代した。戦闘要員が同時に二人も減ると、防御力がどうしても手薄になってしまうからである。

六時間ばかり経過した頃、樹林帯を抜けて岩場に出た。

姿はその場で列を止めさせ、前に出て様子を見る。相当に険しい。露出した岩肌を回り込むように道が設けられているが、人一人が通れる程度の幅しかない。雨はだいぶ弱まっているものの、濡れた岩は石鹸よりも滑りやすくなっていた。

「せっかく作った担架だが、捨てるしかないな。ウィンタウンを起こせ」

「さっきから起きている」

ウィンタウンが自力で起き上がる。

「さすが少尉殿だ。どうだ、行けそうか」

姿は脇に体をずらして、ウィンタウンに道の状態を見せる。

「大丈夫だ。一人で歩ける」

「頭はどうだ。ふらついたりしてないか。少しでも足を踏み外したらアウトだぞ」

「心配するな。痛みが戻ってきた」

モルヒネの効力がもう切れかけているのだ。次からは分量を増やしてやる必要がある。

「よし。先頭は俺が行く。次はカマルだ」

片手で差し招くと、少年はすぐに飛び出してきた。

ステアーAUGのスリングを肩に掛け、姿は岩壁の険阻な道を歩き出した。カマル、愛染、ウィンタウンの順に続く。最後尾はソージンテットだ。

ユーリは前を歩くウィンタウンの足取りに注意しているようだった。いざというときは素早く支えられる体勢を取っている。

ウィンタウンはユーリに任せておけば安心か――

進むにつれ、次第に展望が広がっていく。眼下の渓谷に靄がかかって、水墨画のような景観を生み出している。だが姿の内面はそんな情趣を味わう境地からほど遠いものだった。

渓谷から狙撃されればいい的だ――

焦燥を覚えつつさらに進むと、道は二手に分かれていた。上に登っていく左の道と、谷に下降していく右の道とに。

「おい、どっちに行くんだ」

カマルが下を指差して答える。彼の後ろにいる愛染がすぐに通訳した。

「谷底まで下りるのが一番の近道だそうです」

「そうか」

右の道を下りかけた姿は、はっとして足を止めた。

「どうかしたんですか」

愛染が不審そうに尋ねてくる。

片手で相手を制止し、耳を澄ませる。

濁流の轟音にかき消されてはっきりとは分からないが、谷底の方から声が聞こえたような気がした。

空耳か――あるいは――

姿は知っている。こういうときは決まって悪い方の予感が当たる。

靄の底で銃火が閃き、足許の岩が削られた。

「下に敵がいるぞっ」

姿は分岐点まで駆け戻りながら叫んだ。複数の銃声がほぼ同時に聞こえた。岩壁にいくつもの弾痕が穿たれる。敵は少なくとも十人以上。分隊規模だ。

「愛染、おまえはカマルと先に行け。ユーリと君島はウィンタウンを頼む。残りの者はここで迎撃。

急げ」

姿は可能な限り低い姿勢を取り、谷底に銃口だけを突き出してフルオートで乱射する。弾薬を無駄にはしたくなかったが、靄で敵の位置が分からないためだ。チョーコーコー、ソージンテット、ライザがそれにならう。

カマル、愛染達がその後ろを走り抜け、上部へと向かう。分岐路で道幅に多少余裕のあったことだけは不幸中の幸いだった。

敵も弾をばらまきながら谷から続く道を上がってきている。かなり速い。靄の合間に敵が見えた。撃つ。赤い靄を噴いた敵が白い靄の中を落下していく。予期せぬ角度からも銃撃。即座に銃口を巡らせて応射する。下からの道は一つではないようだ。もしかしたら岩を這い上がってきているのかもしれない。

谷風が吹き、靄が動いた。何人かの敵が露わとなる。軍服ではない。それぞれ勝手な服装をしている。

「国軍じゃない。ダジャーミンだ」

ソージンテットが叫ぶ。

国境地帯は犯罪組織の庭のようなものだ。今の場合、地の利は圧倒的に向こうにある。だが愛染達がこの場を逃れるまで持ちこたえねばならない。負傷者を抱えるこちらにとって、足場の悪さは致命的だった。

弾が切れた。予備弾倉を取り出し装塡する。そのとき姿は、ライザがいなくなっていることに気がついた。

撃たれたのではない。〈死神〉が務めを果たそうとしているだけだ。

ごく細いクラックに掌や拳を差し入れるハンドジャム、フィストジャムのテクニックを駆使し、ライザは垂直に近い岩壁をじりじりと降下していった。フリークライミングを本格的に学んだわけではない。何もかも我流である。

手指の皮がめくれ、血が滲む。ただでさえ濡れた岩は滑りやすいというのに、これでよけいにリスクが増えた。注意しなければ。神経をえぐる苦痛などは二の次だ。

五メートル……八メートル……一〇メートル……

場所によっては指を使うフィンガージャムや、足先を差し入れるフットジャムを使う。ヴィブラムソールのアウトドアブーツを履いているので、ソールの一部を入れるだけでも一苦労だ。

急がなければ――敵が姿達に引きつけられているうちに――

下方からの銃弾が背中をかすめるようにして飛び去っていく。銃声は次第に大きくなる一方だった。敵は靄にまぎれて道を駆け上がってきている。分岐点に到達するのも時間の問題だ。

そうはいかない――

体重を支えられる足場に到達した。爪先が引っ掛かる程度だが充分だ。敵の発砲地点から推測して、この近くに道が走っているはずだ。

七秒後、接近してくる足音が聞こえた。ライザは片手でMP9を握りしめる。靄を割り、鼻先に敵の顔が覗いた。躊躇なくトリガーを引く。三人が谷へと落下する。

道の位置は分かった。クラックに差し入れた掌を慎重に引き抜き、思い切って跳躍する。

着地した。つづら折りになった部分だった。あと三センチ後ろだったら、自分も谷底へ落ちていたかもしれない。

下方から罵声と足音が接近してくる。ライザは腹這いになり、駆け上がってくる敵をサブマシンガンで掃射する。

私を越えていけると思うのならやってみるがいい――だが〈死神〉の背後にはただ地獄が広がっているだけだ――

敵の銃火とこちらとの中間点に、新たな銃火が出現した。狙いは下に向けられている。ライザだ。

姿は急いでソージンテットとチョーコーに注意する。

「中間地点を確保した。ライザだ。あれより下を狙って撃て」

二人は衝撃を受けたようだった。

「いつの間にあんな所へ」

「さあな。〈死神〉はどこへでも現われるんだ。三途の川を渡ってな」

敵の数は思っていたより多いようだった。谷のどこかにダジャーミンの基地があるのだ。谷からパレッワへ向かう道は使えないと考えた方がいい。

「俺はライザと合流し追撃部隊を殲滅する。掩護してくれ」

「了解」

ソージンテットの返事を受け、靄の中に突入する。つづら折りになった細い坂を駆け下りると、腹這いから起き上がって中腰になったライザの背中が見えた。

「弾はあるか」

振り返らずに言うライザに、

「そう来ると思ったよ」

各種用意してあった弾倉から9×19㎜パラベラム弾を選んで投げる。

後ろ手につかんだライザは一動作で装塡し、駆け上がってきた敵を掃射する。

「よし、俺は次の折り返し地点まで前進する」

「分かった」

銃を構え、前進する。下方にいるのはすべて敵だと分かっているから気は楽だ。

横にいたはずのライザがまたも消えている。

発砲しながら、姿は口許が緩むのを抑えられなかった。

今の俺達にとって、あんたは〈死神〉なんかじゃない。あんたこそダジャーミン——幸運の〈天女〉様だ。

6

重すぎる不安と焦燥とを抱え、宮近は特捜部庁舎に入った。

「あれ、理事官、忘れ物でもしたんですか」

いきなり呼びかけられて、危うく飛び上がりそうになった。

庶務担当職員の和喜屋亜衣だった。

「そうなんだ、自宅で検討しようと思ってた書類を忘れてね」

なんとか調子を合わせる。小野寺の警告を庶務にまで知られるわけにはいかない。

「大変ですね。あたしはこれから帰るとこなんですけど」

「君達も残業続きで大変だな」

「そうなんですよー。労働局が特捜にガサ入れでもしてくれませんかねー。あ、公務員には労基法は適用されないんでしたっけ」

この状況下で不適切極まりない冗談を言っている。しかし今の宮近にはそれを叱りつける気力もない。自らの動揺を悟られないようにするだけで精一杯だ。

「他の二人は」

「ちょっと前に帰りました。あっ、でも主任はまだ残ってますよ」

そのとき、二人の声を聞きつけたのか、特別に設けられている庶務室の方から当の桂主任がやってきた。

「和喜屋さん、早く帰らないと雨が降りそうだって天気予報で言ってたわよ」

「えっ、ほんとですか。じゃあ、あたし、お先に失礼します」

「お疲れ様。気をつけてね」

慌てて駆け出していく亜衣を見送り、桂主任は宮近へと向き直った。

「宮近理事官、どうしてお戻りに」

「え、私は――」

忘れ物を取りに来ただけだ、と言おうとして、やめた。

こちらを見つめる桂主任の目には、並の刑事以上の鋭さがあった。それでいながら同時に少しも不快ではない、穏やかで温かい光も湛えているところが彼女らしい。

捜査には関わらない庶務担当主任であるにもかかわらず、この女性に対してだけは隠し事などできないと思える所以である。彼女を警務部から引き抜いたのは沖津部長だと聞いているが、上司の慧眼に改めて敬服するとともに、そこに何か特別な意図があるように感じられてならなかった。

予期に反して――いや、予期に違わずと言うべきか――主任は安堵したような笑顔を見せて、

「ちょうどよかった。もしかしたら、主任級以上の全員に招集がかかるかもしれませんので」

「なんだって」

敬愛と親しみとを以て〈女史〉の敬称で呼ばれることもある桂主任は、厳粛な面持ちで宮近を見つめ、

「今、鳥居課長以下捜二の皆さんが小会議室に集まっておられます。かなり深刻なお話のようでした」

時間が時間だ。二課長自ら足を運んできたということは、深刻且つ緊急の事態であるに決まっている。

かつて警務警察の名花と称された才媛に対し、何か言わねばと口を開きかけたとき、ポケット内の携帯端末に着信があった。

部長からだった。


桂主任とともに宮近は小会議室に入った。

中にいた全員が振り返る。

沖津特捜部長を中心に、捜二の鳥居課長、中条管理官、末吉係長、それに仁礼財務捜査官。特捜部からは夏川、由起谷の両捜査主任に、技術班の鈴石主任がすでに集まっていた。

宮近らが着席すると同時に、沖津が発した。

「全員揃ったところで、改めて状況を確認したい。捜二よりお願いします」

「分かりました。何分《なにぶん》にも専門的な事案ですので、仁礼財務捜査官に直接説明してもらった方がいいでしょう……仁礼君」

「はい」

鳥居課長に指名され、仁礼が立ち上がる。

「僕らが最初にジェストロン本社のPC画面でウォレットを見せられたときは、数万件にも及ぶ全データをチェックするのは時間的にも不可能でした。ギリギリまで粘ったんですが、八十億の仮想通貨購入と四十億円での円転換部分、それに前後の交換レートなんかを数十件くらい見るのがやっとでして。ジェストロンの担当者は何食わぬ顔をしてましたが、内心では冷や汗ものだったでしょう。肝心の部分を飛ばして閲覧させてたわけですからね」

仁礼は持参のバッグから紙の束を取り出し、テーブルの上に広げてみせる。

「そこでジェストロンの開発したウォレットの交換移転履歴と売買明細を出力してもらいました。これはそのコピーのごく一部です。六係の皆さんと手分けしてJEMを集中的に精査してみると、

［12，375ETH→35JEM］の部分について、交換レートの異常と改竄の疑いが見つかりました。こちらの鈴石主任に解析をお願いしたところ、改竄が明確に証明されました。それでジェストロン本社に踏み込んだとき、当該部分をモニターで真っ先に確認したわけです」

壁面の大型ディスプレイに細かい数列が表示される。

［13:15 ask12,38ETH→Transfer to gls767ju9a charge 0.000012 send complete system reply］

それが押収したデータであることは宮近にも分かった。

「案の定［12,38ETH→Transfer］、つまり別の仮想通貨への交換ではなく、どこかへの振込ってことになってました。ここで抜かれてるわけですね。改竄の動かぬ証拠です。分かってみれば、経理部長の岡野はだいぶ脇が甘いというか、そもそもウォレットのパスワードからして不用心なものでした。［1825 53N 643723W］。どうも聞き覚えがあるなあと思ったんですが、NにWと来れば、まず思いつくのは方位ですよね。北緯十八度二十五分五十三秒、西経六十四度三十七分二十三秒。金融犯罪に関わる者にとっては、ある意味とても親しみのある数字でして、これはタックスヘイブンとして有名なイギリス領ヴァージン諸島の首都ロードタウンの緯度と経度です。詳細は金融庁の調査報告を待たねばなりませんが、現地の会社を経由していると見て間違いないでしょう。僕からは以上です」

仁礼が着席するのを待って、鳥居課長が発言した。

「問題は、ジェストロンがデータの改竄を行なってまで四十億を捻出した目的です。その手がかりは『八掛』にありました」

君島とともにウィンタウンをかばいながら岩場の道を登りきったユーリは、尾根の上に立って背後を振り返った。

煙雨の彼方から銃声が絶え間なく響いてくる。敵の追撃は相当に激しいようだ。

応戦に当たっている姿達は気になるが、自分の使命は負傷者と一般人を護衛することにある。

「早く、こっちです」

先を行く愛染の声が聞こえた。

彼の前方には、カマル少年が不安そうな面持ちで立っている。踏み跡も何も見当たらないが、その先にパレッワへと至る道があるのだろう。

「すぐに行く」

そう答えてウィンタウンに問いかける。

「大丈夫か」

死人に近い顔色をしたウィンタウンが微かに頷く。声に出して答える力もないのだ。うずくまった君島は今にも吐きそうな顔を地面に向けている。

「尾根を少し下ったところで小休止にしよう。ここで姿達を待たないと、我々がどっちへ行ったか分からなくなる」

「でも、急がないと」

追われる恐怖からか、愛染は苛立ちを隠せないようだった。

「ウィンタウンと君島が参っている。ここで休ませねばこの先一歩も進めなくなるぞ」

「分かりました。すみません、僕がどうかしてました」

愛染が頭を下げる。自分を取り戻したらしい。そしてカマルに向かい、ロヒンギャ語で何か告げている。少年は頷いて森の中へと入っていった。

ユーリもウィンタウンに肩を貸して歩き出す。君島ものろのろと立ち上がった。

斜面を二〇メートルほど下ったあたりで、カマルが立ち止まって前方を指差した。

倒木が折り重なって、ちょうどいい隠れ場所になっている。

「よし、あそこで待つことにしよう」

ウィンタウンを倒木に寄りかからせるように座らせる。君島も、また愛染も、力尽きたようにウィンタウンの近くにしゃがみ込む。

倒木がうまい具合に遮蔽物となっていて、周囲からの視認を妨げている。

「今のうちに水分を補給しておけ。ソルトタブレット（塩の錠剤）もだ。だが警戒を怠るな」

愛染と君島にそう言い残し、ユーリはもと来た道を一〇メートルばかり引き返した。

そこで下生えの中に身を横たえ、ステアーを構えて尾根の様子を窺う。

銃声はいつの間にかやんでいた。

戦闘が終結したのか――？

注意しながらゆっくりと尾根の方へと匍匐前進する。

やがて、足音が二つ聞こえてきた。

尾根に到達した足音は、周囲を行きつ戻りつしながらビルマ語で会話している。ソージンテットとチョーコーコーの声だった。

ユーリは繁みの合間から顔を出し、英語で言った。

「こっちだ」

ソージンテットとチョーコーコーがほっとしたように走り寄ってくる。やはり道が分からなかったのだ。

「姿とライザは」

「じきに追いつくはずだ。追手は取りあえず殲滅した。まったく、あの二人を敵に回したダジャーミンに同情したくなるくらいだよ」

息を切らせて答えたソージンテットが周囲を見回し、

「他の者は」

「この先で隠れている。全員無事だが、ウィンタウンの容態が悪化している」

そこへ姿とライザが岩場の方から現われた。二人はよけいな口を一切きかずに合流する。

ユーリは先に立って愛染達が隠れている場所に戻った。

「ウィンタウン――」

副官の顔色を一目見たソージンテットが絶句する。

「自分なら大丈夫です、大尉」

少しは回復したのか、ウィンタウンがかすれ声で言う。

「急ごう」

姿が短い言葉で促した。全員が立ち上がり、カマルの案内で斜面を下る。

ユーリは再びウィンタウンに寄り添って肩を貸し、彼らの後を追った。しんがりはライザだ。彼女の両手首から先は皮がめくれて血まみれになっていた。かなりの痛みがあるはずだが、MP9を握る彼女の指はどんなマシンよりも精密に反応しそうな安定感を漂わせていた。

踏み跡もない森の中を延々と進む。ユーリの方向感覚はすぐに失われた。よほど山慣れしている者でないと、たちまち遭難してしまうに違いない。カマルが本当に道を知っているのか、次第に疑念が募ってくる。

愛染の後ろについた姿の足運びにはまったく無駄がなく、悪条件下での行軍に慣れた兵士の技量というものを改めて思い知らされる。

ごく標準的な体力しかない君島は、すでに限界へと近づきつつあった。ウィンタウンともども、本格的に休ませる必要がある。

ユーリが野営を提案しようとしたとき、列が止まった。

顔を上げると、カマルが樹林帯を抜けるところだった。地形が変わったわけではない。木々が切り拓かれ、土が踏み固められた広場に出た。村だ。

一行は森を出て慎重に村へと入る。人の気配はまったくない。それどころか、樹林帯以上の静寂に満ちていた。

「以前はロヒンギャの村だったそうです」

カマルの呟きを愛染が通訳する。

点在する家々は、ほとんどが焼け落ちている。広場の中央に積み上げられている黒い物体はキャンプファイヤーの跡ではない。人間の遺体だった。

「民族浄化の跡か」

嗤うように姿が呟く。何を嗤っているのか。人間の愚行をか。その直接的従事者たる自身をか。そんな世界で右往左往している自分達全員のありさまをか。

ソージンテット達は何も言わない。「虐殺などなかった」と強弁する気力も尽き果てたのだろう。

雨が強くなってきた。手分けして村を調べる。屋根の一部が焼け残っていて一晩雨をしのげそうな小屋が何軒か見つかった。それでも一軒になんとか一人が身を横たえられる程度である。

「仕方がない。分散して宿泊しよう。夜通し雨に打たれたらウィンタウンだけでなく全員がヤバい」

姿が率先して指示を下す。彼の言葉には経験に裏付けられた説得力があった。ソージンテットも黙って従っている。

「歩哨は三時間交替。まず俺とチョーコーコーが立つ。その次はユーリと大尉だ」

「分かった」

こちらが頷くのを確認し、姿はチョーコーコーと雨の中に消えた。

残された面々は、各自休めそうな焼け跡に潜り込む。ユーリはソージンテットと協力して、広場に近い小屋の片隅にウィンタウンの体を横たえた。ミネラルウォーターのボトルを開栓してウィンタウンに含ませる。

「何か食べられそうか」

ソージンテットが訊くと、ウィンタウンは微かに首を左右に振ってから眠りに落ちた。

ユーリはソージンテットと目を見交わして頷き合い、ウィンタウンを残して小屋を出た。

村の中央を貫く通りを歩いていると、一軒の焼け跡にカマル少年が入っていくのが見えた。どうやらそこを仮寝の宿と定めたらしい。

思いついて後を追う。少年は焼け残った木製の長椅子に横たわろうとしているところだった。

「ちょっと待て」

母国語で言うと、ロシア語を解さぬ少年は怪訝そうに半身を起こした。

ユーリは背中の麻袋から濡れないようにビニールで厳重に梱包した着替えのシャツを取り出し、最も厚みのある一枚を選んで少年に差し出した。

「君には大きすぎるが、毛布かナイトガウンの代わりだと思えばいい。濡れたまま寝るのは体によくない」

こちらの言っている内容は理解したらしく、カマルは礼らしき言葉を口にしてシャツを受け取った。そして濡れたシャツとズボンを脱ぎ、素肌に新しいシャツを着る。それは少年の膝まであった。暖かさに驚いたのか、彼の表情が綻んだ。

その様子に満足し、ユーリは少年の衣服を雨のかからない柱に掛けて干した。カマルがまたも礼のような言葉を嬉しそうに口にする。

少年が白い大きなシャツにくるまって横になるのを見届け、廃屋を出た。

その小屋から一四、五メートルほど離れた場所に同じような焼け跡を見つけた。屋根と床はやはり雨をしのげる程度の大きさしか残っていないが、担いでいた麻袋を枕に手足を伸ばして休めるのはありがたかった。

子供の頃のサマーキャンプを思い出す。またサマーキャンプには参加しなかった黒髪の少年と思いがけず同行した廃墟での会話も。そこにはチェーカー（秘密警察）による拷問の跡が残っていた。驚いて抗議したユーリに、黒髪の少年は「肝試しだ」とうそぶいた。

――目を背けるなよ、ユーリ・ミハイロヴィッチ。

ああ、分かっているさ。少なくとも今の俺は、この目でしっかり世界を見ている。あのソコリニキの廃墟のように、悪徳と暴力が染みついた世界をな――

ウィンタウンに貸していた側の肩が酷く凝っていた。そのことに気づくのを待っていたかのように、全身の疲労が舌舐めずりして押し寄せてくる。携行食を口に入れるより先に、ユーリは睡魔の誘惑に己を委ねていた。


「八掛とは、京都闇社会の隠語で裏金を意味します。ジェストロンは矢間辺洋航を経由させることによって四十億もの裏金を作った。では、この裏金は一体どこへ流れたのか」

八掛。京都。裏金。

鳥居の言葉を聞きながら、宮近は話が核心に迫りつつあることを悟った。

まずい――早く阻止しなければ――

宮近は焦る。しかし、この状況では小野寺の警告を沖津と鳥居だけに伝えるタイミングなど見出すべくもない。

「お待ち下さい、鳥居課長」

思わぬ人がまるで助け船を出すかのように発した。

沖津部長その人である。

「その前に、全体像を把握してもらった方がよいと考えます。すなわち、国産機甲兵装開発計画の実態です」

「と申されますと」

宮近の内心と同じく、意外そうな顔を見せる鳥居に沖津は言った。

「一般に兵器開発とは何百人もの研究員が、何万もの要素技術を積み上げ、決して短いとは言えない年月をかけて進めていくものです。その間に必ず人の出入りがあるはずで、私は捜査員に命じて、該当すると思われる人物すべてに当たらせました。彼らが具体的にどんな技術に携わっていたのかを任意聴取で調べ上げ、その結果を技術班にフィードバックさせて検証を進めました」

夏川、由起谷がそうした捜査に当たっていることは宮近も把握していた。だがその目的を自分が完全に理解していたわけではなかったのだと、今さらながらに不明を恥じる。

「夏川主任」

「はっ」

沖津に指名された夏川が立ち上がり、手帳を見ながら報告する。

「海外販売も視野に入れた新型国産機甲兵装というからには、当然第二種であると考えられます」

一般に機甲兵装は、最初期のコンセプトモデルを受け継ぐ第一種、その発展型第二世代機である第二種、そしてそれらの規格から逸脱する第三種に大別される。ワンオフで製造された大型機や極端な改造機などが第三種にカテゴライズされるが、その特殊性から実物が目撃された事例は極めて少ない。量産を前提とする新型の場合、必然的に第二種の規格となる。

「そのセールスポイントとして想定されるのは、現行タイプと同等か若干上回る程度の性能、それに見合ったリーズナブルな価格、生産性の高さ、既存のシステムへの親和性、環境への負担の軽減、メンテナンスの簡便性、部品供給の安定性、ローカライズのしやすさ、将来的な拡張性——これは長く使えるという意味でありますが、そんなあたりだと思われます。ジェストロンに提示された要求仕様も実際にそういうものだったようで、画期的とか、桁違いとかいった感じではありませんでした。そういう要求は開発コスト、ひいては商品価格に直結するものだそうです。もちろん関係者の機密保持契約は退職後も有効でして、任意で聞き出すのは簡単ではありませんでしたが、以上申しました通り、絶対に話せないような革新的な技術ではないため、割と気軽に話してくれる者も少なからずおりまして、聴取に成功した内容は残らず技術班に伝達致しました。以上です」

「次、由起谷主任」

「はい」

普段進行役を務めている城木が不在のため、沖津自らが進行させている。そもそもこれは捜査会議ではない。

「我々の方も夏川班と同様で、輸出に重きを置く以上、ローカライズのしやすさは特に重要ではないかと考えました。部品の共通化を図るためにも研究員には外国人も少なくないだろうと。その見込みは当たっており、断片的なものではありますが、多くの外国人研究者から情報を得ることができました。また、コストを抑えるためにはＣＯＴＳ、つまり民生品の活用は不可欠ですから、ジェストロン内外の非機密部門にもパーツやモジュールの発注があるはずです。その受発注に携わった人間に当たってみたところ、こちらからも収穫がありました。いずれの情報も技術班に申し送り済みです」

「ご苦労だった」

沖津の慰労と同時に由起谷が着席する。

「それで肝心の検証結果はどうだったんですか、沖津さん」

鳥居がもどかしげに催促する。

「もう少しだけお待ち下さい……鈴石主任」

「はい」

技術班の鈴石主任が立ち上がる。捜二組の視線は、一様にこの若い女性研究者に注がれた。

「詳細は省き、検証の結果のみを報告致します。国産機甲兵装は現有機種に対し、概ね一割ほど軽量で、橋梁や路面の許容重量から従来は運用困難だった地域にも展開可能。同時に現有機種と同等以上の運動性と防護力を有し、積極的なＣＯＴＳの導入と、海外との共同開発による部品の共通化、モジュール化を図って高い生産性とメンテナンス性を実現しライフサイクルコストを抑制。現状では、戦略商品として一定の競争力を持ち得る性能であると評価できます」

「つまり、かなり優秀な機体であるということだな」

鳥居の質問に対し、鈴石主任は心なしか失笑にも似た笑みを浮かべた。

「結論を申し上げますと、最新型とは言え、ごくありふれた標準的な機体にすぎません」


小屋に近づいてくる足音でユーリは瞬時に覚醒した。同時にＷＩＳＴの銃口を向ける。

「交代の時間だ」

姿であった。

全身の節々が痛んだが、立ち上がって姿のために場所を空ける。

ステアーの銃身をつかんで雨の中へ出ていこうとしたときだった。

「皆さん、来て下さいっ」

愛染の大声が聞こえた。

横になりかけていた姿とともに走り出す。

ウィンタウンが休んでいる小屋の前に、愛染が立っていた。

「早くっ、こっちですっ」

「どうしたっ」

ユーリが怒鳴ると、愛染は小屋の中を指差した。

彼を押し除けるようにして中を覗き込む。

ウィンタウンが両目を見開いて事切れていた。その前でソージンテットが俯いて瞑目している。威厳ある広い肩が小刻みに震えていた。

「何があったんだ」

「歩哨に立つ前にウィンタウンの様子を見ていこうと思ったのだ。すると――」

マグライトを取り出したユーリは、すぐさま屈み込んで遺体の状態を調べ始める。ライザやチョーコー達が集まってきた。他の面々も。

「やっぱり保たなかったんですね、出血が酷かったし」

悄然と呟く愛染に、ユーリは冷静に告げた。

「違う。怪我のせいじゃない」

「なんですって」

ユーリはマグライトでウィンタウンの顔を照らして見せる。赤黒く腫れ上がっていた。

「頭部にチアノーゼ、まぶたに浮腫状の膨隆。結膜に溢血点がある。死斑が全身に広がっていて、死後硬直も早い。死因は窒息死。他殺だ」

闇夜の底で、全員が声を失って立ち尽くす。

「確かに君の言う通りだ。さっきは暗くて分からなかった」

ソージンテットも警察官としての理性を取り戻したようだった。

ユーリはさらに、死体の口腔内にマグライトの光を当てる。前歯の間に、ごく短い糸のような繊維が引っ掛かっていた。

次いでマグライトを周囲のあちこちに向ける。光の線の中に、雨の軌跡が無数に煌めく。ユーリは竈の残骸らしきものの中から、丸められたタオルを拾い上げた。

血と泥に汚れ、じっとりと濡れている。焼け焦げた跡が残っているところを見ると、廃屋のどれかに残されていたものと思われた。

「見ろ、死体の歯にこれと同じ糸屑が残っている。寝ているとき、こいつを顔に押しつけられたんだ。ウィンタウンは重傷で抵抗する体力もほとんど残っていなかった。殺害するのは簡単だったろう」

「待てよ。敵はこの村に一人だって入り込んじゃいない。俺とチョーコーがずっと見張ってたんだからな」

「その証言が間違っていなければ、犯人はこの中の誰かということになる」

　雨の音が一段と大きくなった。

　さすがの姿も、動揺を隠せないようだった。

「おいおい、おまえが優秀な刑事だってのは知ってるよ。しかしだな、一体誰がなんのためにウィンタウンを殺《や》らなきゃならないってんだ」

「そこまでは分からない。だがいくつかの可能性は想像できる。例えば、足手まといの怪我人が邪魔になったから始末した」

「本気で言ってるのか」

「可能性の一つを挙げただけだ。別の可能性を挙げてみようか。犯人は最初から内通者で、俺達を一人ずつ始末にかかってる」

「そっちの方がありそうだが、どうだろうな。ウィンタウンが一番始末しやすかったのは確かだと思うが、逆に考えればいつでも始末できる。おまえも言った通り、最後まで生かしておいた方が俺達の行動を制限できて犯人には好都合のはずだ。戦術的にもその方が正しい」

　姿の指摘は当を得ている。

　犯人はなぜウィンタウンを最初に殺したのか。

　ユーリは一同を振り返り、一人一人を見据えながら言った。

「全員寝ていた場所を教えてくれ。できればそれを証明してくれる者も」

「アリバイか。そいつは無理だ。みんなバラバラに寝てたからな。誰がいつ抜け出したとしても気づく者はいなかっただろう。俺とチョーコーは歩哨に立ってたが、互いに監視していたわけじゃない。どちらかがこっそり村に戻ったとしても分からない。他の者も同じだろうぜ……どうだ、ライザ」

　姿が話をライザに振った。

「雨が気配を消している。私もまったく気づかなかったし、私のことを見ていた者もいない。殺しの実行は誰もが可能だった」

「ほらな。全員に機会があったわけだ。愛染にも、そこの子供にもだ」

　全員が一斉にカマルを見る。

　彼は怯えたように愛染の背後に身を隠した。

「待って下さい、こんな子供が人を殺したって言うんですか」

　少年をかばって抗議する愛染に、

「可能性の話をしたまでさ。おまえだって、その子をずっと見張っていたわけじゃないだろう」

「それはそうですが……」

「第一、おまえがやったって可能性もあるんだぜ」

「そんな、僕がどうして」

「だから可能性の話だよ」

　ソージンテットが慎重に意見を述べる。

「君達は複合装甲モジュールのサンプルとやらのために狙われていると言っていたな。それが関係しているんじゃないのか」

「まあ、普通に考えて関係してないはずはないよな」

　全員の視線が今度は君島に向けられる。

「なんだ、俺が何をしたって言うんだっ」

　明らかに狼狽している君島に、ユーリは威嚇するように詰め寄った。

「前にも訊いたな。あのときもっと徹底して追及しておくべきだった。君島、知っていることを今この場で全部話せ。装甲モジュールの在処も含めてだ」

「知らない。俺は関係ないっ」

「そんな言いわけが通用する局面か」

後ずさった君島は、にわかには信じ難い言葉を口にした。

「言いわけなんかじゃないっ。本当に知らないんだっ」


鈴石主任はなおも続けた。

「強いて言うなら、各国が採用するC4Iシステム（軍隊における情報処理システム）に対応した柔軟な情報統制システムの搭載だけでなく、クイアコンが推進する将来の量子情報通信ネットワークへのリプレースにいち早く備えようとしているなど、多くの先進性が見られます。しかしながら、龍機兵に転用可能な設計にはほど遠いと言わざるを得ません」

失笑にも見えた笑みは、鳥居に向けられたものではない。あくまで「国産機甲兵装」に対するものだと宮近は理解した。

「今回のオペレーションに関しまして、私が最も重要であると感じましたのは次に報告する点です」

そこで鈴石主任の表情がにわかに厳しいものへと変化した。

「官邸から提供された複合装甲モジュールの資料ですが、当初から具体性の乏しさが気になっていました。肝心のデータも検閲の黒塗りばかりで、この点は軍事機密だから仕方がないと言われればその通りなのですが、触れ込み通りの成果に結びつくような技術研究が実在していたなら、私達の耳に入らないはずはありません。それでも可能な限り手を尽くして各方面に問い合わせてみたものの、該当する技術の研究を行なっている研究機関や個人研究者を見つけることはできませんでした。論文の発表どころか、噂すらないのです。となると、導き出される結論は一つ——『新型複合装甲モジュールなど存在しない』ということです」

「複合装甲モジュールなんて実在しないっ。ありもしない物の在処なんて知ってるわけないだろうっ」

恐慌をきたした君島が泣き喚く。

「もう嫌だっ。こんなことになると分かってたら引き受けるんじゃなかった！　帰してくれ、早く俺を日本へ帰らせてくれっ！」

彼の口走る内容に思考が追いつき、ユーリは愕然とする。

姿が君島の頬を平手で打った。

「どうだ、落ち着いたか」

姿は君島の胸倉をつかんで引き寄せ、

「おまえ、今なんて言った？　もう一度言え」

「複合装甲モジュールなんて実在しない……」

「どういうことだ。詳しく説明してもらおうか」

今さらながらに漏らしてしまったことの重大さに気づいたのか、君島はふて腐れたように横を向いた。

その頬を姿が容赦なく叩《はた》く。

「話せ。言っておくが俺は物覚えが悪くてな、拷問等禁止条約の条文をよく忘れるんだ」

「それは条約名のまんまなんじゃ――」

抗議しかけた君島の頬を姿が叩く。

「俺が訊いてるのはそんなことじゃないだろ？　装甲モジュールの話だろ？」

姿がさらに叩く。二度、三度。君島の頬が赤く大きく腫れ上がる。

「分かった、分かったからやめてくれっ」

幼児のように泣きじゃくる君島を、姿が荒々しく突き放す。

「じゃあさっさと話せ」


新型複合装甲モジュールは実在しない――

宮近は混乱する。

今回のオペレーションは官邸マターだったはずじゃないか――

「さて、以上の前提を頭に入れた上で、いよいよ問題の八掛、すなわち裏金の目的だ。由起谷主任」

「はい」

沖津に指名され、由起谷が再度立ち上がる。

「矢間辺洋航の方の調査結果を」

「はい。部長の指示により矢間辺洋航社員の渡航歴を調べましたところ、副社長を筆頭に幹部役員が頻繁にミャンマーへ渡っています。公表されているだけでも、面会相手はミャンマー政府の要人ばかりで、同行した社員への聴取から、複数名の国軍幹部とも会っていたことが判明しています」

沖津は厳粛な面持ちでシガレットケースからモンテクリストのミニシガリロを取り出した。

「この時期、軍需商社である矢間辺洋航の幹部がミャンマーに渡航し、政府や軍の要人と密会を重ねていた。その目的は、国産機甲兵装の売り込みしか考えられない。つまり――」

「お待ち下さい」

宮近は本能的に立ち上がっていた。

一同の視線が全身に刺さる。だが構ってはいられない。

「それ以上の発言は控えられるべきかと愚考します」

鳥居課長が癇癪の気配を示す。

腰を浮かしかけた末吉係長を、中条管理官が片手で制止するのも目に入った。

紙マッチでシガリロに火を点けた沖津は、最初の煙を吐いてから静かに言った。

「特捜部理事官としての忠告かね。それとも官僚としての忠告かね」

「それは……」

一瞬口ごもった宮近に、沖津はさらに畳みかける。

「警察官としての忠告なら、喜んで聞こう」

「全部です」

考えている暇などなかった。ましてや肚を括《くく》る余裕など。

「今ならまだ間に合います。捜査は中止すべきです。ジェストロンの強制捜査では帳簿の改竄が発見された。それだけで充分な成果として認められるでしょう。だから、すぐに――」

「宮近理事官、君は何を言いたいのかね」

鳥居に遮られた。常にも増して冷淡な口調であった。

「私達は今大変な瀬戸際にいます。これ以上踏み込んだら、ここにいる全員が破滅します」

「それくらいとっくに分かっている」

傲然と鳥居が吐き捨てる。

「圧力が怖くて捜二が務まるか。逆に訊くが、だったら君はなんのためにここにいるんだ。地検特捜部と並び、政治家の巨悪を暴くことは捜二の勲章だ。たとえどんな大物が相手であっても、こちらには捜査する正当な権限がある」

「そんなレベルじゃないんです。公務員である限り、国家には逆らえません。それにこのオペレーションは、私達全員を嵌める罠である可能性さえ――」

「君は自分が何を言っているのか分かっているのか」

「分かっています。だからこそです」

「宮近君」

そこで沖津が割って入った。いつになく優しい口調が恐ろしい。

「このオペレーションが罠かもしれないという点に関しては私も同意見だ」

「だったら……」

「君の情報源はおそらく内調方面だろうが、それこそが罠ではないと言いきれるのかね」

小野寺の切迫した様子を思い出す。

彼は典型的な権力志向のキャリア官僚だ。内調の参事官補佐にうまうまと異動した。陰謀や裏工作も厭《いと》わぬタイプだ。現代における官僚の完成形であるとも言える。

それでも、やはり――

「なんらかの意図はあるかもしれません……ですが今回に関しては、少なくとも罠ではないと感じました」

「なるほど。では事態は君の主張する通り相当に深刻なのだろう。つまり、我々はそれだけ相手の喉元に迫っているということだ」

「部長っ」

みじめさのあまり涙が出てきた。

妻と娘の顔が脳裏をよぎる。自分はなんとしても家族を守る。体裁を繕っている場合ではない。

テーブルに両手をついて頭を下げる。

「……お願いです、引いて下さい」

「捜査を中止すべきという君の主張だが、今中止したら、ミャンマーにいる三人を見殺しにすることになる」

胸を衝かれた。

シガリロの煙の奥で、沖津の目は何か遠い大きなものを見据えている。

「私達は警察官だ。国民の生命財産を守るために存在する。ミャンマーに派遣された三人には契約に伴う限定的な日本国籍しかないが、それでも警察官として任務に就いた。この場合、彼らが金で雇われた云々の理屈は聞くにも値しない」

沖津の声は小会議室の隅々にまで染み入るようだった。

「警察官も人間だ。自分の人生を自分で決める権利がある。そのことを非難できる者はいない。宮近理事官、君が望むなら捜査から外れてくれて構わない。君が関与していない事実は記録しておくから、後難を恐れる必要もない。今、我々は大きな分水嶺を前にしている。ここを越えるか否か、他の者も自身の判断で決めてほしい。繰り返すが、非難も軽蔑もしない」

捜二側にも、特捜側にも、立ち上がろうとする者はいなかった。全員が張りつめた表情で黙っている。

理性が戻ってきた。いや、理性ではない。逆だ。意地という感情だ。

宮近はポケットからヴェルサーチェのハンカチを取り出した。妻の雅美《まさみ》が毎朝用意してくれる物である。

すまない――

突っ立ったままハンカチで涙を拭い、丁寧にしまってから、宮近は再び着席した。

夏川らが目を見張っているが、気にもならない。

「では、続けよう」

何事もなかったように沖津が再開する。

「鈴石主任の報告からすると、国産機甲兵装は評価に値する最新鋭機ではあるが、他国の機甲兵装より格段に優れているとは言い難い。実際にミャンマー政府には、アメリカやドイツの有力メーカーからの売り込みが相次いでいると聞く。ジェストロンと矢間辺洋航が組んで捻出した裏金は、国産機甲兵装の導入を促すため、賄賂としてミャンマーの高官にばらまかれたのだ。これは、言うなれば『逆ロッキード事件』とも呼ぶべき事案である」

ついに沖津はそれを口にした。

逆ロッキード。殺戮兵器である機甲兵装を売り込むためミャンマー政府にばらまかれた賄賂。確かに〈官邸が最も隠したいもの〉だ。

もう後戻りはできない――

宮近は密かに決意する。自分達が生き残るためには、この国家犯罪を白日の下に晒すしかないと。

「それだけではない」

ざわめく一同を制するように沖津が発した。

「ミャンマー版ロッキード事件の発覚を政府は何よりも恐れている。〈敵〉はそこにつけ込んだ。利害が一致したと言ってもいい。龍機兵の確保を狙う〈敵〉は、なりふり構わず姿達三人の殺害を目論んだ。同時に我々を利用して、政府が特捜解体に動かざるを得ないように追い込んだのだ。先ほど私がこのオペレーションを罠であると言ったのはその点だ。この作戦は国策としての国産機甲兵装開発計画が実在するからこそ有効だった。そうでなければ、私は突入班の三人を国外になど派遣しなかった」

現代の犯罪で最先端とも言える金融犯罪を扱う捜二の面々が目を剝いている。

無理もないと宮近は思った。それほどまでに狡猾で奸智に長けた作戦だ。

奇妙なことに、宮近は己の内側に湧き上がる熱い〈何か〉を意識し始めていた。

それが一般に義憤とか正義感とか呼ばれるものであるとは認めたくない。ただ警察官としての義務を強く感じていた。

「確かにジェストロンは機甲兵装を開発していた。だけど俺は技術的なあれこれなんて何も知らない。俺が知っているのは、ジェストロンからミャンマー政府と国軍に金が流れたってことだけなんだ」

それはあまりに衝撃的な暴露であった。

今度はソージンテットが君島の髪をつかみ、

「貴様、いいかげんなことを言うとただでは済まんぞ」

「いいかげんなもんか。日本は何がなんでもミャンマーに新型機甲兵装を売りつけたいんだ。だけど機甲兵装に関しちゃ他の国の方が一歩も二歩も先を行ってる。劣勢を挽回するために、日本は賄賂を使ったのさ」

ソージンテットが君島の髪を放す。その表情から、ユーリはソージンテットに心当たりがあることを悟った。

「各国から我が国への売り込みが激しさを増しているとは聞いていた。導入機種がアメリカ製の『マニトゥ』でほぼ決まったとも……しかし、我が国の指導層がそこまで腐敗しているとは……」

「腐敗しない権力なんかあるものか。むしろ、腐敗するから権力なんだ」

したり顔で言う姿に、ソージンテットが怒りを向ける。

「ではウィンタウンも他の隊員も、日本のエゴのために死んだと言うのか」

「文句があるなら自国の政府や国軍のお偉いさんに言いな。差し当たり、ゼーナインとかいう野郎が金を受け取ってるのは間違いないぜ」

ユーリは腰を屈めて嗚咽する君島に顔を近づけ、

「おまえはさっき『引き受けるんじゃなかった』とか言ってたな。誰に何を頼まれたんだ」

「おまえらの仲間だよ」

「警察、ということか」

君島はざまを見ろとでも言わんばかりの顔をして、

「そうだ。公安の奴だ。確か寒河江と名乗ってた」

「やっぱりあいつか。何か仕掛けてるだろうとは思ったが、ここまでやってくれるとはな」

感心したように姿が呟く。

雨の冷たさではなく、猛烈な嫌悪感に、ユーリはその身を震わせた。

警察はまたしても俺を裏切るのか――

「言っておくが奴はたぶん、ただの連絡窓口だ。本人がそう仄めかしてた。奴の後ろにはもっともっと大きい力が控えてる。当たり前だよな。日本からミャンマーの高官にリベートが贈られた。誰が考えたって大事件だ。公安の管理官といえども、その程度の役人がどうこうできるレベルの話じゃない」

「そもそもおまえはどういう経緯で関わったんだ」

叫び出したくなる衝動をかろうじて自制し、ユーリは尋問を続ける。

「これでも俺はジェストロンの管理職だったんだ。企画推進部の係長補佐。下っ端に近い中間管理職さ。大した権限もない役職なのに、たまたま社内の極秘案件を知ってしまった。しかもそれが上層部にバレちまって、これはヤバいと思ってたところへ接触してきたのが――」

「寒河江だったというわけか」

「そうだ。奴は自分の言う通りにすれば安全を保証するし、大金まで払うと言ってきた。ジェストロンでの出世も約束するとな。口封じの意味もあると思ったが、俺としては乗るしかなかった」

「待て。ジェストロンの新製品を持ち逃げして国際指名手配になった男が、どうしてジェストロンに復職できるんだ。おかしいとは思わなかったのか」

「寒河江だけでなく、CFOの満田さんまで出てきて俺に言ったんだ――目玉のはずだった新型複合装甲モジュールの開発が遅れていて、このままじゃ政府に言いわけできないどころか株主総会も乗りきれない、そこで一旦盗まれたことにして時間を稼ぐ、君は公安の要請を受け、中国のスパイを引きつけるためにあえてサンプルを持って逃亡したことにする、帰国したときには役員の椅子が待っているってな」

あらゆる詐欺において、普通なら誰も信じないような大きい嘘であるほど人は騙されやすいという。ましてや本物のＣＦＯと現職の公安警察官が揃っていれば、自尊心の高い君島など引っ掛けるのは簡単だったろう。

「中国が各国の大企業にスパイを飼っているのは誰でも知ってる事実だから、スパイを引きつけるためってのは、なるほど一石二鳥だと思ったよ。それで俺は言われるままにバングラデシュに入った。そこでは受け入れ役が待っていて、段取りをすべてつけてくれた。でもミャンマーに密入国するときはマジでヤバかった。民族浄化の真っ最中だ。この世の地獄ってのはああいうのを言うんだろうな。あっちこっちで見境なしの大虐殺でさ、案内役の男なんか巻き添えを食らってロケット弾で吹っ飛ばされたくらいだ」

話すうちに興奮してきたのだろう、君島は時と場所にそぐわぬほど饒舌になっていった。

「収容所の所長には話が通ってたから、待遇はよかったぜ。後はのんびり寝転びながら日本からの迎えが来るのを待てばいいだけだった。少なくとも俺はそう言われてたんだ。なのにこんな目に遭うなんて聞いてなかった」

ユーリは姿と目を見交わし、

「要するにこいつは、俺達をミャンマーに誘い出すための餌でしかなかったということだ」

「まだ辻褄の合わないところがあるぜ。最初に襲撃されたとき、敵部隊はバスを攻撃しなかった。こいつがただの餌で、真の目的が俺達なら、最初からバスを狙えばよかったんじゃないのか」

「最初の襲撃者はゼーナイン直属の特殊部隊ケービェだった。発想自体が軍隊のものだ。命令も徹底していたに違いない。俺達全員を一発で仕留められればいいが、そうならなかった場合についても熟考していた。おまえの言う〈戦術的に正しい〉というやつだ」

「こいつがサンプルの在処を知っていると俺達が信じたままでいる方が望ましいというわけか。こいつをガードするために俺達はよけいな苦労をしなくちゃならないと」

「そうだ」

「じゃあ遺跡のあった草原での待ち伏せはどうなる。俺達は全員処刑されるところだったんだぜ」

「状況を思い出せ。あそこへ和義幇《フーイーバン》の連中が現われたのはあくまで偶然だ。俺達の処刑は確実だった。つまり、君島の役目はその時点でもう終わっていたということだ」

姿が面白そうに君島をからかう。

「聞いたか君島。おまえは最初から始末される運命だったんだよ」

「そんなことのために俺は……」

「俺達の命が〈そんなこと〉ってのはちょっとばかり酷いじゃないか。まあいいさ、聞いた通りだ。おまえの役目はもう済んだ。短い付き合いだったな、君島。さあ、とっとと消えてくれ」

君島は改めて愕然としたようだった。

「俺を置いていくってのか」

「そうだよ。帰りは足許に気をつけてな。それからゲリラにも。もちろんミャンマー軍にもだ。奴らはおまえを消せっていう命令も受けてるようだからな」

「そんな、おまえ達は警察官なんだろう？　俺を日本に連行しろって命令されて来たんじゃなかったのか」

恥も外聞もなく、君島は姿の足にすがりつかんばかりになって哀願する。

「お願いだ、助けてくれ、助けてくれよ」

「悪いな。一時雇われの身とは言え俺達は確かに警察官だが、今は日本政府と日本警察にはらわたが煮えくり返ってるところなんだ」

ない。

「それくらいにしておいてやれ、姿」

ユーリはうんざりとした思いで同僚をなだめる。

日本に対する怒りは姿と同じだが、今は警察官としての責任感が勝った。

それに――君島は国際犯罪の生き証人だ。なんとしても日本に連れ帰り、法廷で証言させねばならない。

「全員で力を合わせて生還する。権力者に対して俺達ができる復讐はそれしかない」

同時に根本的な不安を打ち消すことができない。

この中にウィンタウンを殺した裏切り者がいる――どうやって力を合わせるというのだ――


捜査二課は、あくまでジェストロンと矢間辺洋航の贈収賄事件という名目で全体の裏付け捜査を進めること。

特捜部は城州グループがどう関与しているのか、極秘裏に捜査を続けること。

沖津特捜部長は今夜中に急ぎ五味内閣情報官と調整を進めるとともに、各方面に対し内々に接触を試みること、それらの目的は官邸の動きを少しでも鈍化させるためであること。

以上の方針を確認し、小会議室における深夜の会合は終了した。

捜査二課の面々は末吉の自家用車で引き上げた。由起谷と夏川は捜査班のフロアに戻った。両名とも今夜は仮眠室に泊まると言っていた。

宮近は一人、アプリで呼んだタクシーの到着を庁舎のエントランスホールで待った。天気予報の通り、外は雨になっていた。

これでよかったのだろうか――

薄暗い無人のホールに立っていると、妻や娘の顔に交じって、そんな思いが湧いてくる。

雅美は許してくれるだろうか。久美子《くみこ》は父親を理解してくれるだろうか。

いくら考えても、悲観的な結論しか出てこない。

分かっていても、自分にはこうするしかなかった――

「宮近理事官」

背後から桂主任に呼びかけられた。

「はい？」

疲労感を隠すこともできないまま振り向くと、主任は意を決したように言った。

「先ほどの理事官のご決断、さぞおつらかったこととお察し申し上げます。ご家族のこと、ご心配でしょう」

「いや……」

宮近は俯くしかなかった。庶務担当の桂主任には自分の家族構成のみならず、縁戚関係まで把握されている。妻の雅美は、丸根総括審議官夫人の姪であった。

「理事官は警務部人事一課の仰木《おおぎ》管理官が自殺なさった事件、覚えておられますでしょうか」

「ああ、それなら……」

覚えている。『狛江《こまえ》事件』の少し前だ。当時は警察内でも大きな問題となりかけたが、直後に発生した狛江事件の余波ですぐに忘れられた。

「詳しくは知らないが、不幸な事件だったようだね」

宮近は慎重に言葉を選んだ。仰木警視の自殺が極めて微妙な案件である上に、主任がこんなときにどうしてその話を持ち出してきたのか、真意を測りかねたからだ。

「当時私は、人一《じんいち》に在籍しておりました」

「えっ……」

桂主任が警務部の出身であるとは聞いていたが、迂闊にも仰木の事件と結びつけて考えたことは一度もなかった。

「はっきり申し上げましょう、あれは警察内の人事を巡る謀略の末に起こった悲劇でした。そして私もまた、その謀略に関与していたのです」

警視庁警務部は警察組織の中枢とも言える人事を管轄する。中でも人事一課――人一は、警部以上の幹部職員の人事を担当する。人事がすべてと言っていい官僚社会で、警務部の権力は絶大だ。それだけに、警務には決して表に出ることのない警察の澱が沈殿している。

桂主任の言う「謀略」が具体的にどんなものであったのか、宮近には訊く気もなかったし、また訊かずともおおよそは推測できた。それはおそらく、警察内部で常に起こっている〈事故〉、あるいは〈不可抗力〉の一つにすぎない。

「仰木さんの死に、私は警察官であることの意味を自問せずにはいられませんでした。こんなことを繰り返していて国民を守れるのか、いえ、国民に顔向けできるのかと。警察を辞めようとさえ思いました。だって、私が人殺しに加担したのはまぎれもない事実なのですから。人を死に追いやりながら立件もされない、起訴もされない。それどころか首謀者はみんな出世した。でも罪は永遠に消えません。できるなら自分も死んでしまいたかった。そんなとき、沖津部長に出会ったのです」

そうだったのか――

「特捜部に来て、私は警察官として生きる決意を新たにしました。ここで、私は私にできることを一からやり直していこうと。実を言うと、今夜の会合に私まで呼ばれたのは、主任級以上という括りの他に、部長には別の意図があったんじゃないかと思います」

「別の意図だって」

「はい、今回の事案に対処するに当たり、部内の結束維持を図る――部長はそこまで危機感を抱いておられるように感じました」

それは宮近もまったく同意見であった。現に自分は部長に対し、あろうことか捜査の中止を迫った。

あの部長には、自分の心理など先刻お見通しであっただろう。

今は心から理解できる。沖津部長が桂絢子という人物を特捜部に招いた理由が。

「私にそれができるかどうかは分かりませんが、部長の期待には応えたいと考えていました。でも今夜、私は確信したんです。部長の心配は杞憂にすぎないって」

主任の視線が、柔らかく自分の深奥へと差し込んでくる。

彼女の意志と覚悟は明らかだ。そのことに宮近は少なからず励まされ、また意を強くした。

自分は間違っていなかった――

しかし、そこで桂は声を潜めた。

「ただ、一つだけ今の私にはどうしようもないことが……」

そのとき宮近の携帯端末に着信があった。タクシーが到着したのだ。

「すまない、車が来たようだ」

「あっ、申しわけありません」

桂主任は慌てて自らの話を打ち切り、何事もなかったように頭を下げる。

「お疲れ様でした。どうかお気をつけて」

「ありがとう。じゃあお先に」

挨拶を返して庁舎を出る。

雨の中を駆け足でタクシーに乗り込み自宅の住所を告げてから、宮近は小さく安堵の息を吐いた。

いいときに車が来てくれた――

彼女の話の続きを、それほどまでに聞きたくなかった。

主任の言わんとしたことは分かっている。

〈気配りの双璧〉と言われた桂絢子であっても、現状では手の出しようもない案件。それは、双璧のもう一方――城木のこと以外にあり得ない。

7

襖の開かれる微かな音に、城木は浅い眠りを妨げられた。

半身を起こすと、闇の中に白い人影が佇んでいるのがぼんやりと浮かび上がって見えた。

「貴彦兄さん」

毬絵の声だった。枕頭の腕時計を取り上げる。午前一時二十二分。いつの間にか降り出していた雨が、閉ざされた雨戸を叩いている。

「入ってもええ？」

「いいけど、どうしたの、こんな時間に」

「ごめんな、貴彦兄さん、今夜も遅いお帰りやったから……ほんまに昭夫兄さんゆうたら……」

和風の夜着の上に白く薄いカーディガンのようなものを羽織った毬絵が、枕元に座り込む。

「実は貴彦兄さんに見したい物があって……誰にも内緒やねんけど、貴彦兄さん、いっつも昭夫兄さんと一緒で二人きりになれる時間があらへんかったさかい……」

幼馴染でもある従妹だから無思慮に受け入れてしまったが、考えてみれば常識的とは言い難い訪問である。

そのことを質そうとした城木の機先を制するように、毬絵は話を切り出した。

「城之崎《きのさき》総業が潰れるゆう話、聞いてる？」

「城之崎総業？」

半身を起こした城木はしばし首を捻り、

「聞いてるも何も、そんな会社、全然知らないよ」

「嫌やわあ、城州グループの系列やないの。もう、これやさかい貴彦兄さんは」

「すまない、僕はそっちの方とは距離を置いてたから」

「ええわ、それよりこれを見て」

毬絵は携えていた風呂敷包みを開き、中から書類の束を取り出した。ダブルクリップで留められているところを見ると、どうやらコピーであるらしい。

「城之崎総業は三百億の負債があって、いよいよあかんようになったさかい民事再生法の適用を申請する予定らしいんやけど、これは城之崎総業の総勘定元帳やねん。もちろん全部やあらへんけど」

総勘定元帳とは会計帳簿のことである。城木は手を伸ばして行灯《あんどん》型電気スタンドのスイッチを入れた。毬絵が一瞬眩しそうに目を細める。

布団の上にあぐらをかいてページを繰る。

城之崎総業。代表取締役、城守朔子。取締役専務、城方要造。取締役常務、城之崎太郎《たろう》。取締役、城方肇。取締役、城邑昭夫――いずれも城州ホールディングスの中心メンバーである。毬絵の兄である昭夫まで加わっていた。

城州ホールディングスの経営陣はいずれも系列企業の代表や役員を兼任している。しかしここまで顔ぶれが一致しているのは珍しい。

「うちが知ったんは嵯峨野に行った次の日やねん。昭夫兄さんの部屋にあったんをなんの気なしに見てしもて……」

金融犯罪に詳しいわけではないが、読み進めるうちに城木は自分の顔色が変わっていくのを自覚した。

「毬絵ちゃん、これは……」

「ね、ちょっと変やろ？　そう思て、うち、こっそりコピーしといてん」

薄物の襟をかき合わせ、毬絵は恐ろしそうに周囲を見回す。

「こんな誰にも相談でけへんし、貴彦兄さんに教えてるとこ、誰かに見られたりしたら……この家で働いとる人は尾藤さんの息のかかった者《もん》ばっかりやし」

執事の尾藤は、城邑家を中心とした京都城木家を守るという妄執にも似た忠誠心に凝り固まった人物である。毬絵が夜中に忍んできた理由がようやく理解できた。

「ありがとう、毬絵ちゃん。よく教えてくれたね」

「これ見したんは、なんとか昭夫兄さんを……」

「分かってる。でも約束はできない。もし昭夫さんが知ってて加担してたってことになると……」

「それをなんとかしてて頼んでるんやないのっ」

興奮した声を上げてしまい、毬絵は慌てて口を閉じ様子を窺う。

寝静まった邸内に変化はなかった。聞こえるのは雨の音ばかりである。

毬絵はほっと息を吐くと同時に、気が抜けたように肩を落とした。

「そうやね、貴彦兄さんは警察やもんね」

「まだ昭夫さんが法を犯したと決まったわけじゃないよ」

城木は姿勢を正して毬絵に向き直った。

「僕にできるだけのことはする。それだけは信じてほしい」

「お頼みします」

畳の上に両手をついて丁寧に辞儀をした毬絵は、立ち上がって襖に手を掛けた。そのまま出ていこうとしていたが、ふと足を止めて振り返った。切なげで、どこか思いつめたような表情だった。

「あの、貴彦兄さん……」

なんだい、と聞き返す間もなく、毬絵はごまかすように首を振った。

「いいえ、なんでもあらへん……おやすみなさい」

そして来たときと同様に足音も立てずに退室した。

何を言おうとしたのか気にかかったが、襖が閉じられると同時に城木は改めてコピーに視線を落とした。

これは大変なことになる――

携帯端末を取り上げ、コピーの写真を撮ってから要点や疑問点のメモを作成する。

城州グループは政府調達との関係もあり、系列下の企業はいずれも業績好調と聞いていた。にもかかわらず、城之崎総業のみが破綻するとはどういうことか。仮に破綻を避けられないほどの事情があったとしても、同グループ他社が支援しようとしないのはなぜなのか。

眠気などすっかり消し飛んでいた。一時間あまりもかけてその作業を終えてから、そっと障子を開けて外の廊下を確認する。人の気配はない。長く延びた洞穴を思わせる薄闇の左右で、ただ雨音だけが単調に響いている。

再び障子を閉めて携帯端末の番号リストを呼び出した。しばし迷った末に発信ボタンを押す。

〈沖津だ〉

深夜であるにもかかわらず、特捜部長はすぐに出た。

「城木です。ご報告したいことがあります」

城之崎総業の会計帳簿について、声を潜め手短に告げる。

電話の向こうで相槌さえ打たずに聞いていた沖津は、城木の話が終わると同時に言った。

〈こちらでも重大な事実が判明したところだ。今の報告とも符合すると思う。いいかね、よく聞いてほしい〉

8

翌日も夜の明けきらぬうちから、一行はカマルの案内に従い密林の中の小道を進んだ。ダジャーミンの襲撃により、谷へ下りてそのまま渓谷沿いにパレッワへと直行するルートが使えなくなったため、山を往くことを余儀なくされたのだ。カマルによるとかなりの回り道になるという話であったが、こうなってはやむを得ない。

場所によっては山刀やナイフで雑木のブッシュを切り払いながら前進する。どこまで行っても緑であり、雨である。体力は刻々と消耗する一方だ。そんな道ではあっても、人目を避ける必要があるのは事実であるから文句も言えない。

装備を詰め込んだ麻袋の肩紐が肩に食い込む。その痛みはすぐに耐え難いものとなった。両肩に鋸の刃でも当てられているかのような苦痛である。普通のリュックサックと違い、ロープを肩紐として代用しているのだから当然だ。姿の発案で、一行は何重にも重ねた厚い木の葉をパッド代わりに肩に当てた。少しは楽になったが、あくまで程度問題で苦痛が完全に去ったわけではない。体力的に劣る君島と愛染の荷物を減らし、姿はユーリ、チョーコーと分担して担いだ。

歩きながら姿は少年の様子を観察する。カマルは山の生まれにふさわしく、泣き言の一つもこぼさなかった。

無線はおろか正確な地図もコンパスもない。複雑な地形での上り下りを繰り返すうち、ジャングルの行軍には慣れているはずの姿も方向感覚を失った。空は厚い雨雲に覆われて太陽の位置も定かでない。空が見える場所はまだいい方で、鬱蒼たる木々に頭上のすべてが覆われて光すら差さぬ場所がほとんどだった。これほどまでに過酷な行軍はさすがの姿も数えるほどしか経験はない。

「まだ着かないのか」

疲労のあまりうずくまって嘔吐した君島が、悲鳴のように泣き言を漏らす。応じる者は誰もいない。口を開けばそれだけ体力が失われるからだ。

午後五時過ぎ、またも焼き払われた村の跡に出くわした。カマルによると、やはりロヒンギャの村ということだった。

前夜の野営地と違い、全焼を免れて屋根の残っている家が何軒か見つかった。

ソージンテットは中でも大きな廃屋の前で足を止めた。

「今夜はここに泊まることとする。ただし全員一緒にだ。昨夜の愚は繰り返さない」

もちろん姿にも異論はなかった。

「すぐに火をおこそう。濡れたままだと低体温症になるおそれがある。こういうときは疲労凍死が一番怖いんだ」

全員で廃材を集め、姿が固形燃料を使って点火する。湿っていた廃材がなんとか燃え出してくれた。その間にライザとチョーコーコーが窓や隙間をさまざまな物で塞ぐ。明かりが漏れないようにするためだ。

焚き火の暖かさが廃屋に広がっていく。炎を見つめる全員の目に生色が戻ってきた。

これでいい――姿も煤と埃の積もった床の上に腰を下ろす。

今夜は多少なりとも楽に眠れそうだ。


その翌日もまた同じような山路が続いた。雨がやんだ分だけ昨日よりは楽と言えたが、代わりに猛烈な蒸し暑さが襲ってきた。雨に冷えて凍えるのもつらいが、高温の蒸し風呂に押し込められているような暑さは際限なく体力を奪っていく。水分や塩分の補給を怠るわけにはいかないが、携行するミネラルウォーターやソルトタブレットも残量はごくわずかだ。このままでは敵に発見される前に確実な死がやってくるだろう。

暗い樹林帯を抜け岩稜を横断しているとき、強い風が吹きつけて姿は思わず片手で顔を覆った。そのとき、頭上を覆う雲を通して、太陽らしきぼんやりとした丸い光の位置が判別できた。反射的に腕時計で時間を確認する。午前九時九分だった。

おかしい——

「どうした」

足を止めて空を見上げる姿の背後から、ユーリが小声で尋ねてくる。

「あれだ」

姿は視線の先を示したが、不確かな光源はすでに厚い雲に隠れていた。

「一瞬だが太陽が見えた。この時刻で太陽の位置があそこだとすると、俺達は北北東からさらに北寄りに進んでることになる」

その意味をユーリはすぐに察したようだった。

「おい、何をしている」

姿の前を歩いていたソージンテットが振り返った。

「別に。俺達もそろそろ限界だってぼやいてたのさ」

「この先にいい場所があるらしい。そこで休憩にしよう」

「いいね」

何食わぬ顔で答え、歩き出す。ちらりと振り返るとユーリが無言で頷いた。


朝の食卓で、城木はさりげないふうを装って朗らかに告げた。

「毬絵ちゃん、今日、何か予定とか入ってる？」

「なんやの、うちやったら空いてるけど」

「雨もやんで今朝は天気がいいから、三十三間堂でも歩いてみたいなと思って」

「ええねえ。うちでよかったら、喜んで案内するわ」

通じた——

毬絵はこちらを見つめ、ごく自然な態度で応じてくれた。

蕎麦素麺を啜っていた昭夫も、碗を置いて賛同する。

「そらええわ。毬絵、昼ご飯に『坂栄《さかえい》』で鱧《はも》でも食べ。あそこやったら間違いなしや」

「そやけど、今から予約取れるやろか」

「僕が店長に電話しとくさかい、大丈夫や。一時くらいでええやろ。安心して行ってきい」

「わあ、おおきに兄さん」

「どうもすみません」

「ええからええから。今日は二人とも楽しんでき。その代わり貴彦ちゃん、夜は僕と付き合うてや」

「もう、兄さんはすぐそれや」

戯れるように笑いさざめく兄妹を前に、城木は九条葱のぬた和えを口に運んだ。

毬絵がちらりと城木を見る。屈託のなさそうな笑顔の下に、怯えの翳が一瞬覗いた。

二時間後、下京区の路地を並んで歩きながら毬絵はどこか浮かれたように言った。

「なんや、うちまで刑事になったような気分やわ」

「遊びに来たんじゃないんだよ。危険はないと思うけど、何かあったら……」

たしなめる城木に対し、毬絵は悪戯っぽい笑みを浮かべ、

「分かってますて、城木警視さん……あ、ここが花屋町通りやさかい、こっちやわ」

毬絵は城木の腕を取って足を速める。本当に探偵ごっこでもしているようだ。

三十三間堂観光を口実に、城木は従妹に城之崎総業本社までの同行を頼んだのである。昨夜の雨とは一転した陽気のせいか、ともすれば城木自身も行楽気分に傾きそうなくらいであった。

弾むような足取りの毬絵は、城木の指示通り一般的なビジネススタイルに近い服でコーディネートしているが、若い会社員のものにしては不釣り合いな品質の良さはどうにも隠しようがない。そのことが気にならないのか、あるいは単に気づいていないのか、当の毬絵は携帯端末で熱心に地図を調べ

ている。

　昨夜沖津から聞かされた裏金の話は、毬絵にはまだ伝えていない。防衛省からの発注を最初に請けて矢間辺洋航に出したのは他ならぬ城州グループである。城之崎総業の件がどう絡んでいるのかは分からないが、毬絵の行動はひたすらに兄を案じてのことだ。傍らを歩く毬絵の様子を見ても、とても教えられたものではなかった。

「こっちの方で合《お》うとるはずやけど……」

　周囲の町並は烏丸御池《からすまおいけ》周辺のようなビジネス街とはまるで異なる、なんとも下町風情にあふれたものだった。

「ここやわ」

　毬絵が指差したのは、三階建ての老朽ビルだった。入口脇の案内板を見ると、確かに城之崎総業が入居している。

　エレベーターがないので三階まで階段で上る。

　城之崎総業と記されたプレートが掲げられたドアは、とても城州グループ企業のものとは思えなかった。

　城木が指示を発する前に、毬絵は呼び鈴のボタンを押していた。さっきまでの明るい表情は完全に消えている。心持ち緊張しているようだった。

「はい？」

　ドアが開かれ、くたびれた初老の女性が顔を出した。城州ホールディングスの役員である毬絵を見てもまったく反応しなかった。

「お忙しいところ申しわけありません。私どもは経営セミナーのプランニングについてご相談を承っております『京都ビジネスソリューションサービス』から参りました」

　練習した通りの文言を毬絵が口にする。相手が毬絵のことを知っていたら役員一族の一人として中に入る手筈であった。そのためにわざわざ毬絵に同行してもらったのだ。

「そんなんは結構ですから」

横から城木が中を覗き込むように食い下がる。

「よろしければ少しだけでもお話を……」

「ここには私しかおりまへんさかい」

「これは失礼しました。あなたが社長さんでいらっしゃいますか」

「ちゃうちゃう、私はただのパートどすがな」

少しだけ中の様子が見えた。段ボールがいくつか置かれているだけで、通常の企業活動が行なわれている場所とは到底思えない。

「さ、はよ帰っとくれやす」

女性は面倒そうにドアを閉めようとする。

「では経営者の方は今どちらに」

「知りまへんがな、そんなん」

音を立ててドアが閉ざされた。

城木は毬絵と顔を見合わせる。

間違いない——城之崎総業は典型的なトンネル会社だ。


そこは周囲を灌木に囲まれた草地であった。油断するわけにはいかないが、追手に発見されずに休息を取るには最適と言えた。

各自が思い思いの場所に陣取って、携行食を口にしたり、寝転んだりしている。

姿は彼らから距離を取り、手頃な岩の上に腰を下ろした。ユーリがごく自然な動作で背中合わせに座る。

「遠回りにしても、ちょっとこれは遠すぎないか。俺の感覚だと、とっくにパレッワに着いていてもいい頃だ」

目の前の草を眺めながら、背後のユーリにだけ聞こえる声で言う。

「俺もそう感じていた」

ユーリの返答は、苦衷と寂寥とを滲ませるものだった。

それに応えるすべを知らず、無為に足許の草を蹴っていた姿は、爪先に異様な感触を感じて腰を上げた。

なんだ、これは――

草の中から、半ば土に埋もれていた細長い棒のような物を拾い上げる。

錆の上に固い泥がこびり付いた文字通りの出土品だが、明らかに軍刀だった。束の部分に何か記されている。小石を拾い、泥と錆を擦《こす》り落とす。はっきりとは読み取れないが、漢字とカタカナであるのは間違いなかった。

「どうした」

肩越しに軍刀をユーリに渡す。

「旧日本軍の装備だろう。そんなのはミャンマー中に散らばってるそうだが、俺の足許にあったってのはさすがに因縁を感じるぜ。『偶然を信じるな』ってのは部長の言う通りだと思うが、俺の場合は『因縁は気にしろ』だ」

「インパール作戦に従軍した日本兵の物だと言うのか」

「因縁を気にするとな。白骨街道と呼ばれるのはティディム峠から続くティディム街道が有名だが、インパール作戦の撤退ルートは一つじゃない。中には隊からはぐれてばらばらに撤退した兵も大勢いたはずだ。目的地から大きく逸れていることさえ気づかず延々歩き続けてな。少なくともその一人がここまで辿り着いたってことだ」

軍刀をしげしげと見つめていたユーリが顔を上げる。

「だとしたら、俺達のいる場所は」

「ああ、もう疑いの余地はない」

苦い思いを嚙み締めながら周囲を見回す。

離れた場所に座ったライザが、周囲を警戒しつつこちらを見ている。

姿の座った場所から見えるのはライザとソージンテットだけだった。

「大尉、話がある」

立ち上がったソージンテットが不審そうな顔でやってきた。

「どうした」

「さっき太陽の位置が見えた。パレッワに向かうにしちゃあ、北に逸れすぎている。あんたもいいかげん気づいてるはずだ。それに、これだ」

姿の合図でユーリが手にした軍刀の遺物を示す。

「俺がここで見つけた」

ソージンテットはその場で大声を張り上げた。

「総員集合せよっ。急げっ」

疲労を色濃く残した様子で四方から皆が集まってくる。

「こっちはとっくに限界なんだ。もっと休ませてくれたっていいだろう」

岩陰から現われた君島が文句を言う。

「話がある。早く来い」

愛染とカマルもそれぞれ別方向から寄ってきた。

「チョーコーはどうした」

ソージンテットがあたりを見回し、低い声で呼びかける。

「チョーコーコー、どこにいる、チョーコーコー」

返事はない。

「最後にチョーコーコーを見た者は」

全員が互いに顔を見合わせる。すぐに答える者はいない。

「さあ、みんな思い思いに寝転んだりしてましたから……誰がどこに行ったかまでは……」

おずおずと愛染が言う。

「手分けして探すんだ。いや待て、姿警部と愛染は私と来てくれ。オズノフ警部は君島と、ラードナー警部はカマルと行け。互いに目を離すな」

「了解した。ただしいつまでも捜索はできない。十五分間に限ろう。集合場所はここでいいな」

「よし。発見できなくても十五分が過ぎたらここに戻る」

姿の提案にソージンテットが同意する。

三つのグループが三方向に別れて散った。姿は愛染とともにチョーコーコーを捜索した。大声で呼びかけるわけにはいかない。追手に発見される危険があるからだ。

懸命に藪をかき分けて歩き回ったが、たちまち十五分が虚しく過ぎた。

先ほどの場所に引き返すと、他の者はすでに集まっていた。全員が蒼白になっている。

ユーリがこちらに向かって言った。

「チョーコーコーを見つけた。死んでいる」

「なんだって。殺されたのか」

ソージンテットの質問にユーリが首を左右に振る。

「どういうことなんだ」

「ともかく来てくれ」

ユーリの案内に従い、全員で移動する。長身のロシア人は西側の繁みへと入っていった。

「こっちだ。気をつけて進め」

見通しの利かない藪の中を進んでいた姿は、突然開けた視界に危うく声を上げそうになった。すぐ先は断崖となって切れ落ちている。注意していないといきなり真っ逆さまに墜ちてしまいそうだ。

「あれだ」

ユーリが崖の下を指差した。全員が怖々と足許を覗き込む。

「チョーコーコー……」

ソージンテットが絶句する。

三〇メートルほど下の地面にチョーコーコーが倒れていた。頭部を中心に鮮血の輪が広がっている。墜死だ。

「俺が見つけた。すぐに調べたが、崖の上に落下時の状況が分かるような痕跡はなかった」

ユーリが冷静な口調で説明する。確かに崖の際まで草木が密生しており、足跡等は判然としなかった。

「なるほど、これじゃ自分で足を滑らせたのか、それとも誰かに突き落とされたのか、なんとも言いようがないな」

「こんな所にいたらこっちまで落っこちそうだ。早く引き返そう」

四つん這いになった恰好で君島が悲鳴のような声を上げる。今だけは彼の主張する通りであった。

草地まで戻ってから、姿は自分の考えを口にした。

「あんな地形だ、はっきり言って事故の可能性は否定できない」

予期した通りソージンテットが反論する。

「彼はそんな迂闊な男ではない」

「まあ落ち着けよ、大尉。ウィンタウンが殺された後だ、俺だってそんな偶然は信じない。チョーコーコーは責任感の強い男だったな」

「それは私が保証する」

「なら誰かがチョーコーコーを誘い出し、突き落とした可能性も充分に考えられる。例えば、『この先の崖から敵らしい影が見えた』とか言ってさ」

ソージンテットは考え込んで、

「問題は誰がやったかだな」

「俺とユーリは一緒にいた。それは大尉、あんたも見ていたはずだ。ライザもな」

「だがずっと見張っていたわけではない。私が見ていない間にどちらか一人が離れたとも考えられる。第一、君達は全員仲間じゃないか」

「こっちだってあんたをずっと見てたわけじゃないぜ」

「私が部下を殺したと言うのか。馬鹿馬鹿しい」

「もしあんたがゼーナインやエドガー・リンから金をもらっていたとしたら？」

ソージンテットの面上に怒気が浮かんだ。

「その発言をただちに撤回すると言うなら聞かなかったことにしてやろう」

「さあて、どうしようかな」

「やめろ、姿」

ユーリがどこか悲しげに言い、ソージンテットに詫びる。

「すまない、無意味な揶揄はこの男の悪い癖なんだ。俺にも姿にも、犯人はすでに分かっている」

「なんだって」

ソージンテットだけでなく、他の者達も瞠目する。

「誰なんだ、知ってるんなら早く言えよっ」

裏返った声で君島が喚く。

ユーリはカマル少年に向き直り、優しく、そして厳しく告げた。

「君は小さい頃からパレッワへ行商に行っていたという話だったね。なのにビルマ語がまったくできないというのは少し変じゃないか。ロヒンギャは基本的にロヒンギャ語しか解さないという知識があったため、我々はかえってその点を見過ごしてしまった」

愛染が驚きつつもそれをロヒンギャ語で少年に伝える。

カマルは何事かしきりと訴えている。反論しているようだ。

彼に歩み寄ったユーリは、化石のような軍刀を手渡した。

「これは姿がさっき見つけた旧日本軍の遺物だ。根拠は何もないが、仮にこれがインパール作戦に従軍した兵士の物だとしよう。インパール作戦の撤退ルートはいずれもパレッワとは離れすぎている。そうだ、君の案内に従って進んでいた我々はすでにパレッワの西側を通り過ぎ、山岳地帯を北へと深く入り込んだ。つまり、ここだ」

軍刀を受け取った少年は、反論をやめ、じっとユーリを見つめている。

ユーリはその視線を正面から受け止めて、

「決定的だったのは、ウィンタウンが最初に殺された理由だ。あれは子供でも実行可能な殺人だった。チョーコーコー殺しもそうだがな。しかしどう考えてもウィンタウンを最初に殺すのは有益ではない。なのにあえて殺害した。その理由は何か」

一旦言葉を切り、ユーリは深い息を吐いて暗褐色の空を仰いだ。

再びカマルを見据え、核心を告げる。

「簡単だ。ウィンタウンが警察官だったからだ。最も単純にして強力な動機。つまり、怨恨だ。そう考えればすべての筋が通る」

少年は憎悪を露わにしてソージンテットを指弾した。ロヒンギャ語ではなかった。ビルマ語だった。

狼狽しながら愛染が英語に訳す。

「『警察は軍隊と一緒になって父さんと兄さんを殺し、母さんと姉さんに何度も何度も乱暴した。それから村に火を点けて焼き払った。近くの村も全部やられた。警察はみんな同じだ。ぼくは仇を討ったんだ』」

ミャンマー国軍による民族浄化作戦において、最も特徴的なのはシステマティックに実行された性暴力だ。ロヒンギャの女性が暴行されたときの手口は一致していて、必ず子供達の目の前で行ない、彼女達の着用するヒジャブを目隠しに使ったという。肉体的な後遺症も深刻だが、精神的恐怖から故郷への帰還の意志を喪失させる極めて非人道的な戦略である。

政権を握る以前のアウンサンスーチーは、国内の民族対立における分断の手段として性暴力が用いられていると発言していたが、現在は正反対の主張を繰り返している。

「『ぼくの友達は、生きたまま次々と燃える家へ放り込まれた。火の着いたシャツを脱ぎながら飛び出してきた子は、髪をつかまれ、もう一度炎の中に投げ込まれた。隠れていたけど火が消えた後で見つかった子は、木や石に頭を叩きつけられて殺された。みんなの泣き叫ぶ声を、ぼくは絶対に忘れない』」

姿がソージンテットに問いかける。

「あんたもやったのか」

しばしの沈黙の後、彼は答えた。

「我が国に寄生するベンガリは一人残らず駆除せねばならない。だが私も部下達もこの子供の村には行ったこともない」

「他の村ではやったってことか。残念だよ、大尉。俺はあんたが好きになりかけてたところだったんだ」

「中国も日本もアメリカも、自国で差別を行ないながら我が国が差別的だと非難する。その一方で我が国に武器を買えと迫る。君達は疑問を感じないのか」

「大いに感じるが、少なくとも俺達はレイプにも民族浄化にも加担しない」

「私は国家に忠誠を尽くす警察官として、誇りを持って自らの義務を果たすまでだ」

湧き上がる激しい怒りを、ユーリは静かな口調で叩きつける。

「あんたは間違っている」

「なに？」

「警察官の誇りとはそんなものじゃない。俺はかつて、差別されている弱者への優しさを同僚の先輩刑事から教えられた。国家などではなく、虐げられた人々のために働く。それこそが警察官の誇りじゃないのか」

「君は単に無知なのだ、オズノフ警部。現に国民はベンガリの排斥を願っている」

議論している暇はない。ユーリは再びカマルに向かう。

「君に命令している者は同じ軍人であり、人身売買業者だ。君はどうしてそんな連中の命令に従ったんだ」

愛染の通訳を受け、少年が悲痛に叫んだ。それをまた愛染が英語にする。

「『母さんと姉さんが捕まっている。ぼくが言うことを聞けば、二人を助けると約束してくれた』」

そんな約束など実行されるはずもない。それどころか、カマルの母と姉はすでに売り飛ばされているだろう。

泥だらけの服をまといみじめに震えながら、世界を呪い、挑発的に立つ少年。

この子も分かっているに違いない——だが、それでも——

少年らしい焦燥が彼を盲目にし、自己破壊に近い行為へと走らせたのだ。

カマルは顔を涙で濡らしながらも、どこか満足したような、それでいて達観したような恍惚とした表情を浮かべている。

彼の憎悪、彼の憤怒、彼の絶望が、ユーリの記憶を刺激する。

自分は彼を救えない――いつも――いつも――

不意にソージンテットが腰のWISTを抜いた。

「何をする気だっ」

ユーリが叫んだときには、ライザと姿がそれぞれ自分の銃口をソージンテットに向けている。

「邪魔をするなっ」

ソージンテットはカマルに照準を定めていた。

「そいつは部下達を殺した殺人犯だ」

からかうように姿が言う。

「だったら警察署まで責任を持って連行することだな」

「どうせ死刑だ。ならばこの場で私が執行する」

「ミャンマー警察が判事を兼任してるとは知らなかったな」

愛染がソージンテットとカマルの間に立ち塞がった。

「やめて下さい、姿警部の言う通りです。たとえこの子が本当に犯人だったとしても、裁判なしに処刑するなんて許されることじゃありません」

「大した余裕だな、愛染」

ユーリが嫌悪とともに告げると、愛染は驚いたようにこちらを見た。

「どういうことです」

「この子は確かにウィンタウン殺しの犯人だが、チョーコーコー殺しの犯人は別だということだ」

「僕が犯人だとでも言うんですか」

「そうだ。口実がなんであれ、チョーコーコーを崖の端まで誘い出すにはカマルでは駄目だ。チョーコーコーもロヒンギャの子供などまず信用しないし、そもそもカマルはロヒンギャ語しかできないということになっている。カマルがいきなりビルマ語で話しかけてきたりしたら、それこそ大騒ぎだ」

「冗談はやめて下さい。一体なんの根拠があって――」

「根拠や理由なら山ほどある」

姿が銃口の向きを愛染へと変える。ライザはソージンテットを狙ったままだ。

ユーリは視界の隅でそれを確認し、

「最初に不審を感じたのは、収容所で所長と対面したときだ。あのとき所長は、ためらいなく真っ先におまえに手を差し出した。不自然だとは思わないか」

考え込んでいた姿が得心したように、

「そうだ、あのときはまだ誰も名乗りさえしていなかった。所長はおまえを知ってたってわけか」

「次におまえは、サンキャウトというミャンマー警察の隠語を知っていた。日本でもロシアでも警察内部の隠語はさほど一般には知られていないものだが、それはまあいい。たまたま知る機会があったとしてもおかしくはないからな。だが問題はその次だ。国境警備隊の詰所で、おまえはカネッカダンに行くことを提案した。ワーゾー建設の別荘開発地があると言ってな。あれは最初の襲撃計画が失敗した場合に備えて、あらかじめ用意されていた第二の作戦に違いない。おまえの役目は、俺達をあそこへ誘導することだった。バスを攻撃しなかったのも、君島を避けたためじゃない。奴らが避けていたのはおまえだったんだ」

「でも、カネッカダンでは僕も処刑されかけたんですよ」

「最初からおまえを除外すると決まっていたとしたらどうだ。銃声が鳴りやんだとき、おまえ一人が平然と立っているという寸法だ」

「そういうのを邪推って言うんですよ。カネッカダンの待ち伏せまで失敗すると想定してたわけですか。そんな自信のない作戦を実行する軍隊なんてあるはずないでしょう」

「ゼーナインもさすがにそこまでは予想してなかったろう。だが最初の襲撃が失敗したと知ったとき、急遽新たな作戦を追加した。有能な指揮官ならそれくらいはやる」

「僕はあなた方とずっと一緒にいたんですよ。新たな作戦なんて知りようもないはずじゃないですか」

「そこが肝だ。いいか、別荘開発地はダジャーミンの拠点の一つだった。ゼーナインはそこにあえてカマルを残したんだ」

胸が痛い。途轍もなく。だがその痛みと苦みをユーリは魂の底へと押し戻す。

「みんな、よく思い出せ。最初にカマルはロヒンギャ語で呼びかけてきた。愛染、おまえ以外にロヒンギャ語のできる者は俺達の中に一人もいない。カマルは誰が内通者なのか知らなかったかもしれない。だが、ロヒンギャ語で『スパイは誰ですか』と訊けば、それに応じた者が仲間の内通者だ。あのときの会話は、実はおまえが通訳した内容とはまるで違っていた。カマルはおまえに、ゼーナインからの新たな指令を伝え、パイプライン、さらには岩場の道からここまで誘導したというわけだ。しかも、可能なら途中でこっちの戦力を削げという附帯命令付きでな。岩場の道で襲ってきたダジャーミンの構成員、あれは俺達が谷へ下れないようにするため、あらかじめ待機していたんだろう」

ソージンテットと君島は声もなく後ずさり、愛染を見つめている。

今や愛染はその本性を隠そうともせず、朗らかな黒い微笑を浮かべていた。

「ユーリの言い草じゃないが、大した余裕じゃないか、え、愛染」

怒気を含んだ姿の皮肉に、愛染の笑みが黒さを増す。

「ウィンタウンを最初に殺すのは逆効果だって止めたんですけど、やっぱり子供ですねえ。カマルは家族の仇を討つと言って聞かなかった。チョーコーコーについては、姿さん、あなたが想像した通りですよ。『敵らしい影が見えた』って囁くと、のこのこ付いてきたんで、後ろからちょいと押してやるだけでよかった。あなた方が思ってた以上に鋭いもんで、途中で下手な芝居を打ったり、いろいろ苦労しましたよ」

「ミャンマー政府を批判したりしていたやつか」

「そう、あれです」

「父親がＵＮＨＣＲの職員だったってのは」

「それは本当です。自己満足でしかない正義感を振りかざして障害を負ったってのもね」

愛染の笑みはすでにして黒ではない。黒を凝縮した漆黒へと変じていた。

「僕達家族にはいい迷惑です。自分は正しいこと、立派なことをしたつもりでいるから、そればっかり偉そうに繰り返して、稼ぎのなさを正当化してました。あんなのを世話するのも大変だったし、死んでくれたときはほっとしました」

「今回同行したのは、死んだ父親のためだと言ってなかったか」

「その通りです。だって、あんなみっともない人生を間近で見せつけられちゃあね。この国に来てみて、僕はいろんなことを学びました。そして父とは違う生き方をしようと誓った。大尉も言ってましたよね、日本にも差別はあるのにって」

ソージンテットが意表を衝かれたように目を見開く。

「そう、差別はどこにでもあって、決してなくなるものじゃない。言ってみれば人間社会から必然的に生まれる無尽蔵のエネルギーだ。それを利用して高額の報酬が得られるんなら、乗らない手はないじゃないですか。そりゃあリスクはありましたけど、まさに父とは正反対の生き方ってもんでしょう」

「誰なんだ、報酬の払い主は」

「あなた方が〈敵〉と呼んでる人達ですよ」

愛染がさらりと口にしたその一言が、ユーリの全身を激烈に打った。

姿やライザさえ、驚愕を隠せずにいる。

「ゼーナイン大佐もその人達からあなた方の始末を大金で請け負ったと聞きました」

「いい度胸だな、愛染」

すぐに冷静さを取り戻した姿がベレッタを構え直す。

「どうやら君島よりもおまえを日本に連行した方がよさそうだ」

愛染の背後に歩み寄ったライザが、彼の所持していたＷＩＳＴを取り上げる。

「僕の言ったこと、聞いてました？」

「なに？」

「ここに誘導したって言ったでしょう。ここはね、駐チン州第六連隊演習場の真っただ中なんですよ。おまけにダジャーミンの本拠地まである。ダジャーミンは軍の保護下にありますからね。つまり捕虜になったのはあなた方だってことですよ」

愛染が話している途中から、聞き慣れた地響きが接近してきた。

「散開しろっ」

姿が叫ぶ。しかしすでに手遅れだった。

周囲の密林から完全武装の兵士達が飛び出してきた。無駄のない動きでアサルトライフルの銃口をこちらへと向ける。

同時に、離れた位置で全身を擬装用の枝葉で覆った機甲兵装が起立する。ブガノッドが計三機。

自分達としたことが、話に夢中になりすぎた――

「これだけの兵と機甲兵装の接近を許してしまうとは、俺もいいかげん引退した方がよさそうだな」

自嘲するように姿がこぼすが、それでもいつもは感じられる不敵さが今は影を潜めている。正真正銘、逃げ場はないのだ。

背後からステアーの銃口を突きつけられ、ユーリと姿は銃を捨てた。

ライザもまた、手にした銃と全身に隠し持っていた武器を取り上げられている。

「分かります？　チョーコーコーを突き落としたのは、僕達の存在を軍に知らせるための合図でもあったんですよ」

対照的に、愛染はいかにも得意げであった。ライザから武器を奪った兵士に片手を差し出し、ビルマ語で何か言う。

兵士から自分の持っていたWISTを受け取った愛染は、銃口を側にいたカマルに向け無造作に発砲した。

仰向けに倒れたカマルは両目を見開いたまま微動だにしない。後頭部から流れ出た血が草を濡らしていく。

「こんな所にいるとね、段々分かってくるんです、人間の命の正味価格って一体どれくらいなのかって」

なんてことだ――

ユーリは魂で呻く。

やはり救えなかった――やはり――やはり――

ライザが嗚咽のような声を漏らしながらよろよろとカマルに歩み寄り、その傍らにひざまずいて遺体をかき抱く。

「資料で見ましたよ、IRFの〈死神〉ですか。有名な処刑人もこうなると哀れなものですね」

嘲笑を浮かべた愛染がライザに近寄り、その背中に向かって言う。

「そんな死体、そこら中にあるんだから、いつまでも抱いてたって臭いが移るだけですよ」

刹那――

振り返ったライザが何かを愛染の右目に突き立てた。

それは少年が握っていた軍刀であった。最初からそれが目当てで少年を抱き寄せ、隙を窺っていたのだ。

硬い泥がこびり付いてただの鉄棒と化した軍刀であっても、〈棒〉としての使用は可能である。旧日本兵の怨念が染みついた棒は愛染の右目を貫き、脳にまで達している。愛染は声も立てずに即死した。

兵士達が一斉に銃口をライザに向ける。同時にユーリは横にいた兵士に体当たりを食らわせる。姿もまた動いていた。

放たれた銃弾は愛染の死体をいたずらに引き裂いただけだった。ライザはすでに密林の中に消えている。

ユーリも近くの繁みに飛び込もうとしたが、行手を激しい火線で塞がれた。

振り返ると、姿も複数の銃口に取り囲まれ、為すすべもなく両手を挙げている。

ソージンテットと君島も同様であった。

三機のブガノッドが時折重機関銃で掃射しながら密林を徘徊している。ライザを捜しているのだ。

何事か喚きながら近寄ってきた兵士達が、銃床でユーリと姿達を殴打する。

草の上に倒れたユーリは両手で頭をかばい、懸命に耐える。

両腕の合間から、途方に暮れたように立ち尽くすブガノッドの機体が見えた。頭部をはじめ各部のカメラ、センサー類のみがせわしなく虚しい顫動《せんどう》を繰り返している。

おまえ達にライザを見つけられるものか——

今はそれだけが唯一の希望であった。

極秘捜査の最前線たる淡路町の分室に、沖津特捜部長、鳥居二課長が顔を揃えていた。極めて異例のことである。

集まった捜査二課六係の面々の前には、プリントアウトされた紙の束が置かれている。書類のコピーである。彼らは一様にそのコピーを食い入るように読み耽っていた。仁礼財務捜査官も例外ではない。いや、他の誰よりも夢中になってページを繰った。

読み進めるうちに、仁礼は背筋に冷たい感触を感じた。

なんだろう——寒気がする——

空調のせいだろうか。襟のボタンを閉めながら周囲を見回したが、寒そうにしているのは自分一人だけだった。

再び資料に視線を落とすが、凍えるような寒さはいっかな去ろうとはしなかった。

寒い——そして怖い——

「城之崎総業の総勘定元帳には役員への多額の支出が記録されていた。そこでさらに分析を進め、資金の費消先を捜査した結果、代表取締役の城守朔子、専務の城方要造をはじめ、主だった役員はいずれも海外に不正蓄財していることが判明した」

鳥居課長が声を張り上げる。

「特に城守朔子の私的流用額は年間で優に百億円を超えている。全役員に特別背任罪が適用される事案だが、金額が金額である。それらの金がさらに複雑なルートを経てミャンマーに流れただけでなく、日本の政界に還流した可能性さえある」

緊張の圧力が明確に上昇する。

「いいか、この捜査が少しでも外部に漏れたら間違いなく潰される。くれぐれも慎重に金の流れを解明してもらいたい」

全員が決意の面持ちで奮起を示していた。捜査二課にとって、政治家の収賄を暴くこと以上にやりがいのある仕事はない。

鳥居に続き、沖津が発した。

「今回の事案全体についても言えることだが……この、新たに発覚した城之崎総業の背任には何か妖気のようなものを感じる」

「妖気？」

あまりに場違いな言葉に、鳥居が怪訝そうに聞き返す。

「そう、妖気だ、妖気なんですよ」我が意を得た思いがして、仁礼は反射的に立ち上がっていた。

「僕もなんだかそんな気配を感じてたんです。でも、しっくりくる言葉が見つからなくて……〈妖気〉って、まさにぴったりですよ」

「どういうことなんです、沖津さん」

「何か裏がある、ということですよ」

鳥居の問いに、沖津は慎重に答えている。徹底して具体的な数字を扱う捜査二課に対し、抽象的な表現を避けようとしているのか。しかし仁礼にとっては、それこそが今回の〈本質〉であるとさえ思えた。

「まあ確かに、金の流れに裏のルートはつきものですから」

鳥居は捜二らしい納得の仕方をしている。他の面々も同様のようだった。

違うんです、課長――妖気なんです、何か恐ろしいものが元帳の中にいて、妖気を発しているんです――

仁礼はそう主張しかけたが、かろうじて口をつぐんだ。この場でそんなことを言えば、頭がどうかしていると思われるだけだからだ。

「沖津部長のおっしゃる通りだ。裏の裏まで調べ上げる覚悟で取り組んでほしい」

力強い言葉で鳥居は会議を締め括った。

高まる不安を抑えきれず、仁礼は沖津の方を見る。

特捜部長と視線が合った。沖津は他の誰にも分からぬほど微かな動きで、こちらに向かって頷いた。

分かっている、とでも言うように。

沖津さんは理解してくれている――

ほっとすると同時に、仁礼は新たな不安を感じてもいた。
常に悠揚迫らざるものであったはずの沖津の表情が、どこか蒼ざめて見えたからだ。

第四章　地獄道

1

密林の中を全力で疾走したライザは、何度も方向を変え、下生えの中に身を伏せて匍匐前進に切り替えた。その間にも敵兵の掃射した弾丸が頭上を間断なくかすめている。

やがて折り重なった朽木が目に入った。その合間に潜り込んで溜まっていた雨水に身を浸す。冷たい泥が急速に体温を奪っていく。心臓が今にも凍りつきそうだが、それくらいでなければ機甲兵装のサーモセンサーから逃れることはできない。

微かな震動が断続的に伝わってきた。ブガノッドの歩行音だ。しかし通常の機体のものとは明らかに異なっている。足首と膝関節のサスペンションを相当に緩くしている上に、湿地帯に特化した静音仕様になっているのだろう。それでなくても柔らかい腐葉土は音を殺す。自分達が察知できなかったはずだ。

接近してきたブガノッドの歩行音が、朽木の側で停止する。

周囲を探っているようだ。

気づかれたか──

息さえ止めて、攻撃に備え神経を研ぎ澄ませる。

こちらの武器は愛染を殺すと同時にその手からもぎ取ったＷＩＳＴだけだ。ハンドガンでは機甲兵装に抗すべくもないが、それでもトリガーに指を掛けいつでも撃てるように備えている。

左の脇腹のあたりで小さな水音がした。目だけを動かして見ると、黒と白の帯状の縞が入った蛇が鎌首をもたげていた。記憶に間違いがなければ、猛毒を持ったアマガサヘビだ。

ブガノッドの頭部が滑らかに回転する気配を感じる。集音装置が今の水音を捉えたのだ。

蛇は身をくねらせながらライザの腹の上に乗ってきた。絶対に動くわけにはいかない。蛇を刺激して嚙まれたらおしまいだ。たとえ嚙まれなかったとしても、ブガノッドに発見される。どちらの籤《くじ》を引いても景品は〈最悪の死〉だ。

時折薄桃色の舌を覗かせながら蛇は悠々とライザの腹を横断していく。精神力を限界まで振り絞って耐える。恐怖のあまり動悸が早まる。それを感知したのか、蛇が動きを止めた。

数秒後、蛇はライザの胸の方へと向きを変え、再び進み始めた。速度が上がっている。自分の呼吸に反応したのか。決断するなら今しかない。牙の先端が素肌をかすめただけで呼吸困難に陥り死ぬ。

脱出方向を決めようと左肩の先へと視線を移したライザは、またしても息を吞んだ。

そこに見たこともないような醜悪な形をした大きなカエルがうずくまっていた。

アマガサヘビの狙いはこのカエルだったのだ。

蛇が跳びかかると同時に、カエルは外へと跳び出した。草の上で両者が転げ回っている音が聞こえてくる。

その音もすぐに絶えた。

ブガノッドが移動を再開し、足音が遠ざかっていく。水音の正体が蛇とカエルであると知ったからだ。

念のため、ライザはその体勢のまましばらく動かなかった。歩兵の足音が何度か接近しては去っていった。中には朽木に向けて用心のため銃弾を撃ち込む者もいた。貫通した弾丸が鼻先をかすめ、破砕された木片が降りかかった。

やがて森は自然の静寂を取り戻した。それでもライザは動かない。

指の感覚が失われつつあった。これ以上体温を下げると生命に関わる。大気の流れさえ乱さぬよう注意しながら身を起こし、朽木の合間から離脱する。

この一帯は第六連隊の演習場だと愛染は言っていた。その先に敵の宿営地があるのだ。姿達もそこへ連行されたに違いない。歩兵部隊と機甲兵装が最終的に向かった方向は把握している。

急がねば。ゼーナイン大佐が姿とオズノフを長く生かしておく理由はない。

もしあるとすれば——それは二人の体内から龍髭《ウィスカー》を摘出するためだ。

ライザは豹となって猛然と密林を駆け抜けた。

完全武装の特殊部隊に囲まれ、姿はユーリ、ソージンテット、君島とともに斜面を下った。後ろ手に手錠を掛けられている。抵抗のしようもなかった。銃床による乱打を浴びた全身が熱を持って激しく痛む。

次第に勾配が緩くなり、草を刈り払った平地に出た。木造の大きな屋敷が何軒も建っている。屋敷と言っても高床式の農家とさして変わらぬ造りだが、立地を考えれば大したものだ。周辺には納屋か物置のような小屋も数多く見られた。とても軍の施設とは思えない。

小銃やサブマシンガンを抱えて警備に当たっているのは私服の民兵ばかりだ。いずれも凶悪なご面相をしている。やはりここは軍の宿営地ではない。

そうか、ダジャーミンの本拠地か——

一軒の小屋の前を通り過ぎる。納屋でも物置でもなかった。窓には鉄格子が嵌められており、一切の表情を失った女達がこちらを見ていた。

ケービェの隊員達は中央の最も大きな屋敷に向かっている。ホッブスラストが二機、正面玄関の脇で威嚇するように立っていた。他にも六機のホッブスラストが周辺で待機している。

先着したブガノッド三機に整備員らしい男達が駆け寄っていく。開放されたハッチから降り立った兵士達は寛いだ様子で背筋を伸ばし、水分を補給したりしている。あちこちからビルマ語が聞こえてくるが、何を言っているのかは分からない。

ケービェの正規兵とダジャーミンの構成員は完全な協力態勢にあり、それぞれ大いにリラックスしている。ここは国軍と犯罪組織とが共存する悪党どもの緩衝地帯なのだ。

ホッブスラストの足許でたむろしていた男達と軽口らしき挨拶を交わし、ケービェの隊員達は木製の階段を上がって屋敷の中へ入っていく。姿も背中を銃口で小突かれつつ後に従う。

外壁に沿って延びる廊下を通って奥の部屋に入ると、地元産と思しい極彩色の織物が掛けられたソファに、太った中年男が座っていた。水色のポロシャツにスラックス。おそらくは中国人。その背後には人相の悪い部下が五人、剣呑な目つきで控えている。

中年男の目配せに従い、隊員達が退室した。

「座れ」

男が英語で尊大に発した。言われるまま対面のソファに座る。ユーリ達も同様に腰を下ろした。

「ところでリンさん――あんた、エドガー・リンさんだよな？　よかったら手錠を外してくれないかな。せっかくのご招待なのに、これじゃとても落ち着けない」

「大佐の指示がなければすぐにでも殺しているところだ」

こちらの発言など聞こえなかったかのように、エドガー・リンはいかにも面倒臭さそうに呟いた。両手の指すべてに金の指輪を嵌めている。とんでもない趣味の悪さだ。

「大佐には連絡済みだ。もうすぐ到着する。貴様らはまだ殺してはならんそうだ。安心するのは早いぞ。私と違って大佐には慈悲がない。思うさまいたぶってから殺すつもりだろう。この忙しいときに勝手なことを言ってくれる」

重要な情報が一つ手に入った――エドガー・リンは龍髭について何も知らない。

「忙しいってのは女達の出荷でか」

「そうだ」

「人身売買業ってのも大変だな」

リンが指で背後の部下を招き、姿を指す。頷いた男が姿の前に立ち、持っていたグロックの台尻で殴りつけた。

「もういい」

再度拳銃を振り上げた男に、リンが鷹揚に告げる。

男が無言で元の位置に下がる。

姿は口中にあふれる血を吐き出してぼやいた。

「結構なおもてなしだな」

「女がいたはずだ。どこへ行った」

やはりこちらの発言を無視して尋問してくる。

「さあな。インドの果てまですっ飛んで逃げたんじゃないか。俺だってできるならそうしたい」

「まあいい。どうせこの演習場から逃げられはせん」

ノックもなしにドアが開き、背が異様に低い丸眼鏡の小男が入ってきた。軍服に身を包み、二人の衛兵を連れている。

リンが反射的に立ち上がった。

するとこいつがゼーナインか――

「一人逃がしたそうだな」

丸眼鏡の小男がエドガー・リンを詰問する。

「部下には見つけ次第殺せと命じてあります」

「勝手な真似を」

ゼーナインの目がピアノ線よりも細くなり狂暴な光を発し始めた。

「三人ともできれば生かしたまま捕らえろというのが連中の要望だ。礼金を値切られでもしたら貴様の取り分から引かせてもらうぞ」

「ですが大佐もすでにケービェを動かして……」

「ケービェは基本的に障害物の消去を目的とする。ダジャーミンは人を売るビジネスだ。死人は売り物にはならない。違うか」

滅茶苦茶で理屈にもなっていない。しかしリンは反論もせず黙っている。

ダジャーミンはゼーナインという後ろ盾があるからこそ大手を振って商売できる。力関係は明らかだ。

「しかし我がケービェの被った損害はあまりに大きい。たとえ連中がどう言おうと、私もこいつらを生かしておくわけにはいかなくなった。またそうしなければ、兵達も収まらんだろう」

情報その二。ゼーナインもまた龍髭について知らされていない。

そしてその三。〈敵〉は龍髭を失う結果になってもやむを得ないと考えるほど焦っている、もしくは——これが一番恐ろしい——〈敵〉はすでに龍髭の再現に成功している。


急斜面を降下しながら、ライザはすり鉢状となった土地を見下ろした。

山中に開けた広い盆地の一角に、大きな家と、それよりはるかに粗末な小屋が何軒も建っている。大きな家の近くには装甲車や4WDをはじめとする軍用車輛。民間のトラックや乗用車まである。その周辺を、ダジャーミンの私兵と思しき男達が哨戒していた。さらには八機のホッブスラストと三機のブガノッド。そのうちブガノッドは、山中で自分達を包囲した機体であった。

姿とオズノフはあそこにいる——

雑木の陰からライザは侵入経路を模索する。警備に当たっているのは練度の高い正規兵ではないが、どこからも丸見えなので接近は容易ではない上に、逃走手段の確保も難しい。

ひとまず夜を待つべきか。だがそれまで捕虜の命があるという保証はない。

何者かが接近してくる足音がした。

即座に繁みの中に身を沈め、臨戦態勢を取る。こちらの武器はＷＩＳＴ一挺だが、できれば使用したくない。銃声で敵に自分の位置を知らせるようなものだからだ。

枝葉の合間から窺うと、近寄ってくるのは長袖のシャツを着た男だった。ダジャーミンの構成員だ。ウージー・プロを構え、長いスリングベルトのついた通信機を首に掛けている。現地人らしくその足取りは急斜面に慣れたものであった。今の場合、この地形は敵にとって圧倒的に有利となる。サブマシンガンも厄介だ。

立ち止まった男は、首からぶら下げた通信機をつかんでビルマ語で報告している。「女は未だ発見できず」あるいは「異状なし」とでも言っているのだろう。

通信を終え歩き出した男は、ライザが潜んでいる繁みのすぐ側まで来た。

男がまたも足を止めた。そして不審そうに斜面の様子を調べている。その視線の先には、わずかに土の崩れた跡があった。自分がつけたものだ。

男がウージー・プロの銃口を向けるより早く繁みから飛び出したライザは、通信機のスリングベルトを背後から両手でつかみ、同時に相手の足首を押すように蹴った。

男の体が斜面を滑り、スリングベルトが瞬時に締まる。頸動脈と脛骨動脈を圧迫され、十秒と経たず男は脳死状態に陥った。

自分まで落ちてしまわないように注意しながら全力でスリングベルトを引き上げ、死体を草の中に横たえる。その首から通信機を外して奪う。目当ては通信機ではない。スリングベルトの方だ。最後にウージー・プロを拾い上げ、先へ進む。

通信機のスリングベルトを使い、同様の手口で見張りを始末しつつ下降を続けた。

四人目の男を絞殺し、その体を静かに横たえていたとき、近くでスライドアクションの音がした。

顔を上げると、クロスファイア・ショットガンを構えた男が立っていた。

もう一人いたのか——

動揺したふりをして片手を後ろに回し、隠し持っていたＷＩＳＴをそっとつかむ。

怒りに目を血走らせた男の指がトリガーに掛かった。

ショットガンとは相手が悪い——だがここで殺《や》られるわけにはいかない——

次の瞬間、ダジャーミンの男が前のめりに崩れ落ちる。その背中には軍用ナイフが深々と突き立っていた。

「おまえは……」

ミアスルの酒場にいた男。濁流に沈んだ姿を助け、サイードと名乗ったという男。今はダークグレーのコンバットシャツにタクティカルベストを着けたその男が、ライザに向かって微笑みかけた。


「ゼーナイン大佐！　あなたはそれでも軍人かっ」

手錠を嵌められたまま、ソージンテットが立ち上がった。

「日本から汚い金を受け取ったばかりか、私利私欲で国軍を動かしている。我々は国民のためと信じればこそ上層部の命令に従ってきたのだ。これでは死んでいった部下達になんと言って詫びればよいのだ。恥を知れっ」

ゼーナインは怪訝そうに傍らのエドガー・リンを振り返った。

「なんだ、こいつは」

「日本人の護衛任務に就いていたシットウェー警察部隊の指揮官です」

「そうか。かわいそうだが一緒に始末するしかないな」

ソージンテットはなおもゼーナインを面罵する。

「大佐、あなたのような人が我が国を蝕み、発展を阻害しているのだ。少しでも国を思う心が残っているのなら潔く自決すべきだっ」

「自決？　日本軍のようにか？」

そう問い返され、ソージンテットが一瞬詰まる。

「日本軍も将校は自決しなかった。それどころか、餓え苦しむ兵を見捨てて真っ先に逃げ出した。大尉、君はもっと歴史に学ぶべきだ」

「歴史に学んでも、日本軍に見習うべきものはない」

「少なくとも、うまく立ち回った将校は戦後日本で繁栄を謳歌した。我が国も日本のように経済的発展を目指すのだ。もっとも、現在の日本は斜陽国もいいところだがな」

嘲笑とともにゼーナインはリンに片手で合図する。

「はい……やれ」

リンの指示を受け、部下達が一斉に銃を抜く。

するとそれまで腑抜け同然となっていた君島が、我に返ったように立ち上がった。

「待ってくれ、俺まで殺す気か」

大儀そうにリンが応じる。

「最初からその予定だ」

「待て待て、よく考えてみろ。俺は日本政府やジェストロンが何をやったか知っている。言ってみれば生き証人だ」

「だから殺せというのが発注内容だ」

「待てって。そりゃ日本にとっての都合だろう。逆に言やあ、俺が生きてたら日本にとって都合が悪い。つまり俺は絶好の交渉材料ってわけだ。俺の生きている限り、日本はあんた達に頭が上がらない。違うか」

君島は必死だ。姿はもう呆れるしかない。

「おまえ、ほんとにイイ性格してるよな」

大佐とリンが顔を見合わせる。

「確かに万一の事態が起こった場合、保険代わりにはなるかもしれん」

「ですが、もう万一なんてあり得ませんよ」

「そうだな。では殺せ」

すべての銃口が姿、ユーリ、ソージンテット、そして君島に向けられた。

そのとき――

爆発が起こった。屋敷のすぐ側だ。

窓から炎上するブガノッドが見えた。ロケット弾による攻撃だ。外にいた男達が何事か喚きながら応戦している。

「起こったようだぜ、万一の事態ってやつが」

姿がうそぶいた途端、部屋の壁が引き剝がされた。和義幇《フーイーパン》のダエーワだ。建物全体が高床式であるため、頭部が天井近くから室内を覗き込む恰好になった。

つかんでいた壁を捨てたダエーワは、立ちすくむダジャーミンの五人をマニピュレーターの一薙《な》ぎで肉塊に変える。

一人の持っていたグロック17が転がってきた。姿は素早く後ろ手でそれを拾い上げる。

ゼーナインが身を翻して退室しながら叫んだ。

「その男も連れてこいっ」

命令に従い、衛兵が荒々しく君島の腕をつかんで走り出ていく。やはり〈保険〉に使うつもりなのだ。

「待ってくれっ」

ゼーナイン達の後を追おうとしたエドガー・リンの目の前で、ドアが壁ごと破壊された。

失われたドアの向こうに、象牙色に輝くウルスラグナが佇立している。

前面のハッチが開き、天界の橋の如く残骸の上に渡される。それを渡って悠然と室内に降り立ったのは、闞剣平《クワンジェンピン》だ。

「とんでもない〈万一〉が来たもんだな」

姿の皮肉も、リンにはもはや聞こえていないようだった。


サイードとともに斜面を下っていたライザは、突然轟き渡った爆発音に足を止めた。

眼下の草原に、四連装のＭ２０２ロケットランチャーを脇に抱えた四機のダエーワが見えた。ウルスラグナもいる。和義幇だ。

いつの間に――

見事としか言いようのない奇襲の手際だ。

Ｍ２０２なら機甲兵装のマニピュレーターでもアダプターなしで発射できる。機体と接続されていないため照準システムは使えないが、熟練した搭乗者が近距離で使用する場合、目測、あるいは勘と称されるものにより命中させることは可能である。

ダジャーミンのホップスラストが応戦に向かう。ケービェのブガノッドは、三機中二機が起動する前に破壊された。

ダジャーミンの男達がＲＰＧや重機関銃で抵抗している。草原はたちまち死と炎の支配する戦場と化した。

「絶好のチャンスというやつだな」

口髭の男は、建物群から一番離れたところに駐まっているロシア製軍用四輪駆動車ＵＡＺ《ワズ》を指差した。

「あれを拝借するとしよう」

異論はない。すぐに斜面を滑り降りる。平地に降り立ったライザは、流れ弾に注意しながらUAZへと接近する。

突然ビルマ語の叫びが近くで聞こえた。サイードと一緒に草の中へ身を伏せる。

走り寄ってきた二人の男がUAZに飛び乗り、発進させようとしている。

咄嗟にサイードと目を見交わしたライザは、ウージー・プロをその場に残し両手を振りながらUAZの前に飛び出した。

二人の男は驚いて立ち上がり、銃口をこちらへと向ける。

銃声がして、一人の頭部に赤黒い孔が穿たれた。同時にライザは背後に隠し持っていたWISTを抜き、残る一人を射殺する。

ベレッタM93Rを構えたサイードが草の中から立ち上がり、ライザのウージー・プロを拾って走り寄ってくる。すぐさまUAZに乗り込んだ二人は、戦火をかい潜《くぐ》ってウルスラグナの接近した屋敷へと向かった。ハンドルを握るのはサイードだ。

ダエーワが屋敷の壁を剝がしている。その直後、屋敷から走り出てきた男達が出入口近くに駐まっていたUAZに飛び乗り、逃げていくのが見えた。

ライザは遠目に、君島がその中にいることを確認した。

一体何が起こったんだ――

別のダエーワがそのUAZに向けてロケット弾を発射する。命中するかと思えたが、飛び出してきた最後のブガノッドに着弾した。

ブガノッドは爆発炎上し、UAZはかろうじて逃げ延びた。

「あのUAZ、ゼーナイン大佐が乗っていたぞ」

サイードが呟く。ライザはゼーナインの顔を知らなかった。

「丸眼鏡の小男だ。運だけはいい男だな」

ライザの思考を読み取ったようにサイードは付け加えた。

闕《クワン》は姿の方を一瞥し、低い声で発した。

「邪魔はするなと言ったはずだ」

「覚えてるさ。あんたの邪魔をする気なんてあるものか。さあ、好きなようにやってくれ」

姿は大仰な身振りでまだ崩れずに残っている壁際まで下がる。外では四機のダエーワによる大殺戮が繰り広げられていた。

「しばらくだな、闕」

完全に開き直ったのか、リンはふてぶてしい口調で言った。

「もう何年になるかな。ずいぶんと出世したそうじゃないか」

「誰に向かって口をきいている」

「入門したてのおまえをあれだけ可愛がってやった恩を忘れたのか」

「青幇《チンパン》の誓いを破った屑に義理はない。だが同門のよしみで俺自ら処刑しに来てやった。誇りに思え」

「ほざくな。畜生の子のくせしやがって」

リンが吠えた。闕の表情がわずかに変化する。

これは――

姿はいよいよ興味を惹かれ耳を澄ます。ユーリも同じようにじっと二人を見つめている。

「何が鬼機夫《グィジーフー》だ。機甲兵装など本来なら散仔《サンチャイ》（下位構成員）か匹夫《ひっぷ》が乗る物だ。大夫《たいふ》が乗るにふさわしいものじゃない。伝統に従えばおまえ如きに幹部の資格はない。なのにおまえは自分の――」

リンはそこまでしか喋らなかった。いや、喋れなかった。

気づいたときには、音もなく間合いを詰めた闕の腕がリンの首を抱え込み、一息に回転させていた。

鈍いような、それでいて晴れやかなまでに軽快な、頸椎の折れる音がはっきりと聞こえた。周辺での激しい銃撃音にもかかわらず。

即死したリンの体を無造作に突き放した闞《クワン》を見つめ、姿は思った――リンは期せずして幸運をつかんだのだと。

触れてはいけない何かにリンは触れかけた。だからああも楽に死ねたのだ。そうでなければ、リンにはもっと凄惨で苦しみに満ちた死が待っていたに違いない。

そして今、闞の視線は明確に自分へと向けられていた。まるで、頭の中で考えていたことが筒抜けであったように。

「あんたはダジャーミンを殲滅するとか言ってたな」

さりげなく気を逸らすように言う。

「リンをダジャーミンのボスに据えたのはゼーナイン大佐なんだろう？　あんたが来る直前に出てったぜ。奴を始末しない限り、ダジャーミンはすぐに復活する」

「俺を利用しようとは、いい度胸だな」

「利用だなんてとんでもない。せめて協力と言ってくれ」

自分の勘が正しければ、闞は必ず乗ってくる――

「いいだろう。毒蛇は頭を叩き潰しておく必要がある」

素っ気ない口吻で闞は応じた。

「やりかけた仕事は最後まで徹底的にやる。おまえ達も勝手にやれ」

闞はハッチに足を掛け、ウルスラグナのコクピットへと戻っていく。

「勝手にって、おい、せめて手錠くらい外していってくれないか」

ハッチは無情に閉じられた。ウルスラグナが起動し、倒壊しかかった屋敷から離れていく。

「姿、俺達も早くっ」

ユーリは大破した壁の穴から地面へと飛び降りた。ソージンテットもそれに続く。最後に姿が飛び降りたとき、背後から銃撃を浴びせられた。肩越しに振り返ると、ダジャーミンの男達が駆け寄ってくるのが見えた。二人だ。

彼らに背中を向けたまま、後ろ手に握ったグロックを落ち着いて撃つ。

二人が血を噴いて倒れた。

「よし、急げ」

樹林帯を目指して混乱する戦場を死に物狂いで走り抜ける。

ダジャーミンのホップスラストがダエーワの蹴りを受け、胴体部の装甲を歪ませて沈黙する。

ウルスラグナが女達の捕らえられている小屋のドアを破壊しているのが見えた。

黒社会の大物が仏心か——いや、たぶんそうじゃない——

我先に飛び出してきた女達が森の中へと逃げ込んでいく。だが自分達も立ち止まっている余裕はない。

前方にウージーを持った三人の男が立ち塞がった。

「伏せろっ」

叫ぶと同時に自らも地に転がった姿は、後ろ手でグロックを連射する。二人まで斃したところで弾切れとなった。

三人目の男が狂ったように哄笑しながら銃口をこちらに向ける。

次の瞬間、男の体が空中へと吹っ飛んだ。横から突っ込んできたＵＡＺに跳ね飛ばされたのだ。

助手席に乗っていたライザがぶっきらぼうに告げる。

「早く乗れ」

言われる前に姿達はＵＡＺに飛び乗っている。ドアを閉めるより早く、ＵＡＺが急発進する。後方から機関銃の銃撃を受けたが、数発が車体をかすめただけだった。銃火が見る見るうちに遠ざかっていく。

　サイードは巧みにハンドルを操り、やがて戦場を離脱して細い脇道に入った。ＵＡＺ一台が辛うじて通れるほどの幅しかない。左右の灌木が絶えず車体を擦っている。道と言うよりは隙間と言った方が近い。

「あんた、やけにこの辺の地形に詳しいようじゃないか」

「ああ。なにしろ私にはこいつがあるからな」

　姿が問うと、サイードは英語でそう答えた。最初に話したときにあったインド国境地帯特有の訛りは跡形もなく消えている。運転しながら背負っていたザックを器用に下ろし、片手で中からマップケースを取り出してライザに渡す。

　中を見たライザの顔色が微妙に変化した。

「地図があるのか……おい、どうした」

　振り返ったライザがマップケースを後部座席に差し出した。

「あっ」

　驚愕のあまり声が出た。横から覗き込んでいたユーリとソージンテットは言うまでもなく、ライザまで困惑を隠せずにいる。

　マップケースに入っていたのは地図だけではなかった。

「なんだ、これは」

「見ての通り、衛星写真だ。それも最新のな」

　複雑に入り組んだ細い道や隠された軍用路まで鮮明に写っている。しかも一枚や二枚ではない。一介の密輸業者がおいそれと入手できるものでないことは明らかだ。

「あんた、一体何者だ」

「密輸商でないことだけは確かだな。もっとも、本職の密輸組織とは親密な関係を築いているがね」

「悪いが俺達全員、会話を楽しめるような気分じゃない。できるだけ簡単に教えてもらえると助かるんだが」

「SNSを通して仕事の依頼があった。なんでも依頼人から直々のご指名だったそうだ。それで引き受けることにしたというわけだ。ああ、他の方々のために補足しておくと、SNSというのはフェイスブックなどのことではないよ」

SNS——ソルジャー・ネットワーク・サービス。国際傭兵仲介業者。

ユーリもライザも先刻承知している。

「SNSに登録している一流どころなら大概は知っている。だがあんたのことは知らなかった。この俺がだ」

「私の経歴は少々変わっていてね。姿俊之氏がSNSの目玉商品なら、私はさしずめ隠し球というところなんだろう。表の商品リストには載せていないと聞いている」

激しく揺れる車内で優雅にハンドルをさばきながら、サイードは飄々《ひょうひょう》と言う。

「サイードは偽名だな。本名は」

「シェラー。ノアム・シェラー」

「シェラーさんか。それで、あんたの雇い主は」

「諸君もよく知っている人物。沖津旬一郎氏だ」

またしても言葉を失う。一人、ソージンテットのみが怪訝そうに日本からの三人を観察している。

「日本政府から君達をミャンマーに派遣するよう命令を受けた沖津氏は、ただちにSNSに連絡を取った。依頼内容はこうだ。突入班の三名に対し、可能な限り秘密裏に最大限の支援を行なうこと」

「つまり、影の助っ人というわけか」

「そうだ。沖津氏は死地に派遣される君達のために、自身にできる最善の手を打ったのだ」

あの部長が——

「まったくの無策で事を進める部長じゃないとは思っていたが、そんなことをやってたとはな」

「実に周到な人物だよ、沖津氏は」

そこでユーリが鋭い口調で質す。

「ならば最初からそう言えばいい。『可能な限り秘密裏に』とはどういうことだ」

「沖津氏は、君達の同行者の中に内通者がまぎれ込む可能性を考慮したのだ。その者にまで私の存在を知られれば、敵は必ず対抗策を打ち出してくる。私の活動が著しく制限されることになりかねない」

その返答を姿は素早く検討する——反論の余地はない。

「カネッカダンの仏塔遺跡では万一に備えて狙撃態勢を取っていた。まだ正体を知られるわけにはいかなかったので、君達に気づかれたときは冷や汗をかいたよ」

「ところで、そろそろあんたの経歴とやらについても聞きたいね」

シェラーと名乗った男は、そこで奇妙な笑みを浮かべた。

「国籍はイスラエル。元モサドだ」

耳を疑うとはこのことだった。

「モサドのスパイだった男がＳＮＳに登録してお仕事募集中だって？」

「そうなるかな」

「信じられると思うか」

「信じるかどうかは君達の勝手だ」

「モサドをそう簡単に辞められるとは思えない。使い捨ての現地工作員のような下っ端ならともかく、あんたほどの男ならなおさらだ」

「嬉しいことを言ってくれるね。だが事実なんだ。少し込み入った事情があってね。それこそ信じてもらえないかもしれないが、正真正銘の円満退社だ。その証拠に、以前の職場とは今も良好な関係を保っている」

しばし考え込んだ姿が、ゆっくりと口を開く。

「ちょっとは分かりかけてきたぜ。その経歴込みで隠し球待遇というわけか」

「そうだろうと思う。決めたのはサマーズだからな」

「なるほど、奴か」

レジナルド・サマーズ。ＳＮＳの営業担当役員だ。

「この際だ。君達の信頼を得るためにも、私が知っている範囲のことをすべて打ち明けよう」

唐突にシェラーが使用言語を日本語に変えた。内容をソージンテットに知られないようにするためか。

「二年前の話だ。沖津氏がＳＮＳに姿俊之氏の斡旋《あっせん》を依頼したとき、サマーズは密かに第二の候補を提案した。すなわち、私だ。私の経歴は確実に任務遂行の役に立つだろうが、その反面、信用しきれないという不安を残す。結果として沖津氏は君を選んだという次第だ。そのときのことを覚えていたからこそ、沖津氏は今回私を指名したのだと思う」

いきなりの衝撃だった。

「初耳だ」

「サマーズは計算高い男だ。どうしても日本警察と接点を作っておきたかったのだろう。だから最優先案件として私までラインナップに加えたんだ」

「目的は龍機兵《ドラグーン》か」

「そうだ。君にはＳＮＳに逆らえない秘密がある。一方で、私なら職歴を活かして龍機兵の機密を奪取してくれるかもしれない。彼はそう考えたのだ」

「やめろ」

我知らず殺気がこぼれた。

「俺の件についてはこの二人も知らない」

シェラーはユーリとライザの表情を瞬時に読み取り、

「すまない。知っているものと思っていた」

「逆に訊くが、あんたはどうして知っている」

「それこそ私が前職で培った特殊技能だ。もっとも、君がSNSにどんな秘密を握られているのか、具体的な内容についてまでは知らない。本当だ」

「本当だという保証は」

「そんなものはない」

「まあいい。すると仮に俺がSNSに逆らって日本警察との契約を断っていたとしたら、あんたが龍機兵に乗っていたってことか」

「必然的にそうなるね」

「契約内容については」

「ドラフトを見せられた。君達もそうだろう。とんでもない内容だが、面白いと思ったよ。SNSでなくても、龍機兵という玩具を欲しがらない国も軍事組織もないだろう」

この男はあの契約書を見たという。龍骨《キール》 ‐ 龍髭システムについて知っているのだ。それだけでなく、あの非人道的な契約条項の数々を受け入れられる理由がある。ユーリやライザのように。

ハンドルを片手で握ったシェラーは腕のジップポケットから衛星電話を取り出し、何者かと英語で通話を始めた。待ち合わせ場所を確認しているようだ。

やがて通話を終えたシェラーにユーリが問う。

「今の相手は」

「さっき言った本職の密輸業者だよ。私は以前東南アジアである作戦を担当したことがあってね、そのとき構築したパイプが今も生きているというわけだ。ゼーナイン大佐はすぐに態勢を立て直してこの近辺を全面的に封鎖するだろう。突破するにはそれなりの装備が必要だ。なにしろ急な話だったものでね、買い付けたのはいいが間に合うかどうか心配でずっと連絡を取り合っていたのだが、なんとか受け取れそうでよかったよ」

「おい待て、衛星電話を持ってたんなら――」

姿の言葉を遮るように、

「日本やミャンマー政府に救援を要請するつもりか。まったくの無意味だ。いかなる公的機関も決して動かない。たとえカスター将軍が騎兵隊を率いて駆けつけてきたとしても、到着する頃には君達が地上に存在した痕跡はきれいに消滅しているだろう。軍や警察は口を揃えて『テロリストの仕業だ』と主張するし、日本もそれで納得する」

「日本もミャンマーも俺達を消したくて仕方がないわけだしな」

姿はことさら大仰に肩をすくめてみせた。

「俺達はあくまで自力で脱出しなくちゃならないってことか。宮仕えはつらいねえ」

「気を落とすな。そのために私が来たんだ」

UAZは密林の合間から少し広い道に出た。道幅はあるが、衛星写真によるとミャンマーの国道とは接続していない。ミャンマー、バングラデシュ、それにインドの三国が接する国境地帯というロケーションからしても、密売業者の〈私道〉であると思われた。

シェラーは北側に向かって十分ほど走らせる。北西、すなわちインドとの国境側からの道と交差する地点で、大木の陰に寄せる形でUAZを停車させた。

「ここが合流地点だ」

車外に出た姿は後ろ手に掛けられた手錠をシェラーに示す。

「ところで、この手錠を得意の技能とやらでなんとかしてくれないかな」

「ああ、待ってくれ」

ポケットから針金のような器具を取り出したシェラーは、瞬く間に三人の手錠を解いた。

「助かったぜ」

姿達は赤い痕の付いた手首をさする。

「感謝には及ばんよ」

シェラーは地図と衛星写真をボンネットの上に広げ、そのうちの一枚を指し示して英語で言った。

「今のうちに周辺の地形を頭に入れておけ。現在地点はここ、ダジャーミンの本拠があったのはここだ。全体が蟻地獄のような盆地になっていて、中央に大きな沼がある。この時期は沼というよりちょっとした湖だ。この湖の北岸にケービェの廠舎《しょうしゃ》や関連施設がいくつも建っている。ゼーナイン大佐はそこに逃げ込んだに違いない。湖を中心とした一帯が第六連隊の演習場だから、近寄る者は誰もいない。それに大佐は莫大な犯罪収益からある意味軍閥化している。言い換えれば軍の中で自ら好んで孤立している。我々にとっては好都合だ。他の基地から増援のヘリ部隊でも飛んできたらお手上げだからね。いずれにしてもパレッワに向かうには盆地を迂回するしかないが、北側にはケービェ本隊が集結している。残るは南側だが、敵も最精鋭を配置して待ち構えているはずだ」

「だったら、裏をかいて北側の廠舎に突っ込むってのはどうだい」

姿の提案に、シェラーが興味深そうに顔を上げる。

「君はなかなか面白いことを言うね。よほどの戦略家か、それとも単なる自殺志願者か」

「なにね、ゼーナインの野郎は俺達が逃げずに戻ってくるなんて夢にも思っちゃいないだろうと考えたのさ。その予断を衝く」

「君ほどのベテランがどうしてそこまでやろうとするのか、よかったら理由を聞かせてくれないか」

「俺の受けた命令は『君島を日本に連れ帰れ』だ。プロフェッショナルとしてやれるだけのことはやっておきたい」

「本当にそれだけかね」

シェラーは笑みを絶やさず重ねて問う。元モサドというのは確かなようだ。温厚そうに見えながら、こいつは意外と人が悪い——

「ゼーナインは君島を日本との交渉材料に使う気だ。てめえだけが生き残ろうとな。俺としちゃあ、そのあたりがどうにも気に食わない」

ユーリがすかさず同意する。

「君島がいなければ日本とミャンマーの犯罪を立証できない。両国ともシラを切って終わりだろう。なんとしても奴を日本に連れ帰る必要がある」

「私も賛成だ」

それまで黙っていたソージンテットが思いつめた表情で告げた。

「私には死んだ部下に対する責任がある。うやむやのまま終わらせるわけにはいかない」

「君はどうする」

シェラーが視線をライザに向ける。

「やる」

極めて簡潔な返答だった。が、彼女は考え込むように訥々《とつとつ》と付け加えた。

「警察官とは……犯罪を摘発するのが仕事のはずだ」

犯罪摘発のためとは言え、他国の法を犯していいわけがない。それ以前に、他国での武力行使が表沙汰になれば大問題となる。だがそんな分かりきったことを指摘する者はこの場にはいなかった。

シェラーは場違いな明るい表情でため息を漏らし、

「君達は本当に変わり者揃いだな。ひょっとして沖津氏の趣味なのか」

「あんたまで付き合う必要はないぜ、シェラーさん。気にしないで行ってくれ」

「そうしたいのはやまやまだが、私の受けた依頼は君達の支援だ。一人で帰るわけにもいかない」

「意外と真面目な男だな」

「意外というのはよけいじゃないかね」

「まあ、俺達だって別に死にたいわけじゃない。安心材料が一つある」

「あのチャイニーズ・マフィアだな」

シェラーは別の衛星写真を数枚引き出し、明瞭に映っている道を指でなぞる。

「彼らは大量の装備を用意してきたようだ。機甲兵装の整備要員も要るから、最低でも大型トラックかトレーラー数台で移動しているはずだ。となると、使用できる道路は限られる。必然的に大回りせざるを得なくなる。ダジャーミンの本拠に出現したときの経路はこの道に違いない。だから徒歩の君達より到着が遅れたのだろう。ここに大型車を駐めて機甲兵装を起動させ、急斜面の森を突っ切ったのだ」

ソージンテットは写真と地図をじっと見つめ、冷静に指摘する。

「彼らがトレーラーに戻って移動するとなると、我々と別のルートを取らざるを得ない。どちらが先着するか分からんぞ。互いに連絡を取り合っているわけでもなし、連携は不可能だ」

「聞いてくれ」

一行を見回し、姿は言った。

「和義幇《フーイーバン》の闞《クワン》はどういうわけか人身売買を強烈に憎んでいる。犯罪組織にとっては大きな収益源であるにもかかわらずだ。だからこそエドガー・リンも闞の方針に反発して和義幇から離脱したんだろう。まあ、それでなくても弟分に追い抜かれた恰好だから、理由は他にもいろいろあるだろうがな。ともかくダジャーミンを潰すと宣言している以上、奴は必ずやる。攻撃のタイミングを合わせられればベストだが、そこまで期待するのは今の俺達には贅沢が過ぎるってもんだぜ」

「おまえらしくないな、姿」

ユーリがじっとこちらを窺っている。

「運任せの作戦など、おまえが最も嫌いそうなものだがな」

刑事はどこまでいっても刑事というわけか――

「おまえも見ただろう、鬼機夫《ききふ》の操る機甲兵装の恐ろしさを。あんなのがロケットランチャーを大盛りで抱えた手下四機を従えて暴れ回ってくれるんだぜ」

「俺達が全滅した後に来ても意味はないと言ってるんだ」

「じゃあこうしよう。連中が先着して暴れてくれていれば言うことなし、もしまだなら、こっちは廠舎の様子を探りながらのんびり待つ。和義幇がいきなり殴り込んできたら大混乱になるのは必至だ。その隙に俺達は廠舎を急襲して君島を奪回する。つまり連中を陽動に使うわけだ。どうだい、それで」

「その間に発見される可能性は」

ユーリはいつにも増して慎重だ。

「軍閥に近いとは言え、一国の軍の廠舎に突入しようってんだ。そんなヘマをするようならどっちにしろ死ぬ」

「本当にそれでいいのかね、諸君」

シェラーが念を押す。口を開く者はいない。

「結構だ」

浅黒い口髭の男が破顔したちょうどそのとき、道の向こうから大型車の走行音が聞こえてきた。大型トラックが三台。こちらに気づいてクラクションを鳴らしている。

「どうやら待ち人が来たようだ」

シェラーは道の中央に出て手を振った。その前でトラックが順次停車する。

「おい、こいつは……」

期待を込めた姿の問いかけに、シェラーが胸を張った。

「言ったろう、君達のために装備を用意したと」

「もしかして大道具か」

「そうだ。なにしろ最大限に支援せよという依頼だったからね」

各車のウイングサイドパネルが開かれた。搬送されてきた〈もの〉が露わとなる。

ハンガリー製第二種機甲兵装『ミュアゲルト』三機。

イスラエル製第二種機甲兵装『アズライール』一機。

イラン製第二種機甲兵装『イフリータ』一機。

「最新型とまではいかなかったが、なんとか全機第二種を調達した。好きな機種を選んでくれ。ただし、アズライールだけは私が使う」

「私はこれだ」

真っ先に声を上げたのは意外にもライザであった。

「私はイフリータでやる」

何か特別な思い入れがあるらしい。ライザは万感胸に迫るといった面持ちでイフリータを見上げている。

「じゃあ俺達はミュアゲルトだ。いいな、ユーリ」

「ああ。文句なしだ」

ソージンテットが遠慮がちに言う。

「図々しいようだが、私にもミュアゲルトを使わせてほしい」

「作戦上はありがたいが……」

姿の視線に、シェラーが頷く。

「機体に不具合があった場合の予備として一機多く用意したのだが、使えるならその方がいいに決まっている。クライアントは経費を惜しむなと言っていた」

「部長のやりくり上手にはいつもながら感心するよ。どこから予算を引っ張ってくるんだろうな」

そこへ先頭のトラックからインド系の顔立ちをした男が降りてきた。真っ黒に汚れたタオルでしきりと汗を拭っている。

「やあ、やっと会えたね、ユブラジ」

「あんた、モサドを辞めたんじゃなかったのか」

「ああ、今はフリーでのんびりやってる」

「フリーでのんびり、ね」

親しげなシェラーとは対照的に、ユブラジと呼ばれた男は面白くもなさそうに、

「こんな場所に機甲兵装五機なんてヤバいにもほどがある。あんたの頼みだから都合をつけたが、今回限りにしてほしいな」

「無理を言って悪かったね。それだけ急を要する事態なんだ」

「頼まれたオプションもできるだけ用意した。言っておくが、料金は割り増しだ」

「承知している。支払いの方は心配するな」

「当たり前だ」

ユブラジの合図で、各トラックから男達が降りてきた。

「整備のできる奴もかき集めてきたが、やれるのは最低限の調整だけだ。遅くとも二時間後には引き上げる」

「いいだろう。しかし、帰るときには機甲兵装をもう少し北まで搬送してくれないか。迷惑はかけない」

ユブラジはシェラーをじろりと見て、

「だったら追加料金を上乗せしてもらう。あっちの方には第六連隊の廠舎があるからな。危険手当だ」

「相変わらず商売上手だね、君は」

それから彼は姿達の方を見渡してシェラーに尋ねる。

「機甲兵装に乗るのはこいつらか」

「そうだ。それに私も」

得心がいったとでもいうように、密輸組織の頭目は頷いた。

「確かにどいつもこいつも死に損ねるのが大の得意だって顔してやがる」

その毒舌には、さすがの姿も言い返す気さえ失った。

「てめえら、急いでやっちまえよ。こんなとこに長居はしたくないからな」

機甲兵装を起動させようとしている男達に向かって怒鳴ったユブラジは、思い出したようにシェラーへ向き直った。

「そうだ、あんたにもう一つ売り物がある。買うかね」

「モノによるな」

「情報、と言うより噂かな」

「買おう」

「ケービェはあそこの沼でなんだか妙な訓練をしてるらしい」

「妙な訓練？」

「実験だったかもしれない。たぶん新しい装備か何かだと思うが、詳しいことまではよく分からない」

「ありがとう。参考になった」

さほど有益とも思えぬ話に対し、シェラーは笑顔で礼を述べた。

「情報料も含めて追加料金はいつもの口座へ振り込んでおく。後で確かめてくれ」

「忘れるなよ。振込は死ぬ前に、だ」

「もちろんだよ」

男達がトラックからゲパードM3アンチマテリアル・ライフルを下ろしている。機甲兵装に固定するためのアダプターと工具類も。十発入りの予備弾倉も多数。

なるほど、あれが〈オプション〉か——

姿の額を、ひやりとした感触が打った。錐のような冷たさに、悪寒を抱えて振り仰ぐ。黒さを増して低くのしかかっていた雲は、抱えた水の重さに耐えかねたのか、少しずつ地上へとこぼし始めた。

密輸組織の男達も、一様に手を止めて空を見上げている。すぐに勢いを増した雨が、殺人のための道具とそれを扱う人間達を、等しく容赦なく叩き始めた。

2

与えられた居室で、城木はバッグに持参した衣類を詰め込んでいた。

今夜中に帰京するつもりで、新幹線もすでに予約済みである。

じっとりとした京都の空気は、雨が近いことを示している。

この空気は、もう嫌だ——

そんなことを思いながらシャツを畳んでいたとき、突然襖が引き開けられた。

「貴彦っ」

振り返ると、忿怒相《ふんぬそう》と呼ばれる智積院《ちしゃくいん》の不動明王よりも恐ろしい形相をした昭夫が息も荒く立っていた。

「おまえ、なんちゅうことしてくれたんや」

「なんのことだい」

「城之崎総業や。捜査二課が調べとるそうやないか」

「えっ」

城之崎総業の捜査についてはまだ極秘のはずだ――

「とぼけてもあかんで。警察の内部情報なんかなんぼでも入ってくんねん。あいつら、こっちが要らんゆうても勝手に教えてくれよるさかいな」

漏洩源は京都府警か――

城木は肚を括って立ち上がった。

「昭夫さん、もし知っていることがあったら、捜査に協力してほしい。僕もできるだけ昭夫さんのために――」

「阿呆か。今のおまえに何ができる言うねん。僕らはな、おまえなんかよりずっと上の方と仕事しとんねや。そやさかい言うたやろ、おまえにはもっともっと上に行ってほしいて。そしたら僕らとももっとええ仕事がでける思たんや。それがなんもかんもぶち壊しやないか」

そこで昭夫は畳の上のバッグに目を遣って、

「ほうか、一人で逃げ出すつもりやったんか。おまえは城木の本家さえ残ればええんかい。城邑家や他の分家がのうなった方がええとでも思てんのやろ」

「そんなわけないだろう。僕は警察官としてこの国を――」

「そうやったなあ、おまえも警察やったなあ」

嘲《あざけ》るように嗤った昭夫が、次いで激烈な怒りを漲《みなぎ》らせて詰め寄ってきた。

「おまえはなんも分かってへん。警察のくせに警察のことを知りよらん。この国の仕組みも、金の意味も、なんも知らんぼんぼんや。なんでもかんでも先生に告げ口したらええ思とる学級委員の小学生や。毬絵も泣いとったわ、おまえにいらんもん見してしもたて」

「待ってくれ。毬絵ちゃんは昭夫さんのことを本当に心配してて、それで僕に総勘定元帳を」

「それが浅はかやったと思い知って後悔しとんのや。グループの役員会から連絡が回ってきて、こらどないもならんわ言うてな。あいつはおまえなんかより世の中の仕組みをよう分かっとるさかい、状況がどないなもんか、すぐに察しよったんやろ」

「どういうことだ」

話が見えない。事は城之崎総業の背任ではなかったのか。

「昭夫さん、あなたは一体何をやってたんだ。あなただけじゃない、朔子さんも、要造さんもだ」

それには答えず、昭夫は思わぬことを口走った。

「毬絵はな、おまえを好いとってん」

意外に過ぎて、城木は返す言葉を見出せなかった。

「それこそこんまい頃からや。直接言うたことはあらへんで。そやけどやっぱし兄妹や。僕の目から見たらもうバレバレやった。亮太郎さんかて分かっとったんちゃうか。毬絵はずっとおまえに惚れとったんや。そやのにおまえはっ」

昭夫の両手が伸びてきて城木の胸倉をつかんだ。だが城木はすでに抵抗する気力を失っている。

本当か――本当なのか、毬絵ちゃん――

そのとき、廊下の方から荒々しい足音が近づいてきた。

「お待ち下さい、どうかお待ちをっ」

阻止しようとする尾藤老人を押し退《の》けるようにして入ってきたのは、警視庁捜査二課六係の末吉係長であった。背後には京都府警の捜査員らしき男達も見える。

「末吉さん、いつこっちへ」

驚いて呼びかけた城木に目礼した末吉が、令状を取り出して昭夫に示す。

「城邑昭夫さんですね。ここに記されている場所に対して捜索差押許可状が出ていますので立ち会いをお願いします。その後でいろいろお聞きしたいことがありまして、京都府警本部までご同行をお願いします」

午前二時を過ぎた。ミュアゲルトのコクピットで、姿は発進待機を続ける。

状況に変化なし。ユーリ、ライザ、ソージンテット、シェラーの僚機も各自の配置地点についたまま動かずにいる。監視システムが張り巡らされた廠舎に接近するのは、その位置が限界だった。

密林に潜んだミュアゲルトの機体を叩く雨音は一向に止まる気配もない。規則的に、あるいは狂騒的に原初の旋律を響かせ続ける。

何時間も聴いていると気が狂う。それが自然のただ中に踏み込んだ人工の巨人に対する天の罰かと思えてくる。実際に雨中の発進待機でメンタルに変調をきたした兵士を姿は何人も知っていた。

集中力を途切れさせてはならない。雨に心を浸食されてはならない。

姿はメインモニターで圧縮補正された外周映像をチェックする。各種センサーの点検も忘れない。もう何十回目になるだろうか。コクピット内でできることは限られている。精神のバランスを保つ上でも欠かすことのできない作業だ。

暗視カメラの映像によると、沼のほとりに立つ廠舎はコンクリート製の豪勢なものだった。三階建てで、大きな格納庫のような施設を併設している。他にも独立した格納庫や工場らしき施設が計十一か所にある。単なる演習地の廠舎とはとても思えない。

水かさを増して湖と化した沼は、盆地を囲む斜面全体を底知れぬ泥土に変えている。地形を考えると乾期も湿地帯なのだろう。シェラーがたとえた通りの蟻地獄だ。滑り降りることはできても、這い上がるのは困難であると推測される。つまり一旦岸辺に降り立ったら、廠舎に通じる正規の道路しか脱出路はないということだ。

湖に面した格納庫の大開口部には頑丈なシャッターが設置されている。湖の波飛沫を真っ向から受けて小揺るぎもしない。増水時の水位を想定して設計されたものであろうが、不可解な点もある。雨期の水位は分かっていたはずなのに、こんな水際に建設した意味が分からない。ゼーナインは廠舎の屋根からダイビング気分で飛び込みでもやりたかったのか。

――ケービェはあそこの沼でなんだか妙な訓練をしてるらしい。

密輸業者のユブラジが言っていた言葉を思い出す。どうやら単なる噂ではなかったようだ。

奴ら、ここで一体何をやってやがるんだ――

自分の愚昧さを嗤うように、雨が機体を乱打する。

それで気が済むなら好きなだけ打て――

メーカーのカタログには、「『ミュアゲルト』とはアイルランドの民間伝承におけるマーメイドの別名である」と書かれていたように記憶する。オールラウンドに優れた性能を発揮できる機体だが、水の精霊の名を持つだけあって耐水性能に関しては他の機種を圧倒しており、浅い水辺や荒天時での戦闘においてその真価を発揮する。

第二種機甲兵装には本来ＮＢＣ防護機能が備わっており、コクピットは密閉されている。漏水や浸水はあり得ないのだが、それはやはり渡河や潜伏のためのものであって、水中での戦闘を想定したわけではない。そもそも機甲兵装自体に水中で運用するメリットがないからだ。

その点においてミュアゲルトの優位は疑いを容れない。シェラーの選択は確かだったということだ。

湖面は黄土色に濁っているはずだが、雨と夜とに押し潰されて一面の黒でしかない。

廠舎の出入口は湖とは反対側に設けられている。その前には大きな屋根付きの簡易駐車場があり、各種の軍用車輛が車体の一部を覗かせていた。ダジャーミンの本拠から逃走したＵＡＺもあることをライザが確認している。ゼーナインと君島は間違いなくここにいるのだ。

さすがに警戒は厳重で、常時十機のブガノッドが哨戒に当たっている。格納庫内にどれだけの機甲兵装が配備されているのか、見当もつかなかった。

そのため作戦を少しばかり変更した。和義幇《フーイーパン》だけでは不確定要素が多すぎる。自分とソージンテットもあえて正面から突入し、陽動に加わることとしたのだ。

和義幇《フーイーバン》はまだ動かない。賭けてもいいが、彼らはすでに到着している。どこかに潜んで奇襲にふさわしいタイミングを窺っているのだ。シェラーが推定したような大部隊を気づかれることなく待機させているだけでも、充分に訓練された軍隊さながらの統率力であると言えた。

自分達にできるのは、ただ待つことだけなのだ。

關剣平《クワンジェンピン》。十二神将の一人に数えられる鬼機夫《ききふ》が降魔《ごうま》の利剣《りけん》を振るうのを。

もちろんそれが、悪魔の爪であることも理解している。


上京区下長者町通新町西入藪ノ内町にある京都府警本部庁舎は、近来にない混乱に陥っていた。その中心は言うまでもなく捜査二課である。極秘裏に京都入りした警視庁捜査二課中条管理官の要請により、城邑昭夫、城方要造、城之崎太郎ら、城州グループの幹部にして京都財界の名だたる著名人が続々と連行されてきたからだ。

府警本部に日頃から詰めていた番記者達も、事態の異様さに驚倒し、携帯端末に向かって一斉に所属する社へ大声で報告している。事件はすぐに京都中、いや日本中に知れ渡ることだろう。

末吉とともに府警本部に入った城木は、同じく被疑者を連行してきた高比良主任を見かけ、声をかけた。

「高比良さんも来てたんですか」

振り向いた高比良が口を開くより早く、甲高い罵倒が浴びせられた。

「この恩知らずがっ」

高比良に連行されてきた城守朔子であった。

「伯母さん……」

「阿呆や阿呆や思とったけど、ここまで阿呆やとは思わなんだわ。あんたなあ、誰に喧嘩売ったか分かっとんのか」

「どういうことです」

朔子は般若の笑みを浮かべ、

「これであんたはんもおしまいや。本家がこないになってしもたんも、亮蔵はんが甘やかしすぎたせいやろ。後悔してももうあかんで。あんたはん一人の力で生きていけるもんやったらやってみなはれ」

「早く行け」

高比良に促され、朔子が取調室の方へと消える。末吉も昭夫を連れていなくなり、城木はただ呆然と廊下に立ち尽くした。

「城木さん」

そこへ、行き交う職員をかき分けるようにして中条管理官が駆け寄ってきた。

「中条さん、ご苦労様です」

ほっとした思いで応じると、中条は城木の袖を取るようにして、

「いやいやお互いに。とにかくあちらへ。状況について説明します」

「あ、はい」

中条に従い本部庁舎内を移動する。

途中で粕谷本部長をはじめとする京都府警の幹部達とすれ違った。

中条と同時に目礼するが、いかにも不快そうな彼らの表情から、自分達が歓迎されざる客であると悟った。

センサーに反応。ロケット弾接近。四発。発射地点はそれぞれ異なる。

姿は即座に対応する。目標はこちらではない。二発は廠舎関連施設に着弾。二発はブガノッド二機を破壊した。

警戒に当たっていたブガノッドに襲いかかるダエーワ四機を確認。和義幇《フーイーパン》が動いた。

時を移さず機体を［滑降］モードへ。

第二種機甲兵装は基本的に各一対のペダルとスティックで操縦するが、通常はシステムが状況を判断し自動的に切り替える。動作の多くがマクロ化されていて、サブモードを含めるとそのツリー構造は複雑多岐にわたる。第二種機甲兵装の搭乗員はそれらのすべてを把握し、瞬時に対応できる判断力、精神力を要求されるのだ。

姿のミュアゲルトは斜面を滑り降り、廠舎を目指す。併走するのはソージンテット機だ。他の僚機もそれぞれの潜伏地点から行動開始している。

敵襲を告げるサイレンがけたたましく鳴り響き、眩いサーチライトが幾条も閃く。手前の格納庫から、緊急発進したブガノッドが続々と現われた。

モード［停止］、そして［射撃］。右マニピュレーターに外装式アダプターで固定したゲパードM3の照準システムを作動させる。銃口の大型マズルブレーキを含む銃身が切り詰められているが、機体の照準システムと連動しているので狙撃精度に問題はない。同様に機甲兵装には不要なバイポッドやスコープも取り外されている。

天候の全データを解析、システムを微調整。その間にも敵機は猛然と突っ込んでくる。

姿は至極冷静にゲパードを連射する。対空機関砲用の14・5×114弾が間近に迫っていた三機のブガノッドを貫通した。

同じくゲパードを姿機とは反対の左マニピュレーターに装備したソージンテットのミュアゲルトは、疾走しながら二機のブガノッドを撃破している。

おいおい、やるじゃないか、大尉――

全滅した部下達の怨念を晴らさんとするかのように、ソージンテット機はさながら修羅と変じて前進をやめない。

しかし新手のブガノッドが迅速に展開し廠舎の防御態勢を整える。日頃から有事に備えて訓練を積んでいたのだろう、相当な練度の高さであった。

数からしても圧倒的にこちらが不利だ。向こうもそれは計算していると見え、火力を集中して各個撃破の態勢を取り始めた。あくまで確実に仕留める気だ。

走行中のブガノッドが姿の眼前で立て続けに爆発した。ロケット弾の直撃を受けたのだ。

後方にM202ロケットランチャーを左脇に抱えた和義幇のダエーワが四機。M202が使用するのは徹甲弾ではなくM235焼夷弾だが、近距離からの直撃を食らえば機甲兵装とてひとたまりもない。周囲の被害が大きいため、機甲兵装を投入した市街戦でロケットランチャーが使用されることは皆無に等しい。反対にミャンマー奥地の演習場では遠慮する必要などありはしない。廠舎周辺はたちまち炎に包まれ、ブガノッドの陣形は脆くも崩れた。

だが敵各機は俊敏に建屋、大木等の遮蔽物に身を隠し、ブローニングM2重機関銃で反撃してくる。一機のダエーワは動じる素振りも見せず、M202で建屋を狙う。もう一機は大木だ。

爆音を上げて炎上した建屋や大木の陰からよろめき出たブガノッドを、それぞれ右マニピュレーターに固定したKord重機関銃で狙撃する。他の二機も同様に遮蔽物を破壊している。冷静且つ大胆な攻撃法であった。

ロケット弾を発射し尽くした四機のダエーワは、再使用の利くM202を惜しげもなく捨てた。Kordで敵を威嚇しながら、その場に悠然と停止する。ロケットランチャーを放棄したことによる機体のバランス調整に要する時間だ。敵にとっては恰好の標的だが、恐れる様子など微塵もない。

十二秒後、再び動き出したダエーワはKordでブガノッドを片端から制圧している。反撃など一切認めぬ、断固たる意志すら感じられた。

鬼機夫の手下は地獄の獄卒といったところか——

恐ろしくも頼もしい援軍を得て、姿もソージンテット機とともに泥を蹴立てて敵機の群れへと突っ込んだ。


廠舎周辺でロケット弾の着弾を確認。

同時に飛び出したライザのイフリータは、敏捷な動きで樹木の生い茂る急峻な斜面を駆け下りた。

『イフリータ』は同じくイラン製第二種機甲兵装『イフリート』の軽量モデルである。装甲は薄いが、その分運動能力が格段に向上しており、搭乗者の熟練度によっては人体さながらの動きを可能とする。いや、人体以上と言っていい。今ライザは、人間にはおそるおそる下りるしかない斜面を、野を往くが如き速度で以て降下している。

かつてライザは、シリアのテロリスト養成キャンプでの訓練で連日のようにイフリータに搭乗した。そのときの感触、そのときの高揚、そのときの愚かさを鮮明に思い出す。

——死も悪運も、常におまえとともに在る。

案山子のように骨張った長身の教官が繰り返す。

——おまえが男であり、ムスリムであり、そしてムジャヒディンであったなら。

空爆により両親と妻、それにまだ赤ん坊だった娘を失い、ムジャヒディンとなった彼は、そう言って嘆いたものだ。

——いや、それは言うまい。おまえにはおまえの戦いがあるのだから。

あなたの言った通りになったよ、何もかも。

死と悪運はあれからも私について回った。長い、長い旅路の果てに、私はようやく自分の戦いを見つけたよ。

シリアの砂漠は乾ききった空白の世界だった。しかしここは、絶え間ない雨に沈んだ泥の宇宙だ。

センサーが下方に敵機を感知。三機。格納庫から出てきた新手か。機種――『ルサールカ』。

ロシア製の第二種機甲兵装で、その名はスラヴ神話に伝わる水の精霊に由来する。溺れ死んだ女や、洗礼を受ける前に死んだ赤ん坊がルサールカになるという。それだけに防水性においてはミュアゲルトに匹敵する。乾地で使用されることの多いイフリータとではルサールカの方に地の利があることは明らかだ。

いいだろう、死と悪運は常に私とともに在る――

斜面に取り付いた三機のルサールカは、いきなりうつ伏せになって下生えの上に横たわった。そしてムカデのような動作で斜面を這い上がってくる。

ルサールカは機体前面に突き出た無数の突起状アームが最大の特徴で、それらを連続してハーケンのように地面へ打ち込むことにより悪条件下での機敏な移動を可能とする。通常の機甲兵装と同じく左右に人体の腕を模したマニピュレーターも配されているが、肩部関節の可動域が極端に広く、両腕が背面にまで回るよう設計されている。

斜面を這い登りながら、先行する二機のルサールカが背面に回した腕部のブローニングM2重機関銃で攻撃してきた。

イフリータの周辺にあった木々が火線に沿って粉砕される。

モード［跳躍］で被弾を避けたライザは、空中で［射撃］に転換、着地するまでにゲパードを二発撃っている。

だが二機のルサールカは倒れた姿勢のまま左右に分かれて自在に移動し、大口径弾を難なくかわした。人型ではあるがまさにムカデだ。

死角がないはずのメインモニターから敵機の映像が消えた。草の中に潜んでいるのだ。ここまで姿勢の低い敵に対してイフリータのシステムが追いつかない。

どこへ隠れた――

背後に突然巨大な影が出現した。いつの間にか後ろに回り込んでいた第三のルサールカが直立したのだ。

反射的に振り返ろうとしたとき、不安定だった足場が崩れた。同時にイフリータの装甲が切り裂かれ、サブモニターが一つ消失した。

直立した三番目のルサールカがマニピュレーターに固定していたのは重機関銃ではなかった。刃渡りが一メートル近くもある大型の伐開用マチェーテだった。文字通り密林を切り拓くための大鉈で、ミャンマーの山奥ならではの装備と言える。足許が崩れず姿勢の制御ができていたら、イフリータの装甲だけでなく自分の胴体まで両断されていただろう。

ライザは素早く後退し、ゲパードを発射する。だがルサールカは前のめりに倒れ込んでそれをかわし、横になったまま高速で移動した。すべての突起を最も効率的に運動させるコンピューター制御技術の賜物だ。

同時に先の二機がM2の銃撃を浴びせかけてくる。ライザもまた自ら機体を草の中に倒し、からくも避けた。しかしルサールカと違い、その姿勢では発砲しても木や岩が邪魔で当たりはしない。第一、敵の位置をまたも見失っている。

かつて経験したことのない戦いであった。イフリータのアドバンテージである運動性をまるで発揮できずにいる。

早く移動しなければ――

立ち上がろうとしたとき、コクピット内で赤い警告灯が点灯した。

どこだ――

表示を確認する間もなく、飛び出してきた大ムカデの黒い影がメインモニターを覆い尽くした。

二〇メートル以上はあろうかと思える巨木のそびえる樹林帯を疾走していたユーリは、センサーからの警告に素早く反応し、機体を左へと捻った。何かがミュアゲルトの胸部装甲をかすめ、後方の巨木の幹に突き立った。

なんだ——？

それはワイヤーの付いた鋼鉄の銛《もり》であった。しかも二本。

前方の闇の中にブガノッドが立っている。その左右肩甲骨の位置に見たこともない装備が溶接されていた。

ブガノッド本体のウィンチが作動してワイヤーを巻き戻す。二本の銛が引き抜かれ、ブガノッドの肩へと戻って再装填された。ワイヤー付きのスピアガンだ。

森で鯨でも捕らえるつもりか——だがそんなものは機体の速度を落とすだけだ——

ユーリはブガノッドに向けてゲパードを撃つ。ターゲットの左右には巨木の列。逃げ場はない。

命中したと思った瞬間、ブガノッドの機体が消えている。

センサーを確認——上だ。

ブガノッドは周囲の樹木上部に銛を撃ち込み、ウィンチで自機を樹上へと吊り上げたのだ。

捕鯨ごっこなどではない。密林移動用の特殊装備だ。

ユーリは上空のブガノッドに向けてゲパードを連射する。だが敵はワイヤーを巻き戻しては自在に反動を加え、木から木へと猿のように移動している。全高三・五メートルもある機甲兵装でだ。

搭乗者は特殊部隊ケービェの隊員だ。密林での戦いに特化した訓練を積み重ねてきたに違いない。

ブガノッドは頭上からM2で掃射してきた。ユーリは咄嗟にミュアゲルトで雑木の合間に飛び込み難を逃れた。

息をつく間もなく、別の方向からも火線が伸びてきた。しかも三方向だ。さらに前方へと機体を投げ出し、仰向けになってゲパードを連射する。やはり当たらない。新たな三つの影がこちらを嘲笑うかのように樹上を跳梁する。同じスピアガンを装備したブガノッドが計四機。時折地上近くまで降下してきてはM2で掃射する。地に転がってかわしながら応戦するが、敵はすぐに上空へと逃げる。およそ戦場においては、上方からの攻撃が有利であることは論を俟《ま》たない。無数の巨木がそびえ立つ森の中では、機甲兵装の巨体が逃れられる空間も極めて限定される。最初の遭遇から二分と経たぬうちに、ユーリは自分がとんでもない窮地に追い込まれていることを知った。

敵は刻々と位置を変えながら撃ってくる。このままではやられる。システムが自動的に［直立］モードへ移行すると同時に［走行］し、［射撃］する。当たらないのは承知の上の牽制だ。

大きな岩陰に機体を潜め、ゲパードの弾倉を交換する。第二種機甲兵装の無骨なマニピュレーターでは平均二分から四分を要する。姿は一分でやると聞いた。この岩陰ならある程度頭上からの銃撃を防いでくれるだろうが、二分もかけていては確実にやられる。ユーリは一分三十秒で交換を終えた。

岩陰から飛び出した途端、前方から銛が飛来した。敵はこちらの行動を読んで先回りし、地上から水平に銛を撃ってきたのだ。

一発はかわしたが、もう一発がミュアゲルトの左マニピュレーターを貫いた。もう逃れられない。銛が鯨ならぬ人魚を捕らえたのだ。笑わぬはずの機甲兵装が笑ったように見えた。

ブガノッドが外れた方の銛を巻き戻す。ユーリは咄嗟に右マニピュレーターでそのワイヤーをつかみ、全力で引く。同時にブガノッドに向かって猛然と突っ込んだ。

左右のバランスを崩されたブガノッドが無様によろめく。走りながら左腕に刺さった銛を引き抜き、敵機の胴体部に突き立てた。間髪を容れず頭上を振り仰ぎ、上空に迫っていた一機をゲパードで撃ち抜く。

サーモセンサーを確認。肩につながる二本のワイヤーでだらんとぶら下がったブガノッドの機体から、温かい鮮血が雨水と一緒になって滴り落ちている。

残り二機。しかし今の反撃で警戒したのか、容易に仕掛けてこなくなった。

ここは密生する木々の枝葉に遮られて雨はさほどでもないが、廠舎周辺は泥で足場が相当悪化しているに違いない。早く片づけて廠舎へと向かわねば。正面から突っ込んだ姿達が危ぶまれる。

前面に貼り付いたルサールカの、怖気をふるうような無数の触手がイフリータの装甲を激しく穿つ。道路工事で使われるコンクリートブレーカーのようにそれぞれが猛烈な勢いで震動しているのだ。端整とも言えるシンプルなイフリータの頭部がたちまち無残なあばた面に変貌する。闇夜に鮮烈な火花を散らし、全身の装甲が貫かれていく。

頭部をはじめとする機体各部のカメラが一つ、また一つと潰され、メインモニターの視界が狭まる。この状態があと一分も続けばイフリータは孔だらけの醜い残骸と化すだろう。

モード［跳躍］。コンピューターが決して選択しない戦法をライザは採った。確信はない。本能だ。それでなくても軽量のイフリータが他の機甲兵装とともに跳躍などできるものではない。しかし三〇センチは宙に浮いた。二機が一つになって斜面へと倒れ込む。ルサールカがわずかに離れた。その部分に銃口を押し当て、トリガーを引く。一機制圧。残るは二機。だが位置が把握できない。よほど性能のいい欺瞞装置を使用しているらしい。

イフリータのシステムが自動的に姿勢を立て直す。モード［直立］。ライザはイフリータの脚部でルサールカのマニピュレーターを何度も踏みつけ、アダプターを破壊してＭ２重機関銃を強引に奪い取る。照準などどうでもいい。左手で機関部後端を鷲づかみにし、周囲の草原に向け弾が尽きるまで掃射する。

殺虫剤をくれてやる——

潜んでいた二機が飛び出してきて直立形態に戻った。一機はすぐにまた繁みへと隠れ、残る一機は装備したマチェーテを振り回してイフリータに迫る。ＣＱＣ（Close Quarters Combat＝近接格闘）においては、銃器より鈍器や刀剣類の方が有利だからだ。

だが、それこそがライザの狙うところであった。

イフリータのフットワークを活かした戦いこそがこちらの本領だ。左手につかんだままのM2の銃身で、迫り来るマチェーテと切り結ぶ。生い茂った草が足許を隠す急斜面だ。機甲兵装の戦う舞台としては最悪の地形で、イフリータはスリムな肢体の各部をフルに駆使してどこまでも華麗に舞い、相手を翻弄する。

マチェーテの刃を真っ向から受けたM2の機関部が小枝のように両断された。すかさずM2を放棄し、機体バランスを調整する。その間にも敵の攻撃はやまず、すでに孔だらけとなっていたイフリータの装甲が柔らかなドレスであるかのように切り刻まれる。

この地での訓練を積んでいるはずのルサールカが、それでもイフリータを決定的な間合いに捉えられず、次第に焦りを見せ始めた。

やがて満身創痍となったイフリータは地盤の脆くなった亀裂を回り込み、巨木を背に立ち止まる。冷静さを失ったルサールカの搭乗者には、こちらが追いつめられたように見えることだろう。

とどめとばかりに振り下ろされたマチェーテを、イフリータは軽やかな動きで回避した。巨人の鉈は縦に大きく木の幹に食い入っている。

マチェーテはマニピュレーターに溶接されているため、ルサールカはもう動けない。ライザは余裕でルサールカの背後に回る。

だが敵は左マニピュレーターで自ら右の溶接部を叩き折った。端倪《たんげい》すべからざる判断力だ。マチェーテの刃を木の幹に食い込んだまま残し、イフリータの全身に孔を穿つべく抱きついてきた。

その抱擁はもう飽きた——地獄の悪魔でも相手に踊るがいい——

ルサールカの腹部にはゲパードの銃口が押し当てられている。

ゼロ距離射撃を食らい、ルサールカが沈黙する。残るは一機。

コクピット内で心機を凝らし集中する。

いる――近くだ。

ライザはマクロ化されていない動作を手動で入力した。すなわち、［転倒］。

自ら仰向けになって灌木の中に倒れ込むと同時に、飛び出したルサールカが全身にのしかかってきた。

待っていたぞ――

ルサールカの腹部に右脚部の足裏を当て、柔道の巴投げにも似た動きでルサールカを勢いよく上へと押し上げる。

そこには先ほど木の幹に突き立ったままのマチェーテがあった。

背面から胴体部の半ばまでマチェーテの刃を食い込ませ、ルサールカが生物のように痙攣する。各突起部の脈動が徐々に弱まり、やがて完全に停止する。

イフリータが立ち上がると同時に、刃から外れたルサールカの機体が地面に落下した。切断面からあふれ出た搭乗者の黒い血は、毒虫の体液にも見えた。

上空で銃火が閃く。ユーリのミュアゲルトは寸前に跳び退いていた。二方向から飛来した銃弾がミュアゲルトの占めていた地点へ着弾する。

後退しながら応戦するが、敵は絶えず位置を変化させていて容易に捕捉できない。

銛で射抜かれた左マニピュレーターは使用不能となっている。機体バランスはすでに調整済みだが、全体的な運動能力は七〇パーセント以下に低下した。

スピアガン――ワイヤー付きの銛という原始的な装備がここまで効果を発揮しようとは。

メインモニターに赤い警告灯が浮かぶ。同時にユーリは前方に突っ伏すように機体を投げ出している。

背面装甲を数本の銛がかすめた。表示を確認。後方にブガノッド二機。増援の敵機だ。やはりスピアガンを装備している。

ミュアゲルトのコクピットでユーリは呻く――残り四機に増えてしまった。

嘆いている暇はない。ワイヤーを巻き戻した新手の二機は、再装塡した銛を再びこちらへと向けている。

巨木からぶら下がったままになっているブガノッドの残骸に向かって駆け出したミュアゲルトに向かい、二機が銛を発射する。

一瞬の差であった。ブガノッドを盾にしたミュアゲルトは、飛来した四本の銛をすべてその機体で受け止めた。深々と突き立った銛をすぐに巻き戻せず、二機が焦っている。

残骸の陰からゲパードで狙撃。一機を撃破。すかさずもう一機を狙う。外れた。

逃した一機は銛の回収を放棄し、猛然と突進してくる。早い。距離の短さから照準システムが追いつかない。

ディスプレイ内で明滅していた照準ドットが固定、発光する――マーク。トリガーを引こうとしたとき、警告灯が点灯するとともに一際高く警告音が鳴った。

背後の上空にワイヤーで降下してきたブガノッド一機がこちらに銃口を向けている。

眼前に迫る一機。背後の一機。間に合わない。

銃声がした。ゲパードだ。眼前のブガノッドが後方から撃たれ、前のめりに倒れる。

シェラーか――

雨の奥から出現したアズライールがゲパードの銃口を上へと向ける。ユーリもまた背後の敵を目視と勘で狙撃する。

泡を食ったブガノッドはウィンチを巻き上げ急上昇していくが、ゲパードの集中砲火を受け、孔だらけとなって落下した。

〈無事か、オズノフ警部〉

作戦開始前に決めた周波数で無線が入った。敵による傍受は気にしていない。

〈哨戒中のブガノッドを片づけるのに手間取った〉

アズライール。アルメニアの伝説においては無敵と呼ばれた不死の巨人。ユダヤ教、キリスト教、イスラム教においては死の大天使。その名を戴く機甲兵装は、イスラエル国防軍特殊部隊サイェレット・マトカルに制式採用されている。

頭部に配された四つのカメラは、天使アズライールと同じく「神の座」を象徴する四つの眼を表しているとも言われている。それが設計者の意図なのかどうかまではユーリは知らない。

モサドの男、ノアム・シェラーが乗るアズライールは、少なくとも今はその名にふさわしく、猛々しくも荘厳な威圧感を放っていた。

ミュアゲルトのコクピット内に警告音。アズライールの背後に降下してくる最後のブガノッドを確認。M2の銃口をアズライールに向けている。

「シェラー、後ろだっ」

叫ぶや否やユーリは照準システムでブガノッドをマークした。

それより早く跳躍したアズライールは、空中で後ろ手にM2の銃身をつかみ、身を捻りざま敵機の肩に跳び乗った。

機甲兵装二機分の重量を支えきれず、銛が抜けた。アズライールは絶妙な身のこなしでブガノッドを下にして着地する。落下の衝撃とアズライールの重みとでブガノッドの機体は変形し、搭乗員は圧死している。

第二種でこれほどまでの動きを可能にするとは。

さすがに姿と並ぶSNSの候補だっただけはある——いや、もしかしたら姿を凌駕しているかもしれない——

この男が龍機兵に乗ったとしたら、一体どこまで機体の潜在能力を引き出せるのか見当もつかない。

ユーリの内心を知ってか知らずか、通信機からシェラーの声が聞こえてきた。

〈作戦続行は可能か〉

快活ではあるが、戦闘時の緊張も感じられる。

「可能だ」

そう返答したときには、アズライールはすでに廠舎へと向かっている。

〈結構だ、警部〉


廠舎を守備する兵士達はＲＰＧを持ち出し、泥まみれとなりながら姿とソージンテットのミュアゲルトに向けて次々と対戦車擲弾を発射した。

近距離からの不意打ちでもない限り、熟練した搭乗員による第二種機甲兵装の標準的運動能力と熱源感知システムとを以てすれば、これを回避するのはそう難しいことではない。とは言えこれだけの数ともなると焦る気持ちとは裏腹に、目指す廠舎から遠ざかるばかりである。

しかも緊急発進した敵機甲兵装部隊はその数を増す一方だ。第二種のブガノッドを主力とし、第一種のスラストも散見される。

和義幇《フーイーバン》のダエーワはＫｏｒｄ重機関銃で敵歩兵を端から掃射し、敵機甲兵装を容赦なく制圧していく。連射により加熱した銃身や機関部が闇の中で赤く光り始めた。その光に触れた雨は、一滴残らず音を立てて蒸発する。

一方でソージンテットは精緻な操縦テクニックを発揮し、迂回を余儀なくされつつも執念で廠舎へと接近している。

先行するソージンテット機に続きながら、姿は危惧を抱かずにはいられない。

自分達の役割はあくまで和義幇と合流しての陽動であり、攪乱である。だからこそあえて正面から突っ込んだのだ。にもかかわらず、側面から侵入するはずのユーリとライザが遅れている。哨戒機制圧のほか遊軍的役割を担うシェラーは分かるとして、あの二人が遅れるとは、よほど手強い敵と遭遇したのか。いずれにしても、このままでは陽動の意味がない。

それにもう一点――〈奴〉が依然見えないことだ。

奴が現われなければ、一国の軍を相手にして自分達は陽動にすらならない。このまま大軍に押し包まれて無駄死にすることになる。

俺ともあろう者が、鬼機夫の力を過大に評価しすぎたか――

ならばこの作戦は、ユーリが指摘した通り単なる「運任せ」でしかない。作戦と呼ぶにも値しない杜撰《ずさん》さだ。

湖の水位は増す一方で、自機を含む機甲兵装はすでに足首まで泥に沈んでいる。

俺の責任だ――

ゲパードの弾を撃ち尽くした姿は、猛火に包まれている建屋の陰で弾倉を交換する。

一分を切ってみせる――

それが責任感による焦りであってはならない。炎に身を隠しながら、氷よりも冷静に。ユーリの報告書によるとモスクワ民警にも似たような教えがあったようだが、戦場では誰もが知る常識だ。どんな状況であろうとも、冷静さを失った者から死んでいく。

五十八秒で弾倉交換を終えた姿のミュアゲルトは、接近してきたブガノッドを炎越しに撃ち抜いた。そしてすぐさま振り向いて背後に迫っていたスラストを撃つ。

炎から飛び出た姿機を新たな炎が襲った。火炎放射器を装備したブガノッド四機が四方から炎を浴びせかける。

民族浄化用の新商品か――

同じ装備を持った敵とかつて遭遇したことがある。震災で無人となった宮城の漁港でのことだ。相手は元軍人のロシアン・マフィアだった。

悪党の使う玩具はいつも同じだ――

右足を軸に回転しながらゲパードを撃つ。二機は斃した。だが二機は外した。敵も反撃を想定して常に移動しているのだ。

雨の中を逆ってきた炎がミュアゲルトを炙る。急激に上昇した温度に警告音が鳴りやまない。このままでは機体のシステムに影響が出る。両手の皮がスティックレバーに貼り付きそうだ。熱された機体が雨に打たれて水蒸気の靄に包まれる。

姿が強行突破を図ろうとした刹那、二機のブガノッドが胸部を撃ち抜かれて停止した。炎が消え、警告音がやむ。

狙撃地点を確認する。

ついに来たか――

戦場には珍しい象牙色に塗装されたウルスラグナ。右マニピュレーターに固定したバレットM82アンチマテリアル・ライフルを突き出している。発砲による硝煙が夜の雨に霧散した。

周辺の兵士達が一斉にRPGの砲口を向けるが、擲弾を発射する間もなくダエーワのまき散らす大口径弾で片端から赤い飛沫へと変じていく。それはまさに〈露払い〉であった。

ウルスラグナが荘重とも言える足取りで戦場を往く。

その前に道が自ずと開かれる。モーゼの前に横たわる大海の割れた如くに。

敵と味方とを問わず、機甲兵装を操る者は皆ウルスラグナの発する鬼気に打たれている。

勝てる気がしない――

今に限って、ウルスラグナが敵ではないことに姿は大いに安堵する。

だが、突然に。

雨の中、重く鈍い音が廠舎の方から響いてきた。

湖に面した格納庫大開口部のシャッターが開いたのだ。

そこから赤錆びた二本のレールが湖面に向かって突き出される。

何を始めようってんだ——

今や全員が注視している。ミャンマー軍の歩兵が一斉に撤退していくのが気になった。

耳を聾《ろう》する轟音とともに、二本の巨大なアースドリルが現われた。

巨大。そうだ、あまりにも大きい。長さは少なくとも五メートルはある。

アルキメディアン・スクリューの原理を応用したロシア製の水陸両用車ZIL-2906に似た形状をしている。キャタピラの代わりにアルキメディアン・スクリューが付いた装甲車と言えばいいだろうか。前後方向に軸を持つシャフトに螺旋状のフリンジを設け、その回転によって進路上にある物すべてを粉砕しながら前進する水陸両用の推進装置である。

大規模格納庫を併設した廠舎が湖水近くに建設された理由はもはや明らかだった。

湖に進水した〈それ〉が勢いよく旋回した。その全貌が暗視カメラを通してメインモニターに投影される。

アルキメディアン・スクリューの間に機甲兵装の上半身が覗いている。いや、厳密には腰部の左右に超大型のアルキメディアン・スクリューを装備した機甲兵装だ。

全体が途轍もなく大きい。それでいて水上での機動性は抜群だ。

密輸業者が言っていた〈噂〉とはこれのことだったのか——

姿は鉄の味にも似た苦い呻きを漏らす。

間違いない。第一種、第二種の規格から極端に逸脱する独自の機体。第三種機甲兵装だ。

未登録機は凄まじい勢いで泥水を跳ね上げながらこちらへと突っ込んできた。

姿とソージンテットのミュアゲルト、それに和義幇《フーイーパン》のダエーワが一斉に銃撃する。だが敵はその巨体にもかかわらず俊敏に回避した。しかも唸りを上げて回転するアルキメディアン・スクリューは、大口径弾でも破壊することは難しい。

腰から上の胴体部が少なくとも一八〇度以上左右に回転している。空気抵抗を最小限に減らし、バランスを取るためか。やはり湿地戦用に開発されたのだ。それだけではない。雪上、氷上においても運用可能であると姿は見た。周辺を多数の国に囲まれたミャンマーの国軍は、国境地帯において常にゲリラとの熾烈な実戦を重ねてきた軍隊である。この場所で地形に特化した第三種機甲兵装が運用されているのは極めて合理的であるとも言えた。

一方で、残存する敵機甲兵装の攻撃も続いている。ブガノッドとスラストからなる部隊だ。第三種を迎撃しながら、背面からの攻撃に応戦している余裕はない。

だが背後からの攻撃はすぐにやんだ。モニターの後方映像に目を遣ると、ウルスラグナが疾風の勢いで敵部隊を片端から殲滅している様子が映し出されていた。ブガノッドの頭部が消失し、スラストの胸部に大穴が穿たれる。それらの搭乗員は何が起こったのかさえ理解できずにいるのではないか。

そっちは任せたぜ、大哥《タークー》（兄貴）――

湖面を往く第三種がいきなり上半身を前傾させた。いや、前傾どころではない。左右のアルキメディアン・スクリューと完全に平行になったのだ。

その外観をモニター内で拡大する。下半身に脚部はなく、バラストと操舵を兼ねたパドル状のスタビライザーになっていた。サイドスラスターも設けられており、スタビライザーの先端にはウォーターポンプ式ジェットノズルが装備されている。メインスクリューの速力不足を補うためか。

今こいつを沈めないと――

照準システムを合わせていたとき、第三種の機影がモニターから消えた。姿は迅速に各センサーをチェックする。

なんて奴だ――水中に潜りやがった――

上半身を前傾させたのはこのためだったのだ。

敵を見失い、友軍機は為すすべもなく泥濘の中に立ち尽くしている。各機とも今や膝近くまで泥に埋まっていた。

四機のダエーワが周囲の水面に向けてＫｏｒｄの銃弾をまき散らす。対抗策はそれしかない。

不意にダエーワの間近で泥が盛り上がり、第三種が出現した。大木の幹のような太さを持つアルキメディアン・スクリューでダエーワ一機を粉砕し、そのままの勢いで前進、大きく旋回する。逃げ遅れたブガノッド二機が、旋回時に巻き込まれ粉々になって金属片と肉片とを泥の上にばらまいた。

歩兵が泡を食って逃げ出すはずだ——

このバケモノも日本政府や日本企業から公的に流れた金で作られたのかと思うと、無性に腹が立って治まらない。

旋回を終えた第三種が、こちらに向かって再度突進してくる。

姿機と和義幇《フーイーパン》機は急ぎ散開するが、ソージンテット機のみ、ゲパードを連射しながら正面から突っ込んだ。

無茶だ——

それは間違いなく〈執念〉と称されるものだった。多くの部下を殺されたソージンテットの怒りが、感情を表するはずのない機体各部に漲っている。そしてそれは、スペック以上の性能を瞬間的に引き出した。

激突するかと思われた寸前、ソージンテット機は手前に横たわっていたブガノッドの残骸を足場にして大きく跳躍し、上空で第三種のコクピットに銃口を向けた。

うまい——

だがゲパードが火を噴く前に、左右から伸びた何かがソージンテット機を叩き落とした。

第三種のマニピュレーターだった。複数の関節を持つため異様なまでに長い。その腕が破壊された建屋の鉄骨をつかみ、第三種はあり得ないような急角度でターンした。

泥濘の中から身を起こしたソージンテット機に第三種が迫る。すぐさま跳び退《の》こうとするが間に合わない。アルキメディアン・スクリューに両脚部を破壊されて泥に没した。

「ソージンテット！」

姿は無線で呼びかけるが応答はない。

第三種は再び泥の海に消えている。下半身に装備したペリスコープで索敵しながら潜行しているのだ。

姿のミュアゲルトも、残存するダエーワも、それぞれ建屋等の残骸の上に急ぎ移動した。泥の中にいてはまずい。移動速度が極端に落ちるばかりか、いつ第三種が足許から出現するか知れたものではないからだ。

どこだ――どこにいやがる――

そのとき、格納庫の方からまたも〈あの音〉が聞こえてきた。

まさか――

悪い予感に限って当たるのはなぜだろう。湖へと差し出された二本のレールから、二機目の第三種機甲兵装が進水するのが見えた。

第三種は二機あったのだ。しかも形状が少し異なっている。

二機目の第三種は、両のマニピュレーターの先に中国製の88式車載重機関銃を固定していた。

一機目のように大きく旋回した二機目は、こちらに向けて銃撃を開始する。

各機とも遮蔽物の陰に飛び降りたが、ダエーワがまた一機、全身を撃ち抜かれて泥に沈んだ。

一機だけでもこれだけ手を焼かされているというのに――

建屋の残骸に身を隠し、姿はやむことのない雨音と銃声、そして耳障りな金属音にも似た己の歯ぎしりを聞いていた。

斜面を駆け下りてきたイフリータのコクピットで、ライザは眼前の光景に息を呑んだ。

大幅に水位を増して廠舎のあたりにまで迫っている湖。そして銃弾をまき散らしながら泥の上を疾駆する異形の兵器と、水中から現われては消える同型機。

第三種機甲兵装か――

ミュアゲルトもダエーワも、いたずらに翻弄されるばかりである。防水性の高いミュアゲルトはまだしも、金剛力士のようなフォルムを持つダエーワは、ぬかるみの中で本来の性能を発揮できずにいる。

イフリータは雨水が流れ落ちる斜面を下りきった所で［停止］する。そこから先は泥の海だ。迂闊に踏み込むと身動きが取れなくなる。

機体に突然の衝撃。眼前に浮上した第三種のアルキメディアン・スクリューが足許の地盤を削り取ったのだ。

いつの間にここまで――

想像を超えるスピードだった。直撃は免れたもののイフリータは土砂や岩石と一緒に水中へと落下した。すぐに離脱しようとしたが、機体が動かない。崩落した岩石に右脚部が挟まれていた。

ルサールカとの戦闘によりイフリータの機体には無数の孔が開いている。侵入する泥水で電子機器の灯が一つ、また一つと消えていく。

躊躇してはならない。ライザはゲパードの銃口をイフリータの右膝部関節に押し当て、連射した。大口径弾に膝関節が破壊され、右脚が切り離される。機体が自由になった瞬間を逃さず、［直立］すると同時に水面上に出たイフリータのハッチを開く。そして素早く機外へと身を躍らせた。バランスを失ったイフリータが倒れ込み、盛大な泥飛沫を上げるのが一瞬見えた。

ライザは視界が利かぬ泥の中で懸命に手足を動かした。少しでも力を緩めたらもう二度と浮かび上がれない。それだけは分かっていた。携帯していたＷＩＳＴを落としたが構ってはいられない。

イフリータが何か巨大な物によって圧殺される震動が強烈に伝わってくる。敵が水中で獲物を捕獲したのだ。

渾身の力を振り絞って岸へと這い上がる。振り返ると、浮上した第三種が一瞬見えた。海獣の鼻息のような排気音を残し、第三種はすぐにまた泥の中へと消えた。

間一髪だった。判断が少しでも遅れていたら、自分もイフリータとともに粉微塵にされていただろう。

奴は姿に任せるしかない――

ライザは湖を回り込むような形で岸に沿って走り出した。自分に与えられた任務は君島の確保である。

走りながらライザは、泥のこびり付いたマウンテンジャケットを脱ぎ捨てた。


ユーリのミュアゲルトが岸辺へと辿り着いたとき、友軍機は激戦の真っ最中だった。

すぐに助けに行かねば――

〈オズノフ警部、君のミュアゲルトは左マニピュレーターが破損している。バランス調整は終わっているだろうが、この泥の中では行動が一層制限される〉

横に立つシェラーのアズライールから通信が入った。

〈ここは私に任せて、君は一刻も早く廠舎に向かえ〉

「しかし――」

〈君の任務はあくまで君島の確保にある。機を逸すると姿警部らの陽動作戦が無駄になるぞ〉

シェラーの指摘は極めて冷静なものだった。

〈廠舎に併設された格納庫の大開口部が開いている。第三種機甲兵装はあそこから出撃したに違いない。こちらにとっては進入路に最適だと思わないかね〉

「了解した」

ユーリはミュアゲルトを駆って、さほどぬかるんでいない樹林帯の移動を開始した。

周囲を覆う雨の色は闇の黒から薄い蒼へと変わりつつある。夜明けが近い。

二機目の第三種は両手の88式を撃ち尽くしたが、当然ながら自力での弾倉の交換は不可能だ。しかし持ち前の機動性を活かして急速に接近し、長い両腕を振り回して先端の88式を叩きつけてきた。その重い打撃の威力は圧倒的だった。水面から覗いていた建屋の外壁が破砕され、コンクリートが弾け飛んだ。

姿のミュアゲルトは寸前でかわしているが、こちらも撃ち尽くした弾倉を交換している余裕はない。第三種は高速移動しながら同様の攻撃を繰り返す。先端の88式は大きく破損し、ついにはアダプターごと吹っ飛んだが、腕の打撃力は依然として強烈なものだった。

鞭のようにしなる両腕の攻撃をかい潜り、敵に接近することは不可能に近い。たとえ接近できたとしても、アルキメディアン・スクリューでスクラップにされてしまうだろう。

姿はスティックとペダルを的確に操作し、攻撃をかわし続ける。だが機体は泥の深みに嵌まっていく一方だ。このままではじきに身動きが取れなくなる。

どうする――

そのとき二機のダエーワが奇妙な行動を取り始めた。敵機に向かい、互いに距離を取りながら一列になって前進している。その列の最後尾には、ブガノッドの残骸を踏み台にしながら接近してくるウルスラグナの機影があった。

何をやる気だ――

ミュアゲルトの通信機が自動的に周波数を調整し、彼らの無線通信を拾ったが断片的でよく分からない。しかし闘《クラン》から部下になんらかの指示が与えられたのは明らかである。

二機のダエーワがタイミングを合わせて四つん這いの姿勢を取る。同時に跳躍したウルスラグナは、その背中を順次足場として第三種に躍りかかった。単純な手のようだが、ウルスラグナの全重量が乗った言わば蹴りを受けるダエーワの搭乗員は死を覚悟せねばならない。そんな命令に対して即座に従う。常人には理解できない忠誠心であった。

空中で敵の両腕がウルスラグナに襲いかかる。ウルスラグナはその一本をつかみ、高速移動する第三種の上に跳び乗った。左右のアルキメディアン・スクリュー上部カバーの上にまたがる恰好で、両足を広げて降り立ったのである。

第三種が急旋回して振り落としにかかるが、悠然と立ったウルスラグナは小揺るぎもしない。驚異的なバランス能力だ。

第三種は直立していた上半身を急激に前傾させ、ウルスラグナを叩き落とそうとする。そのまま潜航に移るつもりだろう。だが右腕でそれを受け止めたウルスラグナは、左拳を相手の胴体部に叩きつけた。

胴体部は潜水時に左右のアルキメディアン・スクリューとほぼ同じ幅となるよう、かなり薄く設計されている。ウルスラグナの拳による連打を食らい、ハッチの外郭に歪みが生じた。

ウルスラグナはその隙間にマニピュレーターをねじ込み、固く閉ざされているはずのハッチを力任せに引き剝がした。

搭乗していた兵士の悲鳴が聞こえる。自分では決して経験したくない恐怖の叫びだ。

コクピットに差し入れられたウルスラグナの左手が兵士の上半身をつかみ、卵でも割るように握り潰した。

空想とも妄想とも言われていた鬼機夫の凄まじさを改めてまのあたりにし、姿は戦慄を禁じ得ない。

二機のダエーワがよろめきつつ立ち上がる。どう見ても戦闘不能のありさまだが、搭乗員は無事らしい。ウルスラグナはダエーワに与える衝撃を最小限度に抑えたのだ。それもまた信じ難い運動能力である。

〈姿警部、聞こえるか〉

ミュアゲルトに入電。シェラーだ。

「ああ聞こえる。見たか今のを」

〈もう一機の第三種機甲兵装が潜水した。おそらく君の背後に接近しつつある〉

「なんだと」

急いで機体の向きを変える。眼の前で泥が小山のように盛り上がり、第三種が出現した。迫り来るアルキメディアン・スクリューを紙一重でかわす。間近で見るその猛威は桁外れのものだった。少し触れただけでも間違いなく致命傷になる。

第三種の機体に着弾。シェラーのアズライールが掩護してくれている。

ありがたい——

その隙に姿のミュアゲルトは第三種の真正面に回った。左右のアルキメディアン・スクリューは横《おう》舵《だ》を兼ねた前後両端の動力シャフトで連結されている。その前部に取り付いたのだ。

こいつを破壊すれば——

第三種は前部動力シャフトにミュアゲルトを引っ掛けた状態で速度を上げ、進路をジグザグに取った。

振り落とされればアルキメディアン・スクリューに巻き込まれ命はない。姿はミュアゲルトの姿勢を保つだけで精一杯だった。また弱点となり得ることは承知の上であったらしく、動力シャフトは途轍もなく頑健に作られていた。この状態で破壊するのは不可能だ。

甘かった——

直進しながら第三種が両のマニピュレーターでミュアゲルトを引き剝がそうとしている。通常の機体ではあり得ないほど長い腕は、こういう状況をも見越した上で設計されたのだ。

コクピット内ですべての警告灯が点灯する。目の前が赤く染まったようだった。各部防水シールドも限界に近い。

岸辺からアズライールがゲパードで狙撃を続けている。第三種の両腕が吹っ飛んだ。高速移動する標的に対し、相当な実力であると言うほかない。

いちいちキザなのは気に食わないが、言うだけのことはあるじゃないか――

だが両腕を失っても第三種の速度は衰えを見せない。それどころか空気抵抗が減少した分だけかえって速くなった。

放してたまるか――闘《クワン》もシェラーも見てるんだぜ――

泥の上を引きずられていたミュアゲルトが、水際の斜面に叩きつけられた。

強烈な衝撃に意識が遠のきかける。鳴り響く警告音まで子守歌に変わったようだった。


廠舎に接近する途中で、ライザは死んでいる敵兵の手からスタームルガーMP9を取り上げる。

進入路として廠舎に併設された格納庫に目を付けた。片手でMP9を水上に掲げ、泳いで格納庫に到達したライザは、二本のレールが突き出された大開口部から内部に侵入した。すぐ内側にはコンクリートで傾斜がつけられており、その半ばくらいまで黄土色の泥水に浸かっていた。

全身から泥を滴らせて入り込んできたライザに、湖での戦闘を眺めていた整備員達が悲鳴を上げて逃げ去っていく。入れ替わりに殺到してきた警備兵達が、大型の装置やフォークリフトの陰から発砲してきた。

ライザはレールの土台部に身を隠して応戦する。

出し抜けに砲声がしてフォークリフトや装置に次々と大孔が穿たれた。アンチマテリアル・ライフルだ。背後に隠れていた兵達の細かい肉片が周囲に散り、ガソリンタンクを撃ち抜かれたフォークリフトが爆炎に包まれた。

振り返ると、大開口部から上がってくるミュアゲルトが見えた。オズノフ機だ。

ミュアゲルトはゲパードの銃口で奥の通路を示す。それに対して大きく頷いてみせ、ライザは土台から走り出て格納庫を全速力で駆け抜けた。

廠舎とつながる通路は相当に広く設計されている。外観もかなりのものだったが、内部の造作は単なる廠舎のレベルではなかった。立派な軍事基地と言ってもいいくらいだ。

兵士の大半が先ほどの戦闘で失われたのか、抵抗は思ったより少なかった。姿達の陽動も効いている。

君島がどこに監禁されているかは分からない。確実に知っていると思われるのはゼーナインだ。今は戦闘中だから奴は必ず司令室にいる。

立ち塞がる敵兵をMP9で掃射し、奥へと進む。

背後でゲパードの砲声とコンクリートの破砕される轟音。建物全体が震動に大きく揺れた。内部に入り込んだミュアゲルトが敵を引きつけてくれているのだ。その混乱に乗じ、ライザは経験と直感に従ってひたすらに走り続ける。

大勢の警備兵がミュアゲルトの方へと向かうのを物陰でやり過ごし、先へと進む。正面から遭遇した敵はMP9で掃討する。崩落の中、銃弾を撃ち尽くすごとに斃した敵兵のMP9を奪う。

やがて司令室と思しい部屋が見つかった。立哨はいない。手前の物陰で呼吸を整え、室内に飛び込む。

振り返った兵士達を一人残らず射殺する。ゼーナインはいなかった。

壁面に無数のモニターが並んでいる。駆け寄って端から確認する。戦闘状況、それに廠舎各部の状況が映し出されていた。

泥の中に横たわるブガノッドの残骸。通路で警備兵をなぎ倒すミュアゲルト。内部に広がる火災。天井の崩落によりカメラが壊れ、モニターが次々とブラックアウトしていく。

君島は——君島はどこだ——

焦る目でライザは残ったモニターの映像を追う。ゼーナインと君島、それに二人の兵が走っている。おそらくは正面出入口に至る通路。

即座に司令室を出て走り出す。ゼーナインは部下を見捨て、護衛と保険代わりの君島だけを連れて逃げ出そうとしているのだ。

間に合うか——

カメラに映っていた通路はすぐに分かった。正面口から外に出ると、ゼーナイン達は停めてあるUAZに駆け寄ろうとしているところだった。

こちらに気づいて銃を向けてきた二人の護衛を射殺する。ゼーナインと君島は情けない悲鳴を上げて立ち止まった。

「大佐、おまえには用はない。君島を渡せ」

英語で短く告げる。ゼーナインがネズミのような両眼を見開いた。

「騙されるな、あの女はとんでもない殺し屋だ。俺もあんたも殺されるぞ」

君島がゼーナインに向かって叫ぶ。

殺し屋か——やはりそう見えるのか——

心の中で自嘲の笑みを漏らし、ライザは続ける。

「考えろ、大佐。私の任務はその男を日本に連れ帰ることだけだ。おまえにとって君島は保険かもしれないが、この場で死ぬなら保険など意味はない」

賢しげなネズミの目が君島を見る。

「おい、まさか」

腰のホルスターからノリンコNZ75を抜いたゼーナインは、姑息そのものといった笑みを浮かべて君島に銃口を向けた。

「さあ、早くあの女の所へ行け。日本に帰れるだけありがたいと──」

ゼーナインがなぜか途中で絶句した。あんぐりと口を開けて空を見上げている。

その視線を追ったライザもまた、己の顔色が変わるのを悟った。

蒼黒い空を背にして立つ象牙色の巨人。

ウルスラグナ──闕《クワン》だ。

咄嗟にMP9の銃口をウルスラグナに向ける。闕の目的はゼーナインの抹殺だ。こちらの事情など斟酌してくれるような相手ではない。

最悪の状況だった。MP9の9㎜パラベラム弾では機甲兵装に通用するはずもない。

実際にウルスラグナは、こちらなど目に入らぬかのように無造作にゼーナインへと歩み寄った。

ゼーナインは腰が抜けたようになって立ち尽くしている。まさに猛獣に射すくめられたネズミである。それは君島も同様であった。

何を思ったか、ゼーナインは突然ノリンコを君島のこめかみに押し当て、ウルスラグナに向かって叫んだ。

「それ以上近づくなっ。この男が死んでもいいのか」

ゼーナインは勘違いをしている。闕にとっては君島の生死など問題ではないことを知らないのだ。

「来るな、本当に撃つぞっ」

トリガーに掛けられたゼーナインの指が震えている。完全にパニック状態だ。このままではいつ撃ってしまってもおかしくはない。

やるしかない──

ライザが覚悟を決めてMP9のトリガーを引こうとしたとき。

廠舎出入口を大きく突き破って、オズノフのミュアゲルトが飛び出してきた。

振り返ったウルスラグナに、ミュアゲルトが体当たりを食らわせる。よろめいたウルスラグナは、しかしすぐに体勢を立て直し、ミュアゲルトの左腕を取った。

ミュアゲルトの左腕には大きな孔が開いている。片腕ではウルスラグナに抗すべくもないと思われたが、ミュアゲルトは巧みに足払いを掛け、ウルスラグナを抑え込んだ。オズノフはわざと使用不能の左腕を相手につかませたのだ。

おそらくはモスクワ民警で学んだ技だろう、ミュアゲルトは敵機とともに倒れ込み、全身で締め上げている。だが片腕ではウルスラグナに返されるのも時間の問題だ。

オズノフは承知の上で闕《クワン》を食い止め、時間を稼いでくれているのだ――

そうと悟ったライザは君島とゼーナインを振り返った。

二人はいつの間にかＵＡＺに乗り込んで発進しようとしている。即座にＭＰ９で撃とうとしたが、この角度でサブマシンガンを使えば君島まで被弾してしまう。

「待てっ」

ライザは急いで走り出したが、間に合わなかった。

急発進したＵＡＺは、まだかろうじて水没を免れている道路を全速で走り去っていく。もう追いつけない。

逃がしたか――

だが二人の乗ったＵＡＺの前方に、湖から何か黒い塊が現われた。

両脚部の破損したミュアゲルトだった。ゲパードは左腕。ソージンテット機だ。

マニピュレーターのみを使い、執念で泥から這い上がってきたのだ。いくら防水性能の高いミュアゲルトといえど、軟土の堆積する湖底から両腕だけで機体を引き上げるのは並大抵のことではないはずだ。しかも水中の視界は皆無に等しい。驚嘆すべき精神力であった。

広く湖全体に轟くソージンテットの咆哮が聞こえたような気がした。

逃れ去ろうとするＵＡＺの上にミュアゲルトがのしかかる。凄まじい音がして双方が激突、大破した。UAZのフロントガラスが無数の細片となって砕け散り、車体が原形を留めぬまでに変形する。次の瞬間、双方一体となって爆発を起こした。

君島もゼーナインも助からない。もちろんソージンテットも。壮絶な最期だ。

気づけば雨はやんでいる。ライザは泥の岸辺で赫々《かっかく》と燃え上がる炎をただ見つめるばかりであった。

背後からの金属音に視線を向けると、オズノフ機の右腕を引きちぎったウルスラグナが立ち上がるところだった。

ウルスラグナ――闢もまた、夜明けの岸辺に映える火葬の炎を眺めている。

ソージンテットは期せずして闢の目的を果たしたのだ。

倒れているミュアゲルトのハッチが開き、中からオズノフが這い出てくる。額から血を流しているが、ともかくも生きている。

ウルスラグナは、もうミュアゲルトにもオズノフにも関心を失ったらしく、森の中に分け入ってそのまま消えた。


激しく痛む頭を振って、姿はミュアゲルトの操縦スティックを握り直す。

激突した土壌が豪雨で軟化していたせいか、衝撃のわりには機体へのダメージは少なかった。

第三種が離れていく。あきらめたのではない。距離を取ってからもう一度突っ込んでくるつもりなのだ。

姿は必死に斜面を這い上がろうとする。だがいくらあがいても脆くなった土砂が端から崩れ、蟻地獄のように滑り落ちるばかりである。

早く――早くしなければ――

ミュアゲルトのマニピュレーターで懸命に土を掻く。地盤が崩れ、土中に埋まっていた何かがあふれ出るように転げ落ちてきた。

なんだ、これは――

岩石でも樹木でもない。それは無数の人骨だった。鉄兜を被ったままの髑髏《されこうべ》もある。

インパールから退却しようとして見当違いの方向へと道を外れ、いたずらに山中をさまよい苦しみ抜いて死んでいった日本兵。その遺骨が、長い年月のうちに雨期の豪雨に押し流され、特定の箇所に集まったのだ。水の流れる地形に応じて、こうした場所は他にいくつもあるに違いない。

そうだ、ここもまた白骨街道の終点だったのだ。

白骨街道。別名を靖国街道とも言うらしい。だがその道の行き着く先は靖国ではなく、地獄だったというわけだ。もっとも、国に欺かれた兵士の怨霊が渦巻く場所を靖国と呼ぶのなら、そのネーミングもあながち間違ってはいない。

外周モニターを埋め尽くす骸骨の映像。積み重なった髑髏の眼窩が無言でこちらを見上げている。神経がどうにかなりそうな光景だった。

ミャンマー奥地が賽の河原か――

一度地上に現われた人骨の奔流はとどまる気配もない。おびただしい数の骨を全身に浴びながら、ミュアゲルトは無様に泥の斜面をよじ登る。その鋼鉄の足許から、人骨の踏み潰される音が絶え間なく響いてくる。それは深い怨念を抱いて死んだ亡者の呪詛とも思われた。

恨み言なら日本政府に言ってくれ、なんなら俺が口添えしてやる――俺もあんたらと同じ兵隊なんだ――

背後に泥を蹴立てる第三種の走行音が迫ってきた。もう間に合わない。

ゲパードの銃声が立て続けに聞こえた。シェラーの掩護だ。接近したと思った第三種が再びUターンして遠ざかっていく。

〈急げ、姿。今ので弾を撃ち尽くした。早く離脱しろ〉

感謝するぜ、シェラーの旦那――せっかくのご忠告だが、このまま逃げるつもりは毛頭ない――

這い上がろうとマニピュレーターを伸ばす端から土砂が崩れる。人骨が後から後から滝のように降り注ぐ。一体どれだけの骨が埋まっているのか見当もつかない。

骨にまみれた地獄の池で、ミュアゲルトはもがき続ける。

地盤はさらに大きく崩れ、水際に群生していたマングローブが次々と倒れてきた。

マングローブは熱帯及び亜熱帯地域の湿地帯で植物群落や森林を形成する。その根は驚くほど長い。

これを待っていた――

ミュアゲルトは二本のマングローブを両脇に抱え、湖の中央に向かって歩き出した。すぐに頭部まで水中に没する。泥に濁って視界はない。だが接近してくる第三種の発する轟音は明瞭に聴き取れた。

潜水艦に乗った気分だぜ――

姿は全神経を集中して集音装置を操作する。轟音の発生源は厳密には二つある。二本のアルキメディアン・スクリューだ。

双方の間隔は――こちらとの距離は――

タイミングを少しでも誤れば死は免れない。それでもこれに賭けるしかなかった。

来た――

第三種と接触する直前、ミュアゲルトは機体を仰向けにして水底に沈める。位置は左右のアルキメディアン・スクリューの真ん中だ。横たわるミュアゲルトの鼻先を第三種のスタビライザーがかすめていく。胸部装甲が擦れ、軋むような音を立てた。

今だ――

ミュアゲルトは両腕を左右に伸ばす。正確には左右の手につかんでいたマングローブを。

水中にたゆたう大クラゲの触手のように長く伸びたマングローブの根は、狙い通り激烈な勢いでアルキメディアン・スクリューに絡みついた。種類にもよるが、マングローブの根は概して金属繊維よりもしなやかで強靭なのだ。

断末魔とも聞こえる凄惨な異音を発して両のスクリューが停止する。そうなれば後はもう沈降するしかない。粘度の高い泥の中では、エスケープハッチを開くこともエアバッグを膨張させることも不可能だ。泥濘の戦場において無敵とも思えた第三種機甲兵装の、無常感に満ちた末路である。

水底を這うように移動したミュアゲルトは、浅瀬と思しきあたりで立ち上がった。砂利を嚙みに嚙んでもはや動こうとしない間接部を軋ませながら振り返り、濁った湖面を眺め渡す。

払暁の空の下、第三種機甲兵装は完全に没していた。

日本兵の遺骨がひしめく泥の底へと。

第五章　人間道

1

廠舎の駐車場に残されていたＵＡＺを奪ってパレッワに辿り着いた姿、ユーリ、ライザ、シェラーの四人は、個人経営のパレッワ飛行場で農業用の小型セスナ機をチャーターし、マンダレー地方域のニャウンウー空港に降り立った。連絡を受けてヤンゴンから飛んできた佃書記官とそこで合流し、マンダレー国際空港に移動。佃同行のもと、外交官待遇という肩書で日本に向かって出国した。外事一課の寒河江管理官は急な召還に従い前日に帰国したということだった。

シェラーとはマンダレー空港で別れた。これからどこへ行くのかと問うた姿に対し、彼は何も言わず、ただ微笑みだけを残して人混みに消えた。

ミャンマー国軍によるクーデターが勃発したのは、姿達の乗った旅客機がマンダレーを飛び立った一時間後のことであった。離陸が一時間遅ければ、三人は生きてミャンマーを出られなかっただろう。

成田到着と同時にその第一報に接した姿は、第六連隊演習場での戦闘に最後まで国軍側の援軍がなかったこと、パレッワやマンダレーで検問らしい検問がなかったことなどの理由をようやく悟った。クーデターという最大の作戦を前に、国軍はそれどころではなかったのだ。蜂起の直前まで全軍が極力息を潜めるようにしていたに違いない。軍閥化したゼーナインの第六連隊が国軍内で孤立状態にあったのも僥倖だった。

また帰国したはずの寒河江管理官は、入国こそ確認できたものの、そこからの足取りは不明であった。警視庁になんの報告も行なわず、成田からそのまま消息を絶ったのである。拉致の可能性もあることから警察は全力で捜索中という話であったが、実際のところはどうなのか知れたものではない。

肉体的精神的限界を超えながら、ともかくも生きて帰国を果たした三人は、出迎えた宮近理事官の手配によりそのまま国際医療福祉大学成田病院に直行した。そこで外傷の手当てと身体の精密検査を受け、静養を兼ねて四日間の入院となった。特捜部から駆けつけた技術班の鈴石主任が、三人の精密検査に立ち会った。

病室のテレビで、姿はミャンマーのニュースを見た。

ロヒンギャを見殺しにしてまで国軍のご機嫌を伺った挙句、虜囚の身に逆戻りとは、アウンサンスーチーもつくづく〈持ってない〉女だぜ――

空港で別れたシェラーの身が気になったが、モサドの男だ、きっとうまく脱出したに違いない。關《クワン》の方は言わずもがなだ。

モニターの中で国軍や警察がデモ隊の市民に向けて発砲していた。血を流し逃げ惑っているのは、ロヒンギャ排斥のデモを行なっていたのと同じ市民だ。ロヒンギャの虐殺を支持してきた善男善女だ。

大尉、あんたならどうする――

ベッドの上でニュースを見ながら、姿はふとそんなことを思った。

ソージンテット警察大尉は国民のためと信じて国軍による少数民族の弾圧に加担した。彼はこのクーデターで市民に銃を向けるのか。それとも市民を守って国軍に立ち向かうのか。

答えはあの世で聞かせてくれ――

テレビを消して、姿は毛布を肩まで引き上げ目を閉じる。

いずれにしても、彼にとってはこれまで散々見慣れた光景でしかなかった。

クーデターとはそういうものだ。いつの時代であろうと。世界中のどこであろうと。

突入班三名生還の報は、警視庁特捜部の面々を大いに安堵させた。しかし彼らには見舞いに行く余裕すらなかった。捜査二課に協力して城州グループ幹部による特別背任の裏付けに追われていたからだ。

捜査二課で金融機関に関わる知能犯罪を扱う企業犯捜査第三係から第六係では、末吉ら特別捜査係とは別に、以前から城州グループを捜査対象としていた。そこで蓄積された捜査資料に加え、総勘定元帳の持ち込みにより容疑が明確化した恰好である。

その間にも城守朔子、城方要造、城方肇、城邑昭夫、城之崎太郎らの海外資産が報道されている。その金額に国民は驚倒した。一人当たり年間数十億円規模に上るものであったのだ。組織ぐるみの犯罪としても常軌を逸している。さらには不正蓄財された海外資産のうち金融資産の大部分はどこかへ消え去っていた。それは贈収賄の痕跡を示唆するものである。複数の海外口座やペーパーカンパニーを経由した不正ルートの全容解明が期待された。

また並行して国産機甲兵装開発計画もスクープされ、国内外の耳目を大いに集めていた。野党は早くも次の国会で国産機甲兵装について取り上げる方針であるという。

一方で、沖津特捜部長、鳥居捜査二課長らの顔色は暗澹たるものだった。

巨額資金の終着点はすでに判明していると言っていい。沖津の喝破した通り、事件の本質は『ミャンマー版ロッキード事件』であるからだ。防衛省からの発注を受けた城州グループは、日本製機甲兵装導入の早期決定を求めてミャンマー政府と国軍に金をばらまいた。さらにそのうちの多くが政府与党の大物政治家に還流している。

しかし折から発生したクーデターにより、国軍は政府系の銀行や金融機関をすべて掌握した。立証は事実上不可能となったのである。

〈ウチの持ってるコネやパイプを総動員して当たってみたんですが、やっぱりダメでした〉

沖津への電話でそう嘆いたのは、東京国税局資料調査課の魚住希郎《うおずみきろう》課長補佐だ。『クイアコン疑獄』を巡る一件以来、沖津とは個人的協力関係にある。

〈いやあ、クーデターってのは参りました。もちろんウチにとっても初めての事例でして、金融機関を押さえた国軍が関連するデータを片っ端から消してます。後ろ暗いところのある銀行もこれ幸いとばかりせっせと協力してますし。これじゃどんな国際機関だって追跡不能ですよ。それに国軍は大量の現金を引き出した後に『複数のデータセンターが暴徒により破壊された』とか言ってますから。いえ、本当かどうか分かりませんが、そういう口実を使われたらお手上げってことです。金融機関のデータはデータセンター内のサーバーに保管されてますんで、それを破壊されたらどうしようもありません。まあ、城州グループの連中に関しては脱税で充分挙げられますけどね。パンツ一枚になるまで徹底的に徴収してやりますが、それでも国外に流れた金には及ばんでしょう〉

「ご尽力に感謝します」

〈いえ、今回ばかりはお役に立てず申しわけありません。クーデターのおかげで胸を撫で下ろしている政治家連中がいるかと思うと、私ももう悔しくて悔しくて〉

「こういうこともあるでしょう。お互い、じっくりやるしかなさそうですね。この先もきっと機会はあるでしょうから」

受話器を置いた沖津は、執務室内にいる鳥居、中条、末吉ら捜査二課の面々を見渡した。他に城木、宮近の両理事官も顔を揃えている。

「国税局や金融庁の線も駄目でした。ジェストロンと城州グループは国内の証拠のみで立件できますが、政界に切り込むことは断念するしかないようです」

「分かりました」

すでに頭を切り替えていたらしい鳥居は、淡々とした態度で議事を進める。

「末吉係長、沖津部長に説明を」

「はい」

立ち上がった末吉がノートを開く。

「ジェストロンからは満田CFOを筆頭に岡野経理部長、佐川課長補佐ら八名を私文書偽造、特別背任その他の容疑で逮捕。しかし満田は、公安の寒河江など知らない、会ったこともないと供述しています。君島が死んでいる以上、立証することは困難です。これ以上ジェストロンを追及しても意味はないと考えます」

沖津もまた表情を変えずに頷いた。

末吉が続ける。

「受注先の矢間辺洋航は城州に騙されたの一点張りで、こちらは大金とは言え手数料を中抜きしてジェストロンに出しただけですから、犯罪には当たりません。実際、矢間辺がどこまで全体の構図を把握していたのかさえ不明のままで、本当に知らなかった可能性すらあります。それから、肝心の城州グループですが……」

そこで末吉は呼吸を整えるように間を置いた。彼はまた意識して城木の方を見ないようにしているようだった。

「城守朔子、城方要造、城邑昭夫ら城州ホールディングス役員を中心に、城州グループの主だった幹部は軒並み逮捕。地検も起訴は確実と見ています。しかし罪状は特別背任《トクハイ》、業務上横領《ギョウヨコ》くらいで、そこから政界につなげるのは無理と言わざるを得ません」

「そういうことです、沖津さん」

鳥居が生来の癇癖を嚙み殺したような面持ちで告げる。

「クーデターという予期せぬ事態が起こったとは言え、我々の敗北には違いありません。しかし、日本を腐らせていた城州グループの経営陣を一掃できたことは、大きな成果と言えるのではないでしょうか」

配慮のない鳥居の物言いに、城木がいよいよ俯いた。

「今後の方針として、我々は城州グループの余罪追及に全力を挙げるつもりです。いいですね、沖津さん」

沖津に対して呼びかけながら、鳥居の視線は城木を見ている。それが分かっているのだろう、沖津は何も答えない。

城木が立ち上がって、鳥居や二課の面々に対して頭を下げた。

「よろしくお願いします」

その突然の行動に、横に座っていた宮近が小声で諌める。

「おい、城木」

しかし城木は、己に何かを言い聞かせる如く、一層深く低頭して繰り返した。

「よろしくお願いします」


特捜部庁舎内の庶務担当者休憩室――通称〈部室〉で、鈴石緑は主任の桂絢子、職員の和喜屋亜衣とともにティータイムと称する歓談に参加していた。

歓談といっても、心底楽しそうにしているのは亜衣だけで、絢子はどこまでも品良く落ち着いている。ほんの息抜きのつもりで立ち寄った緑自身はというと、場違いな居心地の悪さを隠せずにいた。

テーブルの上にはいつものようにスナック菓子の箱や袋が散乱しており、亜衣はひっきりなしにそれらを摘まんでいる。今は席を外している他の職員が揃っていれば、座はもっとにぎやかでかしましいものとなったことだろう。なにしろ男子禁制の部室である。普段は興味本位で無責任な人物評やたわいない噂話などで大いに盛り上がっているという。

その日の話題は、城州グループを巡る捜査についてであった。すでにマスコミ各社によって報道され世間的にも大騒ぎとなっている事件だが、緑達の興味は別の部分にあった。

すなわち、城木貴彦理事官である。

城州グループは城木の親族によって支配されている。しかも、これまでの数々の事案における捜査から、城木家と〈敵〉との間になんらかのつながりがあるのではないかと見る向きも部内にはある。

桂主任はそのことが心配でならないようだ。

「あからさまにはおっしゃいませんが、部長も気にかけておられるようで……城木理事官はさぞおつらいことでしょうね」

チョコレートクッキーを頬張っている亜衣とは対照的に、絢子は上品な所作で湯飲みの茶を両手で口許に運びながら言う。

亜衣はクッキーを紅茶で流し込み、

「あたし達はみんな城木理事官を信じてますよ。でも城木さんてキャリアですよね？　たとえ城木さん本人が潔白でも、ゼッタイこの先の出世に響くじゃないですか？　だったらホント災難ですよね」

それだけではないだろう、と緑は思った。

亜衣の言っていることは確かに間違ってはいない。しかし〈敵〉という存在の不可解さを、庶務担当職員の亜衣は皮膚感覚として理解していない。また、そのことによる城木の複雑な立場と葛藤をも。

桂主任は何も言わず、ただ静かに茶を飲んでいる。

沖津部長は部内の調整役として桂女史にことのほか信を置いているようだ。絢子の秘められた苦悩が、その横顔から伝わってくるように感じられた。

官房副長官室は総理官邸の五階にある。適温でありながらどこか不快な湿気に満ちた通路を足早に進んでいたとき、背後から不意に呼び止められた。

「沖津君、おい、沖津君」

振り返ると、内閣情報調査室のトップである五味内閣情報官が立っていた。

「奇遇だね。君とここで遇うのは珍しいな」

「夷隅副長官に呼ばれまして。先ほどまで副長官室に」

「ほう、夷隅さんはなんと」

五味が無遠慮に訊いてくる。

「副長官はただ、『後の始末はよろしく頼む』と」

正直に沖津は答えた。隠すことは何もない。夷隅官房副長官は本当にそれだけしか言わなかった。

「そうか」

五味もそれ以上は追及してこなかった。事態の全容を把握しているからだ。

「ならば与えられた職務に励むことだ」

「そのつもりです」

「ミャンマーのクーデターで最も得をしたのは、ある意味君達だったのかもしれないぞ」

「どういう意味でしょう」

「あの〈案件〉に手を出して、普通ならただで済むはずがないだろう。特捜は際どいところで解体を免れたということだ」

沖津は無言で相手の挙動を観察する。

「私も警察出身だ。君の信念と行動力には敬意を表する。しかしあの件には今後の重要な政策が絡んでいた。きれい事だけでないのは確かだが、日本のためにやらねばならなかったことだ。少なくとも私はそう考えている」

毅然と語る五味の表情に韜晦《とうかい》や欺瞞の色は一切ない。むしろ、密やかな自負さえ感じられた。

「五味さんご自身はどうなんですか」

「あの件に関わっていたかどうかということか」

「はい」

「失礼な質問だ。失礼にして無礼だ。しかし率直なのはいいことだ」

五味の言葉に怒気はなかった。

「私の立場ではいかなる返答も許されない。分かってくれ」

「これは申しわけありませんでした」

五味は頷いて歩き去った。

その背中を見つめ、沖津は思う——五味は国産機甲兵装導入を巡るミャンマーでの贈収賄について示唆したが、肝心のことについては一言も触れなかった。

すなわち、贈収賄事件と〈敵〉との関係についてである。

部下の小野寺参事官補佐が宮近に接触し警告したことを把握しているのか。またそれは五味自身の意志によるものであったのか。

そうしたことについては匂わせもせず、のっぺりとした顔にさざ波一つ浮かべなかった。

手強い——

吹き抜けの空中庭園にしつらえられた和風の石庭。ことさらに〈日本〉を強調したその空間に、眷属の哄笑が反響する。

沖津は懐からシガレットケースを取り出そうとして、やめた。

官邸で歩き煙草など、我ながら不適切にもほどがある。

2

淡路町のオフィスビルに設置された捜査二課の分室では、今日も城州グループ関連資料の分析が続けられていた。幹部役員の逮捕により新たに押収された資料は膨大で、人手がいくらあっても足りないほどだった。必然的に仁礼財務捜査官も継続して業務に当たることとなった。

声がさっぱり聞こえない――

ＰＣのキーを叩きながら、仁礼はそんな焦燥を感じていた。

あの日、この場所で――城州グループ摘発の端緒となった城之崎総業の総勘定元帳を見たときから、あらゆる数字がぱったりとさえずりをやめてしまった。まるで、目に見えぬ獣を怖れ、どこかに飛び去ってしまったかのように。

沖津さんは〈妖気〉と言っていた――

そのときの名状し難い感覚は鮮明に覚えている。それどころか今も体の芯に残っていると言ってもいい。

思い立って仁礼は作業を一旦中断し、信頼できるニュースサイトを開いて城州グループ逮捕に関連する報道を丹念に読み返してみた。

［城守朔子ら城州ホールディングス役員、城州グループ幹部を特別背任で逮捕］

［京都の闇経済界に地殻変動］

［京洛銀行頭取射殺さる］

［下鴨信金理事長失踪　消息未だ不明］

［京都地裁選任による保全管理人は城守朔子らをすべての役職から解任］

［城方肇　拘置所内で不審死］

［城州グループ再建計画　担当者の苦闘］

最後の記事の配信時刻は七分前。それを読み終えたとき、仁礼は妖気の正体を不意に悟った。

そうか――そうだったのか――

数字の声が甦る。今にも消え入りそうな、微かで弱々しいものではあったが。

早く沖津部長に知らせねば——それから城木さんにも——

しかし立てなかった。机の上に積み上げられた資料の山から、今や明確な瘴気となって立ち上る情念が、仁礼の全身を絡め取っている。

早く——早く連絡を——

ありったけの気力を振り絞って片手を動かし、携帯端末を取り出して発信ボタンを押す。

発信先は「沖津旬一郎特捜部長」。


「念のため、携帯端末の電源は切って下さい」

清水公安部長に釘を刺され、沖津は指示に従った。

それから室内を再度見回す。剝き出しのコンクリートも寒々とした空きテナントである。

面談を要請した沖津に対し、清水が指定した場所は稲荷町にあるオフィスビルの五階だった。六階建てで、四階までは埋まっているが、五階より上は未入居となっている。

「ここの管理会社の役員は公安ＯＢでね、こういうときに融通を利かせてくれるんですよ」

どうやらここは、公安にとって〈特別な場所〉であるらしい。

清水の背後には、外事一課長の武市譲警視、二課長の是枝準樹《これえだじゅんき》警視、三課長の大瀧壮真《おおたきそうま》警視、四課長の曽我部《そがべ》雄之助《ゆうのすけ》警視ら外事警察の指揮官達が控えている。

「外事の名だたる課長連までお揃いでお越しとは、恐縮の極みです」

多少の皮肉が交じった沖津の挨拶を無視し、清水が口火を切る。

「手短にお伝えする。寒河江の件は、ウチも把握していなかった」

「公安部長が把握していないとは、とても信じられません」

「面目ない。今度の件はアンタッチャブルということで、見ざる聞かざるの方針を貫いていたのが裏目に出た。寒河江の行方はこれからも継続して追うが、ともかく私の監督責任は免れない。この通り、お詫びする」

大きな頭を下げた清水に、

「裏目とおっしゃいましたね。ということは、公安にとっても不本意な結果であると理解してよいのでしょうか」

清水はカバのような顎の肉を震わせて頷いた。

「そう取って頂いて結構です」

「だとすると、寒河江管理官は——」

「〈敵〉です」

公安部長自ら〈敵〉の存在を認めた瞬間であった。

それは、沖津に対する謝罪の意味もあったかもしれない。

「つまり清水さん、それに公安は〈敵〉ではないと？」

その機を逃さず切り込んだ。

返答まで一秒あまりの間があった。限りなく永遠に近い一秒だ。

「〈敵〉ではありません」

武市達四人の外事課長は、一切の表情を消して黙っている。

「だがそれは、特捜の味方であることを意味するものではありません」

公安の存在意義を考えれば、清水の選択は妥当であった。またそれ以外に選択肢はないとも言える。

「あくまでも中立というわけですね」

「中立であるともないとも言えません」

その回答も理解はできた。

そうした思考の一切は、〈敵〉が体制の中枢に巣くっていることを前提としている。だが沖津は、あえて触れずに呑み込んだ。

言葉にせずとも、官邸マターの内容とその結果を見れば明らかだ。

「クーデターについては、官邸も予想していなかったと」

「そうだろうと思います。夷隅副長官や鏑木局長だけでなく、外務省もひっくり返ってますよ」

知っていれば最初の命令自体が根本から違っていたに違いない。クーデターによる混乱の中では、龍髭《ウィスカー》の回収を前提とした作戦などあり得ないし、「国際指名手配犯の引き取り」という名目自体成立しない。

また特捜部と刑事部による捜査が城州グループから日緬贈収賄ルートにまで及ぼうとは官邸も予測していなかったとすれば、今回のクーデターは官邸と〈敵〉にとって、痛し痒しどころか望外の幸運であったと言えるだろう。

結局のところ、『ミャンマー版ロッキード事件』は完全に闇に葬られたというわけだ。

沖津の顔をじっと見つめていた清水が、唐突に発した。

「沖津さん、なんだか物騒なことを考えてますな」

無表情を装おうとしたが、沖津は苦笑を隠せなかった。

「私もまだまだのようですね」

「こう見えても公安を預かる身でね。政府相手に落とし前でもつけさせる気ですか」

「まあ、そんなところです」

「ではせいぜい好きにおやんなさい。こちらからは以上です」

それきり清水が黙り込む。

沖津は軽く目礼し、エレベーターへと向かった。

すぐに到着したエレベーターの扉が閉じてもなお、沖津は清水と四人の外事課長の視線を強く感じていた。

ビルの外に出て歩き出した沖津は、ふと思い出して携帯端末の電源を入れた。音声メッセージが入っている。仁礼財務捜査官からだった。

端末を耳に押し当て、稲荷町を早足で歩きながら再生された音声を聞く。

すべてを聞き終えたとき、沖津は白昼の歩道で悪夢を見たように立ち尽くしている己に気づいた。


「……それは一体どういうことですか。私にはさっぱり分かりません」

警視庁庁舎の自席で、受話器を握った鳥居が声を荒らげている。

「しかしですね……はあ……はあ……はあ？　ちょっと待って下さい、なんでそうなるんですか」

その周囲に集まった中条らは、鳥居の剣幕に首をすくめるばかりである。中でも仁礼は、この事態を引き起こした責任がまるで自分にあるかのような気さえしてきた。

「もういいっ。全然分かりませんがよく分かりました」

叩きつけるようにして受話器を置いた鳥居が、中条らに向き直る。

「のらりくらりといろんなことを言っていたが、つまるところ京都府警は協力を拒否してきた。それだけじゃない。あっちにあるはずの捜査資料まで紛失したと言い出した」

「それは、もしかしたら、なんらかの圧力がかかっているのでは」

高比良の質問に、鳥居が苦渋の塊を絞り出すかのように唸る。

「そうとしか思えない」

一同は揃って黙り込んだ。

城之崎総業の民事再生手続について、裁判所は城州ホールディングス役員である城邑毬絵の主導による再生計画案を認可した。それにより毬絵は、城州ホールディングスにそれまでなかったＣＥＯの役職を設け、監督委員の同意を得て自ら就任した。

幹部のほとんどが逮捕された城州グループの中で、唯一無傷で残ったのが他ならぬ城邑毬絵であったのだ。歳こそ若いが、同族で占められるグループ内において彼女の存在は希望の象徴であり、ＣＥ

Ｏ就任もごく自然な流れとして受け止められた。少なくとも表立って異議を唱える者はいなかった。つまり毬絵は、血を分けた実の兄をはじめとする親族全員を公権力による逮捕という形で排除し、一人城州グループの頂点に立ったわけである。

捜二も特捜も、彼女だけは完全にノーマークだった。

「ここまでやるのか……」

数々の悪辣な経済事犯を見てきたはずの中条がぽつりと漏らした。

仁礼は全身の震えを抑えることができなかった。

城之崎総業の総勘定元帳――その数字の示すところ――には、城邑毬絵の悪意が介在していたに違いない。自らは恩恵を求めず、利益が漏れなく城木一族に渡るよう間接的に誘導する。仁礼の記憶では、城州ホールディングス役員会において城之崎総業への増資が議題に上ったとき、毬絵は必ず賛成票を投じている。そのことは議事録にはっきりと残されていた。

総勘定元帳が妖気を発していたはずだ――

増資と関係会社による資金援助の時期。使途不明金支出前の毬絵の出張。ジェストロン幹部と毬絵を含む城州ホールディングス役員との会食。加えて取締役会議事録やジェストロンによる仮想通貨での四十億円の海外送金。これら〈密やかなる呪詛〉を聞き取られぬよう、総勘定元帳が大声を上げてかき消した。

財務のスペシャリストとして、仁礼は己の不明を恥じる。

完敗だ、自分達の――

城木は特捜部庁舎内の自席から電話をかけ、ＰＣを起ち上げて待つ。

この話だけは電話では駄目だ。顔を見て真意を探る必要があると思った。

そのためにわざわざ同室の宮近が不在であることを確認してから連絡した。

しばらく待たされた後、ディスプレイに毬絵の顔が映し出された。

〈貴彦兄さん、えらい待たせてしもうて堪忍や。電話と違て、貴彦兄さんの顔が見られるだけでも、うち嬉しいわあ〉

「教えてくれ、毬絵ちゃん。君は僕を嵌めたのか」

〈なんのことやの？〉

「城之崎総業の総勘定元帳だ」

〈ああ、あれ？　朔子伯母さんも要造叔父さんもかわいそうにねえ。そやけど悪いことやってたんやさかいしょうがないよねえ〉

「とぼけるなっ」

思わず大声で怒鳴っていた。

「昭夫さんはどうなる。君のお兄さんじゃないか」

〈器、かなあ？〉

「なに？」

〈昭夫兄さんはね、器ゆうんか、スケールがこまいねん、昔から。うちのビジョンに対応できる人やあらへんのは分かっとったさかい、切るしかなかってん〉

「切るしかなかっただと？　君は自分が何を言っているのか分かっているのか」

〈警察官の貴彦兄さんには分からへんかもしれへんねえ。ビジネスはね、生きるか死ぬかやねん。そやさかい楽しいとも言えんねやけど〉

ビジネス。その文脈はどこかで聞いた。

そうだ――一年近く前の機甲兵装地下鉄立て籠もり事件。あのときすでに部長が指摘していた。

「このビジネススキームが存在し得る時代。それこそが狂気だ」と。

〈それより、貴彦兄さん〉

心持ちウェブカメラに身を寄せた毬絵が囁きかけてくる。梔《くちなし》の花より白い顔が大きく広がる。画面の向こうへと魂を持っていかれそうになる。

〈警察なんか辞めて、うちと一緒に働かへん？　悪いけど、貴彦兄さんはもう出世でけへんよ〉

なんだと——

〈『月刊亜細亜経済』の特集、見てくれた？　城州グループて、看板だけは立派やけど同族経営の弊害で親族に食い荒らされとって中身はもうボロボロ。うち一人で建て直すんはほんま大変やねん。記事もちゃんと書いてくれとったし、うちの写真、きれいに撮れとったやろ？　プロの人がえらい頑張って撮ってくれはってん〉

待て——そんなことよりさっきは何を——

〈どないしても警察辞めたない言うんやったら、時々でええから、うちのお願い聞いてくれる？　それやったらもっと出世でけるようにうちが手ぇ回したげてもええわ。ね、そないしょ？　うちね、前から貴彦兄さんと——〉

「そうか、そうだったのか……」

画面の向こうで毬絵が婉然と笑う。頬に毬絵の吐息がかかる。

〈貴彦兄さんかてほんまは分かってんねやろ？　お互いもう大人やねんし〉

「毬絵……」

〈まあ、急がんかてええから、よう考えといて。悪いけどもう切るわ。こう見えてもうち、忙しいねん。ほなな〉

「待てっ」

毬絵の笑みが不意に消えた。真っ黒になったディスプレイに、代わって亡者のような影が浮かんでいる。

なんのことはない、それは城木自身の顔だった。

城木は身じろぎもせず暗転した画面を見つめ続けた。耳朶には毬絵の媚笑が遠く禍々しく残っている。

そしてPCの四角い枠の向こうには、化野で見た西院《さい》の河原が広がっていた。

3

特捜部庁舎内の会議室で、桂女史を除く全主任と捜査員、それに突入班の三人は部長の入室を待った。

姿は買ってきたばかりの缶コーヒーを開栓し、一口飲んでは缶のデザインを眺めたりして時間を潰す。

「まあ、こうして缶コーヒーを楽しめるだけでも帰れてよかった。日本の取り柄はコレしかないけどな」

横に座った同僚のユーリとライザに話しかけるが、二人とも当然の如く返事もしない。

やがて沖津部長が城木、宮近の両理事官を伴って入室してきた。正面の席に並んだ三人を見て、室内にざわめきが広がった。正確には三人を見てではない。右端に座った城木を見てである。

陰鬱に沈み込み、凄愴の気さえ感じられるほどにやつれている。一年前とは別人の風貌だった。宮近は宮近で、同僚の信じ難い変貌ぶりに酷く動揺しているようだった。

「ありゃあ、なんか悪いモンに取り憑かれてやがるな。日本で言う、なんだっけ、そう、お祓いってやつでもした方がいいんじゃないの」

我ながら不謹慎な軽口を叩いてしまった。ライザとユーリはやはり何も言わない。彼らもまた、城木の変貌に声を失っているようだった。

「早速だが、まず諸君に詫びておきたいことがある」

沖津が唐突に発した。室内が瞬時に静まりかえる。

「すでに知っての通り、ミャンマーで突発したクーデターの影響により、城州グループを通じたジェストロン製機甲兵装導入を巡る贈収賄ルートの追及は不可能となった。その以前に我々は突入班のミャンマー派遣を余儀なくされている。結果的にこれは卑劣な罠だった。官邸の説明した新型複合装甲モジュールなど存在しないことは、現地での姿警部らによる君島容疑者への聞き取りからも明らかだ。またすでに逮捕されたジェストロンの満田元CFOも同様の証言を行なっている。証人である君島は死亡したが、我々が官邸に嵌められたという事実は残る。そこで私は、官邸と取引することにした。諸君の中には承服できない者も多いと思う。だがこれは、亡くなったダムチェンコ副局長から学んだ覚悟だ」

姿は隣に座るユーリが息を吸い込む音を確かに聞いた。

ロシア内務省犯罪捜査総局のドミトリー・ダムチェンコ副局長は、武器密売組織との戦いの末、この二月に宮城県で命を落とした。ユーリの元上司であった彼は、かつてユーリの命を救うため腐敗したロシア当局とあえて取引を行なったのだ。優秀な刑事でもあったダムチェンコの崇高な覚悟が、特捜部員の胸から消えることは決してない。

立ち上がった沖津は、一同に対して頭を下げた。

「捜査班の努力、そして突入班の生命を懸けた行動を無為に帰すことがあってはならない。何より、警察が犯罪を見逃すことがあってはならない。しかし証拠がない以上、少しでも成果を引き出すためには、取引という形によって幕引きを図らざるを得なかった。許してほしい」

上司にならい、慌てて立ち上がった宮近と城木も低頭する。

捜査員達はどう対応していいのか分からず、互いに顔を見合わせていた。釈然とせぬ面持ちで黙り込んでいる者もいれば、律儀に礼を返している者もいる。夏川、由起谷の両主任はどちらとも言えない表情を見せていた。

着席した沖津は、冷徹とも見える表情で続けた。

「本来なら警視庁の一部局でしかない我々が官邸に抗議することなどあり得ない。だが今回は、警察官の命を犠牲にしようとしたばかりか、逆ロッキードとも言うべき事案の存在を知られているという負い目が官邸にはある。証拠がないのでこちらは立件できないが、向こうとしてもこちらの口を封じておきたい。互いにそれを見越しての取引なのだ」

なるほどねえ、実利を取ったというわけか——

姿は手にした缶コーヒーを一口飲む。いつの間にか味が変わっていた。ミャンマーで啜った泥水の味だ。

「結果だけを言う。私はかねてより特捜部の人員及び装備補充の必要を痛感していた。常軌を逸した凶悪事案は今後さらなる増加が予想される。現状ではすでに対応が難しいところまで来ていると言っていい。そこで私は、人員と装備の補充を認めさせ、そのための追加予算を引き出した」

追加予算と簡単に言っているが、どこから引き出してきたことやら——

特捜部の請求による経費のほとんどが官房機密費から賄われているらしいということは、姿も薄々察しているが、もちろん真実など窺い知る由もない。財源について知っているのは、沖津部長と二人の理事官、そして桂主任のみである。

「具体的には、一、捜査班の増員。二、突入班の増員。三、突入班の装備拡充である。それが精一杯だった」

技術班の鈴石主任が驚いたように顔を上げるのが見えた。

当然だろう、突入班の装備となれば——しかし——

「このうち一に関しては若干名の増員。できるだけ早期に選考を行なうが、いつになるかは明言できない。二に関しては一名の増員。本日付で着任する。すでに到着しているが、細かい書類手続きがあるため、桂主任に進めてもらっている最中だ」

そのときノックの音がして、桂主任が後部のドアから顔を出した。

「手続きすべて完了しました。本人の希望もあり、こちらへお連れしました」

「ちょうどいい。入れ」

桂主任の背後から、警察官の制服を着用し、制帽を規範通り脇に挟んだ男が入室してきた。階級章は警部。外国人だ。日焼けした肌に粋な口髭。堂々たる体格で、制服が嫌みなまでに似合っている。

ユーリもさすがに目を見張っていた。ライザの方はよく分からない。

「ノアム・シェラー特捜部付警部だ。彼もまた契約によって警視庁に雇用される形式となる。龍機兵ではなく、新たに導入する機甲兵装に搭乗する。それが先ほどの三に当たる。一機のみだが、SATを差し置いて我々が新規で機甲兵装を導入することは、警察内にまた要らぬ摩擦を生じさせることとなるだろう。諸君においては雑音に囚われることなく、あくまで警察官としての本分を尽くしてもらいたい」

全員が振り返って背後のシェラーを凝視している。どう反応していいか分からず困惑しているらしい。

それを見透かしたように、シェラーがきびきびとした動作で敬礼する。

「ノアム・シェラー警部であります。本日付を以て警視庁特捜部突入班に着任します」

古い洋画で見かけるような外国式の敬礼だ。しかも非の打ち所のない日本語であった。

そういうことか――

シェラーがこちらを見て微かに微笑む。

姿は憮然としてコーヒーの残りを飲み干した――そういうことか。

桂主任に促され、シェラーが最後列の席に腰を下ろす。制帽はやはり礼儀正しく膝の上に置いた。

何もかもが板に付いた仕草であった。

「よろしいでしょうか」

鈴石主任が挙手をする。宮近理事官の許可を得て立ち上がった。

「シェラー警部の搭乗する機甲兵装について情報をお願いします」

「第二種の『アズライール』だ」

沖津が答える。

「本人の希望でね。アメリカの代理店に問い合わせたところ、幸い出荷可能な在庫があるとのことだったのでただちに発送してもらった。近日中に届く予定だ。税関での検査には技術班からも人を出してもらいたい」

「了解しました」

着席した鈴石主任は、すぐさま端末に何事か打ち込み始めた。

「さて、次に城州グループの件についてだ」

沖津の発声に、捜査員達が一斉に緊張を示す。姿も自分達の不在中に日本で起こったことのあらましは聞いていた。

城木本人は俯いたままである。

「捜査二課からの報告書はすでに行き渡っていることと思う。城邑毬絵の提供による城之崎総業の総勘定元帳。これこそが捜二と我々を迷宮へと引きずり込んだ最大の仕掛けだった。これまでの事案から我々は城木一族、すなわち城州グループが〈敵〉となんらかのつながりがあるのではないかと疑っていた。その心理を見事に衝かれた。城邑毬絵は我々を利用して、通常の手段では排除不能である大株主達を排除し、あくまでクリーンな城木一族の取締役最後の一人としてグループの頂点に立った。その手際は見事の一語に尽きる。官邸と〈敵〉の作戦に自分の計画を巧妙に嵌め込んだのだ。この場合、クーデターの勃発は彼女の計画には影響しない。それまでも入念に準備を進めていたのだろうが、我々の捜査が城州グループの核心に及びつつあることを確認し、タイミングを見極めて総勘定元帳を当局に流す。その一手で盤面が一気に変わり、すべては彼女の計算通りに仕上がった」

「部長」

由起谷が挙手しながら憤然と立ち上がった。指名を待たずに発言する。

「そこまで分かっているのなら、女の周辺を洗えばきっと何か出てくるはずです。少なくとも、捜二にはその力があると自分は信じます」

「それができないからお手上げなんだ」

沖津が静かに告げる。どこか諦念さえ感じられる声だった。諦念と、そして嫌悪だ。

姿はさりげなく城木の様子を観察する。変化はない。

シェラーも自分と同じく、後ろから窺っているはずだ。きっと興味津々といった顔をしていることだろう。

「城邑毬絵を捜査対象とするに当たって、捜二は京都府警に協力を要請した。しかし京都府警は動かなかった。いや、動けなかったのだ。彼女はすでに高位の権力によって守られている。逆らえる公務員はいない。在るはずの資料もなぜか自然に消えていく」

何かに思い至ったのか、由起谷は愕然としたように呟いた。

「それが本当だとすると……もしや……」

「彼女の計画は官邸と〈敵〉のみが知る作戦に便乗したものだった。彼女は政府関係者ではない。となると残る答えは一つしかない。つまり……」

ほんの少しの間を置いて、沖津は〈それ〉を口にした。

「城邑毬絵は〈敵〉だ」

室内がこれまでで最大限の衝撃に包まれた。

「それも寒河江のような末端ではない。かなりの地位にあるものと推測される。別グループの立案した作戦に乗じて、自分の計画を承認させるほどの地位だ。その結果、総体としての〈敵〉は城木一族を放逐し、城州グループを彼女一人に委ねる道を選んだのだ」

シガレットケースからいつものようにモンテクリストを取り出そうとした沖津は、何を思ったのか、大きく音を立ててシガレットケースを閉じ、全員に向かって宣言した。

「城州グループはまだまだ闇に満ちている。国民の税金を吸い上げて〈敵〉の養分とし、世界中へ憎悪をばらまく血脈だ。我々は断固としてこれと戦う。我々特捜部はあらゆる手を尽くして悪の根を断ち切る。以上だ」

立ち上がって退室しようとした沖津は、不意に足を止め思い出したように言った。

「姿警部」

「俺ですか」

「君に特命がある。後で私の執務室に来るように」

そして今度こそ振り返ることなく出ていった。宮近はあたふたと、城木は幽鬼のような足取りで、それぞれ上司の後を追った。


会議は終わった。だが由起谷と夏川は、その場に残って議論を続けた。

「俺はやっぱり間違ってると思う。いや、部長の決めた方針に反対するつもりはない。しかし仮にも警察がだよ、実際にあった国際贈収賄事件、部長の言葉を借りて言えば逆ロッキードか、そんな巨悪に目をつぶるなんてことは——」

「それに関しては俺も同意見だ。だがな夏川、その巨悪、国際ってのが問題なんだ。俺達は日本の警察官だ。しかも警視庁の管轄は東京都だけだ。そりゃ世界中の犯罪を摘発できれば痛快だが、今は自分達にできる範囲のことを全力でやるしかない。部長が言ってたじゃないか、城州グループと断固戦うって」

「その城州グループだが……」

夏川が声を潜めて身を寄せる。

「見たか、城木理事官の顔」

「ああ、こう言っちゃなんだが酷いやつれようだった。とても見てられなかったよ」

「親族まとめて逮捕の上、残った従妹が〈敵〉だったなんて。俺ならとても耐えられん」

「これからどうなるんだろうな、城木理事官」

「さあな。普通なら自己都合で退職ってところだが」

由起谷が突然夏川を制止した。

「……おい、夏川」

「どうした……あっ」

由起谷の視線の先で、自分達と同じく席に残っていたオズノフ警部がこちらを見ていた。この場でずっと考え事でもしていたのか。

ロシア人の部付警部は、立ち上がってこちらへと歩み寄ってきた。今の話を聞かれたようだ。

夏川と由起谷も反射的に立ち上がる。

「君達に頼みたいことがある」

オズノフ警部は蒼い氷を思わせる双眸で二人の顔を交互に見つめ、ゆっくりと言った。

「機会があったら城木理事官に伝えて欲しい。『まっすぐに生きろ』と」

二人は同時に思い当たった。

「それは、もしかして〈痩せ犬の七ヶ条〉の一つでしょうか」

由起谷の問いに、オズノフは沈鬱な表情で頷いた。

「そうだ。七ヶ条の中でも、警察官にとって最も大切な条文だ。頼んだぞ」

「はっ」

二人がそれぞれに応じるのを聞き、オズノフ警部は退室していった。

［一つ、まっすぐに生きろ］
由起谷と夏川は、オズノフの去った後のドアに向かって自然と頭を下げていた。

4

翌日は土曜で、中央線の下りは空いていた。

腕を組んで座った姿俊之は、大あくびをしながら車窓の明るい光景を眺めていた。

愛染拓也の遺族に、死亡時の状況を説明に行くこと——それが沖津から姿に与えられた〈特命〉であった。

ミャンマーでの出来事はすべて国家機密という扱いになった。従って愛染の死は、君島同様「現地武装勢力の襲撃によるもの」とされ、労災保険も全額支給されることが決定している。しかし遺族は、政府の説明に納得しつつも、死亡時の状況について詳しい話が聞きたいと強く要望しているというのだ。

なんで俺が、と嫌がる姿に対し、沖津は事務的な口調で告げた。

——死亡時に居合わせた人物の口からどうしても直接話を聞きたいそうだ。彼を直接手にかけたラードナー警部は問題外として、一応は日本人である君に行ってもらうしかないだろう。

愛染は〈敵〉やゼーナイン大佐と内通して自分達の抹殺を図った男である。なのに生前の愛染を褒め讃えるもっともらしい作り話をしに行かねばならないとは。

なんの因果で——つくづく俺もツイてない——こっちは奴のせいで危うく死ぬところだったんだぞ
——

心の中でぼやいていても仕方がないが、こうして過ぎゆく風景を眺めていると、さまざまなよしなし事が脳裏をかすめる。

ノアム・シェラー。四人目の突入班員。

彼は自分と並ぶ龍機兵搭乗要員の候補であったという。その男を、部長はあえて雇用した。ならばその真意は明らかであるように姿には思える。

後任がいるんなら、俺も気兼ねなしに辞められる――

警視庁との契約期間は間もなく切れる。日本にも日本警察にもうんざりだ。契約を更新する気などさらさらない。

それに例の〈敵〉だ。その正体がなんであるにせよ、しょせん日本人同士の陰謀ごっこだ。アメリカやイギリスの政界でも珍しくはない。

せいぜい好きにやってくれ――

車内ビジョンでは若い女性タレントが珍妙な踊りを披露している。何かのCMだろうか。見るとはなしに見ていると、そのうちニュースが始まった。

トップはミャンマーの惨状を伝えるものだった。デモ隊に向けて嬉々として発砲する国軍兵士。相手が幼児であろうと老人であろうと容赦はない。状況は日を追うごとに悪化している。字幕は国際的援助を呼びかけているが、つまるところは他人事だという意識が透けて見える。

BIA（ビルマ独立軍）を祖とするミャンマー国軍を生んだのは、イギリスによる統治と日本軍の占領だ。部長は城州グループを「悪の根」と呼んだ。日本から伸びる悪の根は、昔も今もミャンマーを絡め取って人の血を吸い続ける。

第三種機甲兵装と戦ったあの泥濘を思い出す。無数の骸骨が埋まっていた。一つ間違えば、自分も屍となって彼らの列に加わっていたかもしれない。決して掘り起こされることのない泥の中でだ。

靖国街道。結構じゃないか。自分は日本人だが、警視庁との契約が終わると同時に日本国籍を剝奪される。日本の入管はアジア系外国人に対してミャンマー国軍並みに冷酷だ。当然自分の死後の行き先は靖国ではあり得ない。死者の列に並んで順番を待っていても、死んで天下りした入管の役人に、鳥居の前で追い返されるのがオチだ。おまえにはここに入る資格はないと。

馬鹿馬鹿しい――

大きな伸びをしていると、電車が立川駅に着いた。青梅線に乗り換え、西立川駅で降りる。

日差しがいやに眩しく感じられる日であった。ミャンマーで雨に打たれ続けた日々が遠い幻であったようにさえ思えてくる。

愛染の実家は駅から歩いて二十分の場所にあった。所々に昭和の廃屋が交じる昔ながらの住宅街である。

古びた戸建ての門前で呼び鈴のボタンを押すと、引き戸が開いて初老の婦人が顔を出した。愛染の母、佐代子《さよこ》であった。

警視庁職員の姿俊之です、と必ずしも嘘ではない身分を名乗ると、佐代子は深々と頭を下げた。

「こちらの勝手を聞いて頂き、わざわざお運び下さいましてありがとうございます」

険悪な応対を覚悟していたのだが、佐代子はやたらと腰が低く温和な人物であった。

「これ、お口に合えばいいんですけど」

新宿伊勢丹で買った手土産の菓子を差し出すと、嬉しそうに受け取ってくれた。

「美樹《みき》が帰ってくれば大喜びでしょうね」

美樹とは愛染の妹で、今は勤め先の編集プロダクションに休日出勤中なのだという。愛染の遺族とは佐代子と美樹の母娘のみで、要するに話を聞きたがっているのは佐代子一人であった。

狭い庭に面した奥の間に通された姿は、新しくしつらえられた小さな仏壇に向かって線香を上げ、両手を合わせた。そうした日本式儀礼の手順を忘れるなと部長に念を押されている。

それから冷たい緑茶と座布団を勧められた姿は、〈公式〉に作成された報告書をもとに、愛染の死に際の様子について語った。昨夜覚えたばかりの内容に、それらしく多少の潤色を加えたものだ。

大使館職員として拓也君は勇敢に責務を果たしたこと。現地の人からは大変に慕われていたこと。何分危険な紛争地域であったので、運悪く武装組織の襲撃を受けたこと。現地警察隊も懸命に応戦してくれたが、敵は圧倒的に多数であったこと。拓也君は即死であり、まったく苦しまなかったこと。雨期の地盤は大変脆くなっていて、山崩れに呑まれて遺体は回収できなかったこと――

精一杯の熱を込めて話していると、どうにも虚しさが募ってくる。しかし母親である佐代子は、時折ハンカチで目頭を押さえながら聞いていた。

「ありがとうございました。おかげさまで、あの子を身近に感じることができました」

話し終えた姿に向かって、佐代子は額が畳に付くほどの辞儀をした。

いつまで経っても頭を上げないので、姿は詮方なく視線を室内にさまよわせた。

天井近くの壁には多くの額が飾られている。愛染の父親が授与されたものだろう、英文の表彰状も多かった。

その中に、黄ばんだ作文用紙が交じっていた。表題は『お父さんの仕事』。小学五年生の愛染が書いたものだ。

ぼくのお父さんは国連で大事な仕事をしています。困っている難民の人たちを助ける仕事です。どんなことをやっているのか教えてとたのんだら、お父さんは、いろいろ説明してくれました。この問題は、いろんな国の歴史や事情がかかわっていて、解決はとてもむずかしいということでした。しょうじきにいうと、ぼくにはむずかしすぎてよくわからないことも多かったです。でも、たいへんだけど、世界のためになる仕事だというのはよくわかりました。ぼくは、こんなにすごい仕事をしているお父さんを心から尊敬しています。

ぼくも、大きくなったら、お父さんのように世界中で苦しんでいる人を助ける仕事をしたい。そのために、勉強をもっともっとがんばろうと思いました。

「拓也は小さい頃からずっと父親が大好きでしてねえ。あの人がたまに帰国したときなんか、もう側から離れようとしなかったものです」

　気がつくと、佐代子も亡き息子の作文を見上げていた。

「あの人が足に障害を負って帰国してからも、拓也は愚痴一つこぼさずに一生懸命世話していました。美樹は面倒臭がって手伝いさえしなかったけど、拓也は本当につきっきりで……それまで父親がずっと外国にいたせいでしょうか、あの人と一緒にいる拓也は、とても嬉しそうでした。そんなあの子を、あの人も本当にかわいがってて……」

　愛染が語った話と微妙に違っている——

　佐代子の話を、姿は奇妙な違和感を感じながら聞く。

「あの人が事故で亡くなったとき、拓也はもうだいぶ大きくなってましたけど、子供みたいに大声を上げて泣きました。お父さん、お父さんって……本当に父親が大好きだったんです」

　込み上げる嗚咽で胸を詰まらせた佐代子は、またもハンカチで目頭を拭った。

　これは母親ならではの身びいきなのか。それとも亡くなった息子を無意識のうちに美化しているのか。思い出までも改変され、それが本当であったと思い込んでいるだけなのか。

　姿には判別のしようもない。

「拓也はその後、アジアのいろんな言葉を真剣に勉強してました。本気で父親の志を継ぐつもりだったんです。そうじゃないと、とてもできませんよ、あそこまで熱心に……外務省からミャンマーの大使館に出向が決まったときなんて、父親の写真の前で報告してたくらいです……ほら、見てやって下さい」

　佐代子は右端の額を指差した。

　それは、愛染とよく似た男の写真であった。並んで写っているのは、まだ幼さを残す愛染だ。

二人とも笑っている。はにかみながら、幸せそうに。

姿の見る限り、その微笑みに偽りの翳はない。

どういうことだ――

「ミャンマーも大変なことになってしまって……私はテレビで見てるだけですけど……ひょっとしたら、拓也は幸せだったのかもしれません。あんなに情熱を傾けていたミャンマーがこうなるのを見ずに済んだんですから……」

佐代子の話はくどくどと続き、際限がなかった。

話の合間を捕らえ、姿は我ながらぎこちない挨拶を済ませて愛染家を辞した。

西立川駅までの帰り道は、来たときよりもずっと長く感じられた。

それに、暑い。汗が噴き出て止まらなかった。もう九月も終わりだというのに、日差しは真夏のような熱波に変わっていた。日本の暑さには嫌な湿気が含まれる。ただの湿気ではない。ミャンマーの密林で感じたものより、はるかにおぞましく不快な何かだ。

道端にドリンクの自動販売機を見つけた姿は、ためらわずに歩み寄った。

小銭を投入して缶コーヒーのボタンを押す。音を立てて取出口に落下してきた缶をつかみ、その場で開栓して夢中で呷る。

ミャンマーの雨。ジェノサイドの森。流れる血。燃え盛る村。積み上がる人骨。泥、泥、泥――

「馬鹿野郎っ」

中身が半分以上も残った缶を、回収箱へ叩きつけるように投げ込んだ。

そして白々とした光の中へ分け入るように、姿は再び足を踏み出した。

謝辞

本書の執筆に当たり、元警察庁警部の坂本勝氏、元大阪府警財務捜査官・公認内部監査人・公認不正検査士・アキュレートアドバイザーズ代表の小林弘樹氏、科学考証家の谷崎あきら氏、月刊『軍事研究』（ジャパン・ミリタリー・レビュー）編集部の大久保義信氏より多くの助言を頂きました。

ここに深く感謝の意を表します。

[主要参考文献]

『アジア動向年報2018』アジア経済研究所編　アジア経済研究所
『アジア動向年報2019』アジア経済研究所編　アジア経済研究所
『ロヒンギャ難民100万人の衝撃』中坪央暁著　めこん
『ミャンマー西門の難題　――〝ロヒンギャ〟がミャンマーに突きつけるもの――』キンニュン著　恵雅堂出版
『ミャンマーの国と民　日緬比較村落社会論の試み』髙橋昭雄著　明石書店
『こんなはずじゃなかった　ミャンマー』森哲志著　芙蓉書房出版
『地図にない国を行く』宮崎正弘著　海竜社
『ミャンマー権力闘争　アウンサンスーチー、新政権の攻防』藤川大樹、大橋洋一郎著　KADOKAWA
『戦慄の記録　インパール』NHKスペシャル取材班著　岩波書店
『インパール』高木俊朗著　文春文庫
『餓死した英霊たち』藤原彰著　ちくま学芸文庫
『千二百年の古都　闇の金脈人脈　――バブルの支配者たち』坂夏樹著　さくら舎
『東南アジア文学への招待』宇戸清治、川口健一編　段々社
『ビルマ（ミャンマー）出身国別情報（COI）レポート』英国国境庁著　法務省入国管理局仮訳
http://www.moj.go.jp/content/000113467.pdf

『ミャンマー人権報告書２０１７年版』http://www.moj.go.jp/isa/content/930004229.pdf

『第1回アジア太平洋安全保障ワークショップ　アジア太平洋諸国の安全保障上の課題と国防部門への影響　第9章　ミャンマー――国家および国軍の安全保障上の課題』ティン・モン・タン著　防衛庁防衛研究所 series5-9.pdf (mod.go.jp)

本書は《ミステリマガジン》二〇二〇年三月号から二〇二一年七月号にかけて全九回にわたり連載された小説を加筆修正し、まとめたものです。

Hayakawa Mystery World

〈ハヤカワ・ミステリワールド〉

機龍警察《きりゅうけいさつ》 白骨街道《はっこつかいどう》

二〇二一年八月二十日 初版印刷
二〇二一年八月二十五日 初版発行

著者 月村了衛《つきむらりょうえ》

発行者 早川 浩
発行所 株式会社 早川書房
郵便番号 一〇一-〇〇四六 東京都千代田区神田多町二-二
電話 〇三-三二五二-三一一一
振替 〇〇一六〇-三-四七七九九
https://www.hayakawa-online.co.jp
印刷所 中央精版印刷株式会社
製本所 中央精版印刷株式会社
ISBN978-4-15-210045-0 C0093 定価はカバーに表示してあります。

機龍警察〔完全版〕

月村了衛

テロや民族紛争の激化に伴い発達した近接戦闘兵器・機甲兵装。その新型機〝龍機兵〟を導入した警視庁特捜部は、搭乗員として三人の傭兵と契約した。警察組織内で孤立しつつも彼らは機甲兵装による立て籠もり現場へ出動する。だが背後には巨大な闇が。大河警察小説シリーズ第一作の徹底加筆完全版。解説／千街晶之

ハヤカワ文庫

機龍警察 自爆条項〔完全版〕（上・下）

月村了衛

機甲兵装の密輸事案を捜査する警視庁特捜部は、英国高官暗殺計画を掴む。だが、不可解な捜査中止命令が。首相官邸、警察庁、外務省、中国黒社会の暗闘の果てに、特捜部付〈傭兵〉ライザ・ラードナー警部の凄絶な過去が浮かぶ！　今世紀最高峰の警察小説シリーズ第二作に大幅加筆した、完全版が登場。解説／霜月蒼

ハヤカワ文庫

機龍警察　暗黒市場（上・下）

月村了衛

〈第34回吉川英治文学新人賞受賞〉ロシア民警出身のユーリ・オズノフ元警部は警視庁特捜部との契約を解除され武器密売に手を染めた。一方で特捜部は、ロシアン・マフィアの手による有人搭乗兵器のブラックマーケット壊滅作戦に着手する――世界標準の大河警察小説。警察官の魂の遍歴を描く、白熱と興奮の第三弾

ハヤカワ文庫